谢冕编年文集

第二卷　1960–1978

北京大学出版社

1970 年代末在大连

1960 年代留下不多的几张西装照之一

1960 年代与夫人陈素琰在北京西郊

1970 年一家三口在北大未名湖畔

1960 年代初与夫人陈素琰在八达岭长城

1972 年在云南石宝山听老艺人弹唱（右二为谢冕）

1973 年在西双版纳带领学生田野调查涉江前行

《春夜战歌——方志敏团战士创作选集》，1958年油印

方志敏团团歌

我们战斗在十三陵
迎着朝霞顶着星星
征服那狂暴凶猛的洪水
修好那水库造福人民

我们战斗在十三陵
斗志昂扬奋勇猛进
我们有移山倒海的壮志
我们有铁炼成钢的决心

方志敏同志鼓舞我们前进
我们是方志敏团的士兵
我们是劳动战线的新军
我们是方志敏的士兵

《方志敏团团歌》（谢冕创作）

北京大学庆祝五四六十周年科学报告会
79.5.5 上午8:30
二教203

和新中国一起歌唱

——建国三十年诗歌创作的简单回顾

谢冕

隆隆的雷声中诞生的时代

一九四九年九月二十一日，中国人民政治协商会议第一届全体会议在北京开幕。毛泽东同志致开幕词，他以雷电之声宣告：“我们的工作将写在人类的历史上，它将表明，占人类总数四分之一的中国人民从此站立起来了。”“我们团结起来，以人民解放战争和人民大革命打倒了内外压迫者，宣告中华人民共和国的成立了。”①毛泽东同志讲话以后，一阵暴风雨突然来临，由远而近地响起了隆隆的雷声。当时，坐在会场里的诗人何其芳也听到了雷声。他已经长久不曾写诗了，这雷声召唤起他的诗情，他用庄严的声音歌唱这个“我们最伟大的节日”：

中华人民共和国
在隆隆的雷声里诞生。

是如此巨大的国家的诞生，
是经过了如此长期的苦痛
而又如此欢乐的诞生，
就不能不象暴风雨一样打击着敌人，
象雷一样发出震动着世界的声音……

没有找到革命的时候，何其芳作过《预言》。后来，何其芳说：

—1—

“五四运动”60周年在科学报告会上的讲稿《和新中国一起歌唱》

目 录

1960

1961

1962

1963

1964

1965

1966

1967

1968

1969

1970

1971

1972

1973

1974

1975

1976

1977

1978

1960

战斗的集体*

革命斗争中长大
群众运动里开花
咱们五五级
走的是红专道
骑的是跃进马
听的是党和毛主席的话
此去扬鞭万里
一生为祖国画最新最美的图画

1960 年 8 月 3 日，北京大学中文系
1955 级毕业纪念册《战斗的集体》扉页题辞

---

* 此诗系作者为北京大学中文系 1955 级毕业纪念册《战斗的集体》所作的扉页题词；该纪念册由北京大学印刷厂印行。据此编入。

十三陵组诗*

水库秋色

清晨的水库浓雾飘过
大坝静谧着一顷碧波
十三陵的秋山凝着秋水
万树红叶中新村几座

渔舟轻点着宁静水波
鸭群犹如飘移的云朵
环湖公路响起了鞭喝
雾霭中跑过秋收的大车

1960,10,18

船只扯起风帆

田地似没有边际的海洋
拖拉机如船只扯起风帆
一层层犁开的沃土
像是海上翻滚的波浪

1960,10,22

---

* 未刊稿。

晨　曲

露重的早晨迷蒙的雾霭
十三朵牡丹在晨雾中盛开
这里是崇山环抱的险峻
水库蒸腾着惊人的光彩

黄金的垂柳翠绿的白杨
红柿子挂起满天的灯彩
此刻晨雾幻成缕缕白云
拖拉机开始了一天的竞赛

1960,10,23,于幸福村

夜　归

夜幕撒下来了
撒自高高的群山之巅
村里的电灯亮了
亮在成行的白杨之间

疲倦的骡马归圈了
驮回了座座粮山
小学校的学生回家了
村道弥漫着欢快的声喧

从托儿所领回恋母的婴儿
从食堂打回喷香的晚餐

家家的收音机播放着欢乐
大队部电视机前抽袋旱烟

1960,10,23

出　工

生产队出工队长分配活茬
全村男女都在听令待发
给牲口套鞍给大车备马
阶石上队长有一头白发

镰刀锄头像是昔日刀枪
民兵连赶驴如催动战马
这情景不由人联想过去
联想久远年代一幅图画

1960,10,23,幸福村

论贺敬之的政治抒情诗*

贺敬之是个具有自己独特风格的诗人，他的诗，高亢而豪迈。

尽管诗人的创作比读者所期待的要少些，但是它所提供给我们的也有很值得注意的东西。这里，我想着重地从《放声歌唱》、《东风万里》和《十年颂歌》中探讨诗人创作的若干特点。

三首长诗合计约三千行。《放声歌唱》作于1956年，是献给党的第八次全国代表大会和国庆七周年的；《东风万里》则为党的八大第二次会议而作；当天安门城楼第十次披上节日的彩霞的时候，他唱出了《十年颂歌》。这三首对于党的颂歌，不仅主题相同，而且就诗的思想和艺术的特点看，它们的倾向也是相同的。这三首长诗，代表着贺敬之近作的水平。

《放声歌唱》最长，内容涉及多方面，可以看作是这个诗组的基础。它歌唱了我们党光荣的历史和艰苦卓绝的斗争，从党中央、毛主席，唱到“我的支部”乃至于一个普通的党员。在它的篇页里，动人地再现了“省港罢工的呼号声”、“南昌起义的鲜血”、“秋收暴动的不朽的红旗”和“延安窑洞的不灭的灯光”……鲜明地印上了我们党从井冈山、延安走到天安门的艰苦历程的英雄足迹。这些，都给我们留下了难忘的印象。《东风万里》是对党的总路线和“大跃进”的热烈颂歌。它描写了“大跃进”所带来的巨大变化：“五千年的白发，几万里的皱纹，一夜东风全吹尽”！它用无比乐观的心情抒写了东风压倒西风的世界大好形势：“小

---

* 此文初刊1960年12月25日《诗刊》1960年11—12月号。据此编入。

小的阴影，大大的光明”，“就是我们这颗美妙的行星”！这首诗，可以看作是前一首诗关于党在社会主义建设时代的丰功伟绩的补充性的颂歌。而《十年颂歌》歌唱的是我们祖国在党的领导下十年来所取得的伟大胜利：这十年，我们扑灭了鸭绿江岸的战火，驱散了1957年祖国天空翻滚的乌云，敲响了三大改造的锣鼓，高举起人民公社的大旗，千百万英雄的人民战胜了百年不遇的自然灾害，使得社会主义的“镇海楼”稳如泰山……这一连串胜利，都和党分不开。今天，我们正高举三面红旗，高歌猛进在社会主义的大道上。所以，《十年颂歌》可以看作是这一诗组的高潮和最强音。这样，三首长诗尽管歌唱的重点各不相同，但是却被歌颂党这一红线串连起来，互相补充、互相配合，而形成一个完整的诗组。

党的形象是六亿人民光明的象征和力量的源泉，在文学作品中成功地塑造出党的形象，始终是我们社会主义文学艺术的崇高使命。在小说、戏剧等方面，已涌现出不少成功的例子，在诗歌方面，贺敬之这三首长诗是鲜明例子之一。诗人以宏伟的规模描写了我们党的斗争和历史，努力创造党的鲜明的形象。这是诗人所描绘的在隆重的节日里党的形象：

党，
　正挥汗如雨！
　　　工作着
　在共和国大厦的
　　　建筑架上！

多么朴素的画面！但又是对党的本质的多么深刻的概括！当我们读到这些诗句时，不禁情感沸腾。站在共和国大厦的建筑架上的，是一个普普通通的劳动者：他淳朴，而又高瞻远瞩；他功勋卓著，但却很谦逊。

可贵的是饱满的政治热情。诗是与冷淡与虚假绝缘的，更何况政治抒情诗的写作！在贺敬之的诗中，我们看到诗人的政治热情。他的诗，气势磅礴，澎湃激荡。

应当承认，贺敬之是从李白那里学到了很多东西的。但贺敬之的诗风，是社会主义时代的诗风。正如茅盾所说："在思想内容上，我们今天的抒情长诗比前人广博深远不知多少倍，而在诗的形式方面也大大突破了前人的规范。震雷疾电、云蒸霞蔚的现实，鼓舞着我们的诗人热情激发，诗兴洋溢。"[①]这评语对贺敬之来说，是完全恰当的。

贺敬之诗风中的鲜明的时代精神，首先表现在革命浪漫主义激情上。革命的理想主义，给他的诗篇涂上了奇幻的色彩。在贺敬之的诗中，他总是热情地歌颂现在，更百倍热情地歌颂未来。他不止一次地说："我们今生事业——是把这可爱的地球造成一颗共产主义的行星！"

谈到浪漫主义，不能不谈手法。革命浪漫主义精神是以共产主义思想为基础的，但它是借助于浪漫主义的手法表现了出来。这就是：强烈的节奏，浓郁的色彩，大量采用幻想和夸张等。诗人在描写现实生活的诗篇中东西南北、上天入地，时而看到了宇宙太空中的奇幻世界（如《我看见……》），时而对着远古的祖先倾吐心曲（如《放声歌唱》）。这一切，都加强了贺敬之诗作的浪漫主义精神。

贺敬之解放后诗风的变化，也表现在革命浪漫主义的逐步加强上。在《乡村的夜》和《朝阳花开》中，浪漫主义的成分是很少的，前者更是微薄。《放声歌唱》而后，革命浪漫主义方始成为重要的倾向。1958 年以后，较强烈和鲜明了。这说明，尽管诗风的转变有众多的复杂的原因，但对于随时代前进的诗人来说，

---

① 《反映社会主义跃进的时代，推动社会主义时代的跃进》。

却主要地是受着时代的影响。

艺术形象的生动性，是贺敬之所一贯努力追求的。政治抒情诗中不可能避免有许多标语口号和政治术语入诗。但在贺敬之的诗中，一些本来是枯燥的术语，经过诗人以生动的形象体现了出来。他不说“超额增产”，而说“煤炭和布匹的洪流，又在突破定额的水位”；他把资本主义社会比喻作“千疮百孔”的“破船”，把现代修正主义称作是帝国主义“最近出品的强心剂”，这些都是对于事物本质的很好的揭示。再看，他是这样巧妙地描写“大跃进”中六亿人民的精神状态的：“我们六万万个心脏——正热血沸腾！哪一个不能三槽出钢！”这里，一些常见的新闻语言，反被诗人调动起来，为塑造鲜明的形象服务了。这里，一些为读者所熟知的平凡的概念，都化作了生动新鲜的形象，烙印在读者心中。

贺敬之努力向民歌和古典诗歌的传统学习。在《朝阳花开》中，我们已经看到诗人着意向陕北民歌学习的努力。但是也应承认，这学习还比较生硬。解放后，他又花了较大的力量向古典诗歌学习。他注意把民歌和古典诗歌的优秀传统接合起来，而加以融会贯通，熔铸为自己的声音。在这种创造性的学习过程中，贺敬之的诗歌初步具有了民族色彩，同时，也逐步在形成自己的风格。

他的诗中大量使用着对偶的形式。字与字、句与句、甚至是上下段落间，都有严格的对衬和排比。古典诗歌和民歌中那种一字一句加以推敲的优良传统，也被继承了下来。用鲜明的有特征意义的词，概括一个事物、一种现象，形象与形象之间留有空间，特意给读者以迴旋、联想的天地。如“五月——麦浪。八月——海浪。桃花——南方。雪花——北方”，寥寥八字，读者却随着诗行的跳动，浮起一幅幅丰富鲜明的图画来，这种意在言外的效果的取得，是依靠读者自己的补充，但也正是诗人手法的巧妙之处。有时,他就干脆把旧诗中现成的句子运用到新诗中来。但这仅仅是形象的借用,而赋以崭新的意义,如“吓慌了资本主义世界的古道西风瘦马”,“惊乱了大西洋岸边的枯藤老树昏鸦”,生动如画,而且十分贴切。

这一切说明,只要学习的目的明确、态度正确,我们就不会沦为古人的奴隶,而始终是主人。

贺敬之的几首长诗(包括《我看见……》、《地中海呵,我们心中的海》在内)都是采用所谓“楼梯式”。“楼梯式”是外来的形式,或者说是外来的排列法,我国人民还不大习惯,特别是劳动群众接受起来较困难。我的意见,如果不采用外来的“楼梯式”,而采用自己民族的排列法,那不是更好吗?更能为广大读者所接受吗?当然,贺敬之运用“楼梯式”时,是经过了改造的,如诗行内部结构的改造、诗行内部及诗行间的排偶的广泛运用、民族习惯的押韵等;使它们初具民族化,而且是贺敬之所特有的东西了。尽管如此,这种“楼梯式”的排列,使贺敬之的诗在广大读者中不得不受到一定的限制,还不能做到完全民族化的程度,这就需要诗人采取更好的形式或排列法,从多方面来探索和尝试;寻求更符合民族习惯的形式和排列法,同时又是创造性的发展。这就需要诗人作更多的努力。同时也应看到诗人的一个较值得提出研究的倾向,就是诗中的“我”字,不但比较多,而且有时用到不尽恰当的程度。如:“假使我有一万张口呵,我就用一万张口齐声歌唱!”“为什么我只能有一人一身呵?……让我一身化成千万个人吧,给我语言的大海,声音的风云!让我同时能在祖国的每一寸土地上劳动——歌唱!”诗中出现“我”字,不应该完全反对,有时甚至是必需的,它可以代表多数、也可代表诗人,但如果把自己的“我”架得过高,反使思想格调降低。这不能说不是诗人知识分子思想感情的某种表现。

从《乡村的夜》到《朝阳花开》,从《朝阳花开》到《放声歌唱》、

《东风万里》的时代，祖国走过了不平凡的道路，诗人的创作沿着时代去前进。应当说，其间的变化是很大的，成就也是较显著的。贺敬之经过自己的创作实践，已经具有了自己独特的艺术风格。然而，前路正长，重担在肩，我们有理由相信，在未来的建设事业中，我们的诗人将与共和国的千万诗人一道，唱出一曲又一曲更加雄壮、更加美丽的共产主义凯歌来。

1960年11月中旬下放
农业第一线前夕，北京

我的心飞向第一线*

多少个深夜合不上眼，
我的心飞向第一线。

想着那，崇山峻岭好村庄，
我将与乡亲一道洒热汗，
天边荷锄并肩走，
一个热炕抵足眠。
我是公社家里人啊，
这大家庭的滋味香又甜！

多少个深夜合不上眼，
我的心飞向第一线。

想着那，六载戎马军旅情，
我荷枪守卫大海边，
海岛上风沙遮住天，
凶涛恶浪翻大船。
但是风浪压不倒啊，

---

* 此诗作于1960年年底，初刊《北京大学》校刊，署名：中文系下放教员 谢冕。据此编入。作者按：1960年大学毕业留校任教，这年年底即受派下放京西斋堂人民公社。临行作此诗，发表于《北京大学》校刊，署名："中文系下放教员 谢冕"。此诗有很多浮夸的语言，而这正是"大跃进"时代的常态，存此以证时风。2009年3月3日，整理附言。

党教会我坚强和勇敢！

离海岛，进北京，
旧社会读不起书的孩子啊，
五个寒暑窗前灯下把书念。
教育革命风暴起，
红专道上扬长鞭。
党的栽培恩如山，
羽毛初成，我要展翅向天边。

盼星星，盼月亮，
盼来了幸福好时辰——
“多年培养你长成人，
如今送你上第一线！”

多少个深夜合不上眼，
我的心飞向第一线。

想着今天啊想明天：
纵有千辛万苦在前面，
我坚决向前不畏难。
火热的心啊，
定叫千年冰川化春水，
劳动的手啊，
定要山村铺起翡翠地宝蓝天，
到那时，公社兴旺，农业大丰产
我把唱不完的丰收歌，
一篇一篇寄燕园。

口粮标准不够吃[*]

——斋堂人民公社笔记（之一）

现在每月十八斤的口粮标准，应该承认，是不够吃的。不够吃，就要搞代食品。搞甚么，怎么搞，谁去搞？现在是每天晚上有人喊，白天没人搞。老百姓说，上月让我们吃十九斤，现在吃十八斤，以后还不知道让我们吃多少呢！现在，要把家底交给群众，告诉他们，全年二百六十斤，怎么吃才好。要大家一起想办法，过日子。去年节约的粮食，要宣布。小片开荒粮，要宣布。饲料、种子，不能当口粮吃，要弄清楚。自己节余的，归自己，不顶口粮。

黑核桃不卖了，要顶口粮。怎么吃？让大家研究，定出一种办法来。现在有的村不敢叫社员砸，灵水交给下放干部砸，他们难道就不吃？东斋堂的花生现在还捆着，为什么捆着不摘？也是怕社员吃。现在实际上是，天天有人吃。这是拖拉！清水有个十一岁的小孩，浑身是兜，偷粮食。难道就容许这种现象？我们斋堂老区，觉悟就这么低？要教育群众，也要相信群众。（1960年12月10日，斋堂人民公社安久善同志谈话）

---

* 未刊稿，作于1960年。作者按：1960年秋，全国大饥饿，闹浮肿，“大跃进”的后果已突显。有迹象表明政策将有调整，此时我被派往北京门头沟区斋堂人民公社“工作”（实际是落实政策）。从1960年到1962年，将近三年中，我开会、访问、阅读、摘录，随手做了一些笔记，都是些原始材料。有的只是片段，有的则是零碎的句子。现在一一录出，不加工，也不改动，悉依原样。题目则是后加的。谢冕2009年3月4日附记。

咱们这地区，羊要大发展。过去也刮过一阵风，说山羊肉不好吃，是膻羊肉。这会是膻羊肉也好吃了。

富农说：现在找个饲养员来管食堂就行了，人吃牲口的东西！

富农李国斌说：会调猪食的人就能当炊事员，现在人吃的还不如猪吃的。过去我家的猪也没吃过这个。

鸡拨黄豆马给谷，没见过粮秣干事这么外行的。

人多没好饭，鸡多没好蛋，食堂越小越好办。

吃饭听锣响，干活找队长*

——斋堂人民公社笔记（之二）

吃饭听锣响，干活找队长。

林金胜说：今年的菜长得挺好，一定能多吃点。过些日子一看，都开了黄花了。我想，一定是变了计划，把自食菜地改成了种子地了。又过些日子，我见有人把菜往猪场里背。又想，莫不是又把种子地改成了饲料地？有人说："菜园变花园。"你道这是怎么回事！原来却有段故事，西斋堂有自食菜地四十亩，菜都老了。公社干部杨甫先非让留待六一集体开伙时吃不行。社员建议把它拔了晒干菜，也不听。结果十万斤左右的小白菜全开了花，烂在地里。据说，这叫"社会主义集体化"。

社员们还对二杨（杨甫先，现任东斋堂副支书。杨顺，副队长，都是公社下放干部）提出不少批评。

再好的胡子生，没有搭班的配角也唱不成戏。二杨只觉得个人能干，看不起咱们小队长和社员。把社员当成贼小子防着。他们一来，小队长们都成了灯草心的拐杖，当家不主事。你们有能耐，你们干去。离了社员你们不行。不相信社员，这事好不了。

小队长说：二杨来了，他们怎么说咱们怎么干。小队长成了小组长了。

二杨把社员当贼，只怕我们吃。以前我们自己当家的时候

---

* 未刊稿，作于1960年。

也没把核桃、枣儿吃光。就你们来了咱们社员就变了样了？这两个人非垮不行。社员们这当儿就在一边瞧着他们呢！

再倒萝卜时，杨顺吃萝卜。社员们就在背后说："秋天那劲儿，尽瞅着咱们社员，这会儿几个人也唱起来了。"

自留地上有棵核桃树，但自留地年年变，核桃树年年搬家，最后，只得搬到煤堆上了。干部们把自留地的变动叫三进三出。今年是牡丹，明年是莲花，说不定什么时候又变了。（说话的是一位妇女，已经六十多岁了）

三天开会两天检查，十天之内检查三次，一生产，二福利，三卫生。检查评比去了不少人，劳动力少的干着急，大家夺红旗也没了信心。

寸草铡三刀，没料也长膘。饲料要三斤半行的话，要真正寸草铡三刀，现在有人是铡骆驼草。

许德润语录及行止*

——斋堂人民公社笔记(之三)

抗战以前,咱们村有多少牲口?现在是骡马驴牛一概齐全,还盖了三间大仓房。

胜利之后,来了二千补助款。我的房子漏得哗哗的,可我一文也没要。全村人哪个也没我挨鞭子挨得多。

六零年我看蜂得了三千六百多分,还参加农业活搞早夜战得一千多分,我算计了一下,我们村顶好的劳力也只得三千八百多分,我不要重包活,只要够活就行了。那一千多分我没要。

马进爵,今年三十六岁,抗日时才十五六岁。是青抗先,四三年入党。那时跟着许德润闹革命,送信、埋地雷、“破交”。四五年参军,打掉了一个手指头,复员回来的。爱人王得珍,是村里第一对自由恋爱的情人。王得珍是四四年的党员,王得均的妹妹。

王得均在食堂当炊事员,家里两个孩子不管,睡食堂。王得均在火村口拣到了几十斤面、米票,糕点票,连忙打电话给大队部。那夜是他默默送毯给我,每夜是他给我生炕。

那是一匹什么马啊?那才是匹一根筋的马。吃饱了,七里八拉,七里八拉,劲使完了,头一奋拉,就不动了。

(听了许德润的话,我走出来,觉得这达摩沟秀丽的山水改变了模样。远山变成了利剑长矛,刺向万丈青空。它的尖端,一

---

* 未刊稿,作于1960年。

股英气飘绕。许德润啊许德润,你说得多么好啊！你的声音,使我想起当年达摩沟畔的枪声,想起遍地颓垣断壁吹过的寒风。你的声音啊,是历史的声音警惕着人们,告诉我们,不能忘掉过去:一口血,一口被敲掉的牙……)

下清水党内鸣放会*

——斋堂人民公社笔记(之四)

王建新:照现在这样,就等着挨饿吧!

刘显风:现在是武大郎的伞要支不开了。这样下去都得饿死!

任成隆:到现在在村里受打击,挨饿,纯粹是上级风。还不是一般的上级,是最“上边”、最大的上级,连公社的风都不够。我曾和曹书记说过,我早晚得当右派,因为想法老和你们不同。公社化的时候,老人家都可惜自己年纪大了,现在都说该死不死临了摊上这个。幸福?工人老大哥有福利,农民什么福利也没有。他们不吃农民的粮食?家属的小孩什么都有,农民分了些核桃,熬了点核桃水还不给领粮。这就是有能耐的欺无能耐的。无能耐的养有能耐的。家里有人带回粮票,粮店说购粮证不给买。这都是大干部以上的风!农民的鼻子都快没风了,打了饭回去小丫头分一小铁碗,吃两口就刮碗底,我就掉泪,不让她刮……(说到这里,就哭了)我心里烦,让她唱个歌。她问我唱什么?我说,还唱那个“社会主义好”吧!小丫头说,都这样了,还唱“社会主义好”呢?

西斋堂的办公室,放两瓶酒,酒丢了;放一盒烟,烟丢了;放什么丢什么。所以群众说,我们为什么同意分三个承包单位,我们这里本来一个承包单位就够了,但是我们就是不愿意留下这个贼窝!

---

* 未刊稿,作于1960年。

共产风年年在刮*

——斋堂人民公社笔记(之五)

这个公社的共产风,年年季季在刮,年年季季在处理,边处理边刮。一直刮到工作队进村的时候——九月四日,这一天有的生产队还在没收社员的自留地。粮食、商业、税收部门,也趁共产风之机,大敲竹杠子。连学校也要学生带鸡入学。公社红专队除了侵占星红生产队一百三十亩地以外,还调了他们一大堆东西(大米二千七百斤,柴草十万斤,各式车辆二百七十部,小型农具四百三十八件,楼板六十套,家具三百一十件,房屋六栋),群众称他们为"蝗虫队"。

七红生产队有名的莲花池,一九五八年被收归社有。群众看到金饭碗被夺走,就渐渐地消极了,六百五十个劳动力,经常出工的不到一半。去年全队粮食减产百分之二十五,总收入减少百分之二十三。今年,队里的三百二十亩藕田,又被管理区"充公"了。小队见势头不对,把耕牛卖了,农具、家具也烧了不少。七十四只船丢失了四十八只,剩下的二十六只有二十二只是破烂的。群众看到生产队倾家荡产的情景,伤心得流泪,许多人想外逃自谋生路。

生产队以下的共产风,更是一阵接一阵。干一件什么事情,搞一个什么运动,就刮一次,就是一次大破坏。比如,搞木轨化,

---

* 未刊稿,作于1960年。作者按:这篇笔记是记录当年传达的《王延春同志关于沔阳县贯彻政策试点情况的报告》的要点,时间大约在1960年末。

就拆房子，献木料；搞五有化，也是拆房子，盖猪圈；盖了猪圈没有猪，又得拉社员的猪子；搞车子化，就砍光社员的树；搞大协作，就乱调人，乱吃饭，乱拿工具。公社化以来，城关管理区全区性的共产风，就有二十五次，最严重的是一九五九年，刮了十五次。

生产瞎指挥的问题，严重到难以置信的地步。这个公社的干部，生怕把权力交下去，自己就没有事干，或者就会天下大乱。因而采取了统一指挥生产。怎么指挥？群众称之为“电气化”，就是靠电话。公社统一排活，一道命令，全公社社员都得服从调动，不管她干完没有，都要转移搞新的。在同一块田里，往往有半截苗高一尺，有半截苗高三寸，有半截插上秧了，有半截是光阪。这就是公社同一行动的结果。对此，群众称之为“一刀切”的领导方法。

有时公社一天得开几次电话会。晚上，见天欲下雨，电话会上布置明天插秧。清早起来，天却晴了，紧急的电话会又布置打麦子。社员丢下秧苗，来到场上，就又接到第二次调动的命令：“土晒干了，应该除草灭茬。”对此，群众称之为“孙猴子”的领导方法。

活干完了，新的命令没有下来。社员催干部，干部说：“别慌，待我去打电话问问。”有时候电话失灵，一等半天。

除此之外，还有什么“一夜化”、“一样化”、“驴推磨”等种种主观主义的领导方法。去年秋种，有些地方为了追求小麦播种“一样化”，竟不惜种了又翻，翻了再种，直到第三次种下去，已经是腊月二十八。

诸如此类的事情，多得很。这都不是笑话，也不是历史，而是去年有、今年也有的事实。政策越不贯彻，群众越没有积极性，生产越搞不好，生活越发困难。生活越困难，就越刮共产风。相互影响，火上加油，越来越旺。

农村矛盾*

——斋堂人民公社笔记(之六)

赔产队分值反而高,这年头是“哭的拉笑的”。管理核桃树也是这样,经管得好的,打了药,消灭了核桃黑的,吃不到核桃。马马虎虎,不打药,不管理,核桃黑严重的,反而吃到了核桃。

桑峪的水浇地为什么给了军响?五九年在区里开会,说是要大种商品菜,桑峪也来了六七个人,他们考虑到商品菜收入虽大,但是花力气多,给了你们吧!收入多了,反正我们也分得到(同一核算单位)。这边是不花力气的分利,又可以腾出人来大搞副业。现在听说核算单位变了,账就不这么算了,因此,又要往回要地。

军响说桑峪吃了军响,前桑峪说后桑峪吃了前桑峪。现在核算单位还没分,尽嚷嚷:“大车该回来了吧!”灵水也说,“骡子回来了还没地方呢!”

柏峪台和爨底下怎么也不愿合。柏峪台每人平均收入一百四十多元,爨底下七十多元。柏峪台说爨底下人懒。东斋堂更是,谁也不愿和它合。听说单独核算,有人就搬回西北山去了。这是逼回去的。

达摩沟四个村,原系一个高级社。现在是谁也不愿在一起过了。在牲口管理上也是这村怨那村喂得瘦,那村怨这村使得重。他们早就这么说了,“要走就往回走,不走就出达摩口”。

---

* 未刊稿,作于1960年。

(“往回走”就是恢复各村核算。“出达摩口”就是和上、下清水统一核算。)洪水峪的人也说,要和清水合,我们不退社;要和达摩庄合,就有十七户人要求退社。

清水说,洪水峪是大老雕,上达摩是一块肉,达摩庄是蚂蚁,西达摩是一盘米。合办高级社是老雕吃肉,蚂蚁吃米。(注:斋堂川的人认为,洪水峪人最奸,所以是老雕,上达摩地方最肥,是肉,达摩庄最穷,所以是蚂蚁,而西达摩却是一盘米。)

群众最反对“以法种田”。到处是“插旗种地”:压上石头,就算是我家的。有的社员拾掇了地,不背粪,也不下种,原来他还在观望:看你生产队种不种? 你不种,我就种。

常言道,粗风暴雨都不上寡妇的门,咱青龙涧就这两老头,看也看不过来。咱别法也没有,就是瞎子骑毛驴,逮住就不放。

今年是牡丹，明年是荷花*

——斋堂人民公社笔记（之七）

一个妇女说，政策老变，今年是牡丹，明年是荷花。

小心！别找罪受了，哪年不是这样啊，这个干部叫提（意见），那个干部叫讲，提出意见全给记下了，开大会又得受“辩论”。我不知道别人，反正我不讲了。

我跟你说心里话吧，原先我是有顾虑。那年王家山王大吉带头出了食堂，在门头沟挨了扣，不让他回来。结果是在门头沟打电话回去，恢复了食堂才放他走。这次贯彻，我和队长可是没动摇。现在，我把话说在头里，以后大三里的食堂要散了伙，可不是我支书、队长的过。（大三里杨天银）

党员看支委，群众看党员，支委干部动员别人，自己不动。高铺谭继木老太太说：入食堂时，是党员干部领着入，现在他们出了，我们也出。

有的人，是一脚门里一脚门外。全家六个人，三个退食堂，三个进食堂。怕退了食堂，干部在里边吃好，自己落了空。有的社员出去，一看党员干部没动，就喊自己“受骗了”。老太太说，咱们十一户出来前，见天喝糊糊汤，稀着呢！麻子都能照见。现在不搁代食品了，喝白茬子粥了，不行，下个月我还进去吃。要出来，就都出来试试，这才是精神呢！

王得福妻：食堂垮了，往后就该分给我们地了。

---

* 未刊稿，作于1960年。

开小片地，社员说：今年小干，明年大干，后年单干。

西斋堂王淑凤说，不叫狼吃，也得狗扒，不偷白不偷。瓜果梨桃，吃了白饶，光吃不搂，不能算偷。

去年有灾，今年还有灾，把肚子弄成青蝈蝈了。今年又是低标准，学耗子叫。

下清水马元达（过去是阴阳先生）在大街上公开说：六十年一小周，六千年一大周，今年就到周头上了，你们就瞧着饿死吧！

灵山公社有的干部说，去年杏核子卖了就卖了，没有卖的就没有卖。今年谁还敢积极了？积极了群众就埋怨干部，真是早来的不如晚嫁的，老鹞子不如家雀子。

肖德新：为什么是三十年不变，而不是二十年、十年不变？（群众怔然）他慢条斯理地说，因为三十年比二十年更长……（众大笑）调动劳动力的积极性，怎么“调”？不是姜太公钓鱼愿者上钩，对懒汉，的确要牵着他的鼻子走。

一点意见也没有*

——斋堂人民公社笔记(之八)

我是一点意见也没有。叫咱们多种杂粮,为的咱们能多吃一些,今年粮少,给咱们搭配了菜,没叫咱们挨饿。我是一点意见也没有。

前年,是前年吧?正是早战夜战吃大锅粥的那年,阴历八月初十,给我养一个叫驴,"你先弄几天再说吧!"我也早战,也晚战,割谷,劈棒子,背棒子,打场,我哪天也干了,我打了一大秋的场。接着是砍大棍,我也一天没拉下。混到了打核桃的时候,哪一宿也没拉下。冬日就背粪。有一天,幼儿园开会,好几个月了,才提出算工分来。大会考查作了个拉毛驴每天是八分。我说;我参加了农业活。干部说,你想拿双份,不合理。你干部每天给你补二分,不干,给八分。我是年纪太大了,被毛驴掀得两脚离地。我想,摔死了倒好,两片席子一包,了事。要是摔得死不死活不活的可真倒霉。这意见我提了两年了,至今也不见答复,我心中着实不明白!

今年整社还管点事,十二条听起来就不赖。不知往下又怎么做?往年当家的真不少,管得也不赖,但就是粮食不够吃,饲料不够喂。为什么?就是刮的胡风呗!种了一辈子的地了,还叫他们乱指挥。种地不上粪,叫瞎混!种棒子成了一缕一缕的,

---

* 未刊稿,作于1960年。

像是种麦子。当家的也不少，管得也不赖，一个个都好头好面，但就是粮食不够吃，饲料不够喂。我不知道这是个什么年头？莫非是糟蹋人、糟蹋牲口的年头！

1961

不用吃老杏叶了*

——斋堂人民公社笔记(之九)

今年阴历四月二十九就上了山。从咱们这里到五龙坨，到猪窝窠都有十来里地。平地上已经是百草丛生了，可是山上却冷峭。四五月，下起了大雪，冻得不行。开一会儿地手冻僵了，就烤一会儿火，这样又刨又烤地坚持下来了。

七八月到了锄山药的时候，先是下大雨，后来大雨夹带着冰雹，我那伞都打了三个窟窿。立起来，大风刮得站不住。黄土地，摔了几跤才回到家。那时雨下得实在大，是我领队，思摸着回去吧，也开不成了，跟大伙一商量，大伙都说咋也得干下去。大伙想的也是，好容易对付着一顿饭上来了，在这样的时刻，对付这一顿饭是困难，不能白白浪费了。

实在太冷，乔文让去弄柴火。下着雨，又滑，一闪手，差点掉到悬崖下面去。幸好张纯真睡在那儿，恰好这时醒来一把将他抓住，没有丧了生。

到了秋收的时候，我们也是冒雨拔菜。社员们情绪可高了，都说，当初开荒下种，千辛万苦，现在雨淋饥饿也要把菜弄回去。我们五十九岁的老娘子杜兴甫，还是小脚，从开荒到收菜，多高的山，多远的道，都去，一天也没拉下。那天上五龙坨，道又窄，又滑，她也是坚持着去。(洪水峪四队队长、女团员贾洪明)

王朝亭的青年试验田，自五八年开始种的，共一亩三分，今

---

* 未刊稿，作于1961年。

年打了 799 斤玉米,76 斤山药,200 斤豆角,10 斤黄豆,还卖了 27 块钱的白菜。社员说,这是块“刮金板”。

张久金(洪水峪老农)说,刘天才这人,你什么意见都提不出来,这人打八路军来,就没发过脾气。干什么活,他绝不硬派,可又让人高高兴兴地去做。他不发脾气,可谁都争着干。这人啦,就是有办法。

今年生产是好,开春,石垅豁子都垒齐了,得了全苗,不短苗。锄了三遍,地更是没荒。的确领导得好。我们队二十一户,拔了一万多斤疙瘩,不用吃老杏叶了。

刘天辉(支委)说,去年低标准把人弄的够呛,人都饿坏了。要使老百姓不挨饿,开春就要计划,第一是保苗,耪三遍,第三是凿菜。我们组织得好,二遍耪完,拾杏,耪三遍的时候,抽空凿菜。今年是领导放了手,区委的指示正对心意,党员都同意,妇女全动手,和男人一样起大早,拔大山,群众全自动化了!还不是吃老杏叶吃怕了!

王金生(大队长):年上尽说瞎话,如今可不能那样,虚报多少亩多少亩,社员一点好处没得。今年哪个工作来,支部也得研究,研究了就做好。

刘天辉:今年工作不像去年那么死,集体弄几天,就叫大伙搞一些自搂。这样,就高兴了。不然,也是在地里泡着。

张久金:那是一点不假。

刘天辉:社员说,要放假了,集体的事就得抓紧闹定。社员说,六十条是真实行了。

张久金:就拿这次动员卖菜来说吧,我们家里留下够吃的就好了,上面叫种,咱们吃上了,不叫种,就什么也没有。大家都吃一点吧,拿多拿少的,社员心里痛快。

王朝亭(支委、团支书、妇女主任):现在社员可好领导了。

杨天林(社员、党员):毛主席的六十条就是好,往年是大喇叭整天叫唤，你要不假，就“广”你。杏秋不拾杏，叫种菜，菜没种，杏也叫大水冲跑了。社员骂的骂，说什么的也有。今年好就好在面放宽了，集体要搞，社员也搞一点。

王金生：党支部没有独断专行，事事都跟社员商量，像凿菜，一开会，社员就高兴，张成平说，要开就上五龙坨，今年种菜，明年种山药，菜有了，山药也有了。

杨天林：面放宽一些，往后就会好。往年是死的，给什么，吃什么，不给就吃不上。今年是社里给一些，自己抓一些，心里也高兴。毛主席的六十条没有错处。这样，再过两年，就会好了。

要想穷，睡到太阳红*

——斋堂人民公社笔记（之十）

要想富，早穿裤；要想穷，睡到太阳红。

上清水张兴堂说：我很高兴，现在就是大好形势。我给人家扛了十八年长活，念不起书，一个字也不识。现在开会，我一见人家记笔记，自己就气。过去上清水，有钱财主也不少，只有一个师范生。

又说：过去谁看得起我？受压迫，受剥削，连说话的权力都没有。干了一年，到了年根，往外一轰，啥也不是你的。算盘子一响，一切都空了。我怎么想得到当生产队长？现在，我屋里什么东西都是我的，种啥吃啥。脚上穿的新棉鞋，过去，连鞋脑袋都塌了。

又说：过去扛长活娶不起老婆。过年过不去，把盖的被都卖了。还不够，卖瓮！

他检讨说：当了一年队长，受了一年累，挨了一年骂，真不想干了。前几个月就盼着到了头，来个换班。听了报告，我痛快了，还要干下去。多会儿老了，不能干了，多会儿算。

梁春云平时最不爱发言：我也得承认大好形势，去年冬天低标准，比俺爹俺娘要饭时都强多了。那年俺爹俺娘要饭，把妹子卖给谭振普，卖了二担米。还好，没带我去，要不，也得给卖了。

董春才：今年是比去年好。去年，有人说，社会主义好，就是吃不饱，做活就要倒。今年啦，如果食堂还办的话，连门槛都跨

---

* 未刊稿，作于 1961 年。

不过去了。

谭秀珍(老党员):听了报告如早上起来新见太阳一样,过去我这个党员是群众的尾巴,群众说今年好不了,我认为的确有困难。群众说八辈子好不了,我也认为是实在话。

过去只有有钱人才能进北京,穷人想进一趟城可不容易。背上篓,走上五天五夜,拔大梁,翻高山,好容易到了西直门,说不定给骆驼撞倒在路边。那时候,北京城里有多少穷人冻死在大街上。现在,花两块钱一天就到了北京。

张永春:林兆荣的丫头,十四岁没饭吃,被狗咬了,没人管,饿死了。四二年,我村逃到口外的有十几户,到现在还没回来。

马广义:过去马全珍把老婆扔在外边,谭进永把儿子扔在外边。

听报告,搞讨论,只要了解就行,何必一定要谁挨着谁,那是教条主义。我在市委学习了一个月,也记不下来。只是一说鼻子,就知道是大头朝下长的,一说指头,就知道是长在脚板子上的。

梁春兰,多少年的共青团员,工作积极,社会关系没问题,够发展的条件了,就是有个头疼的毛病。又没听说头疼的不兴入党。刚才区里来电话,说咱们生产躺下来了,我说骨头都到这里来了,村里只剩下一摊子肉了。

梁庄台上,十个党员,五个专业人员,一个不起作用,三个在农业上,而其中有一名队长,尚元刚,整天抗着枪打鼠耗,不干正业。不是看青,就是打鼠耗,割下尾巴记工分,剥下鼠皮拿到台下去卖,一个月,就闹了一千多分。

一个舞步，一朵鲜花*

一个兄弟民族的诗人，进了北京城，跳着自己民族优美的舞蹈，一步一舞地，要在“路比云丝密”的北京街道上，寻找日思暮想的敬爱的毛主席。但毛主席“工厂、农村……哪儿都去，也说不定在边远的工地”，到哪儿才能找到他呢？于是，诗人便在北京“从每一条路上”，一步一舞地去追寻毛主席那对闪光的足迹。走啊！找啊！一步一朵鲜花，一步一番敬意。终于诗人发现：

水晶一样的路上，
落满层层密密的足迹——
毛主席和群众一起……

最后，诗人由于“今天北京特别亮”的启示，而判断“毛主席一定在城里”，终于在中南海见到了敬爱的领袖，迎到了“一轮太阳升起”！

这就是《步步向太阳》（载1960年10月号《人民文学》）这首短诗的梗概，它的作者是藏族青年诗人饶阶巴桑。

许多诗人都为领袖毛主席唱过热情的歌。但《步步向太阳》却以自己独特的构思和格调，给人留下了深刻的印象。

诗人渴望见到毛主席！焦急地到处去寻找毛主席，不是走也不是跑，而是跳着。舞蹈表示欢乐，表示幸福。在诗人美丽舞步所印下的足迹里，满含着对于毛主席的深情。这样，尽管诗人

---

* 此文初刊1961年3月10日《诗刊》1961年第2期，初收《湖岸诗评》。据《诗刊》编入。

没有直接描写对于领袖是如何热爱，但却收到了非语言所能达到的强烈效果。诗人表现伟大领袖与人民群众亲密无间的关系，也不是关于这些画面的直接描绘。诗人没有让我们看到领袖走遍全国、生活在群众之中的情景，而只让我们看到领袖的闪光的足迹。我以为，含蓄正是此诗的鲜明特点。含蓄带来耐人寻味的东西，含蓄的力量是持久的。我们把这叫做构思的巧妙也可，但这绝非故弄玄虚，而是诗人对于"毛主席在群众中"这一真理的概括。

这首诗的语言，句句都平易无华，但句句又都是作者的真情流露，加以结构上多种句式和单字尾、双字尾的穿插安排，以及"舞步高、舞步低"的反复咏叹，形成艺术风格上另一清新的特色。清新得像诗人描绘自己心情时说的那样："像欢跳的小溪。"

饶阶巴桑已经给我们唱出了不少具有强烈的国际主义爱国主义思想的诗篇。藏族民歌的传统格调——清新和含蓄，已成了他的诗作的基调。他又学习了汉族诗歌的某些艺术手法，而形成了他自己明快而又深沉的风格。《步步向太阳》说明他的创作是渐臻于成熟了。

王家山王天忠*

王家山前支部书记王天忠，贫农，今年六十六岁，是王家山建立支部时最早的三个党员之一。有兄弟六人，都住在村里：王天堂，七十四岁；王天忠，六十六岁，一家被烧死三个闺女；王天阁，饲养员，现支部委员；王天吉，现任支部书记；王天庆，一九四二年全家被烧死，本人、妻、子、女四口；王天印，现任生产队长，支部委员。

王天忠说，敌人想搞我们兄弟三人：王天忠、王天阁、王天吉，说是王家山有三个红鬼。我们哥仨为了保全革命实力，夜里都不在一块睡，我们在山坡上睡了三年。我们想，“不断了粮，就不怕他”。

王天忠说：“现在和抗战时比是阔生活，强百倍。现在平均定量是十八斤，但是四一年连八斤都吃不到呢！”天阁接着说：“咱村有活到七十岁还盖不上被子的人。”“现在的时光，当然地主富农不会满意，他们要满意了，就成问题。但是贫农有忘本思想，翻了身，忘了本，这是最恼人、最可恨的事。”王天忠说：“现在好了，又有吃，又有穿，又有铺，又有盖，要不是毛主席来，一天不好一天。”他说着，迷着眼笑：“抗战那时，只知道拼，没想到很快地到了今天。”

咱们村是一九三九年阴历九月十五日建党的。王家山惨案发生在一九四二年阴历十二月五日（阳历十二月十二日）。惨案

---

* 未刊稿。

的事，后来有王文智和王文欢两人编的小调。建党时有三个党员，王天官，我，还有我们四弟王天吉，我当了七年支部书记。

毛主席办法是好，很早就提出组织起来自卫并和敌人斗争。一九四一年过春节，鬼子把房子全烧了。四二年烧了我们四十二口人。敌人一蛮横，我们一点也不怕了。敌人来了就自个儿和它斗争。四四年开了八天铜矿。把鬼子弄了顶二十个。

俺大儿子是民兵，在麻字根上下了地雷，一下子崩了三个。政府没下指示，尽自己去破坏电线，破坏交通。那时有好几十民兵，上去拿斧子一砸，啥也不怕，这个村有三四个月不和鬼子通气。我们抱定决心，有一个人也要和它斗争。房子也烧了，搬到山里去住。

三八年十二月二十八日，那时鬼子还没有来。农会刚组织起来，那时吃茬子粥都吃不上。开了农民大会，提出农会出钱向地主富农买玉米，大部分富农都认了，只有地主王子元八斗也不粜给。这样，其他的也不愿意了。我们便把地主的企图跟领导说了。我说："依我说，把没饭吃的领到他们家去，他吃的面，咱吃玉米粥，吃粥给粥钱。"二十八日，领去十二个人。二十九日，又领去十八人。

眼看快过年了，这样也不象话，地主托灵水一个教员来说："粜给吧，八斗棒子！"我们硬起来，"一担二，少了不行"。"一担二就一担二。"我们给了他钱。政府看法也不一致，有说这样会影响统战。区长王福堂给我来了一封信，地主骑驴带二十斤面去找区长，区长便来信说妨碍统战。我也写了封回信："同志，你是区长，穷人是该饿死怎么治？我们给钱又不白吃他们的。"

助理员和区长是两派。县农会强文达到白虎头、牛战开了会，把农会吹了，弄垮了。我们哥儿不服，打定主意，他要来了，就斗他。四四年王天吉当上劳模。在清水劳模会上报告这事，报告到吃茬子粥时，大伙哈哈直乐，大鼓掌。大伙都说对。民国十五年，咱们就和地主斗上了。咱们这边穷人很多，咱们斗争最早了。

四一年吃不上，很困难。四一年鬼子来通知，九月二十五日要并乡到斋堂去。不然的话，鸡犬不宁。九月二十日夜里干部集中开会。我们和政府不接头，已好几个月了，我们哥儿们多，抱定决心万不得已，领着全家老少上后方找政府去。开会开到半夜，我说了句笑话。没想这笑话却碰上了，我说："大伙儿还睡觉吗？不要紧，咱们是不和他拼，咱们别的没经历过，可听过戏，有了难，必定会有救苦救难的来。"

半夜十二点，县委会的史梦兰、杜纯训、宋文庆三人来了。我说："你瞧瞧！"老史他们说："怎么样？发愁了吧！"他说，白虎头、东西北山，让他们并了去。灵水、牛战、王家山、灵岳寺、蔡家岭，和他断关系！"我心里一下豁亮了，胆子大呢。到了四四年，送报告说"毛猴子来了"。鬼子也不敢来。

那时情况紧张，很艰苦，不少人投降了。鬼子力量大，政府又失掉联系。死活思摸又没思摸过，有口气，就和他拼。灵水干部，经过王家山，在这里喝了水，回到白庙那儿，就被手榴弹炸回来了。谁也认不得谁，亲戚也不可靠了。那时节李全善是区里书记，开了三天会，临散会，把我叫了去，对我说："王天忠，有口气就要斗争打死算，最后胜利是我们的！"我说："得，一句话，有气就不投降！"

四一年那时，村小人少，但是反特反出了四十多人。那伙人可坏着呢！情况正恶劣时，大部分人都低了头了。四一年，我们就公开和坏家伙斗起来。他们说："谁送棉毛猴子，送军鞋，送公粮，就和谁的脑袋过不去！"那时三弟、四弟生起病来，动不了身，开会就我说话。我是豁出来了，也不怕死了。我说："你们不说啦，我可有句话，你们说，谁和毛猴子通气，就和谁的脑袋过不去，这话是冲着我说的。那时鬼子未到斋堂，却讲打倒日本怎么的、怎么的，讲漂亮话，现在可看出真老包假老包了。我王天忠这脑瓜不怕掉，对祖国要忠实。王天忠不怕死，政府也不会让我白死了。”我说了，往下谁也没敢言语。是个党员，死了就算革命到底了。

宋文庆领导游击队来。我说这村不抓些人就弄不起来。二回他来，叫我跟着他走。三弟、四弟病未好，我走了，他们出了事，就算白干了。于是我们把王文如、王秀仁枪决了。回来，工作就起来了，直至鬼子投降，这工作也没泄了劲。那时宛平二区被烧得没了地盘，后来把这村划到二区当根据地（原来是一区的）。二区才算站住了。

四七年搞复查纠偏，党内整党，分区派了安其元来。还有一个小李，一个大李。他们想把我砸死，把王天印送法院，把王天吉送出去。贫农团长王天来跳井自杀，侄子王文俊想自杀，准备了绳子刀，连说话也不敢大声说。我告诉他：“使劲说，死不了你。死了也是革命到底，这又不是日本那时节。”

咱们村，四一年、四二年打死饿死的，一百多人。抗战时有四十九户二百三十一人。现在有十九户五十七人。

到了四三年，说反正得吃上饭，放去二里地的两道岗哨，男女老少拉犁。四四年得了个丰收，打了四十多担粮食，全村人在一起吃半个月的饭。每天放哨，好一点了。

现在谈起这事，我心里就乐，没叫鬼子弄死，这就是乐。我现在对王文田（其大儿，现任管理员）说：“穷也得穷个志气，死了也别贪污。”养孩子，教育是主要的，他五岁时偷了他丈人家一颗鸡蛋，打他一脖子拐。他说：“我死也记住这事了。”我对他说：“送回去！”王天忠多会儿也得叫人家瞧得起，不能叫人家瞧不起。

1961年3月，于王家山

山里的风景(其一)*

高压线飞越青翠的山岭
掠过向它举臂欢呼的杏花林
它向山村和梯田投下深情的目光
我要向你送来水,送来光明

高压线飞越青翠的山岭
像天空竖起了七弦琴
这里过去只有山水的清音
如今弹奏起机器的轰鸣

1961,5,21,斋堂

---

* 此诗曾编入作者自编诗集《百花山》,未刊。关于诗集《百花山》作者按:这是一本自编的诗集。这里的诗歌写于 1961 年 5 月至 1961 年 12 月,是作者从北京大学下放京西斋堂人民公社期间写的。

山里的风景(其二)*

是谁抖落满天的繁星
在树丛悬挂起万盏银灯
先前鬼火闪烁的地方
如今是花影叠着人影

是谁给了工厂粗犷的喉咙
代替了深巷石碾的呻吟
水电站是清水河边的明珠
给山区带来了不夜的喧腾

1961,5,22,马兰

* 此诗曾编入作者自编诗集《百花山》,未刊。

山里的风景(其三)*

峰峦如大海的绿波碧浪
钻探机迎晓雾白帆轻扬
果园风带来醉人的芬香
船只为幸福开始了远航

啊,谁是你英勇的舵手
啊,何处是你停泊的码头
人们带着内心的祝福
为劳动和胜利而勇敢奋斗

1961,5,24,燕家台

* 此诗曾编入作者自编诗集《百花山》,未刊。

山里的风景(其四)*

调皮的拖拉机你别吵
我从来都是昏昏沉沉地睡觉
顶多也不过犁锄在头顶轻敲
那见过你这怪物整天吵闹

土地母亲你该知晓
是人民公社命我来此效劳
如今我唤醒了千山万岭
初上的太阳正把万物照耀

1961 年 5 月 24 日，晨，燕家台

---

* 此诗曾编入作者自编诗集《百花山》，未刊。

山里的风景(其五)*

公路铺上青翠的百花山头
连接着长安街的华灯如昼
原先松鼠跳跃的深涧幽谷
如今流动着湍急的河流

鲜花美果晶莹的露珠
车辆驶过北京古老的城楼
城市向我们送来了阳光
祝福斋堂川岁岁的丰收

1961 年 5 月 26 日,斋堂

---

* 此诗曾编入作者自编诗集《百花山》,未刊。

山里的风景(其六)*

长夜里多少人山野苦望
愿为家乡燃起通天红光
此刻农机厂火树开了银花
车床响烘炉旺飞出了凤凰

革命的烈火燃遍山冈
平西根据地的旗帜飘扬
火光涌现严肃的联想
几代人谱就这铁火乐章

1961 年 5 月 26 日,深夜,斋堂

---

* 此诗曾编入作者自编诗集《百花山》,未刊。

村头之松[*]

密针细线织就的伞
屹立在村边沟畔
昂首迎接暴雨烈阳
给人绿荫的温暖

吮吸土地的乳浆
方有青春的容颜
扎根深深的地层
风雪也不能摇撼

一棵平凡的松树
守卫着乡村门槛
清风朗月的夜晚
送来万家平安

1961 年 6 月 8 日，深夜一点，斋堂

---

* 此诗曾编入作者自编诗集《百花山》，未刊。

洪水峪王金生*

花一样的姑娘，十五岁结了婚，有少妇的娇羞，又有少女的天真。粗黑的长辫，红蝴蝶，花袄。进来了，见我们开会，就要出去。王金生说："来吧！""不来，你们开会。"她倚在门口。"开会有什么秘密？哪有你们两口子的事秘密？"女孩嗔了，打王金生的脚。王金生辩解说："有什么秘密？如今党都公开了！""你们都是大干部，研究的是国家大事。"

王朝亭交给王金生结布扣的任务，女孩伸出手来，要王金生教她。王金生说："来，我不知拉过多少徒弟了。"于是，女孩子笑着凑过身来。两辈人亲密地研究起来。王金生一边教，一边告诉她："不学，不知是多为难的事，我教你，包你一学就会。啰，这样一个结，打个花篮样，穿过去，就行了！"你看他们多像爷儿俩，这样的细心，有兴致。

一个老头进门来，向王金生告状：儿子怕媳妇，媳妇厌老头，他们一家吃干饭，单给老头喝粥。老头后悔从外村回来，"哪块黄土不埋人！"老头说："如今按劳取酬，老头快饿死了。"又说："如今讲的是公平合理，公私合营。"又说："不行啰，老茄子，老黄瓜有用，晾籽过年好种，老葫芦有用，好做瓢，唯独老爷子没有用！"

王金生说："叔，坐下。"递过一支纸烟。听了他的话，王金生说："行了！不怕，咱们这里有穷户，没有穷村，叔，有共产党在，有咱们这伙人在，你不怕，饿不死人的。你回去告诉你家小子，

---

* 未刊稿。

他小的时候，大人们是先让他吃饱了才吃，现在应该倒过来，让你吃饱了，他们才能吃。共产党讲的是人性，讲的是真理。”

王金生，洪水峪的大队长，今年五十一岁，1938 年入党，1939 年参军，1942 年回来。回来后，一直在本村工作，到如今。

“穷奔山，富奔川”，他的老家在金鸡台，是穷得没谱儿了，奔山奔到这儿来的。六岁那年，他父亲背着他，带着他的兄弟，进了这洪水峪沟。他们，是在老家活不下去了，一路要饭要到这儿来的。算来，已经有四十七年了。

我们一见面，他就兴致勃勃地谈起了下面两件事：

> 你知道这房子是怎么来的？我在洪水峪住的是办公室，现在是办公室了，原先不是的，是俱乐部。现在的办公室是后台，演员化装的。房子的东面有两扇门，通往前台。两扇门的中间墙上，镂刻着巨大的五星图案。

暗夜里，王金生推开两扇门，引我到前台。出现在我们面前的是比办公室要宽大五倍的房子（只是现在隔开了一堵薄墙做代销处了）。与后台相通的是戏台，下面，显然是观众的席位了。台上，挂着汽灯，台上，放着几只木箱，装着演戏的行头。王金生兴奋而又带着自豪的神情对我说：“这房子，全是咱们黑夜背石头，自个儿盖起来的。”

一九五七年的大年初一，大伙吃过饺子，打牌的打牌，唱戏的唱戏去了，他们四个支委，来到了当时还是一片空地的张家大台上，披着暖洋洋的初春的阳光，四个人，谈到了山村的远景，指手画脚，这里盖俱乐部，那里盖食堂，俱乐部以西，盖起七间大仓库，俱乐部以东，是一排猪场和牲口棚圈。

说的高兴，王金生动手便画起了蓝图。

当时大社只拨给四百元的经费，一百元一间，只够盖四间。可是，按他们的计划，光俱乐部就得盖七间。怎么办？自己动手。1958 年，他们就干起来了。

白天，该干什么还干什么。黑夜，全村动员到河滩上背大石头。那时，全村的壮劳力差不多都输送矿上去了，后面那七间大仓库是十四人修起来的，仍然是背的大石头。这穷山沟，现在有幼儿园、托儿所大小八个，食堂四个，猪场一所，蜂场一所，煤窑，代销店，俱乐部，办公室，一应俱全。全是自己动手盖的。

在煤油灯的闪烁下，我们谈的正起劲，几次有人来找王金生。后来催的人多了，催的急了，他只得走了。第二天我才知道，有个叫张久祥的，丧妻再娶，他的儿子儿媳不同意，闹着要寻死。几次催他去，是为了调解此事。王金生当夜谈到两点钟，回不去了（他家离此二里多路），就胡乱地躺了一会儿，五点起床，又谈了一早。

第二天，就有前面提到的那个叫王德林的老头来找他。他把老头安慰了一番，答应解决此事，他儿子，王金生包了；他儿媳，王金生对王朝亭说："朝亭，老娘子的事是你的！"王朝亭点头，笑笑。老头走了。

要想今年不挨饿，不吃老杏叶，就得到山上去找。四五月，正是粮食标准最低的时候，吃不饱，就上不了山。王金生和支委们一合计，决定放假两天，"勒"榆子椴叶去！于是，在上山人们的背篓里，出现了榆子贴饼，椴叶干饭……

七八月，山药开花了，正该夏锄。这时，又要锄二遍，又要拾杏，劳动最紧张。大伙儿的粮食又没谱了。这时，支部分给每家百多斤的山药。这山药无异是救命星，大家感谢党送来的这"及时雨"。原来王金生他们早就考虑到了，正当人们在山上大开大种的时候，支部就决定利用食堂的七亩菜地压山药，外带五月鲜大豆角。平地的山药，百日保收，所以，正赶上夏锄。

人们说，洪水峪支部神机妙算赛过孔明。

我想，该就是饲养员张国善说的，"支部领导是不赖，在领导方面挺好"这两句话的含义吧！

1961 年 11 月 7 日，洪水峪

上达摩艾德斌*

一九四二年入党，当时正打游击，是二十六岁，现在四十五岁了。

原先不住上达摩，住在离上达摩五里地的扫帚港。二亩地，三间草房，打铁为生，干一天，混一天吃。不干，就得饿肚子。

现在住的房子是马栏地主的。被没收了，艾德斌向村里买来的。四零年，四一年在八路军的军机部当工人，打牲口掌，刺刀，做武器。四二年回来，租了富农张廷董的三亩地，种了两年。以后和别人合伙种了八亩，这已是四三年、四四年的事了。

一九四七年清算，艾德斌用倒租的果实加上国家贷款二百元，买了十一只羊，养二年，还清了贷款，羊更发展了，此后，每年都卖三十只羊。还了债，有了积累，就买了房子。从此，就再也不找“行账”（一种借债的方式，穷户向债主借了钱，一般是三分利，到时候来为他家做工，以工还债，或是替别人种他地，挣了钱来还账）。那时候是年年开荒，种土豆、荞麦和莜麦。羊发展到一百多，秋天卖三十只，冬天剩下七十多只。

四九年，五零年，这两年我病了，没起炕。加上弟弟牺牲了，花钱，把羊卖了，余下十来只，叫别人带着。因为别人管理不好，羊渐渐地保不住了，入社以前，剩下六只。五三年我当上了互助组长，组里买一群羊，没人放，我放。当了一年组长，放了一年羊。

一九五四年，我们这里成立了初级社，上片叫上社，下片叫

---

* 未刊稿。

下社，上社社主任艾德怀，下社社主任是我。我把六只羊卖了，挂点杏核，换了一匹马，都入了社。

一九五五年，上下社合并。

一九五六年，转高级社。达摩沟四村统一核算，从那一年起至现在一直担任队长。

我虽然没抗过长工，但自出生以来，苦也没少受过。打铁，一天不打铁，一天没得吃。我拉过煤，背过炭，背一百斤挣四五毛。党来了，解放了穷人。过去受过苦，想着以前穷人受罪没人管，好容易熬到了这天了，是忘不了党的领导。现在生活一天天提高，要没党现在还得受人剥削。

一九四零年起，当了三、四年的自卫军中队长，打游击，做军装，扛军粮，拉电线，破交通，下地雷、石雷（地雷是生铁铸的，很少，石雷就是在石头上打眼放药，堆在当道，汽车下来，一卸就响）。

自从二十六岁入党之后，思想上下定决心，党叫咋做就咋做，不能脱离领导，领导不会叫咱往坏里走。咱是大老粗，不识字，领导上出主意，咱就是笨干。

一九五六年转高级社，四个队发生很大矛盾。秋收分配，各村交叉着分。我去洪水峪分，粮食标准弄混了，三等棒子倒折得多，二三等都超过了头等。闹得很不好，都吵起来了。县区都来了人。要是入党前，早就分了算。当时自己一想，也许人家真的弄混了，还是听领导的。当时工作有很大困难，社员每年都不肯积肥了，说积肥管什么用，说积了肥出大棒子反倒少分了。

我是听领导，政策问题上不能动摇。有了困难，跟领导上联系。总是纳闷着与苦时对比，忘不了党的领导。

咱们村，过去只有两户富农，三户中农，其余六十多户，尽是贫农，都是拉长工、种地的。到冬天，不少人家都只穿着单衣。于凤香、艾德怀、艾德宝我们这些人，都是一件单褂，而且只剩下胸前一块是完整的。别说没有褥子、被子，一半以上的人家都买不起炕席，睡的是土炕，没有枕头，一根烂木棍（我父亲至今还枕着那根发光的木棍）。

咱们村那两户富农是达摩庄的人，在这里住。这村的张家台和大台两片最好的地，都是他两户掌握着。那时节，三两天不见一颗粮是常事，每年到五、六月，最苦了，尽是杏榆叶、椴叶，顶多闹几颗土豆。社员们年纪稍大的，都受过那些罪。

艾德宝饿得不行，到山上找人菁，人菁都长了穗了，还吃。吃落藜也是，结果手胖了，都流水。他大丫头，叫哑巴的，浑身胖得跟蜡一样。那时候，一两个月也吃不到油。到了过年，跟有钱人借钱买些油，还得找保人，写文书。我合伙种地时，椴叶煮粥，椴叶棍留下来，推成面，蔓菁菜做馅烙成饼，煮成饺子，吃了直烧心。

背炭，四十里山地，到大安山，一百斤赚四五毛，还是一百二十斤当一百斤的老秤。住小店还得吃二十个子儿。起五更走，有时没得吃，空着肚子走。回来，到大梁，天就黑了。为了省钱，连夜也得赶回来。现在开会还坐车。

我三十一岁结的婚，大丫头是带来的。老婆是青土涧人，前一个男人死了，是姐夫介绍的。婆家是上中农，现在有个小丫头，小小子。订婚订不起，百把十块钱到哪里找去？把地卖光了，也娶不起的。艾德怀、艾德宝都是三十多岁清算之后结的婚。

抗日战争时劳力不少，光自卫军就有八十多人，地也不少，但就是受穷，为什么？好地都在两户富农手中，低里的树也都是人家的。这些树，都是祖辈留传，到没的吃时，写文书卖给人家了。

现在一样的地，劳力少了，还多打粮。那时是没人管，不敢说，也没处说，只是干活。现在有人领导，有人管了，那时是饿死也没人管的。我记得很清楚，我十八九岁的时候，艾宏花的老公公陈玉山，就躺在河滩上好多天，眼翻白了，过了好多天才死的。艾德怀丫头老钱的老爷，就躺在现在盖学校的那间小草铺，下不了炕，日夜喊，硬饿死的。谁管得了？谁都没辙！

今年我们山上压山药种七千三百斤，连男带女全上去了。要说没干劲是瞎话。谁家也没带的正经饭。现在的年轻人，没受过那些苦，嫌吃的不美口，穿的不顺心，尽想生活高，高了还想高。种山药的时候，歇着尽谈这个。

我们压一百斤，不说刨一千斤，至少也可刨到八百斤。明年再开荒，就可以烧山药吃了。开了山药地，也就有了谷地。当年全队才有七千多斤山药，今年一下子刨了二万四千多斤。

我们计划明年要实现自给，还差一万多斤粮食。土地有问题，只好开生荒、积肥、垒石垅。今年种菜压山药的地，明年全部种谷；今年种谷的地，明年就全种棒子。这样，多产一万多斤没问题。山药地现有的可压三千多斤，我们计划还开七千多斤的荒地。遇见困难怎么办？向领导请示，跟群众商量。

今年号召大种秋菜，二遍要锄，杏也要拾，社员又没得吃。只有二十多个劳动力，而且多数是妇女，生活是无法安排。我们跟群众商量，决定把二遍包到户，利用早晚的时间锄完，组织学生拾杏。白天我带着强劳力上山开地。妇女队长艾永琴带着老弱劳力锄地拔草。

几年来的平调给我们带来了困难，产的多也调的多。这次开荒，社员还问：我们种了是否还要被调走？别的村是否还要来摊分我们的？这村干部社员思想纯洁，受苦的人多，一说苦事，都是街坊亲属，命运相连。今年抬菜地二十多天，早起都是一顿菜粥，拿些菜团子咸菜，大伙不说苦。

过去抬菜地还得给租，收成了，是人家的。现在挨些饿，比过去背炭，早起，想吃的，没，到了大梁上，肚子还是饿的。现在白天干活累一些，回去热水，热炕，有铺有盖。

艾德斌关心社员困难，社员有病，队长多忙也要去看望。社员感动地说：过去是死活没人管。艾德斌说：平常干活找社员，人家有困难了，就不能甩手不管人家。六一年春天，社员张俊勤怀孕。因为胎位不正，两天两夜也没生下来，痛得死去活来，艾德斌黑夜打电话叫医院派急救车，派人抬产妇到达摩口。

今年七月，队里两个最棒的劳动力张广来和高松山病倒了。艾德斌十分着急，考虑到他俩病了多日，家里孩子又多，粮食一定有困难，主动在干部会上提出，补助给他们一些粮食，好让早日病好。大家都同意，并且称赞艾德斌考虑得周到。第二天，就把粮食送去了。高松山激动地说：这就是党的领导，过去饿死都没人管！不五六天，病没大好，两人都参加了生产。

张景武家病得要死，队长连饭没吃就派人找医生，派几个小伙子去接医生。不仅本村群众，对外村的人也一样看待。今年上清水的牛在这里住着，看牛的得了病，在山上躺着。牛也没人放了。社员说："管他呢！又不给咱们钱。"艾德斌听了十分着急，摆在桌上的饭也顾不得吃了，带了止痛片、救急水就上了山。到了山上，又是开水送药，又是针灸（艾德斌多才多艺，会这一套），好歹把牛倌弄好了。但是没人放牛，怎么办？那老人说："队长救了我，救救这夥牛吧！"队长看没人放牛，"不行，我去"，队长果真饿着肚子，赶着牛走了。

队长的心总是向着大家，考虑的是全村人。今年刨山药，有人主张不如在地里分了，各自背回去。艾德斌坚持不干，一定要背回去再分。因为老弱的、专业的都不能到这里来，要那样，放羊的也不放心了。艾宏云（团支书）说，哪家的吃穿队长都考虑到了。

"不行，我干！"这是艾德斌常说的一句话。队长是哪头忙，哪头挡；哪里有困难，就在哪里出现。没人打铁，他抡起锤；没人扶犁，他扶犁；炊事员病了，队长做饭。今年秋耕，队长下了很大决心，不留一亩的花地过冬。连大车的骡子也卸了下来。但是有人说，骡子拉惯了车，白费劲。艾德斌说：我去试试，就行了。队长能行，别人当然也行。直干到今天，才下套。

春起开荒也是，高松山、董春才扶了一天犁，都说骡子杀不了荒，使牛吧。可是全队只有一套牛具，使牛无疑是放慢了进度。艾德斌听了，又说：我去试试。他去扶了三天，也不怎么费劲，高松山见这样，就扶了下去，也不说使不得了。

锄三遍，也包给了各户，都喊说每人每天只锄二分七，三包给分不合理。第二天，艾德斌和支书艾德怀又去“试试”，他们拣了块最难锄的地，搞了一天，全达到五分四。三包分是合理的。假若二分七就给十分，那倒不合理了。

春天，党号召农具要“四新”——耙新、锄新、篓新、杏子筐新。艾德斌回来，和八十四岁的老父亲一商量，又把搁置了好久的打铁行李拿了出来，生起了大红炉，父子俩起三更睡半夜趁休息的时间，给全村打了四五百件农具，白天也一样参加生产。群众说，咱们干什么，队长也干什么，咱们队长没工作就下地，队长和我们在一起。艾德斌常常把大伙放在心里，然而却常常忘了自己。在他看来，为大伙，自己受些苦，受些累，吃些亏，是自自然然、理应如此的。

支部书记艾德怀常患喘病，一病就不能工作。今年会议多，因此，队长的会，艾德斌去，支书的会，多半也是艾德斌去。出去开会，就不如在家里，多吃些菜省粮。在外边开会自己要挨饿，家里几天也补不上。有时没粮票，艾德斌叫妻子弄几个杂和面的饼子，揣着去开会。有一次公社开会，他没粮票了，一天只能一顿饭。当天夜里，连夜赶回去。他知道这是为党工作，没有怨言，从不对任何人说。

卖秋菜，他带头卖；分自留地，他分得最软，也最少。老人张成来说，艾德斌当干部，是按照自己的心去执行的。艾德斌父子打铁，这事轰动了附近各村。他爷儿俩，每天是三点起床，打到吃早饭。吃罢早饭，就上地里去，不影响生产。打铁，吃不饱不行，别村铁匠都补粮，他们从来没提什么要求。一心一意为大伙做事。八十四岁的老父亲拉风箱、拿大锤，上达摩的社员十分自豪，对别村的铁匠说：我们那铁匠怎么困难也坚持去打，你们是三心二意。

老人们最满意艾德斌干的活了，张广银到地里走了一趟，对村里的人说："昨天耕地连平地都耕不动，艾德斌去了，把石头地都耕得好好的。真是做什么活，都要看人。"于是村里流传着一句话："做啥活，只要艾德斌去就行。"艾德斌谦虚地说："自己只知听领导的话，只知道笨干。"

其实不然。今年春起，艾德斌带领一班人要垒好张家台一带的石垅豁子，老农们说："修不好，地还没化雪呢！"艾德斌和群众一商量，前半天垒（因为地还冻着），后半天倒（地已化了）。结果等到张家台的豁子全垒好了，地还没化呢！

五九年达摩四个村修大车道，几个村的队长在一起，一比，就看出来了。大小官，不动手。咱们的队长不然，又放炮，又抬大石头。社员们对艾德斌说："你歇着吧，你瞅人家队长！"艾德斌不然，他在工地上活跃着。哪个村要动大石头了，"艾德斌！"艾德斌总是高高兴兴地去。

供销社杨经理上来，说是要萝卜秧子。都分下去了。他知道供销社要，是别地方有困难，满口答应说："行！"上清水缺蔓菁籽，也给了二百斤。在艾德斌这里，只要能办到的，他都不分彼此，一定去办。他常说："哪儿收，哪儿吃了，哪儿不挨饿就好。"

团支书艾宏云说：一九五二年，许多青年都往外跑。我也沉不住气了，也想到矿上去。跟队长说。队长说："在农村吧，农村比外头更好。把青年搞好了，你看我，一辈子也没出去。"我刚做工作，什么都不懂，队长就帮助我。我不知怎么汇报工作，他就教我，别夸大，也别缩小。开了会回来，我也跟他说。

艾德斌的眼光永远向着前面。对自己家乡的将来充满了幻想。计划中把上片改建为猪场，下片成为居民点。如今这排新房子，是他远景计划的组成部分。全队除了专业，只有七个男劳力，都是妇女背的石头。我们村，还准备发电。

1961 年 11 月 9 日，于上达摩

村　晨*

早晨，浓浓的雾霭
村庄在鸡鸣中醒来
她打开雕花的柴门
去河边汲水、洗菜
晶莹的朝露是明珠
满天云彩是罗帕

她把菜篮放在一边
对着清流梳理发辫
——一束野菊开在河畔

回家打开牛栏
用快乐的声音吆喝牲口
高山，云雾弥漫

太阳爬上了榆树的顶尖
她把羊群撒向河岸
——村庄晒开了它的新棉

拥挤的是喜欢

---

* 此诗曾编入作者自编诗集《百花山》，未刊。

是甜蜜的叫唤

高粱红，玉米黄，粟米闪着光
那是村庄锦绣衣衫

这时背篓荷锄的队伍
把影子投在了清清亮亮的清水河上

1961 年 11 月 28 日，清水

冬日之树*

核桃树威武地守卫高山
如龙须菊伸长紫色的须
柳的柔条编织鹅黄的帘幕

榆树最俊俏
头插碧玉簪
椿树最勇敢
宝剑闪银光

苹果有漂亮的红角
像是欢跳的梅花鹿
白杨高举欢呼的手臂

众多的冬天的树
是海底斑斓的珊瑚

1961 年 12 月 23 日，夜，清水旱船

---

* 此诗曾编入作者自编诗集《百花山》，未刊。

1962

清水人民公社赞*

流水潺潺，
骡铃当当，
百花山下，清水河岸，
是公社座落的地方。

一千五百户人家。
家家门临清水，
背倚花山；
都是向阳门第，
满庭春光。
半有亲人在矿山，
半有亲人守边防。
革命世家，
福寿绵长。

人口五千。
百分七十背过煤，
百分三十要过饭，
百分之百的英雄好汉。
使一把降龙伏虎的大锄，

---

* 未刊稿。

操一支百发百中的猎枪。
云里栽花，
林中捕兽，
大刀土枪杀过东洋。

二十五年党龄。
黑夜沉沉中填表，
反扫荡中宣誓入党。
一张永不褪色的党证：
刀砍不断的脊梁，
枪打不透的胸膛。
石屋沿山似碉堡，
十一座烈火烧不死的村庄。
英雄的大地，
滋润着党的思想。

万亩良田，
哺育过地下党。
万座青山，
是平西根据地绿色的屏障。
贫瘠的母亲土地，
源源不断的革命奶浆。
昔日的战场，
今日的粮仓：
种庄稼，
万座青山，
牧牛羊，
迎风起舞的是

鲜花美果的海洋。

炮火中走出来的公社
一片忠心，
万丈光芒！

1962,1,19,草成,清水公社,旱船。

山水和人*

山高，
可以俯览北京城；
岭美，
一年到头花开茂盛。
云中簪花，
河边照影。
这山叫做百花山，
世上的群山都羡慕它美丽的姓名。

水好，
北国的寒冬也不结冰；
河清，
照着公社的百里春景。
明珠，宝镜，
流金，烁银，
这河叫做清水河，
天下百川的名字也没有它好听。

山有山的美称，
水有水的嘉名，
仙山灵水绕公社，

---

* 未刊稿。

公社拥抱京西人。

仁者爱山,智者乐水,
京西人大智又大仁。
河边插柳,
为子孙乘凉;
山上种花,
哪顾得霜满鬓。
为山,
舍得出新婚夫、独生子;
为水,
不吝啬宝贵的鲜血和生命!
一生战斗,
山崖水滨,
青山绿水,
葬过多少革命的英灵!

京西人啊京西人,
一把大锄一杆枪,
一副硬骨头,
一颗红色的心。
革命的忠实儿女,
反动派不共戴天的仇人。

京西人啊京西人,
革命家乡的英雄人。
我们这样称呼你,
包含着多少荣誉和尊敬。

1962,2,13,清水,旱船

达摩庄马芝兰、洪水峪董春祥离婚*

马芝兰今年二十二岁,先与王国辉结婚,是自由恋爱,婚后感情尚好。两人都念过一些书。六九年输送矿工,王国辉就离村到了斋堂矿。由于他有一些文化,不久便提他担任工会工作,当上了工会副主席。他们有过一个孩子。王国辉到了矿上,便认识了一个女孩子。此人姓贾,叫她小贾。大概是梳辫子的。他不隐晦对这个女人的爱慕,常在马芝兰面前小贾长、小贾短的说。

以后,他便很少回家了。马芝兰有时想念他,让人捎信叫他回来。他在家里住不下,甚至连饭都不吃就走。马对此不满,王借口当前低标准,各人皆有粮食定量,不便久住。有一次,马芝兰抱着孩子到了矿上。王国辉装病躺在床上,不接她,不迎她。她到了办公室,他也不理睬她,并且有意预先布置了那个小贾招待她。领她吃饭,领她逛百货商店,马忍受不了,当天便回来了。

于是便开始了"感情不好",于是便开始了吵架,以至于要离婚。再三调解无效,只好离了。议定有关问题的处理时,双方都争着要那孩子,最后,还是判归马芝兰。这次离婚,马芝兰万分痛苦、出于无奈的。当然,在王国辉却是甩包袱。据说,在申请了离婚、尚未批准之前,马对王旧情难舍,又和他睡了一夜,结果又怀孕了。分开了,马芝兰除了带着四岁的丫头,身上还有五个月的身孕(此地称双身子)。

孤女寡母,往后的日子怎么过啊!年纪青青的,应该有个着

---

* 未刊稿。

落才是，好心的邻居便为她物色对象。便找了洪水峪的董春祥。

董春祥二十六岁。庄稼汉，没念过书。脸庞红红的，精力充沛，是个劳动好手。在此之前，马芝兰曾经坐过他的大车去斋堂办离婚手续。从清水到斋堂，从斋堂到清水，去是他送，回是他接，一路之上，谈谈说说，小伙子把女人的身世记得清清楚楚，心中也就有了意思。董春祥哥仨，没有分家。兄弟三人，奉养着堂上老母。老大董春信，在队里当副大队长，管着果树和畜牧，有一套专门手艺。董春祥是老二，是精明能干的车把式。小弟也已成人。兄弟三人，都是光棍。身强力壮，工分多，日子过得满红光。那一天（就是两个月前），董春祥兴冲冲地跑到达摩庄。小伙子直直爽爽，见了女人就把心掏了出来。他对她说："俺家住在大山沟，两间草铺，六口人，什么也没有，全靠劳动吃饭。要是不嫌弃，就跟了我去！"又说："两个孩子，不能平白受罪，好赖一块过，咱不能对孩子有二心。"马芝兰想想当前的窘境，想想日后的生活，看看小伙子模样不坏，人品也好，虽然对王国辉还有怀念，但事已无法挽回，便点了头。当下，董春祥给了她二十元作见面礼。马芝兰送了他一支圆珠笔。这门亲事就这样说定了。

很快便到了结婚的日子，董春祥到达摩庄去接女人。他替她背了两床棉被，带上了一些碗碗筷筷。女人高高兴兴地挺着大肚子，拖着那个小丫头，向洪水峪走去。走出达摩庄还算高兴，慢说慢走，越走越愁。挨到了洪水峪，算是成了亲。董春祥拿出三斗黄米做炸糕，请乡亲们吃了一顿。

结婚的当晚，他们只说三两句话。女人似乎很愁苦，男的想，也许她人地两疏，生活也不习惯，过后就会好了也不责怪她。此后，马芝兰平常不言不语，吃三顿，挺三顿，吃了就躺。一天要跟她说三句，她就骂三回，要是说五句，她就骂五回。夜里睡觉不脱衣服，整睡整起，也不跟男人睡觉。女的挨窗户睡，男的挨墙睡。楚河汉界，不可逾越。两个多月来，夜夜如此。董春祥很伤心："娶媳妇为的扎根立后，养马为下驹，我图个什么？"

马芝兰情绪阴郁极了,她厌嫌这山沟。只见树木不见人,她感到这是蹲监狱。她什么都不想干,也懒得走动。见到董春祥就像见这山沟一样地嫌恶。有一天做一锅高粱粥,烧成了二寸多厚的炭,喂猪都不吃。砸了筐干菜缨子,放在院里喂了毛驴。

五月十一日,董春祥下地回来,已是上灯时分。推了碾子的他,拖着疲惫的身子回来,要女人给他补一下裤子。女人骂他:“也不看看自己是什么样子,谁伺候你!”他是气急了,闩上了门,吹灭了灯,脱下鞋子就打。屁股和大腿打得青一块、紫一块。女人被打得不能走路。

第二天到公社要求处理,提出离婚。女人呢,态度很坚决。男人呢,不愿打光棍,对婚姻也无反悔之心,愿意恪守诺言,把责任承担下来。女人是愚蠢的,她带着四岁的丫头和七个月的身孕,还打什么官司,究竟要到哪里去?

男人的格调是高的,他承认错误,愿意赔不是,愿意好好过下去,甚至连女人坐月子期间所需的二十多斤小米也留下来了。然而,马芝兰并不理睬这一些,在公社的调解之下,她似乎余怨未消,仍俯首低声地说:“我是一天也不和他过了。”

董春祥是在马芝兰之前来到公社办公室的,他直爽地检讨了自己的错误,保证今后不再打女人了。当我们动员他去她娘家接她回家时,他臊得头都抬不起来,小孩似的忸怩,红着脸庞说:“打死我也不去!”

至于女的呢,我们是在公共汽车上把她截住了。她要去区法院控告,而且要求离婚。她是太冲动,也太不明智了。只差三个月,孩子就要生下来了,何处是她的归宿?以后的日子怎么过?据说,她还要去,劝也无法劝了。

1962 年 5 月 17 日

一得诗谈二则*

我有一种固执的见解：诗是抒情的，是歌唱的。假使只是为了说故事，千万不要写诗。为了抒情，它应该不惜散尽“家资万贯”；为了叙事，它应该如守财奴心疼他的一个铜板。

《草原婚礼》，洋洋四百二十八行，只写了一个夜晚的一个事件。写得极为细致，细致到“她挥去胸前落下的脂粉”。然而，读者是不会责备“铺张浪费”的，因为它抒情。

*　　*　　*

“少陵野老吞声哭”，“江州司马青衫湿”，表现了诗人与祖国、人民心心相印，息息相关，亲密无间，表现了他们的伟大思想。这是杜甫的方式，白居易的方式。

李白不同。“夜台无李白，沽酒与何人”，这是李白的方式。他更直接，更无遮拦，是“直呼其名”的。一个“李白”，便跳出了活生生的李白的形象来。

这是针砭抒情诗中诗人自我形象模糊，爱憎不明的灵丹妙药。然而，在新诗中，这简直是凤毛麟角。何则？诗人有顾虑，“你狂妄”，这帽子不可谓之不大也！

近读尼·贤海提载于今年第一期《诗刊》上的诗三首，三首都

---

* 此文初刊1962年7月10日《诗刊》1962年第4期，为该刊《一得诗谈》二则，原无题。据此编入。

出现“尼·贤海提”的字样，耳目为之一新。读者不妨一读，试问有“狂妄”之影踪可寻不？试录二例如下：“尼·贤海提，一个伊斯兰信徒，永远热爱我的母亲般的祖国永恒的春天！”“情侣们！请接受我的祝福，尼·贤海提心中充满了青春的光焰……”

《灯的河》,亮闪闪*

今年,陆棨出了七年来的第一本诗集:《灯的河》。

在那里,闪烁着山城重庆那“照亮沸腾的新生活”的灯山灯海;闪烁着西南农村人民公社那晃动在风雨中的“红灯”;闪烁着从四方涌向黎明的首府,又“流进了朦胧的香蕉林”的点点灯火;闪烁着当年红四方面军横跨过的广元桥头的指挥灯……这是《灯的河》主题的四个基本方面。很广阔。说明作者有着广泛的生活兴趣,生活过,就写,而且大部分写得都像,都较好,都明亮!组合起来,就成了这条光闪闪的《灯的河》。

陆棨的诗,词采华丽,不以恬淡取胜;追求音乐美,适于吟诵;有较深的民歌影响,且颇多宋词气韵。就倾向谈,一般偏于纤巧,感情细致,如“夜雨湿窗纸,透进五更寒”(《蚕眠》),如“马蹄印里,从从杜鹃花”(《旺苍河畔》)都是。然而,又于纤巧中含着一股刚气,于细致中寓大气魄。他描景抒情,用一支绣花针;面对着浩渺的历史长河,雄伟壮丽的祖国大川,却同时拥有一支粗犷的笔,敢作英雄语。

《山洪》篇,写山洪欲来,水库开了闸口,“摆好巨杯等美酒”,气魄已够大了,不过瘾,还要加上一句:“又够青山醉几口”,多么豪迈!从《广元桥头》的闪闪红灯,而唱出“江山万里,无阻通行”,从《南江山中》想到三十万双手连成一道,就可“手把巴山,

---

* 此文初刊1962年9月10日《诗刊》1962年第5期,初收《湖岸诗评》。据《诗刊》编入。

当作摇篮摇”,说明诗人的心有多大,视界有多广!但若是一味地夸张,而没有深厚的思想基础,并使之与巨大的形象产生密切的有机联系,这种夸张就会失之虚浮,而无感人的力量。陆棨诗中的巨大的形象、奇特的联想,总是与独到的思想内容相联系。如《列宁公园》一诗,问:“列宁公园有多大?”诗人答:“东起平壤、河内,西到柏林、华沙!”回答得真好,是夸张,更是写实,毫无牵强之嫌。

写于国庆十周年之夜的《出钢》,是抒情诗创作中的佳品。全诗十六行,几乎无一行不把重钢和天安门、炼钢和国庆节密切联系。因此,炼钢工人节日的劳动获得了双倍的报偿:“一炉优质钢,一个十月的太阳。”在钢花铁水和节日阳光的映照下——“毛主席打开炉口,全中国通红,透亮,十年,炼出个钢铁巨人,挺立在亚洲的东方!”譬喻贴切,气势宏伟,又紧紧地扣住了主题。

若问:大气魄,英雄语,飞跃的想象是不是浪漫主义?是。不仅上述诸例是,“借来青山当柜台”(《街》)也是,“人人心中都藏着大海”(《干旱的日子》)也是。然而,在他的诗中,夸张与写实,理想与现实,几乎是分不开的。《满山青》是人民公社抗旱抢种的战斗纪录,作者用诗意的“十月公社又逢春”概括了这一斗争,并且喝令老天“秋后要还满山青”。十月而重现春景,深秋而满山青翠,前句是对人民公社热气腾腾的现实的忠实描写,后句是可以实现的理想与愿望。不是神话,也不是空洞的叫喊,夸张而不失之空幻,想象飞跃而有深厚的现实基础。在陆棨诗中,热情与冷静,理想与现实,革命的浪漫主义与革命的现实主义,有明显的结合。我作这样的判断,不是由于片言只语的摘取,也不是由于个别段落、篇章的启示,而是就每一首、就全部创作的倾向看的。

“巴山不倒心不变,将军石上磨刀剑”(《将军石》),“夜如冰,风如割,梭标蘸着霜雪磨”(《巴山望月》),在这里,有着斗争的鲜血,严重的考验,也有坚忍的眼泪和顽强踏实的生活。读着这样感情凝重的句子,再吟诵那澎湃激荡的篇章,好似那生动的语言又增加了三倍的分量。

陆棨写景,小处细致,大处粗犷。然而,我更爱他的粗犷。“晨风里,一座云城,两道纱带缠”(《山城朝雾》),这是雾重庆,几笔粗疏的勾勒,真是莽苍苍、影绰绰,气象万千。“一条街,两条巷,没入大巴山浪中,怎么去寻找?”(《南江山中》)这是南江小城,它站在万山中、林海里,不是还依稀可辨么?一九三三年红军到了南江,小城变成“万山丛中,鲜红一点火苗苗”,这是巨幅山水画中色彩鲜艳的一笔,这“一点火苗苗”,顿使画面充满了生气。有趣的是诗人自己也禁不住赞叹起来,他紧接着唱了一句:“红得好”。真的是“红得好”!

“顶风顶雨过巴中,榴花似火红”(《巴中城边》),宛若置身锦绣的山川之中,美景连绵,目不暇接。“风过一山青一山,雨过一坝绿一坝”(《春雨迟来》),风雨中,自然界在急迅地变换着颜色,真是生气勃勃。陆棨诗,不是淡雅的水仙,而是艳丽的芍药,彩色鲜丽,光华照人。

在民歌和古典诗歌的基础上发展新诗,民歌和古典诗歌都是基础,二者不可偏废,而要融合、贯通。陆棨是循着这条路走的。他的诗,有四川民歌的影响,又受古典诗歌——特别是宋词的陶冶。虽然这二者在不同的作品中,各有偏重,还不曾达到理想的程度,但总的说来,是糅合得比较好的。因此,他的诗流畅、生动而且鲜丽,学古诗而不流于古奥、晦涩,学民歌而不失之肤浅、粗糙。古典诗词那种炼字铸句和巧妙地表达思想的功夫,民歌那种大胆泼辣、生动活泼的风格,从陆棨的诗中都可以看得出来。如《春雨迟来》:

一场春雨拖到夏,
淋湿了啥?

淋湿了
满山满岭
车水的龙骨架!

具有民歌的情趣,幽默、诙谐,表达了人民公社社员与自然灾害斗争的顽强、自豪的气概。这一特点,同样存在于《头一遭》和《老汉推车》中。特别是《老汉推车》,通篇凝聚着纯朴的农民情感和乡土气息,没有半句学生腔。《雨中》表现了人民公社干部社员在抗灾斗争中平等友爱的关系,干部带头,群众自觉,大家情绪高昂地奋战着:"谁指挥?望了山头望山尾:上看一色新竹笠,下看都是黄泥腿!"道地的农民语言,把诗篇的内容表现得生动而含蓄。

陆棨是个新人,他以严肃的创作态度写诗,不盲目追求数量,能够以比较秾丽清新的艺术作风,出现在我们面前。尽管他的作品在思想艺术上还不够圆熟,有些作品在学习前人方面还显得生硬一些,但是,《灯的河》的确给我们带来了喜悦,它告诉我们:作者是有才能的。我想不妨用他的诗句来形容我的感觉:"穿破雾纱云朵,月光照着我!照着我,闪闪,烁烁,像青杠林里,一团野营的篝火!"(《巴山望月》)现在不过是月华乍露,待月到中天的时刻,我们希望能看见清辉千里的景色。

秀丽多采的《厦门风姿》*

诗人来到厦门，感受到厦门的美，他于是歌唱。目的是要再现这种美，让读诗的人一起来感受诗人所感受到的东西。

在《厦门风姿》（郭小川，载人民日报一九六二年六月十八日）里，诗人没有直接告诉我们有关厦门的结论。（当然，给读者以结论这也是一种手法。）他只是一名向导，一名很好的向导。但也不全是向导，他似乎也是一名初到厦门的人，他带着我们一路走，一路上和我们怀有同样的惊疑、兴奋、喜悦。

这是一种巧妙的方法。它引导读者的视线，由远而近，由表及里，由浅而深，由单纯到复杂，由局部到全貌，最后，引导到诗人的结论上。这是一种步步进逼、引人入胜的办法。

让我们读读作品。来到了厦门，却不知厦门在何处，因为“不是一片片的荔枝树哟，就是一行行的相思树”，因为“外边是蓝茫茫的南海哟，里面是绿悠悠的人工湖”。厦门究竟在哪里，表面上是在问，实在却是告诉你：绿荫深处，湖海之间，那是美丽的海防前线——厦门。

通篇皆用此法。再如第二段，始设疑厦门为龙宫，为仙境，继又一一予以否定：可不在深暗的海底呀，可不是空幻的龙宫，看凤凰木开花红了一城，木棉树开花红了半空；我们对于厦门的了解，是随着这些疑问的逐一解答而得到的。诗人对于厦门的抒唱，也是依附在这些疑问的提出及其回答上的。

---

* 此文初刊 1962 年 11 月 14 日《天津晚报》，收《湖岸诗评》。据《天津晚报》编入。

厦门是座花城，它有“满树繁花，一街灯火，四海长风”，它有“百样仙姿、千般奇景、万种柔情”。而厦门又是战斗的城，它有雄风、有急雨，也有骇浪，它是一艘“不沉的战船”。这好像是结论了，然而不，就是到了最后，也还有疑问：

厦门——海防前线呀，你为什么这样变化莫测：
一会儿温柔、一会儿威武，一会儿庄严又活泼？……
厦门——海防前线呀，你到底有几个：
一个在欢腾、一个在战斗，一个在劳动和建设？……

其实是在点题。什么是厦门风姿？庄严和秀丽，英雄和美，合谐而一致，又断然不可分割。

有许许多多表现诗歌主题的方法，《厦门风姿》是属于“铺开来写”这一种。有人指出：诗人学习了汉赋和骈体文，我看，就抒写之铺张，辞采之华丽，以及节与节、行与行间之讲究对衬、均匀等方面看来，这种学习是存在的。但又不尽于此。它的反复吟咏，一唱三叹，它的浪漫主义的情调，以及“天问”式的抒唱方式，是深受楚辞的影响的。现在，有些人学古典诗歌，目光总离不开唐诗、宋诗、元曲，其实，天地大得很，郭小川就另辟蹊径；现在，有些人学古人写诗，学什么就像什么，就是不像新诗，不像自己的诗，郭小川是创造的学习，是得其神髓，无痕迹可寻的。

《厦门风姿》所形成的风格，始于诗人的《两都颂》。但在那里，只是一种雏型，到了《厦门风姿》，乃至于这一时期发表的《走厦门》、《茫茫大海中的一个小岛》、《甘庶林——青纱帐》、《乡村大道》，这种风格已经日臻完整，并且稳定下来了。

想起《女神》……*

这时节，诗人站在天安门城楼上，对着“毛主席的周围，六亿尧舜”歌唱。他不是在“笔立山头展望”，不是“立在地球边上放号”，也不是对着人类的新世纪欢呼“晨安”①。半个世纪过去了，祖国的新生已十三年了，人类世界起了根本的变化。就是诗人自己，也由《女神》时代的年青人，变成七十高龄的老者了。然而，也就是此刻，我们从《国庆节大游行速写》（郭沫若，作于一九六二年国庆，发表于翌日的《人民日报》）中，仍然听到了那颗永不衰老的心在跳动，听到了那充满蓬勃朝气的声音在呼唤，感到了那永远如火山喷射一般的情感的迸发……我们想起《女神》。

一九六二年十月的第一天，英雄人民的铁流在长安街上汹涌。这一天，诗人和敬爱的党站在一起，他检阅着这支雄壮的队伍。他也在队伍中行进，他在欢呼，他在跳跃：

> 哦哦，红领巾，红领巾，红领巾，
> 像长江，黄河，黑龙江，珠江，……

鸽子飞起来了，气球飞起来了，诗人的心也飞起来了。望天空，天空中花团锦簇，五彩缤纷。看大地：

> 哦哦，海海海，公社的海！
> 哦哦，海海海，学生的海！

---

* 此文初刊1962年11月22日《天津晚报》，收《湖岸诗评》。据《天津晚报》编入。

① 均是郭老诗题，见诗集《女神》，分别作于一九一九、一九二〇年。

哦哦，海海海，民兵的海！

这景象、这气派，江河何足以状其博大、壮观，何足以体现其雷霆万钧之力！是啊，这是海，海海海！这是活泼泼的、永生的海，这里有永恒的力，这才是真正“常动不息的大海”(《晨安》)。这一瞬间，是赞叹，是惊呼。找不出一个适当的形容词，不，是任何形容词也无法描绘这壮丽的、欢腾的海的景象。

这诗句，这诗句的情感和它的表达方式，这激荡澎湃的海的颂歌，不能不唤起我们对于《女神》的忆念。

《晨安》中那种对太平洋的热情的呼喊：“啊啊！太平洋呀！晨安！太平洋呀！太平洋上的诸岛呀！太平洋上的扶桑呀。”“立在地球边上放号”中那种对于力的赞歌：“啊啊！力哟！力哟！力的绘画，力的舞蹈，力的音乐，力的诗歌，力的律吕哟”。总之，普遍存在于《女神》中的那种狂热的情感，雄伟的气势，至今我们还能在《国庆节大游行速写》中感触到。当然，这半个世纪的世界风云，祖国从艰苦的战斗中新生和壮大，以及诗人自革命民主主义者变成共产主义战士的历程，不能不给作品带来崭新的面貌。

这首诗，豪壮、奔放不减当年，但不是天马行空，早期创作中那种比较抽象、空泛的缺陷不见了。感情更凝重、更深邃。既澎湃激荡，又委婉细腻，试读读这样的句子：“葵花在捧日，孔雀在开屏”，“一万朵红莲在吐放着香韵”。郭沫若的鲜艳富丽，至此更显得婀娜多姿。

但最重要的还是：诗人的自我形象变化了。他站在大海之前，不再如《女神》那样，大海是我，我即大海。现在，他是一滴水，他的歌声这样确切地告诉我们。他反映了海的博大，他也汇入了浩淼的波涛，他和大海一起欢笑，一起喧腾！

《国庆节大游行速写》为即兴之作，虽然成篇匆促，但却完美，无懈可击。短短二十行光景，把个数十万人的游行队伍，把隆重的节日气氛,描写得如此生动,如此逼真,如此传神！它有巨大的概括,又不乏突出的细致描绘;有粗犷的呼喊,又有静美的吟哦;通篇是抒情的,但没有忘却在关键处“点睛”,特别是连续三个“这不就是”,真是千钧一字,真理铄铄,力透纸背!

这是一首值得赞扬的诗,不仅因为它是新诗开拓者积数十年创作经验的精心之作,还因为,从内容到表现这些内容的方式上,它都很好地继承并且发扬了“五四”新诗革命的优良传统。可惜的是,不少写新诗和研究新诗的人,偏偏把这个可贵的传统忘了。就是郭老自己,这样的作品似乎也写得少了一些。

1963

《上井》《下井》，阳光耀眼*

一首《上井》，一首《下井》（刘镇作，载《文艺红旗》一九六二年二月号），都是关于煤矿工人的歌。也有汽笛，也有烟囱，也有风镐，也有罐笼，但不喧嚣，亦不枯燥。对于熟知生活的人，他无需也绝不会以此炫耀，它只是一种媒介，借此以表现它的主人——工人阶级的思想和感情。

矿工下井的时候，一声喊："祖国，我下井啦！"光荣、自豪、还有几分矜持。这是孩子背着书包上学，跟妈妈告别；这是战士跨马出征，向家乡辞行。

矿工上井的时候，是祖国迎接他："罐笼是祖国亲爱的手，把矿工轻轻托上。"这手，温柔、体贴、爱抚。也有一个比喻：孩子梦中醒来，在摇篮里笑，年轻的母亲俯身轻轻地将他抱起……

无论上井，无论下井，矿工心中有祖国，祖国也没有忘记矿工，他们间，充满了母子的情谊。这是主题，这是诗人揭示的工人阶级英勇劳动的力之源泉。在表现这个主题的时候，贴切，自然，朴素，没有美丽的词藻，也不故作奇特，却有热烈的内在的情感，有深沉的对祖国、对劳动的爱！

两首诗，都歌颂劳动，但手法不同。而手法，是内容决定的。因为是"上井"，歌唱由劳动的结束处开始。一天的劳动完了，留下的是创造的喜悦，一种劳动者特有的自豪的心情。由于是煤矿

---

* 此文初刊1963年1月10日《诗刊》1963年第1期，初收《湖岸诗评》。据《诗刊》编入。

工人，“成天战斗在煤层”，现在上井来，一切都新鲜，天多高，地多敞，“阳光像久别的亲人，扑过来，搂的我浑身暖洋洋！”只有备尝战斗的艰辛的人，才能了解这个时刻的价值；而且也只有创造光明的人，才对光明有如此深切的感受，才会唱出“分明那一辆又一辆煤车，驮的是一轮又一轮太阳”的句子。是的，劳动创造了太阳！在“下井”那里，这种歌颂，虽然通过劳动的进程来表现，但没有罗列专门性的生产术语。它着重抒写劳动者的精神风貌，以及他的智慧、英勇。一切都如同战士。生产也就是战斗。煤层下，革命的长征在继续，老红军战士在冲锋，象征着光荣传统的“千支火把”在燃烧。你瞧工人阶级有多顽强：“爆破手，上！攉煤手，上！——煤在哪，追到哪，哪管巷道千万里，九弯十八杈！”

刘镇诗，行文亲切自然，生动有力。乍读通篇如平常说话，不加修饰。细细品味，便觉浓厚深沉，仿佛有股强大的力，摇撼你的心灵。他那些看来并非精雕细琢的句子，是来自生活底层的矿石。它的光彩，不是外加的，因为它本身有热、会发光。一字一句，莫不以真挚的、强烈的、活活泼泼的工人阶级崇高思想打动人。

但他不是不重技巧，而是毫不矫作、不露痕迹。其妙者如“阳光耀眼，耀眼阳光”，完全相同的四个字，被他轻轻一调，便生出了渲染阳光明亮的复沓的效果，便响起了显示巨大力量的叮当的音韵。

再三读《上井》《下井》，心中浮起二字曰“明快”。明快何来？来自工人阶级乐观精神和英雄气概；来自长长短短的句子，跳跃的节奏，明朗的音韵。

也有缺陷。总想有头有尾，把话说尽，当止不止。诗总是含蓄一些好，刘镇这两首诗，病皆在末一段，我意可加删改。此袅袅余音留在读者心中自己响去，岂不更好？

从瑶池到巫山*

——李冰长诗《巫山神女》读后

读了三月号《长江文艺》上的《巫山神女》之后，欣喜之余，心中很有一些想法，很想谈一谈它。因为它是一部长诗，少不得还要联系这位诗人的过去的长诗来谈。

李冰的长诗，先前还有《赵巧儿》和《刘胡兰》两部。他是在延安文艺座谈会后约六七年，写出了《赵巧儿》的；又六七年，写出了《刘胡兰》；再六七年，到了现在，写出了《巫女神女》[①]这三部长诗，闪耀在他的创作道路上：三部长诗都写得好，前二者已在读者中产生了好影响。

好像有点偶合，三部长诗的主人公，都是女性，只不过前二者是现实生活中的人物，而后者是神话中的人物罢了。这却为我们提供了比较、研究的可能性。

赵巧儿和刘胡兰都是四十年代的女性的典型。巧儿是从血海深处被救活过来的，她有二十多年的时间在苦难中度过。这个形象带有更多的旧日的泪痕和血迹。身受的苦难，使她在外力的影响下有了斗争的自觉，使她能够把自己的命运和集体的命运联系起来，并且使她懂得了应该怎样来开始新的生活。但巧儿并不是无产阶级先锋队中的女战士。她刚刚擦干泪眼，还

---

* 此文初刊1963年4月1日《长江文艺》1963年第4期，初收《湖岸诗评》。据《长江文艺》编入。

① 《赵巧儿》写于1948年10月—1949年4月，《刘胡兰》写于1954—1955年，《巫山神女》写于1961年12月—1962年12月。

望不见共产主义的红霞。就是当日鼓动她的同辈人参军的口号,也不过是“捉住蒋介石参完了战,咱们光吃烙饼炒鸡蛋”而已,他们的认识还不高。

刘胡兰和赵巧儿本是同时代人。但是巧儿是一朵饱受摧残,在阳光下重新舒展青春的色泽的花,而刘胡兰则已是迎着暴风雨成长的一棵幼小而挺拔的松树了。她是一个自觉的无产阶级的战士,是一代新人的形象。她那样年轻,是儿童团员的年龄,却过早地经受了血与火的严酷考验,她代表着革命战争中中国年轻一代的早熟性格。刘胡兰入党时说:“离开党我不知道怎样活法。党把我收成小女儿,做不了大事就做些小事吧。”这是何等的朴素的思想和真挚的感情!可惜此类关于人物精神境界的描写,长诗中还不多,而且也不够充分。刘胡兰性格中的共产主义的火花,似乎也还没有爆发出足够的灼人的光焰来。

赵巧儿和刘胡兰,一个是普通的翻身妇女,一个是女共产党员,二者互为补充,概括出了四十年代中国妇女在战斗中成长的历程。到了今天,六十年代开始了,我们应该期待诗人塑造出更丰满的、具有更高理想的社会主义建设时期的女性形象了。《巫山神女》也许可以说,是这方面的一个比较成功的尝试。

“神话并不是根据具体的矛盾之一定的条件而构成的,所以它们并不是现实之科学的反映。这就是说,神话或童话中矛盾构成的诸方面,并不是具体的同一性,只是幻想的同一性。”①《巫山神女》和《赵巧儿》、《刘胡兰》的一个显著的不同是这部新作取材于神话。神话的构成和神话的特点,给诗人提供了表达自己的思想感情,并利用它来曲折地为现实生活服务的一个灵活手段。因此,与其它那两部长诗不相同了,它们是“现实之科学的反映”,而《巫山神女》则是通过幻想的方式来塑造形象,来

① 毛主席:《矛盾论》。

影射现实生活的。

巫山神女的传说，最早见于宋玉的《高唐赋》和《神女赋》。《高唐赋》的序里说："昔者先王，尝游高唐，怠而昼寝。梦见一妇人，曰：'妾巫山之女也，为高唐之客。闻君游高唐，愿荐枕席。'王因幸之。去而辞曰：'妾在巫山之阳，高邱之阻，旦为朝云，暮为行雨，朝朝暮暮，阳台之下。'"这个神女形象，是很荒唐的，曾经引起人们的不满，也就是李冰这部长诗的小引所唱的"三峡父老不认可"了。

长诗的题材，自与宋玉所赋不同。它是从《太平广记》来的，见《太平广记》卷五十六，《云华夫人》。宋范成大《巫山高》的诗并序，以及陆游的《入蜀记》中，都说到神女授书助禹治水的事。李冰长诗所述情节，也与三峡一带人民群众口头流传的神女故事大致相同。

这是人民群众的集体创造。它也是按照马克思指出的："任何神话都在想象里并借助想象以征服自然力，支配自然力，赋予自然力以形体"[①]的准则来创造的。人民借助神女的形象，寄托了他们与自然抗争的坚强信念，以及对于征服三峡的祖先的景仰。

李冰的诗，是人民提供的原料。但原料只能是原料。可以注意的还是我们的诗人用它来创作了什么样的作品，用它来表现了什么样的思想。我们果然看到，诗人笔下的神女，较之神话传说中的神女，形象更为鲜明生动了，性格更为突出了，同时包含了更多的讽喻的意旨。

瑶姬这个生长于富贵温柔之乡的少女，她不满那"安逸如同死去"的瑶池，缅怀女娲补天和精卫填海那样轰轰烈烈的生活，她有自己的理想和追求。她投宝簪，斩凶龙，退洪水；授天书，崩顽石，清三峡；还撒出项链，化为二十四只白鸟，指引船只安渡险

---

① 《马克思恩格斯论艺术》，第一册，第195页。

滩。最后她自己化为峰峦，屹立江岸，千年万载守卫着巫峡。一切都表明：她不是王母的宠儿，而是人间的儿女。

她的爱是强烈的，她的憎也是强烈的。她不能容忍强暴与专横，当东海太子夸耀财势要娶她为王后，瑶姬冷笑了：

> 这几瓢海水也值得夸？
> 水晶宫只不过梳妆匣儿大。
> 原来你寻知音也依仗
> 夸豪富？逞杀伐？
> 这泪海、苦海，
> 全作乐园逍遥自在。
> 这水国哀鸣，人间哭泣，
> 你当作鼓乐怡然心开。
> 我非是你的知音，
> 你找错了门宅。

义正辞严，简直是一纸申讨强权的檄文。当恶龙逞凶，瑶姬被迫正要还手，突然黑云飞来，天帝下诏要她罢战和解。瑶姬理直气壮地反驳道："是谁挑衅？是谁好战？这血泪横流，苦海无边，那强盗嗜杀成性，怎能和解？"面对着来自两方面的威胁，她终于喊出了："正义，我要掌管，罪责，我来承担"的呼声，这是何等胆略，又是何等气概！

瑶姬无疑是诗人理想的化身，诗人赋予她以美好的形象。瑶姬来了，一片光采！"顿时霞采暗淡，阳光褪色。风吼，雷喊！闪电引路，劈开茫茫云海"——一个少女，竟有如此的气派，这原是力的象征。瑶姬来了，星星项链照亮三峡，"看她那霜花头巾，雪花裙衫，冰一般纯真，雪样净洁"——她的姿态，又是如此动人，这是美的化身。诗人还给了她一副美丽的灵魂，这就是她的理想——她的理想是把人间变成天堂：

等到那瑶池搬下来，
三峡成大海，
行舟无忧去又来。
那星星项链我不想戴，
等到摘下满天星星来，
编一串项链给长江戴，
万里光明照东海。
那蟠桃玉树我不要，
等到这七百里高峡成花海，
斗大的金橘、雪梨、蜜桃滚下来。
万里人间无祸灾。

这个形象的全部光辉，凝结在如下两行诗中："嫁给这山，嫁给这水，聘在这壮丽的人间山水十万里"。这是决心，这是勇敢的皈依，瑶姬毕竟真成了巫山女儿了。

现在，我们再眺望那雄奇秀绝的巫山山脉，那亭亭玉立的神女峰，拨开笼罩她的神话的云雾，我们发现，她实在更是一个现实的人。

李冰的神女，既不同于宋玉的神女，也不同于《太平广记》以及民间流传的神女。宋玉的神女，诚如《太平广记》所说，是有些"荒淫秽芜"的。《太平广记》的神女，已经有了抗暴爱民、急公好义的癖性，但她仍有太多的神仙味。到了李冰笔底，尽管她的背后还留着灵光，但却具有更多的人的性格特征了。

瑶姬的形象具有一个人间的人所具有的喜怒哀乐、烦恼和焦虑。她不为安乐所惑，始终面向人间，面向未来。她能舍一己之安危，而毫无保留地以青春和智慧献给人民；她有鲜明的爱憎，蔑视强权，敢于抗争。这一切，都使我们确信不疑，她是现实的人，是我们的姐妹。

高尔基曾经说过，"古代所有的神都住在地上，他们的举动和人一样。在古代，神并非一种抽象的概念，一种幻想的东西，而是一种用某种劳动工具武装着的十分现实的人物。神是某种手艺的能手，是人们的教师和同事。”[1]由此可知，神原先是生活在人间的，只是后来升了天。现在，李冰把神女请回她的娘家来了。

《巫山神女》所写的神，有其妙处。它有逼真的神仙环境，在这环境中活动的也是仙人，从神话的角度看，是典型的、也是真实的。但她又具有更为生动、深刻的时代感，具有更多的理想的光辉、斗争的韧性。所以，瑶姬不仅是神仙国生的美丽仙女，而且更是尘海凡间的叱咤风云的英雄。李冰写的是神话故事，又似乎在说现实世界发生的事情。上天下地的是瑶池仙女，然而，就其思想行动看来，又是如此的似曾相识，她的品质行为，我们同时代的人身上也找得到，而且，甚至产生一种她身上有的我们虽则还没有、但也应当有的想法。神女身上，闪耀着理想的光，而不是神灵之光。

长诗有较曲折的故事情节，较复杂的人物和场景。瑶姬两度下凡，王母两度召她，由瑶池下昆仑，自三峡至东海。时而巫山，巫山茶香果甜；时而天宫，天宫玉树琼枝；时而东海，东海金涛澎湃。出场的人物，有天神鬼怪，巫山父老，大禹师徒。头绪繁多，但不紊乱；事件复杂，却条理清晰，写来都极简练。全诗不过一千二百余行，长诗不长，难能可贵。

长诗中的人物，除瑶姬外，诸如东海太子和天帝，也都性格突出，富有典型意义。东海太子之专横残暴，天帝之昏庸软弱，都只用了寥寥数笔，却活龙活现。写人物，诗人极少直接介绍，多是让他自己说话。如东海太子说：“天上不管我，人间更怕我。可叹我最最多情，却无知音”，又说：“皆因为，杂花野草侵占这大陆，我以这自由的海水来清洗”，只几句话，而流氓口吻，强盗逻

---

① 高尔基：《文学论文选》，《苏联的文学》，第 322 页。

辑，暴君嘴脸，暴露无遗了。

长诗自然是要叙事的，但若一味地叙事，又难免乏味，因而要求和抒情完美地结合。如何叙事，又如何与抒情相结合，这是读者和作者都关切的一个问题。李冰在这些方面，有着一些新的尝试。第一，他力求粗线条；情节的交待，减到最低的必要上。好似精明的花匠，削去乱枝杂叶，留下了最优美的部分。因此，长诗是条理清楚，有条不紊，但其抒情之笔又是充分地应用了的。遇有美景，他往往沉醉其中，反复咏唱。第二章第一段到第六段，合起来就是一章优美的长江颂，如“三江狂喜忙聚会，相以碧波洗峨眉”，如“泯江滚滚进长江，猛转身，过宜宾，只怕将翠屏峰——那一串连珠儿碰”，真是美极。但他并没有把抒情和情节游离开来，他通过这些写景抒情，为瑶姬对三峡的深情，找到了说明。这瑶池仙女和人间姐妹，被他用长江这根多情罗带紧紧系着了。第二，作者处理抒情与叙事的关系，虽然以抒情为第一位，却是从抒情中引出事件，事件又是在抒情中求进展的。写至长江入海，瑶姬捧一掬又苦又涩的海水问：“莫不是人间血泪汇聚来？”一句问话，似是在抒发情感，却把豪华的水晶宫，以及水晶宫里的强盗推到读者面前。这样一对照，取得了强烈的效果，瑶姬的感情的激荡也有了根据。

在诗的形式上，《巫山神女》较之《赵巧儿》、《刘胡兰》也有很大进展。《赵巧儿》基本上是七言句型，受民歌影响很大，但其缺陷是创造性不够，没有能跳出民歌窠臼。《刘胡兰》做到了完全口语化，形成了清新活泼的语言风格，获得了民歌的神髓，又摒弃了单纯的摸拟，确乎清新明丽了，然又稍嫌浅露，可供回味的余韵太少。

《巫山神女》在学习民歌的基础上，明显地吸取了古曲诗歌的因素。注意了语言的锤炼工夫，逐渐形成沉雄浓郁的风格。章句、押韵都自然，不刻板。但又适当控制，他善于把充沛的感情凝缩在一定的句式中。

看这月儿明，风儿静，
　今夜多么好，
看那蟠桃、沙棠、玉树，
　花朵开了。

两句诗，由许多短句组成，若断若续，若即若离，形成了缠绵轻柔的情调。这凝炼与自由的结合是李冰的长诗中的特点，但那轻柔的情调，却非他的本色。能够代表他的本色的，是这样的句子：

看汉水来会，湘江来迎，
看那洞庭、鄱阳、太湖，
几副笑脸盈盈。
碧波洋溢——
舞起绿色衣裙；
金浪沸腾——
挥起巨臂欢迎！
长江啊，
你有多少兄弟姐妹？
如此豪情。

这样的句子，我正苦于无以名它。恰好有位熟知李冰的同志告我：李冰是山西人，有一种雁门关外的豪放气息，写起诗来，也是关西大汉的调儿，但这些年在长江中部住久了，也添了点中南气质。就是了，李冰近来正在形成的、正是这种关西大汉又带些中南气质的刚中有柔，柔中有刚的风格。我感谢那位同志启发了我。关于这一点，他的许多近作如《假日》、《晚霞照岗上》、《三峡放歌》、《夔门舵工》、《黄河梦》等都已提供了明证了。

黄山顶上的战斗旋律*

有一首诗，在黄山的天都峰顶放歌一轮红日的诞生。轰轰烈烈，光芒万丈，声如巨浪，又如惊雷，把个日出写得气势磅礴，无比壮观："宇宙敞开壮阔的胸怀，任你鼓动金翼飞升"。在这庄严的时刻，万类吐金，环天都是火一般的金云，那情景，何止使人想起"生活的春潮在猛涨，战旗滚如云"，它更引人遐思：那隆隆奔腾的，是真理的太阳，它象征着新生命的力量，有着摧枯拉朽的强大威力，一切的黑暗与腐朽，终将在它的光芒照射下泯灭！

还有一首诗，写黄山松。不仅形态美，更可贵的是表现了它的精神美。这松树，挺得硬，扎得稳，纵然是"九万里雷霆，八千里风暴"，也不能摇撼它！它有顽强的生命力："即使是裸露着的根须，也把山岩紧紧地拥抱"；它有斗争的韧性："不畏高山雪冷寒彻骨，你折断了霜剑，扭弯了冰刀"；它威武不屈，贫贱难移，有着崇高的革命节操：

> 你的雄姿像千古高峰不动摇，
> 每一根针叶都闪烁着骄傲；
> 那背阳的阴处，你横眉怒扫，
> 向着阳光，你迸出劲枝万千条！

黄山上普通的松树，在作者心中却化成了大义凛然、憎爱分明、使人起敬的形象。在它身上，闪耀着强烈的时代色彩，体现出鲜

---

* 此文初刊1963年5月10日《诗刊》1963年第3期，初收《湖岸诗评》。据《诗刊》编入。

明的时代风格。松树在我国艺术作品中所代表的意义，数千年来是大体确定了的。所谓“亭亭山上松”，它总是孤高、坚贞的象征。这位作者笔下的松树，所体现的却是一种崭新的性格。

《黄山松》和《日出》，是青年作者张万舒的近作，刊在《诗刊》一九六三年第一期。读着这两首诗，令人浮想联翩。从日出的情景，我们会想起伟大祖国的诞生，马列主义真理的光焰，我们光荣的党的思想威力……；从松树的形象，我们看到了挺立在斗争最前哨的我们战无不胜的党，我们六亿五千万智慧、勇敢的人民……日出也好，黄山松也好，都是通常的景物。普通的景物，庄严的主题，二者达到了完美的锲合。两首诗都写具体事，但又不限于具体事；思想不是外加的，而是寓于形象中。通过具体形象，作者歌唱了我们时代最先进、最革命的思想品质。

张万舒写的诗还不多，但已经初步显露了特色。[①] 这特色可以“豪放”二字名之。记得司空图曾以“天风浪浪，海山苍苍”八字形容豪放。前语绘其声，后语状其色。这种声音，这种色彩，只有眼界开阔的作者，方能寻得到。这八个字，借以形容张万舒的诗，我以为是适合的。

他的色调浓丽而且热烈。形象一些说：血一般红，火一般烈。他的诗有音乐美，但不是轻音乐，不是洞箫低吟，而是配上大锣大鼓的管弦乐合奏。用韵明朗，一韵到底，音调雄壮，直如黄山顶上风卷松涛。句与句，段与段，似是后浪推涌前浪，喧闹地前奔。像《日出》：

紫色的群峰，苍郁的森林，
力的列车，火的飞轮，
千座大厦，万柱烟囱，

---

① 张万舒述有两首关于黄山的诗：《黄山石工》和《黄山蝶》，载《长江文艺》一九六三年三月号。

一齐从我亲爱的土地上崛起、跃动，
向着你隆隆地奔腾……

语言也老练、苍劲，看得出是下了功夫的。但亦有微疵，如《黄山松》有“那背阳的阴处”句，阴处本即背阳，岂非累赘？

人民把诗称作号角与战鼓，而且，他们渴望每时每刻都听到这种动人的战斗音乐。在世界风云变幻的今日，人民对诗歌的这种要求，是更加迫切了。在风景秀丽的黄山之巅，竟有如此动人的战斗乐声，而歌唱的又是一位很年轻的作者，的确带给了我们很大的喜悦。

燕山山下一葵花*

——致刘章同志

《燕山歌》和《葵花集》，你的两个集子，我用来做这篇文字的题目了。葵花，一种朴素、热情、朝气蓬勃的花，一种向阳花。然而你，还有你的诗，不也像葵花么？

是的，像葵花。当我读到你的诗句："为使公社万年轻，一心要采灵芝草"的时候，读到"党是春雨社是花，春雨不降花不发"的时候，我深深地激动了。这些诗句，满腔热爱，一片赤诚，表达了亿万农民对党、对人民公社的深情厚意。你把你的全部歌声，献给了生你养你的故乡和你的乡亲。你歌颂人民公社、歌颂豪迈的劳动，你的诗，表现了公社社员为国家、为集体而艰苦奋战的高贵品质。你的一颗诗心，是向着群众、向着党的。

你不仅唱出乡亲们的心里话，而且也用他们所习惯的、所喜闻乐见的方式歌唱。你明确地意识到：诗，要"用乡亲们喜欢的形式和语言写"[①]，而且这样实行了。两个集子，绝大部分都是七言四句的民歌体。这诗体，短小精悍，便于记诵，是目前最为农民熟悉和热爱的形式。你的诗，初步体现了民族化、群众化的方向。

一个贫农的儿子，读了书，又回来参加劳动；不仅劳动，还写

---

* 此文初刊1963年9月10日《诗刊》1963年9月号，初收《湖岸诗评》。据《诗刊》编入。

① 《我要永远为党歌唱》。

诗，而且出了集子。你是新型的青年农民，更是新型的青年诗人。打从阶级出现之后，物质生产和精神生产分了家。而在你身上，这种历史的畸形消失了："歌儿飞出心窝窝，果子采在手里头"，这是党给我们的幸福，时代对我们的造就，读你的诗，我不能不想到我们伟大的生活。

你说，你的诗"常常是在走向田野或走向深山的道路上孕育的"[①]，"不论上山、下地，口袋里都装着本子和笔，干着活，想起某一件事或好句子，马上就写在本子上"。[②] 诗，产生自劳动。你的两个集子表明：劳动有诗，劳动生活的各个方面，举凡耧地、送粪、牧牛、插秧，皆可写诗。有的诗，是劳动场面的生动反映，而有的，就是现场的鼓动口号。"千里雷，万里电，不抵我们说声'干'"，"为了实现千斤乡，宁愿汗水浮起船"，它们的鼓动力量是很大的。这是农业战线的劳动号子，能使人精神振奋，步伐一致。

但是我不知道，在你写诗的时候，是不是也会感到有反映生活的深度和广度方面的问题？说得具体一些，在一九五八年，人民公社初兴、全民意气风发，你的《燕山歌》及时地反映了社员的理想和干劲，这是好的。《葵花集》写的是一九五九年到一九六二年初这一段时间的农村生活。这时期，农村经历了一场克服困难的艰巨斗争，如果《葵花集》也能够反映现实生活的这些方面，岂不会增加它的分量？可惜它所描写的，大多是比较表面的丰收乐，甚至，牧歌式的情趣反而多了，像"桃花云间来牧牛，吹起牧笛软悠悠"这样的句子一多起来，就使我读来感到确是有些"软悠悠"了！

另外，我觉得，就是劳动，你描写了劳动的欢乐，但对劳动的艰苦、需要克服的困难等方面，也着墨不多。是不是可以这样说

---

① 《葵花集》：后记。

② 《我要永远为党歌唱》。

呢？从政治和阶级斗争着眼，最热切地关注它、表现它，这是一切诗歌作者的责任，至少是一个努力的目标。前些时候，农村题材的诗作，田园抒情曲是多了一些，农村的各种矛盾斗争的严肃主题，相形之下，就显得薄弱。形成这种情况，有许多主客观的原因，但无论如何，这方面题材的创作需要我们大力加强。当然，这并不意味着，我们同意大家都只说“地主还睁着眼”之类的话。你长期生活在农村，这点比我更加清楚，不是么！

尽管有各种各样的不足，但不能掩盖你的诗的很多优点。我觉得，你的诗在“大跃进”的年代，不啻是一支响亮的号角。而且，它来自生活的实际。劳动中的精心观察、亲自体验，加上群众语汇的学习，使你的诗，生活气息浓厚，淳朴结实，真切动人。有一首诗，写割青稞的速度很快：“脚下瞧，山变矬，谷里瞧，山头多一座”(《干劲如长河》)，要没有亲身经历，这样的句子是写不出来的。至于“一粒谷子也是汗，一粒芝麻也有油”，“守河靠水生，临山靠树活”一类诗句，似格言，富哲理，是群众智慧的结晶，也包含着作者辛勤劳动的心血。

《葵花集》某些有故事情节的诗，写了人物。《在龙潭边》的女村长是写得好的，表现了共产党员的临危不惧、英勇不屈。还有《一阵歌，送饭来》，烧炭人今天欢乐的生活，在过去的苦难的衬托中，得到深刻有力的表现，因而显得深厚而丰满。《出窑》的炭工形象，也鲜明生动。但也有不很成功的，如《老九爷》《生产队长》。你只满足于作事件的一般交待，缺乏有血有肉的生动刻划，给人现象罗列的感觉，对人物心灵的揭示和性格的描写，都显得乏力。我觉得，你对农村的年轻一代，有一定的了解，而对老一代人，了解得不够。

在你的笔下，农村充满诗意，劳动充满诗意；你的诗的节奏、旋律，也是劳动的节奏、旋律：“诗劳动化了，劳动也诗化了。”你表现农村，往往只寥寥数行，便勾勒出一幅明媚鲜丽的田园风光，而且以鲜明的形象,体现出完整的艺术构思。我最难忘记《背冰浇果园》这首诗。你先以“一条银龙舞在空”来形容社员山上山下的络绎不断,很生动,而且颇为壮观。后面再以“银鳞片片落果园”来描绘浇灌的具体情景,也很巧妙。难得的是,一首八行短诗,能够这样前后呼应,首尾连贯,使其形象不仅生动而且完整。你的诗,富有画意。写哥妹积肥:“一前一后两只燕,掠过村外小河边,带走白云一片”(《两只燕》),疏疏淡淡,如淡墨画;写社员轧地:“火红鞭梢云里摇,磙子吱吱马萧萧”(《轧地》),绘声绘色,喧闹非凡。整个说来,淡妆浓抹,各得其宜,都是对劳动的美的揭示。但在艺术表现上,亦有不够丰富多样的缺陷。常见的毛病是重复:主题重复(如送公粮的主题,凡四见),比喻重复(如以雁喻人,凡三见),诗句雷同〔如“黄金山下白银河,运粮小船似飞梭”(《运粮图》)与“金黄黄山下银花花的河,运粮的小船似飞梭”(《月夜运粮船》),这样写的好几处〕。这是一个警号。它说明,你虽然身处生活的宝藏之中,但所发现的并不十分丰富。重复,意味着贫乏。我十分希望你在生活中,继续作艰辛的探索,不间断地向生活索取诗的素材,不满于平常的收获。

《燕山歌》中不少诗篇,充满了革命浪漫主义精神,有现实基础。如《人民公社成立了》这首诗:“山也舞,水也笑,人民公社成立了,海能干,山可倒,我们的决心不动摇。”强烈的情感,大胆的幻想,凝结在四行诗中,发而为公社社员庄严的宣告。“搬来燕山当大坝,手提燕水挂山腰”(《燕山歌》),表现了人们改造自然的信心和力量。气势磅礴,设想奇丽,是你诗的风格,希望你在发扬这一长处的时候,警惕不要让架空于现实的浮泛的构思钻你的空子。我之所以提出这一点是因为在有的诗中,已有那种现实感不足、人物似在云雾之中的苗头。

你曾经表示:要“永远做群众的歌手,保持自己的风格,追求新形式，不断提高自己的写作水平”[①]。这是很好的表示，有所坚守，又有所追求。坚守的是政治方向，追求的是艺术表现方法和艺术形式的多样性。以上所涉及的缺点，是你追求过程中难以避免的、而且是可以克服的缺点。此文所提，诸多武断，仅供参考。

① 《我要永远为党歌唱》。

1964

塞外的春风歌*

——评贾漫诗集《春风出塞》

站在我们面前的，又是一位青年诗人。而我们面前，已经出现多少这样的青年诗人啊！他们在祖国的某一个地方——或是高山、或是海滨、或是草原——劳动、战斗、写诗。当我们知道他们的名字，注意到他们的作品的时候，他们已经在那里生活了好些年。他们有了自己的生活基地，作品中充满了那一地区的乡土气息，有的甚至已经形成了作品的艺术特色。他们的一个集子，就是一组风俗画。浓郁的生活情趣，强烈的时代精神，当代人民在共产党领导下进行社会主义建设的热情的火花，不能不在他们的作品中表现出来。他们用自己的辛勤劳动，努力为诗歌创作作出自己的贡献。贾漫就是这样的一位青年诗人，翻开他的《春风出塞》，迎面扑来的草原五月的熏风，阳光下的珍珠地、牛羊山、铁水河、马奶川。我们面前喧腾着激动的声音，那里的风沙衰草在与清水蓝天激烈地争论，草原在呼喊：我要开始崭新的生命！春风披拂的翡翠草原，草原上的铜铁巨人，呈现着江南风光的八百里河套：人造海，二黄河、垂柳、绿草、芦苇、海鸥……春风果真出塞了。一切是如此新鲜，奇妙如神话，难怪那个名叫查干的老羊倌望着这新奇的生活，要“像儿童贪看节日的花灯”！

---

* 此文初刊 1964 年 3 月 1 日《草原》1964 年第 3 期，初收《湖岸诗评》。据《草原》编入。

《春风出塞》描写草原的新貌。它虽然也写昨天,但只是陪衬;它着力表现变化了的和正在变化的草原。草原是五彩缤纷的,草原是鲜明绮丽的。因此,诗集的基调欢乐、明朗、轻快;诗集的色彩浓郁、鲜艳。这正与草原的情调相一致。

贾漫他表现草原的新生活、新风貌、新景色,总是力求与表现新人物的精神品质相联系。草原的变化是草原主人的功绩;草原的变化归根到底是人的变化所引起的。因此,写草原,不能不写草原的人。这个集子的特点是,以将近一半的诗篇,通过表现人以表现草原。这就避免了单纯描写风景可能产生的单调,描写时容易产生的空泛无所依傍的缺点,同时,也易于使画面更加丰富、充实、生动。由于写了人,草原的变化是草原在这些人的心目中的变化,更显得现实可信、更显得真切。

《君家何处住》是一首质朴的平易近人的作品。它那含蓄婉约的调子,娓娓动听的抒情笔法,给人极深的印象。它学习了乐府诗的写法,使人想起崔灏的《长干曲》、李白的《子夜吴歌》,它学到了古诗叙事抒情的凝炼、概括,又没有那种脱离现代口语的半文不白的怪调子。这首诗,写一个从内地来到包钢工地的姑娘,写她乍离乡土的心情:“初怜边城月,不如故乡圆;初饮青山水,不如故乡甜”。由于参加了边疆的建设,她与工地一道成长,于是乎,“始感青山秀,始觉北风甜”,而与边疆产生了恋情,她不再想家了:“平生钢城恋,梦里不思还”,“心共秦桑树,深栽黄水边”。尽管《君家何处住》表现的是一般所谓的思想转变,但不采取直接简单的办法,而是借助形象,婉转间接地表现这种转变。它学到了古典诗歌传统的描写人物的手法,集中精炼地表现事件,详尽突出地抒写情怀。“十六学焊工,十九武艺全”,这是过程的交待,十个字,惜墨如金的手法。“身是初炼铁,情如冒花泉,誓把风沙地,焊成不夜天”,如花的岁月,如花的理想,把这个青年女焊工的美丽心灵和豪壮的情怀抒写得鲜明生动。

《君家何处住》的特点是概括凝炼，富于音乐美。它把作者的情怀压缩在规则的句型中来表现。而《黄昏，旷野里有一组帐篷》，则是另一种风格的表现新人的好诗。

《黄昏》一诗，好像是线条粗疏的炭笔画，人物的轮廓在黄昏余辉中显得鲜明、生动，而且有性格。老人开始的沉默，后来激越的呼唤，说明他有着深邃的思想，蕴藏着热烈的情感。在社会主义的开山炮感召之下，他心灵的火花得到了迸发，他喊道：

走吧，孩子们，
到红山去，到红山去，
红山正把我们欢迎！
看见了吧，山上多么亮，
　　山上多么红！
好啊！那就是咱们牧人的
万世长明的福灯！

此诗虽然押韵，但句子时长时短，而那些散漫的句子被一股激情所组织，所以是统一的。最后“到红山去”的呼喊，使情绪之热烈达到顶点。

青年的热情，老人的深沉，这都是草原上的新人。尽管各自的经历不同，《老矿工》中的老矿工，《羊鞭一响三千里》中的老羊倌，都与《黄昏》中的老火头军同一副肝胆。而《江南姑娘》，则是《君家何处住》主人公的更进一步的具体化。姑娘的形象是秀美的，“像挺秀的白杨枝叶潇洒”，可她的心灵更美，而写心灵美，却不规避人们思想的具体性和复杂性，它展现某种思想活动，展现某种矛盾的过程，因此显得丰富：

啊，远处的水鸟拍浪飞舞，
她也许想起江南的老家，
窑洞里的胡燕衔泥垒窝，

她也许想起慈爱的妈妈？

她也许望见新生的沙漠，
回忆起艰苦的步伐，
宽慰的心中荡起波浪，
怀恋起青春的年华。

我们看到江南姑娘完整的形象美，完整的心灵美。而这种印象的获得，恰是由于作者描写人物时，没有采取简单化的办法所致。

贾漫笔下的人物形象，生动而丰富。这是由于他写抒情诗也不舍弃对人物心灵作深刻的挖掘，通过先进人物思想发展的提炼与概括，揭示他的精神美。由于他不抄捷径，不走现成的路。因此，诗集中的人物描写一般说来是成功的。《黄河岸上的民工》气概非凡，真如“红铜塑成的巨人”；《老矿工》留在乌兰察布草原的两眼矿井，就像是他的一双透明深邃的眼，“望穿铁山，看到钢城的云烟”。

此类题材中，也有写得比较单薄、不很成功的，如《雨》、《钻工》、《我问草原的姑娘》等。尽管失败的原因各异，但有同病：抒写主人公的思想情感，不是诉诸生动的形象，而是诉诸呆板的概念；不是着墨于本质问题的揭示，只是对表面现象作浮泛的表述。

固然，抒情诗不同于叙事诗，它可以不写人，更不能用人物性格或典型化等标准要求它。然而它写人，却有好处，已如前述。既然写人，就要对他们作深入的、有血有肉的表现。

《春风出塞》企图扭转旧塞北的概念，它着力歌颂新塞北。这种意图，可以采取直接说理的办法，也可以通过侧面、从另一角度描绘。但后者往往较前者的效果好。如《八百里河套》用直接说理的办法，虽然也出现“江南的燕子飞来游历”等句，但印象究竟不深。而《燕子》一诗截然不同。它的中间两段,一段回忆江南初春唱给燕子的别歌,一段写在塞北遇见故乡的客人,在别歌是为燕子北去而耽心,而现在,却在塞北的阳春烟景中欢迎远客。它描写了塞北的变化,表现了人们的旧塞北观念的改变,然而,一切道理都不是直接道出,只是利用侧面的比较,让读者自然而然地提出结论来。《燕子》一诗,作者打开了自己的心扉,真情流露,热烈而不矫作,因此容易打动人心,而引起共鸣。《成群的大雁啊》笔法相似,不作赘述。

至于直接写景之作,亦有特色。作者在表现草原景致时,总是努力作新鲜的发现。

如黄河的形象。在《轻帆远影》中,我们看见宁静温柔的黄河:"黄河天外来,轻帆万里长,天涯的轻帆穿着白云的衣裳";在《万里黄河喷雪来》中,我们看见奔腾激宕的黄河:"黄河来,何壮哉!腾光舞电奔东海,三山轰,巨石跳,五雷滚滚走边塞";还有八百里河套的迷人景色:"天涯的杨柳像俏俊的姐妹,以翡翠的长裙把你牵连"(《八百里河套》)。关于黄河,若仅是这些,也不甚新奇。

作者精心描写了黄河的新姿。他写春天的黄河,青春的黄河、写黄河的新生命。他用描龙绣凤之手,把古老的黄河与现代化的钢铁基地组成一幅新图,这是黄河的时代美。他在《万里黄河喷雪来》、《黄河之恋》、乃至于《黄河岸上的民工》中,都表现了这种时代的美。

最妙的是黄河之恋情,黄河与包钢结了姻亲。在《万里黄河喷雪来》中,原先那种疾风惊雷的黄河,见了包钢,立即换了个春风和煦的样子:"绿衣红颜春光媚,无限诗情壮胸怀。阴山下,春长在,傲风傲霜铁花开"。这是黄河的诗情,包钢的诗情。这股诗情,《黄河之恋》更突出,那黄河是多么媚妩:

黄河东去入重洋,

日夜争流好匆忙，
四月天，
桃花浪，
浪拥群山走势狂，
一入百里包头路，
桃花醉染一河香。

“春风戏杨柳，黄河恋包钢”，他们是挚友相会。包钢有“金流三千丈”，黄河有“清水百里长”，他们在生产钢铁这目标上，可谓情同志合：“清水金流一相恋，凝作万吨钢”。古黄河与现代化的工业城建立了友谊，作者热情地表现这一主题，因为这是我们时代的春景。

除了黄河，还有工业的主题。在曾经是荒凉的草原和沙漠上，如今烟囱如林，电线如网，电焊的火花装扮了夜空。这是草原的新景色，本身就有诗意。落后的草原，奇迹般地出现了新技术、新工业，作者把这一主题，表现得很有特色。一般人都深感表现工业和机器之难，作者却把它表现得很有特色。他把工业生产写得生动而不枯燥，把一些庞然古物写得虎虎有生气。如高炉，是“一号高炉平地起，破云插天恨天矮；二号高炉撑天立，阴山低头青山呆”(《万里黄河喷雪来》)，那吊车的形象也是诙谐可爱，饶有风趣的，“七十二米大吊车，张嘴欲把青天咬”(《四海兄弟同进酒》)；还有描写爆破的情景，“半壁铁山，起火潮，崩裂雾海云涛”(《大爆破》)。他不是画机器的图样，而是写机器的性格，他把机器当人来写。

作者学习古典诗词的艺术传统是明显的。他对选词遣字，提炼诗意，都下过一定功夫。“三百里林带葱葱郁郁，像绿色的长城锁住了春秋”(《林带即景》)，一个锁字，把无形的春秋变得非常具体，而且令人想到了锁的形象。《巨人颂》中的“纤绳、羊鞭拖着惨淡的夕阳”，那绳仿佛是捆绑人民的，那鞭仿佛是鞭挞人民的，象征着苦难，一个拖字，使我们看到了它们那长长的阴沉的投影。“红旗傲大风”（《四海兄弟同进酒》），傲字不仅使得此景更为动人，而且传达出一种自豪的情绪。古典诗词善于提炼典型的意境，往往赋予一个句子以诗意的概括，这在贾漫作品中也有表现。“风来精神抖，旗开石榴红”，“燕子横空过，尾剪碧天晴”（《昨夜春风至》），“扫地梨花报春讯，麦穗松针结彩楼”（《五月颂歌》），“洞庭水，浙江潮，不及英雄心潮高”（《四海兄弟同进酒》）等句子，都令我们看到这种熔句炼字的功力。

但贾漫学习古典诗词也有生硬之处。如《四海兄弟同进酒》诸篇，丽辞佳句，不是服从于主题而出现，有追求华丽之嫌。

《春风出塞》里的有些诗，乡土气息十分浓郁，在某种程度上说，还是风俗画：

> 勒勒车旁，大青牛低头吃草，
> 花尾巴甩打着嗡嗡的小虫，
> 凉爽的晚风从草梢上吹过，
> 笛声随着炊烟飘向明净的高空。
>
> ——《黄昏，旷野里有一组帐篷》

我这样说，并不是认为只有写勒勒车、牛羊、牧笛，才具有内蒙古特点；写黄河、写包钢、写白云鄂博、写新时代的新事物，也可以而且应该具有内蒙古民族特点和地区特点。这一点是不应该误会的。从《春风出塞》整个诗集来看，有些作品的民族特点和地区特点还有进一步加强的必要。春风出塞了，塞北变江南，这是塞北的大变化，值得大书特书。但塞北毕竟不是江南，它仍然有自己变化了的特点，这又是有别于江南的。所以人们要求作品具有民族特点和地区特点。我没有到过草原，不知该怎样写，但我深信它有自己的特色，这就需要我们更加深入地了解生活，更加勤奋地在艺术上练功夫。

在《春风出塞》中，我们看到了贾漫对于一般主题的创造与提炼的才能，看到了他对于塞北江南遍地春风这一事物的敏感，也看到了他对于建设新草原的老一辈人和年轻一代的崇高品质的精心概括，有些概括是有高度的。但是，加强对于“个别”事物，“个别”人的了解、研究、避免一般化，这是作者需要加强的方面，而要做到这一点，就需付出更加艰苦的劳动。我们相信贾漫同志在现有的良好基础上，一定会写出更多更好的诗篇。

一九六三年岁暮　于燕园

《山丹集》*

这是一册关于黑龙江的短诗集，其中大部分是 1957—1959 年的作品。黑龙江，是一匹“骏马”：“她高扬着头，伸长了脖颈，叫啸着，欢呼着。”这个形象，定下了诗集热情、乐观的基调。

《小木屋屹立在河岸上》给人们留下很深的印象：森林寂静，小河喧哗，一堆篝火，几缕轻烟，林区特有的情趣，表现得很浓郁。《小兴安岭》有美妙的风景：“树在云上、云在树上”，而当夜晚，透过那云那树，却望得见高炉炼铁的通天红光。四百里长的《汤旺河》，像一条蓝色的丝带穿过峡谷；沿着“桃花水”流过的两岸，诗人描写了水电站、络绎不绝的拖拉机、夜晚满山满谷的灯光。

《山丹集》所展示的生活面是广阔的。它描写了汉族、鄂伦春、达斡尔等民族苦难的过去以及欢欣的新生活。作者不仅写当代人民英勇奋战、改造山河的丰功伟绩，也写东北地区历史上英勇的革命斗争。他常常用美丽的景色作为衬托，热情地歌颂活跃在社会主义建设战线上各行各业的劳动者。

---

* 此文初刊 1964 年 1 月 10 日《诗刊》1964 年 1 月号。据此编入。

《西去列车的窗口》小评*

西去列车的窗口，这是革命的时代的窗口，也是伟大祖国的窗口。通过窗口，我们看到了动人的景象。一群上海青年，正在奔往塔里木垦区的路上。伴随他们的，是一个又一个激动难眠的夜晚，是一次又一次融洽无间的倾心交谈。即将参加农业生产的青年，好像是新战士向前方开拔，兴奋、陌生、热血奔腾。一路之上，他们谈论着南泥湾的镢头，沙漠上的第一块绿洲，祖国的万里江山，革命的滚滚洪流。整个车厢，充满着战友的情谊，充满着阶级友爱，充满着昂扬热烈的革命豪情。情感沸腾的夜啊，三五九旅的老战士，为新同志讲述革命故事，亲手为他们缝缀衣扣；有人在暗中打开日记本，大字默书："战斗"！有人在梦中高呼："决不退后"！

这小小列车的窗口，向我们敞开了我们新中国青年人的心扉，揭示了他们崇高的思想境界，表达了他们的宏伟抱负——接过前辈手中的革命红旗，勇敢地挑起建设和革命的重担。我们看到了祖国的希望。看到了雄姿英发的革命接班人的精神面貌。

这首诗表现的是当代的重大事件：中国年轻一代，响应祖国号召奔赴边疆，参加农村社会主义建设的伟大进军。

作者贺敬之处理这个重大的主题，却是从"窗口"两个字上落笔；窗口虽小，天地宽广，从井冈山到天安门，从南泥湾到塔里

---

* 此文初刊1964年3月10日《诗刊》1964年3月号，初收《湖岸诗评》，改题为《我们时代的窗口》。据《诗刊》编入。

木。它没有写整个事件的过程,而只是写几个旅途的夜晚。也就是这几个夜晚,教我们与主人公同样坚信:“胜利呵——我们能够”! 这是此诗构思的新颖之处。

这首诗,缺点也是有的。较之作者前此之作,这首诗明显地增加了叙述的成分,情节的说明似乎多了一些,因而结构有些松散,不够紧凑。同时,较之前此之作,诗句的锤炼功夫也似乎略嫌不够。

新诗话一则*

“村前流水长又长，社员下地它照相，照了三百六十张，张张都有老队长。”读了这首民歌，大家都喝采。却也有人不以为然，他说：“不好。老队长到底如何，并不具体。”

这使我想起白石老人那幅《十里蛙声出山泉》来。画面上，只有几尾活泼的小蝌蚪在嬉游，却把你带进喧闹的天地中去。我想，硬是要从画面上寻找“具体”，难免也要失望。

这首民歌，妙就妙在它的不“具体”。它用意精深，而下语平易，乍读句句平常，然却言外蕴有深意；它充分信任读者的想象力：“不肯使人不知，又不肯使人遽知。”

这种诗，具有隽永含蓄的美，好比咀嚼橄榄，咀嚼越久，越觉出它的清甜。

给你几抹云彩，你自去想象绚烂广阔的天空；给你几颗草尖的露珠，你自去领略春晨清冽的空气；这三百六十张印有老队长身影的“照片”，带给了我们多少值得反复玩味的东西啊！

---

* 此文初刊1964年5月10日《诗刊》1964年5月号，为该刊《新诗话》一则，原无题。据此编入。

写不尽革命情怀*

——读李季的长诗《向昆仑》

长诗《向昆仑》(载《解放军文艺》一九六四年一月号)是李季的近作。从这首诗的旋律中,从诗中出现的人物形象中,我们仿佛看见了一幅一幅社会主义祖国建设的雄伟画面,听见社会主义建设者们前进的脚步声。

昆仑山下,一对老战友邂逅相遇。他们怀着深情回忆了难忘的战斗友情:"手挽手蹚过雨后的延河,又一同背起背包走上前线。横穿汾河、同蒲路的夜里,同一支步枪在我俩肩上轮换。"长诗的主人公,用儿子对于故乡的情感,唱出了三边的风光:"三边的山呀三边的水,望不尽的柳树丛黄沙滩。说羊群、说骆驼,挖不尽的甘草驮不完的盐。二毛筒子老羊皮袄,彭滩的黄米靖边的荞麦面。"对于战斗中凝结起来的友谊的珍惜、对于革命故乡的怀念与热爱、以及对于今天的战斗生涯的自豪感,是李季一贯致力表现的主题。如今在《向昆仑》中爆出了新的火花。

《向昆仑》并不停留在革命故乡和革命友情的一般歌唱上,它赋予这一传统主题以鲜明的时代色彩。回忆像一根无形的线,联系了昨天今天和明天,也把三边和玉门的战斗和今天地球上各个角落的正义斗争连结了起来。诗人把深刻的支援世界人民革命的思想,寄寓在一对战友的长夜之谈中。久别重逢,要说的话何止万千!然而,关于革命、关于理想、关于国际上的斗争

---

* 此文初刊 1964 年 7 月 4 日《光明日报》,初收《湖岸诗评》。据《湖岸诗评》编入。

却成了中心话题,这说明了主人公精神世界的优美与崇高。

老祁是从三边来的老战士,是石油战线上的普通一兵。长诗通过《家》《长夜谈》《走向明天》诸章,集中刻划了他作为共产主义者先天下之忧而忧,后天下之乐而乐的光辉品质;描绘了他对世界人民革命事业的关切,很好地表现了中国人民、中国共产党员与全世界人民忧患与共的伟大胸襟。"你去问问不论哪一个石油工人,谁的胸中没有一个地球在旋转?""每一次登上昆仑山顶,仿佛都能瞭见黑非洲的朝霞满天。"这既是对老祁的很好写照,也是对中国人民的很好写照。老祁这一形象,概括地体现了当代中国人民性格的最光辉的部分。《向昆仑》这部长诗,是时代精神的敏锐而准确的反映。

老祁本来就是个"国际迷"。在战争年代,他就幻想着胜利之后当一名国际问题研究员,行军时他可以狠着心把妈妈的来信撕成碎片,把棉被拆成夹被,却不忍舍弃那些小山般高的地图和剪报。胜利了,他到了石油战线上来,没有当成研究员。他说:"那档子事早就死了心,国际问题可是越学越甜。"职业性质并不能改变他的"国际迷"的性格,老祁对于国际问题的关心,与他的共产主义理想是联系在一起的。这说明,老祁身上的先进思想,并不是作者硬加给他的,老祁今天能够站在为了全世界劳动人民得解放这一高度,来看个人幸福、家庭问题、共产党员的党性等,是与他受到长期的革命斗争的锻炼、与他的"国际迷"的性格分不开的。处于目前这样的斗争高潮中,诗人们都力图在自己的作品中能够表现出我国人民的觉悟水平来,这是必要的。但这种表现须与性格描写联系起来,这点,《向昆仑》这首诗的创作经验可供借鉴。

整首长诗,是战友的促膝谈心,也是诗人向我们倾诉衷曲。这种格高调雅、亲切自然的帐篷夜话,不只能使我们"深思深想两三天",它简直令人终身难忘。它能化为催促我们前进的物质力量,成为"生活途程中的一个新起点"。

当诗人向我们讲道理时，不是如一般抒情诗那样的直接出来说话、那样的直抒胸臆。他把叙事诗创作的丰富经验和熟练技巧，运用到抒情诗的创作中来，而使这首抒情长诗具有了叙事诗的特殊风味。

他在抒情诗中安排了简单的情节和塑造了鲜明的人物形象。他抒写情怀，借助一定的人物与事件作媒介，使感情的抒发有所凭倚，不致流于空泛，而显得更实在、更具体；安排了简单的事件，可以使抒情的进行井然有序，脉络清楚，这虽然不像叙事诗那样，成为不可或缺的部分，但对抒情诗来说，也是很有好处的。如该诗第二章《歌》，写"我"深夜听到陕北的顺天游而失眠。就全诗看，这一章，只是从"我"住宿帐篷到"喜相逢"的一个短短的过渡，表现的事实是很少的，但在抒情长诗中，它却成为整个乐章体现它的抒情主题的一个重要部分。它把主要精力用在对"歌"的抒情上，只是兼顾了一下事件的进程。巧妙的是，这种抒情又一定程度地为着叙事出力，它通过对"歌"的抒情，暗示着此刻即将出场的人物的战斗经历和他那乐观爱唱歌的性格特征。所以，我们虽然认为这首长诗是一首带有叙事特点的抒情诗，但又何尝不能说它还是一首抒情性很强的叙事诗呢？

长诗以阳关道上深夜闻歌始，而以风雪之后昆仑红日的《山颂》终。以歌始，有个引人入胜的抒情的开头；以颂终，使这首抒情乐章在颂歌声中结束，更富于抒情味。即从这点看来，长诗也有着叙事诗般的精密结构。《向昆仑》是抒情与叙事结合得较好的一首长诗。

作为抒情性加强的一个显然现象是：出现了凝炼概括的哲理性句子。这些句子，闪耀着光采，凝聚了革命者的斗争经验和智慧。这在李季以前的作品中，是不多见的。李季的以往创作，革命的现实主义是主要的倾向。《向昆仑》中，革命的浪漫主义有了加强。再以老祁为例：他无疑地是个革命实干家，在私生活和革命工作方面，他谨严从事、一丝不苟。但他不是鼠目寸光的人,他的精神世界被宏伟的共产主义理想所统驭。

在这一章中,老祁用浪漫主义的幻想谈到他的一个心愿:到革命最后胜利那一天,要在地球的每一个高山之巅,安装上强力的高音喇叭,用各种民族的语言播送国际歌。这种诗意的想象告诉我们:他确乎是一个不乏诗人才情的革命浪漫主义者。就是这个"两鬓风霜眼窝深陷"的人,使我们感到"他那老羊皮袄下,蕴藏着一座将要爆发的火山"。抒情诗中出现的老祁这一形象,与叙事诗中的王贵(《王贵与李香香》)、杨高(《杨高传》)等形象虽有历史继承关系,但他们的气质是不甚相同的。王贵和杨高,基本上是用革命的现实主义的方法创造的,而老祁,更多地采用了革命浪漫主义的方法。

这一席令人振奋的长夜之谈,不是明窗净几之下的品茗闲话。"夜入深更,心冷骨寒,莽莽风雪覆地盖天。帐篷颤抖缝隙里冒冷风,转眼间床前边碎雪一片。"谈话是在戈壁滩上进行的。然而,这寒夜里的每一句话,都是一团火。谈话声中,呼啸着当日横扫疆场的炮火轰鸣,也翻滚着今天五大洲的革命风暴。真是:"促膝回首万里路,心赛坚钢望明天"。

《向昆仑》带给读者的情感上的满足,和充沛的激励向前的力量,这是浪漫主义的功劳。在世界风云变幻,亿万人民奋起向帝国主义、各国反动派英勇斗争的伟大时代,运用革命的浪漫主义与革命的现实主义相结合的创作方法,往往能够更好地完成文学的战斗使命。

亚里斯多德推崇过风格的美,他说:"风格的美在于明晰而不流于平淡"[①]。李季就是这样,他往往在不事雕饰的歌唱中,表达出浓郁的情感。长诗《向昆仑》的风格,也可以说是这样。

---

① 亚里斯多德:《诗学》第二十二章。

阶级斗争的冲锋号*
——略谈政治抒情诗创作

在战场上，冲锋号以它高亢、激越的声音，鼓舞人们勇气百倍地和敌人战斗。在无产阶级文学中，政治抒情诗的声音，是冲锋号的声音。

毛主席说："政治，不论革命的和反革命的，都是阶级对阶级的斗争，不是少数个人的行为。"[①]政治抒情诗，以国内外的政治生活为其抒情的对象，以"阶级对阶级的斗争"为其直接或间接的表现内容，它所抒写的，是诗人在当代阶级斗争洪流中提炼的重大的主题，以及诗人和人民共同具有的战斗的激情。其它诗体，当然也表现而且必须表现阶级斗争、为政治服务，但政治抒情诗能够更迅速、更直接、更集中地表现这一内容，在更多的时候，它是更为直接地参加战斗、而且是最富有鼓动性的战歌。这是政治抒情诗的基本特点。

无产阶级的政治抒情诗，不在书斋中吟哦，不在花前月下孕育，它诞生在阶级斗争的雷鸣电火之中。《国际歌》诞生于巴黎公社的街垒，阿芙乐尔号的炮声给马雅可夫斯基以灵感，殷夫的红色鼓动诗来自上海工人战斗示威的行列。伟大的时代培育了战斗的诗人，火热的斗争酿造了壮丽的诗篇。

我们身处革命运动风起云涌的时代，身处国内外阶级斗争

---

* 此文初刊1964年10月10日《诗刊》1964年10月号。据此编入。

① 《毛泽东选集》第三卷，第868页。

的烈火熊熊燃烧的时代，于是，我们迎到了政治抒情诗丰收的季节。开国以来，特别是近年来，政治抒情诗的创作相当繁荣。在诗歌的百花园中，它以鲜明耀眼的一树繁花，引人注目。手头材料不全，信笔写来，就有一连串颇为壮观的优秀之作的名单，如：光未然的《钢骨铁胆》《边海河畔》，阮章竞的《高唱"国际歌"挺进》，臧克家的《战斗的最强音》，李季的《向昆仑》，贺敬之的《放声歌唱》《十年颂歌》《雷锋之歌》，郭小川的《向困难进军》《青纱帐——甘蔗林》《林区三唱》《秋歌》，张志民的《祖国颂》《擂台》，魏巍的《橄榄树》《井冈山漫游》，石方禹的《和平的最强音》《古巴·革命及其它》，闻捷的《我思念北京》，韩北屏的《夜鼓》《谢赠刀》，李瑛的《古巴情思》，严阵的《天安门颂》，张永枚的《火焰般的年华》，张万舒的《黄山松》《日出》，徐荣街、钱祖来的《接班人之歌》，北京大学"五四"文学社的《让青春闪光》……这些作品，都有着鲜明的革命情感、强烈的战斗精神，以及创造性的艺术构思，其中不少作品在诗歌朗诵会上受到群众的热烈欢迎。当然，这还只是一张很不完全的名单。

在当前的形势下，讨论政治抒情诗已经获得的成就，以及存在的问题，探讨如何更深刻地反映阶级斗争，为我们的时代唱出更雄壮、更激越的战歌来，是需要的。

一

政治抒情诗，以不同的方式反映阶级斗争。

有的诗，是直接表现阶级斗争的，它直接展示了阶级斗争的图景，如石方禹的《古巴·革命及其它》，张志民的《擂台》。前者，歌颂了古巴革命，同时揭露和打击了美帝国主义及其走狗，且在与敌对思想的斗争中，从正面阐述了无产阶级的革命观点；后者，喻榕树下为阶级斗争的擂台，它形象地再现了阶级斗争历史的庄严画面，具体生动地揭示了斗争的严酷规律，并着重表现了当前阶级斗争的新特点。有的作品，只是借某事某物抒发情感，似乎并不直接描写阶级对阶级的斗争，但却令人处处感到作者谈论的是关于阶级、关于阶级斗争的主题。这是由于它以阶级、阶级斗争的眼光来观察、分析社会生活现象，表现了明确、坚定的无产阶级的革命观点。这类作品最近一、二年出现得比较多，如郭小川的《青纱帐——甘蔗林》《战台风》，张万舒的《黄山松》等等都是。这两类诗同样能够很好地表现阶级斗争，重要的问题不在于采用了直接的表现方式还是间接的表现方式，而在于作者是否具有阶级和阶级斗争的思想情感。诗人有了阶级斗争的观点，对当前阶级斗争的总形势有明确的认识，他便能适应阶级斗争形势的需要，表现当前社会生活中最重大的事件，提出为亿万人所共同关心的问题，使诗歌通向人民的内心深处。近来，众多的以写革命接班人为主题的抒情诗，就是在这种形势下出现的。

培养年轻一代成为无产阶级革命事业可靠的接班人，“这是关系我们党和国家命运的生死存亡的极其重大的问题。这是无产阶级革命事业的百年大计，千年大计，万年大计”（《关于赫鲁晓夫的假共产主义及其在世界历史上的教训》）。政治抒情诗敏锐地表现了这一重大题材。一批关于雷锋的颂歌表现于前，众多的直接表现培养接班人的主题的抒情诗出现于后，其中较好的诗，有贺敬之的《雷锋之歌》，徐荣街的《你只有二十二岁》，北京大学“五四”文学社的《让青春闪光》，徐荣街、钱祖来的《接班人之歌》以及张永枚的组诗《火焰般的年华》等。

《火焰般的年华》共五首，它以较多的篇幅、从较广阔的方面接触到一个人的青春应当怎样度过这一主题。它旗帜鲜明，处处以两种不同的生活作对照。以两种不同的人生观作对照，热情地讴歌了战火中的青春、劳动斗争中的青春，批判了贪图虚荣享受、将年华消磨于绿酒红灯之间的资产阶级人生理想。这组诗，是同类题材的诗中出现较早的作品之一。在那时候，它就能从实际生活中发现这一主题，从培养革命人生观的高度来表现它，明确地运用诗歌作为教育青年一代的武器，是可贵的。此诗的不足之处，是语言锤炼不够，有些篇章比较平直，艺术感染力不如《雷锋之歌》这些诗篇，如果作者在艺术上多下些功夫就更好了。

自从党强调提出对青年进行劳动化、革命化的教育，强调了培养革命接班人的工作的重要性之后，特别是《关于赫鲁晓夫的假共产主义及其在世界历史上的教训》一文发表之后，诗人们的认识就提高了一大步，出现了更多表现这一题材的作品。这些作品都着重表现了争夺青年一代是阶级斗争的一种尖锐的方式，并把诗的主题放在阶级斗争的总的形势下加以阐发，从而突出了问题的重要性。这许多诗篇，很好地说明了政治抒情诗如果紧密结合阶级斗争，积极地为无产阶级的政治服务，它们就能够起到很好的作用。在北京和各大城市举行的诗歌朗诵会上，这些诗受到广大听众（特别是青年工人、学生）的热烈欢迎，就说明了这一点。

二

我们的时代，是无产阶级革命大发展的时代。东风压倒西风，是要经过斗争的；我们一天天好起来，敌人一天天烂下去，也是要经过斗争的。深刻地表现了阶级斗争的诗篇，必然会打上我们时代鲜明的烙印，而具有强烈的时代精神。政治抒情诗应该唱出时代的最强音，它要反映出革命人民的思想、情绪、愿望和要求，表现出这个时代的时代精神来。而要表现时代精神，必须在阶级斗争的总形势下，把握住时代的动向。时代在前进，阶级斗争的形势在发展。在社会主义的各个阶段，阶级斗争和生产斗争的形势也是不断变化、发展着的。开国初期与一九五八年“大跃进”，一九五八年与今天，都有不同之处。以第一个五年计划时期来说，当时开国不久，大规模建设刚刚开始，一方面是旧的逐渐消失，一方面是新的飞跃成长，古老的国家在急速地改变面貌，这是我们现实生活中最激动人心的诗篇。要写这个时期，就要把握住这些特点。

《放声歌唱》是表现这一个历史阶段的诗。作者突出抓住那“在我们的自传和我们祖国历史的纸页上”写着的千万个“第一”，以揭示这个时代的崭新的、令人惊叹的神采。它以对比映衬的手法，通过新与旧的鲜明对照，写出新社会、新生活的可贵。很多场合，诗人在一句诗中，把象征着两个时代的一组形象连结在一起，如高压线之飞过长城脚下，黄鹤楼之立于长江桥头等等。其中一个形象象征绚丽的新生，一个形象象征悠久的历史，二者结合起来，便勾划出我们古老国家的崭新面貌。在另一些场合，也以同样的方法，巧妙地把历史斗争的图画与今日社会主义建设的图景揉合在一起，互相映衬，并暗示着历史斗争与现实斗争之间的因果关系。“省港大罢工”的呼号声，在我们的鼓风炉里呼呼作响，在农业合作社的麦场上，飘扬着“秋收暴动”的不朽的红旗，这是一种合乎事物内在逻辑、而且是能够揭示事物本质的巧妙的嫁接。《放声歌唱》的作者对时代有深刻的认识和感受，又以独创的艺术手法表现了它，故其时代感是十分鲜明的。

近年来，国际上出现了现代修正主义，反修斗争的任务，便落到了全世界马克思列宁主义者身上。于是，也出现了直接或间接地表现这一主题的政治抒情诗。这些诗中的疾风劲松等象征勇敢坚贞的形象，表现了马克思主义者的革命气节。

贺敬之写于一九六三年的《雷锋之歌》，和《放声歌唱》一样，同是对祖国、对革命的赞歌。但在新的阶级斗争的形势下，二者又具有不相同的思想内容和时代特点。《雷锋之歌》充满了激动人心的战斗的呼唤，充满了对于国际无产阶级叛徒的愤怒的斥责。当它写到“北风欺我——把我黄河一夜冰封”时，当它写到“向仇人们鞠躬致敬——说是为大家的‘安宁’，必须践踏爹妈的尸骨”时，那中国人民的愤怒和绝不妥协的无产阶级战斗激情，溢于言表。

我们无产阶级诗歌的重要任务之一，是塑造具有共产主义光辉理想的英雄形象。在抒情诗中，则要通过对于人物的精神世界、思想感情的抒写，达到表现时代精神的目的。怎么写人？把人放在时代的背景上写，深入到人的内心中去写，发掘出这个时代的无产阶级光辉形象的特有气质来。如写雷锋，就要站在无产阶级的思想高度，深入了解构成雷锋精神实质的诸因素，把他的出现放在当前风云变幻的时代洪流中、放在无产阶级革命精神蓬勃发展的背景中来表现。《雷锋之歌》写雷锋，就是这样做的。作者看到的，不仅是雷锋的身世，和雷锋的“一百五十四厘米——身高呵，二十二岁的年龄”，而且看到了雷锋崇高的精神世界、为共产主义事业而跳动的心脏。他看到了雷锋“军衣的五个钮扣后面，却有——七大洲的风雨、亿万人的斗争——在胸中包容！”雷锋精神，就是我们的时代精神。

李季《向昆仑》中的老祁这个形象，也是我们的时代精神的体现。老祁是一个又有远大理想、又踏实苦干，在生活上律己极严，而在革命事业上有着永不枯竭的才情的人。抒情长诗通过老祁对家庭、对个人幸福、对共产党员党性的看法，通过他的爱唱“信天游”以及“国际迷”的性格描绘，刻划出当代中国人民质朴、踏实苦干、而又充满理想和伟大抱负的英雄性格。在“山颂”这一章中，这个人物的思想光辉得到最充分的表现。在那里，他幻想革命最后胜利之日，在地球的每一座高山之巅，安装上喇叭，用各种语言播送《国际歌》。长诗用革命浪漫主义的手法，表现了老祁这一人物心灵的最深刻、最美好的部分：无产阶级彻底革命和国际主义的情操。老祁这个抒情形象，是当代中国人民的缩影，它集中地体现了中国人民在当前阶级斗争形势下的革命责任感，体现了我们时代的伟大风格。

三

能够体现出强烈的时代精神的诗，必然是抒人民之情的。因为，人民是时代的主人，是推动历史前进的根本动力。

抒情诗中的思想感情，经常通过诗人的自我抒情来体现。政治抒情诗中的诗人自我抒情，其基调由时代的、人民的、阶级的精神特征所决定，但又带着诗人各自的风格特征。可是只有诗人的感情与时代、人民、阶级的感情高度一致的时候，诗人自己的风格特征才有意义，才能引起共鸣。也只有如此，这感情才是既有个性，又有巨大的概括意义和典型意义的。魏巍在《井冈山漫游》中向井冈山的河水呼唤："请你收下我歌一曲，我也是你的一滴水"。诗人，应该是整个革命大海中一滴闪着光辉的水珠。

从《和平的最强音》到《古巴·革命及其它》，石方禹的艺术风格是一致的，而且是鲜明的。读《古巴·革命及其它》，最为激动人心的，是它那深沉、真挚、热气腾腾的无产阶级战斗激情。诗人处处以自己的家乡、祖国比拟古巴：他把古巴的砍刀比拟我们的红樱枪；把"擎天柱地的七杆步枪"比拟我们的"老套筒"。他对古巴的深情的国际主义歌唱中，渗透了他那热烈的爱国主义的情感。而作者的革命激情又是以具有鲜明的个人风格的抒情方式表现出来的，他的浓郁的诗情是植根在深厚的无产阶级思想感情的土壤中的。"环顾宇宙上下我心潮起伏；每一片战斗的土地都令我梦往神驰"，这是自我抒情与抒人民之情的结合；当这个世界还响着手铐脚镣的声音，诗人便不能安眠，因为，他说，"我属于中国战斗的无产阶级"，这诗句，亲切自然地表现了无产阶级的伟大胸襟和崇高的思想境界。

政治抒情诗能否表现出无产阶级的胸襟和思想境界，是极端重要的问题。这胸襟、这境界，具体一些说，就是要有无产阶级彻底革命的思想，要有充当中国革命与世界革命的革命派的思想；要有为天下劳动人民彻底解放而鞠躬尽瘁、奋斗终生的思想。“脚踩污泥，心怀天下”，有了这种胸襟和境界，笔底自然就会出现吞吐风云的气势来。郭小川的《秋歌》，写的是战斗者对于绚烂秋景的好兴致，每一句赞叹，每一个回顾，都包含着革命者的深深的情意。秋天是火热的，秋天的国土上，“哪里都有战斗的风帆”，诗人寄语世界上正在斗争的朋友：“往后的生活啊，纵有千难万难；我们的人哪，却有压不烂的铜臂铁肩。”心中要是没有占人类三分之二还在受苦的人民，决不会对着秋云秋水抒发这种激越豪放的战斗情怀。

要站在时代高处歌唱，要高瞻远瞩，这不是说提倡空空洞洞的“豪言壮语”。政治抒情诗创作中最容易犯的毛病是：表面上轰轰烈烈的辞藻多，而结结实实的感情少。我们的政治抒情诗一定要有真情实感，要有无产阶级的真情实感。革命人民的真情实感，来自伟大斗争生活的真情实感。《古巴·革命及其它》所抒发的，《雷锋之歌》所抒发的，都是这样的真情实感。个人主义的情与感，再真再实，也不过是别林斯基所鄙夷的小鸟似的歌唱而已。

政治抒情诗要抒情，它要求热烈的、燃烧的情感，而反对虚假的、淡漠的情感。无产阶级的政治抒情诗，应当具有充沛的革命热情、战斗激情。诗人的心灵要与无产阶级的革命斗争结合在一起，把无产阶级的火辣辣的革命情感，体现在诗中。“砍头不要紧，只要主义真”，这是用生命来歌唱的气贯长虹的诗。“对着死亡我放声大笑，魔鬼的宫殿在笑声中动摇”，诗行间有着多么充沛的无产阶级大无畏的气概。所以，关键的问题还是诗人的革命化、诗人思想感情的彻底无产阶级化。

张万舒的《黄山松》，体现了顽强的斗争精神："九万里雷霆，八千里风暴，劈不歪，砍不动，轰不倒。"这种不屈不挠的韧性战斗精种，是我国人民在时代风暴中所表现的英勇气概的反映。我们党、我国人民在急风骤雨中的战斗英姿，借黄山松特有的形象美和精神美体现了出来。张万舒做到了这一点，是由于作者的感情与时代的、人民的、阶级的感情一致，所以作者能够通过黄山松这个形象表现了当代重大的主题。而有些作品则相反，作者并没有在生活中得到深刻的感受，只是从概念出发，从主观想象出发，缺少内在的、热烈的革命情感，结果，失败了。

同样一首写森林树木的诗，它的作者在森林生活了好多年，不能说对它不熟悉，但却没有写好。这诗主观地给森林添上了许多不合适的东西：森林树木既有"不知后退的脚步"，又有"谁也挡不了它的前进，谁也挡不住它飞跃的脚步"；森林还有无比巨大的力量："能叫山崩，能叫地裂，能叫波涛掀起；命令江河让路"。这都是硬说出来的话，它的思想和形象没有必然联系。时代精神不是从客观形象本身来展示，而是硬装上去的。因此，尽管也说了些气势很大的"涛声滚滚，波澜翻翻，红旗飘飘，东风呼呼"之类的话，但总感到是没有真实感受的架空的呼喊。同一作者发表于另一处的一首诗，也是写森林的，也有类似的毛病："拦路的，闪开吧！扯腿的，让路吧！……畏缩了？笑话！停止前进？笑话！跌倒躺下？笑话！硬的，软的，明的，暗的，还有什么手法？统统使出来吧！怕者不来，来者不怕！"要不是题目告诉了我们，谁能看出这是在写森林！这样写政治抒情诗，尽管用意是好的，但不能起到教育、鼓动人的作用，不能起到阶级斗争的冲锋号的作用。

我们的政治抒情诗，在及时地配合政治运动、支持世界各国人民反对帝国主义、反对现代修正主义的斗争方面，也就是说，在反映国际间的阶级斗争方面，作了很多工作；比较地来说，对于我国社会主义时期的复杂尖锐的阶级斗争，表现得还不够深入、不够及时，也不够有力。特别是很少触及农村两条道路斗争、很少触及对农村资本主义自发势力的批判，很少触及在新形势下阶级斗争的新特点。少数政治抒情诗阶级斗争观念薄弱、甚至对阶级斗争作了错误的描写。此外，比较普遍的缺点是，政治抒情诗民族化、群众化不够，欧化的倾向和知识分子腔调仍然存在。大部分好诗，还只是在知识分子和有相当文化水平的读者中有影响，深入工农兵就有一定困难。看来，诗人的语言和思想感情都有待于进一步的革命化、群众化。

我们出现了一批好作品，那是由于阶级观点明确，深入了现实的火热斗争；我们存在着严重的缺点，也写了一些不好的作品，那是由于阶级观点模糊，脱离了现实的火热斗争。所以，关键的问题还是要全身心、无条件地投身到阶级斗争和生产斗争的激流中去，“观察、体验、研究、分析一切人，一切阶级，一切群众，一切生动的生活形式和斗争形式，一切文学和艺术的原始材料，然后才有可能进入创作过程”(《毛泽东选集》第三卷，第862页)。在很早的时候，恩格斯就用赞赏的口吻说过文艺复兴时期的“巨人们”，十分肯定他们在时代运动中和实际斗争中的活动，因为他们中间“一些人用笔和舌，一些人用剑，而许多人则两者并用。因此有了使他们成为完人的那种性格上的完满和坚强”(《自然辩证法：导言》，第五页)。这当然谈的是旧时代的英雄。然而，对于我们时代的歌手，恩格斯的话无疑是英明的启示。

诗人们，让我们一手持笔，一手举剑，永远投身到伟大的阶级斗争洪流中去！

升于草原上空的一束礼花*

——读巴·布林贝赫《生命的礼花》

诗集《生命的礼花》，收长诗一首，短诗三十余首，散文诗若干首。作者巴·布林贝赫，蒙古族青年诗人。

一九五三年，他开始歌唱。他的第一首诗《心与乳》，就是献给伟大祖国、献给民族团结的颂歌。他按照蒙古族的习惯，用乳来表示心中对祖国的爱，用乳来作对自由和解放的献礼，用乳来作对未来的最好祝愿。他以草原独特的语言，把祖国大家庭中的民族和睦喻为“无垢母乳”。从那时起，诗人便引起我们的注意。

诗是时代的音乐。在我们伟大祖国，民族的诗歌应当飘着社会主义时代的芳香。布林贝赫的诗正是如此。他不仅写蒙古包，写马头琴，写辽阔无边的草原，他还着重表现草原的新面貌，表现蒙古族人民的新思想、新感情。

诗人祝愿自己的诗篇能够飞向北京，绕着朱红的大柱，沿着彩色的锦檐飞翔。他把最大的热情献给祖国、献给毛主席、献给各族人民大团结。诗人的政治热情在这里得到了尽致的表现。

他歌颂北京，因为北京是祖国的象征。他把北京比作“星星中的亮星星”，“珍珠中的明珍珠”。在《桑巴老人》一诗中，他告诉我们：一个老人尝尽六十年甘苦的心“联结了草原和北京”。他的诗正是这种联结的纽带——把草原的苦难和欢乐与祖国的命运紧紧地联结在一起。他唱道：

---

* 此文约作于1964年，初收《湖岸诗评》。据此编入。

那万重高山的峰顶，
都向天安门祝福；
那千条河流的浪涛，
都向北海致敬。

——《生命的礼花》

这诚挚的诗句，鸣响着千万蒙古族兄弟的心声。对祖国的忠诚、对领袖的爱，以及对各族人民大团结的热情歌颂，这种崇高的爱国主义思想，成为布林贝赫创作思想性的核心。

他是蒙古民族的儿子，他爱草原。而他的爱，体现在对于新生草原的歌唱上。布林贝赫笔下的草原：新鲜、沸腾、朝气蓬勃。不是"天似穹庐，笼盖四野"，不是"天苍苍，野茫茫"。没有那种愁颜与苦态！白云鄂博有奇丽的彩虹，白音宝拉格有清亮的泉水，山野间绽开了勘探队白色的帐篷，沙原上矗天立起了脚手架，在神话中花鹿飞跑的峰峦上，"圣水"滴下来了，传说中象征着吉祥的金马驹，也跑回来了。传统的浓郁的草原风光，加上了崭新的时代色彩，显得更加光华灿烂。

重要的不在于他描写了这些。因为这是普遍的主题，几乎所有的诗人都在同声歌唱。都在歌唱，有的人用的是陈旧的方式；创造性的诗人，却无不探寻自己独特的手段。布林贝赫的每一首诗，都用以歌唱祖国、歌唱新生活，而他绝大多数的诗章，都有精到的构思，有的甚至很巧妙。有首诗叫《杏花》，写"恰特"（蒙古语：剧场）的出现。一共才用了八句。通篇只写杏花——春雨如何绵绵地下，杏花如何在晨雾中吐放艳蕊，又如何浮动着透明的露滴，春意浓极了。最后才指出不是杏花在吸引行人，而是那旁边出现了红色的"恰特"。此诗妙处在它极力渲染杏花的美丽，然而却无一字不是在写"恰特"。杏花不仅是烘托，还是一种巧妙的隐喻，这使得那"恰特"具有了难状的风情。有首诗叫《凤凰》，用传说做引子，由虚拟而引出一对真凤凰来：一对年青人攀上了宝山，唤醒了草原。还有一首诗，《女仆和仙女》，不借助虚拟或象征的手法，却以坚实而丰富的经验打动人。它概括出一个毛纺女工在两个社会中的两种命运。“纺呵，纺呵，纺不完的无情绳，何日何时呵，才能斩断这阎王索”，这样的声音是饱含着泪花唱的。

诗人笔下的蒙古族人民，个个精神焕发，神采奕奕。我忘不了《钻石花》中在映着朝霞的伊敏河中洗脸的色玛姑娘，河水映着她那银镯闪烁的光辉。虽然一生下来就失去亲娘，色玛在解放了的草原上却到处有亲人，她不知疲倦地劳动着，犹如一只快乐的喜鹊，“共产党喂她真理的乳浆，使她变成永远盛开的钻石花”。这是青年一代的形象。我更忘不了《途中》相遇的那位老大爷和老大娘，老人骏马，金须银发，红润的面孔，琅琅的笑声，这是老一辈的形象。新时代的老人，虽则对刚刚开始的新生活的全部意义还没有深刻了解，然而时代新鲜的阳光已经投射在他们身上。从他们身上，我们看到了蒙古民族不老的青春。虽然只是一个侧面，一个断片，但却启发对新的生活进行全面的思索，确如诗人所说：

一颗颗水晶的露珠，
清新的碧绿草原；
一道道黄金的阳光，
恬静的晴朗早上。
——《途中》

对蒙古族人民苦难的昨天，诗人有深切的了解；对蒙古族人民幸福的今天，诗人更有满腔的喜悦，他自己说过：“即使是一个哑巴，如果现在不欢唱，胸怀也会被迸裂！”他的许多歌唱，便是这种热情的燃烧。因为他对自己的草原有深刻的理解，有深沉的爱，因此他能够用诗句塑造出这个民族的英雄形象。这形象集中地体现在“一束钢花一杯奶酒”中，在那里他对“快马、套杆，昨天游牧的蒙古，电光、铁钎，今天钢铁的民族”，只用四行短短的诗句概括了它：

右手举一杯奶酒，
左手拿一束钢花，
要把奶酒和钢花呵，
献给领袖毛泽东。

——《一束钢花一杯奶酒》

布林贝赫的诗歌艺术，深受蒙古族传统文化的熏陶，特别是蒙古族民歌的滋养。如《敖塔奇》，它借用了蒙古族传说中的传统形象：珍珠游于金鱼嬉戏的大海，灵芝草长在粉蝶翩舞的原野，山峰上花鹿在奔跑，森林里苍鹰在翱翔，这些奇珍异宝的出现，都为了衬托毛主席派来的医生。全诗依据譬喻组成，其形象是生动而丰满的。它有三段，每段都有一种句型，一段之内，句型相同，全诗读来，又有明显的变化。又一致，又变化，二者互相结合，这是民歌特点之一，吟诵起来，就不会单调。《敖塔奇》富有深厚的民族色彩，就风格论，它是秾丽的；它的反复吟咏，真如月下草原马头琴迂缓的轻歌。再如《金马驹》，它有雨后的七彩长虹，有百灵鸟衔来的金色花瓣，更有旗帜和火光，浓烟和铁水。它具有蒙古族民歌和神话的媚妩，更有雄伟壮丽的时代光泽。这一切，溶而为他的风格的雏形。

他的抒情是充分的，有时不惜铺张地使用连续若干个排比，但却无碍于诗行的凝炼。他的诗，字斟句酌，颇见锤炼的功夫。如《杏花》，才八行。如《矿工的未婚妻》，才十二行。后者是一首奇特的情歌，这情歌，是对情人唱的，又似是对草原唱的。少女唱道：越看越雄伟的白云鄂博，越瞧越英武的我的哥哥。这无疑是赞美自己的情人，但同时又赞美大自然。“万吨青铁在我情人的手中轻如鹅毛，千只白羊在我的歌声里柔如锦缎”，爱情和劳动的主题糅合得紧，把爱情的描写放在它的基础——对于劳动的描写上。这样做，毫无牵强之感。最后一句写草原“如醉如狂闪开一条道”，也富有浪漫主义的意味。这首短诗，行行都有新意，足见诗人匠心。

上述特点，在长诗《生命的礼花》中更为突出。一般长诗都苦于冗长、苦于繁琐。《生命的礼花》歌唱蒙古族翻天覆地的变化，主题在广阔的历史背景上展开，雄伟壮阔。长诗言简意赅，诗行之间比较跳荡，有巨大的概括力，写来十分精炼。“当初是乳汁和奶皮，接着是皮张和绒毛，再就是头的牲畜，最后是旷野的白骨”，这是写解放前的痛苦生活。它隐去了一切繁冗的外观的描绘，大胆舍弃旁枝繁叶，而突出其鲜艳的花朵。它质朴无华，蕴有深厚的思想力量，借朴素的语言倾吐出深沉的感情来。此外，如“慈母辛酸的眼泪，如同草原上的湖泊；爱父痛苦的叹息，如同山谷里的狂风”，其力量之大，犹如仇恨的旋风。

布林贝赫的散文诗，措辞绮丽，抒情性强。其色彩甚至比他的诗还要浓郁。它巧妙地把民歌排比对衬等手法运用到散文中来，前后有呼应，好像一个乐章中同一旋律的有变化的重复出现。

我是这样理解散文诗的：它必须既是诗又是散文，而首先要是诗，散文只是表达诗情的方式而已；好的散文诗，既有诗的凝炼，又有散文的无拘束，既有精密巧妙的构思，又有散文美。

布林贝赫的散文诗，几乎每一首都有这样精巧的构思设意。在只有四五百字的《美丽的图画》中，他用四段文字来表现炼钢铁的劳动，每段都有一句概括性的结语，这就是：白云似烟，烟也似白云；晚霞似火，火也似晚霞；星辰似灯，灯也似星辰；神仙似人，人也似神仙。可以想见，作者不仅想象丰富，而且安排也很巧妙。“碧空中的银河，大地上的金江”（《花开的时候》），这是草原在炼钢；“鲜乳一般洁白的鸟”，“羊绒一般轻柔的白云”（《早晨的笑声》),何处无飞鸟,何处又无白云?然而,这是草原的鸟,草原的云。这真是草原的诗人在歌唱啊!

某些诗,剪裁上还嫌粗糙。如《百灵庙》,“说它是一株种在石盆的月季吗?说它是一个插上翎毛的玉瓶吗?”已经有了美好的形象化的开头,但可惜没有沿着这条比较含蓄的路走下去,而是拣了一条轻捷的路,让概念化的幽灵窃据了位置(如“新城市,高楼房,给人展示着幸福的图景”)。

再如《凤凰》,前三段是形象的,已有不平凡的展开,但后三段却失之平庸,这毛病是从“现在我才明白”开始的,因为说得太明白了。《司机和挤奶姑娘》篇幅不短,但无甚新意境,构思也比较陈旧,在这里诗人并没有发现什么新的东西。也许这是诗集中明显失败的一首。

《礼花》升起来了,我们拍掌欢迎它。不论是物质生产还是精神生产,对于英勇的劳动者,不畏艰苦的人,每一分钟都是五彩礼花照耀下的节日。祝诗人进步!

壮美的《海南山水》*

柯原《椰林曲》中所收诸作，给我留下了深刻的好印象。如今读《海南山水》(载《人民文学》一九六三年三月号)，这印象更突出，也更鲜明了。《海南山水》，也如柯原其他海南之作一样，非常注意色彩的对照和渲染，不仅某行某段如此，往往通篇都珠光闪闪，宛若仙女散花，满天锦绣。“山兰酒香江鱼肥”，“木棉絮白如雪飞”，“珊瑚树红珍珠圆，色彩迷离是虎斑贝”，此类句子，使我们想起古代诗人那些着色最浓的诗：“红鹦鹉对绿芭蕉”，“琉璃钟，琥珀浓，小槽酒滴珍珠红”。柯原是得其神髓的。

诗，确乎是华丽，但不是单纯追求技巧。唯有如此，那灼热的太阳，那沸腾的海水，那浓厚的热带风情，才能得到充分的描写；唯有如此，那海南人火热的情感、透明的思想，以及他们轰轰烈烈的斗争的血火，才能得到淋漓尽致的描绘。因此，技巧是为表现内容服务的。

海南山水，“蓝的是宝石，绿的是翡翠”，它宁静，它柔和，它令人心醉：“竹林夜月奏鼻箫，春米谣唱得人心醉”。但海南的风光不仅如此，它不仅是诗人的国土，也是战士的乡园。它有革命的山山水水：“五指山呵六连岭，青山座座是英雄碑”。

此诗篇幅不多，但却是全面地写。它让读者在音乐的旋律中，在诗意的吟哦里，看到了海南的昨天和今天。它唱出了古代的传说：“金鹿回头变少女，青山为媒猎户成婚配”，这是鹿回头

---

* 此文约作于1964年，初收《湖岸诗评》。据此编入。

的故事;“将军白马凿水井,如今帆樯满天丰收归”,这是白马井的故事。它也唱出了艰苦的革命斗争:“舀来清泉煮野菜”,“渔家女扬帆夜渡海,封锁线上闯来回”,这里有英勇的战士,有不屈的人民,这里还有,二十三年不倒的红旗!海南的山水,如今在社会主义阳光的照耀下,伐木场、盐田、水库、咖啡园、可可林、炼钢厂……到处金光闪闪,所以是“山歌唱罢渔歌起”。此种繁荣兴旺,令人精神振奋!

今日里,英勇的战士守卫着这座花园、这座堡垒:“海防战士枕枪睡”。全诗以“一杆红旗照国门,山山水水壮军威”作结,此山、此水,这时更是壮丽而且豪迈!

不论是神奇的传说,不论是艰苦的斗争,不论是绚烂的风物,都凝聚于比较谨严的句式中,用最精炼的方式表达出来,不觉冗繁,亦不拖沓。

形象是美,但不流于诡奇,不晦涩,也不轻巧,而且明快、鲜丽。

柯原的诗,从形态上学民歌甚多,他对五七言单字尾的句式,运用得纯熟,已到了得心应手的境地。而从气韵上,取法于古典诗歌绮丽华艳一派,但无食古不化之病,他有自己的特色。

充满诗情的婚礼*

读到《人民日报》转载的《草原婚礼》(闻捷作,系长诗《复仇的火焰》第二部的一部分),那是将近二年以前的事了,但是那份欢喜,至今也没有消失。

《草原婚礼》,它线条简单明朗,抒情充分而细腻。作为叙事长诗的一个组成部分,洋洋四百二十八行,才用来抒写一个夜晚的一个事件——草原上的一次婚礼。我说它充分,但是又细腻。

婚礼在进行。牧人们环坐在帐篷外面,左边,坐着一排青年,右边,跪着一排姑娘。大家拨动琴弦,唱起劝嫁的歌。新娘梳妆已毕,罩着神秘的面纱,等待新郎的挑揭。这时节,人群中跳出了饶舌而善良的阿肯,唱起逗笑的“贝达萨尔”。……

浓郁的哈萨克族的生活情趣,绮丽的边疆风光。多少生动的画面,使我们惊喜异常:古老的劝嫁风习,新郎在新婚之夜的挑面纱,亲属们用红漆盘分撒沙素,长辈为年青恋人所做的巴塔,婚礼之夜少男少女们的狂欢……多少美妙的歌声,令我们爽心悦目:在东不拉伴奏声里,姑娘们唱起了劝嫁的歌,新娘唱起了向亲人告别的阿勒孜,阿肯的挑面纱歌……诗的意境,诗的情趣,是风俗画,它色彩斑斓;是民族乐,它音韵铿锵。

没有深厚的生活感受,不可能有如此生动、如此丰富的歌唱。我们都还记得那清新秀丽的《天山牧歌》。《天山牧歌》到《草原婚礼》有一条红线牵着。前者是后者的准备,而后者是前

---

* 此文约作于1964年,初收《湖岸诗评》。据此编入。

者的发展。山间潺潺细泉，终于汇成了河谷里的奔流。在这里，我们看到了学习和积累，看到了勤奋和认真。一个汉族诗人，竟如此传神地描写了少数民族的生活！

《草原婚礼》重点不在写人，但却很好地写了人。“一轮满月落到天山下”，这是新娘叶尔纳美丽的形象。那姗姗走来的“微笑着托起堇色的纱巾”的苏丽亚，显得多么文静与温柔。“你不要这么得意洋洋，不要笑我是败兵你是胜将，我刚才的歌只不过是条绳套，你就是我要捕捉的笨羊”，唱这支歌的那位姑娘，虽然没有名字，但她的大胆与倔强，聪明而又带着几分狡黠，都是活灵活现。至于那个好心而多嘴的阿肯，简直是婚礼中欢乐的元素，诗人几笔就为我们留下了生动的印象。

从形式看，《草原婚礼》这种比较整齐的半自由体，更接近于五四新诗的传统形式，只是更加规范了。然而，谁也无法否认，哈萨克民歌如母亲的乳汁一般，哺育了它。从这里，我们会有这样的醒悟：学习民歌，不一定求其形似，而要得其精髓！

雨中江山如画*

写山水景物，一要写出它的美，二要写出时代气息。没有时代感，汉魏人会写，唐宋人会写，何必新诗；写山水而不美，虽然“联系”了现实，又何必山水！

廖公弦的《望烟雨》（载《人民文学》一九六二年九月号），我看是两全其美的。好在全诗不长，不妨录之共赏：

雨不大，
细如麻，
断断续续随风刮。
才说住了，
又说还下。
莽莽苍苍，
山寨一派淡墨画。

山山蒸紫气，
田土罩烟霞，
小麦、油菜难分划；
望到天涯都是绿，
都是社里的庄稼。
几朵淡黄斗笠，
隐隐如同雾中花。

---

* 此文约作于1964年，初收《湖岸诗评》。据此编入。

烟雨中笛音湿润润，
欲溶化，不溶化。
哟，烟雨江山，
谁家彩笔堪描画。

全诗共两段。第一段远眺，因此是莽莽苍苍，烟雨飘飞；第二段近赏，虽则山蒸紫气，田笼烟霞，毕竟是看得真切些了。远眺是美的，故曰如淡墨画；但近赏后，不禁怀疑“谁家彩笔堪描画”了。越看得真，越觉得美。由可画到不可画，意思一层深似一层。

“望到天涯都是绿”——绿得无边的是公社的土地，虽不直说，但歌颂之意甚明。“几朵淡黄斗笠，隐隐如同雾中花”——居然是有人了，也无需直说，斗笠下人儿如花，还要说什么呢？这都是雨中的真切情景，隐隐约约，含而不露，加上“欲溶化，不溶化”的笛音，带着雨中湿润的气息，此情此景，令人神往！

烟雨中的江山，五彩缤纷，万里锦绣，较之晴明时日，更加几分妩媚。这一切，诗人借助词一般的抒情笔触，柔婉地把它表现了出来。

1965

江陵十二月调*

正月插（邀的意思）姐玩哪
姐说哪不得闲（音 han ）哪
来搭客端茶盘哪哥哥哟
那有哪闲心陪你玩哪

二月哪插姐玩哪
姐说哪不得闲哪
肩抗锄头田边站哪哥哥哟
那有哪闲心陪你玩哪

三月插姐玩哪
姐说哪不得闲哪
手卡（持的意思）镰刀寻青饭哪哥哥哟
那有哪闲心陪你玩哪

四月插姐玩哪
姐说哪不得闲哪
田里的麦子黄闪闪哪哥哥哟
那有哪闲心陪你玩哪

---

* 未刊稿。

五月插姐玩哪
姐说哪不得闲哪
稻场的石磙梭罗转哪哥哥哟
那有哪闲心陪你玩哪

六月插姐玩哪
姐说哪不得闲哪
手提鞋篮等鞋穿哪哥哥哟
那有哪闲心陪你玩哪

七月插姐玩哪
姐说哪不得闲哪
过个月半难上难哪哥哥哟
那有哪闲心陪你玩哪

八月插姐玩哪
姐说哪不得闲哪
田里的苗花白(音 bo)罗放哪哥哥哟
那有哪闲心陪你玩哪

九月插姐玩哪
姐说哪不得闲哪
田里的棉花没摘完哪哥哥哟
那有哪闲心陪你玩哪

十月插姐玩哪
姐说哪不得闲哪
田里的棉梗完了担哪哥哥哟

那有哪闲心陪你玩哪

十一月插姐玩哪
姐说哪不得闲哪
姐抗车梁往前闯哪哥哥哟
那有哪闲心陪你玩哪

十二月插姐玩哪
姐说哪不得闲哪
手卡镰刀砍柴山哪哥哥哟
那有哪闲心陪你玩哪

1965,5,23 夜,桂香、小雪等唱,
冕记于星兰一队,绍炎堂屋

金单子　银单子*

金单子，银单子
隔壁幺姑扯单子
扯几尺，扯八尺
做几双，做四双
爹一双，娘一双
还有两双压橱箱
请裁缝，缝衣裳
请木匠，搭嫁床
十七八里嫁姑娘
爹也哭，妈也哭
爹妈爹妈你别哭
姑娘在人家多享福
睡金床，盖银被
绣花枕头有一对
脚踏箱子守富贵
橱屋洗脸大花盆
堂屋吃饭金桌椅
铁灶门红纸包的捞火棍

---

* 未刊稿，录于 1965 年 5 月。

江陵锣鼓*

翻身云

唱且浪 且唱浪 唱且以且唱且浪

且唱以且且唱浪 唱且浪 且唱浪

花科子

唱唱且唱且唱以且唱且唱

且且以且唱且唱 且且以且唱且唱

小公车

唱且唱 且唱唱 唱唱且唱以且唱且

唱且浪且唱且唱以且唱

登五槌

唱唱唱且唱以且唱

斜插

唱唱且唱以且唱

凤点头

唱且唱且唱唱以且唱

---

* 未刊稿，录于1965年5月。

公翻身

唱且浪且唱唱且 唱且浪且唱唱且

唱唱且唱以且唱且 唱唱且唱以且唱且

唱且唱 且唱唱

母翻身

唱且唱且唱唱

唱唱唱

唱唱唱的以且唱

唱且浪且唱 且唱以且唱

雀登枝

唱唱且唱以且唱且以且唱

太极图

唱唱以且的唱唱的且的

唱且唱且以且唱

大公车

唱且唱 唱且唱

唱且以且 唱且以且 唱且以且 唱且

唱且浪且唱 且唱以且唱

注:唱:大锣

浪:马锣

且:钹

以:小钹

鼓不打浪,唱只打唱,且,唱也打且也打,浪,都打

此谱抄自梁胜隆笔记本。

一本有特色的新诗选集*

——读《朗诵诗选》

《朗诵诗选》是在几年来诗歌朗诵活动广泛开展的基础上产生的，它是诗歌朗诵活动的成绩的检阅。从中，我们可以感觉到蓬勃发展的诗歌朗诵活动的气息，同时，也能从入选作品的情况看出群众究竟喜爱什么样的新诗。这本选集的出版不仅有助于更好地推进诗歌朗诵工作，而且对繁荣新诗创作也将有一定的益处。

对于一般读者，我愿意将此书当作一本优秀的新诗选集推荐给他们。我觉得，可以朗诵、而朗诵了效果又很好的诗，证明它是可以走向群众并且是获得群众喜欢的诗，这样能够与群众结合的诗，应当认为是好的作品。《朗诵诗选》所选的，大抵都是这样的诗。

选辑《朗诵诗选》的工作，基本上遵从了政治标准第一、艺术标准第二的批评原则。选集充分地表达了我们时代的革命精神，唱出了人民的革命感情，发挥了诗歌作为时代号角的作用。首先是深刻地揭示我国人民对世界人民革命事业赤胆忠心的情怀，鲜明地勾勒我国人民“脚踩污泥，心怀天下”的时代风姿。一种明显的现象是，随着作者视野的开阔，国际题材的政治抒情诗和政治讽刺诗，几乎站到诗歌创作的主要位置上来了。入选的

---

* 此文初刊1965年8月14日《文学评论》1965年第4期，初收《湖岸诗评》。据《文学评论》编入。

作品共七十六首，属于这个题材的，就占了十九首（包括三首儿童诗），这是符合诗歌创作的实况的。数字不能全部说明问题，重要的是近来的诗歌创作中，作者的思想境界来得更开阔了，心中有着一个战斗的世界在。卢蒙巴被杀害了，我们的诗人看见“诗滴着血，花垂着头”，看见“一声枪响，打穿了窗纸，惊醒了黑非洲”，看见卢蒙巴的“胸膛像青铜，眼睛像利剑，头上站着太阳，脚下傍万里江流”（《血在燃烧》）。不仅在这里，也在《边海河畔》那里，也在《巴拿马，愤怒的河！》那里，热情的鼓励，真挚的同情，一字一句，莫不充满深厚的国际主义精神。

在十九首以外的其它题材的作品中，国际主义的思想火花也在迸射。有一首诗，唱井冈山上的兰花，作者忘不了要将此花“赠与天下英雄山头栽”（《井冈山兰花吟》）；还有一首诗，作者漫步雨花台，心潮翻滚，不禁高呼：“遥望垂死的旧世界，还有多少雨花台！”（《雨花台》）应该说，这是一种崇高的思想境界，这些诗篇，发掘了我国人民光采夺目的心灵美。

思想内容上的另一特色，是能够敏锐地反映出现实生活中的重大问题，诗歌的触角及时地伸向千万人所萦怀的主题上来，因此就易于激起群众的共鸣。诗选对培养革命接班人的题材，给予充分的重视，与此有关，阶级斗争教育和革命传统教育的主题也明显地突出了。特别在表现阶级斗争方面，短时期内出现了一些质量较高的作品，如长诗《擂台》、组诗《重返杨柳村》等。我特别爱读忆明珠的《跪石人辞》。这是一篇饱含着阶级情感的血泪控诉书，充满着阶级仇恨的旋风，这真是一篇震撼人心的阶级斗争的宣言。柯原的《眼泪潭》，向孩子们讲了一个使人触目惊心的阶级敌人杀人的故事，也令人难忘。这样的诗，可以帮助读者牢记阶级恨，不忘剥削苦，更加热爱今天的新社会，树立起阶级斗争的观念。

《朗诵诗选》很注意英雄人物和模范事迹的歌唱，注意表现生活中随时涌现的新思想、新品质、新风尚，对读者进行共产主义思想的宣传教育。《支书家的新嫂子》写一个优秀的干部家属处处公而忘私，但又时时不免唠叨几句的“有点嘴皮碎”的性格，刻画得如闻其声，如见其人。《“跟我来!”》，粗犷有力，通过一声声洪钟般的“跟我来”，展现了这位连长处处走在前面的光辉性格。《鹰》描写了飞行员罗小刚为救援战友而英勇牺牲的故事，罗小刚的形象令人景仰。这是一首可供演唱的小叙事诗，演出的效果很好。此外，《狠张营歌》、《满天飞霞》、《送厂长》、《新战友》、《夜话》等，都是新人物，新思想的颂歌。这些诗篇的出现，说明我们的诗歌已经积极地担负起以共产主义思想教育人民的历史任务。抒写新英雄人物的业绩，以及他们崇高的思想感情，已在创作中占了一个重要的地位，而其中的有些诗篇，还能在不多的诗行中刻画出人物的性格特征来，这都是很可喜的现象。

从艺术上看，因为适应朗诵的特点，使选集具有了健康、明朗、一听就明白的特色，用的基本上都是群众听得懂的语言（当然也有个别篇章通俗性差一些），清除了晦涩、古奥、矫揉造作的腔调。我想，敢不敢实行这一点，是诗歌敢不敢放下架子、面向群众的试金石，也是诗歌作者有多少群众观点的温度计。循此走下去，我们就能建立起崭新的社会主义新诗风。

自从提出新诗必须向民歌和古典诗歌学习后，几年以来，新诗又向民族化的道路上迈进了一步。选集中光未然、戈壁舟、张志民、郭小川、贺敬之等人的作品，都是向民歌和古典诗歌学习得较好的例子。诗选体现了在民族化、群众化道路上的百花齐放，打开选集，民歌体、自由体、“楼梯式”和格律体，争奇斗艳，热闹得很。一些来自工业战线的青年作者大都采用了比较自由的短促的诗行，叮当作响，遒劲有力，很有工人阶级的豪迈的气派，这更是诗歌形式方面的新收获。

再谈谈本书编选方面的特色。这个选本比较精炼，称得上是少而精。由于少而精，诗歌创作的情况，朗诵活动开展的情况，能够看得清楚。如歌颂毛主席的诗篇，本书精选了五首，却很概括，很有代表性：有专业作者，也有业余作者；有汉族，也有少数民族；有像《难忘的航行》那样的长诗，也有像《步步向太阳》、《托彩霞寄歌声》那样的短诗。

这本选集所收的基本上都是作者的代表作。对于影响大、作品较多的作者，注意了各个时期的风格变化，尽量给读者以发展的感觉。如郭小川，选了三首，却给了我们较为完整的印象。《向困难进军》是早期的"楼梯式"，有强烈的革命激情，这是进军的鼓点，战斗的呼号，它代表了《致青年公民》、《向困难进军》两个集子的基本特征。《煤都夜景》代表的是由《两都颂》开始形成的新格式，此时，作者刚从《将军三部曲》那种散曲小令味很浓的短句式，转变为汹涌激宕、绮丽多姿、尽量铺陈的风格。到了《甘蔗林——青纱帐》，这种风格更完善了，使用了大量的排比句子，反复咏叹，构思更含蓄，更富哲理性。贺敬之选了四首，有长篇抒情诗，有信天游体，有七言歌行体，还有半自由体，概括了这位作者所曾使用的诗歌形式，又大体代表了各个时期的创作特点。难能可贵的是一些作者，只选一首二首，却能够突出他的风格特点，留下鲜明的印象。忆明珠的作品，我们还是不太熟悉的，本书选了两首，《跪石人辞》和《狠张营歌》。他的创作很有激情，主题十分严峻，作品具有鲜明的时代精神，有很强的战斗性，语言也活泼清新。张永枚选了《骑马挂枪走天下》，李学鳌选了《乡音》，虽只有一首，却可看出作者的基本风格，又能代表他们创作的实际水平。这说明编选者对创作情况很熟悉，选得很精确。

在选诗方面还体现了一个可贵的思想：不迷信权威，对新生力量热情鼓励，大胆选拔。如张万舒，在全国性的报刊上发表的作品还不多，但其《黄山松》、《日出》质量很高，有影响，就全录了。选集中，新人的名字多起来了，说明诗歌写作的接班人正在成长。

本书也有一些缺点。在选诗方面,对工农业余作者还选得不够充分。我觉得黄声孝和王老九的作品,似可选其一二。此外,还有该选的未选,可不选的又选了的作品。吕远的《一个党员的手》、石方禹的《古巴·革命及其它》、闻捷的《流向晨曦、朝霞和太阳》,多次朗诵,群众喜爱,似应选入,而陆棨的《站在昨天望今天》、刘征的《北京的市场》,都较单薄,且这两位作者的作品已选了几首,这两首可略。

《朗诵诗选》出版了,它的出版包含着这样的鼓励和提倡:诗歌必须突破书面的和发行量的限制,投身到火热斗争的现场中去;到群众沸腾的海洋中去,接受现实生活的考验,诗歌应该去教育和鼓舞更多的群众。

梁绍炎*

——江陵四清人物笔记

绍炎，四十七岁，饲养员。金香，其妻，四十四岁。喜生，其孙子，二岁。绍炎老家在遂心大队芒家场，贫农，有七、八亩地。十二岁上，父亲去世（在世时，除种田外，主要是纺线织布，捕鱼），现在还有一个哥哥在遂心，五十五岁。绍炎在一九三七年招来此地。

金香家原有七亩地，父亲在头次革命时当贫农委员，一九二七年被国民党枪毙，当时金香才七岁，随叔伯哥梁绍伦生活。结婚后，除种自己的六七亩地以外，也帮过本队的绍松（大盛父）、绍银、大德做过长工与日活。冬闲时，绍炎还挑萝卜、蒜等做小买卖糊口。下蛮大的雪也去。土改时，绍炎在农会当小干部。五六、五七年当过二队长（生产队）。五八年因为反对吹牛皮，就下台了。

一九五二年大柏之弟大青过继给绍贞夫妇，时年十岁，生产积极。大跃进时开矿，筑大坝，咳血。六一年完婚，六二年十一月死（喜生才一月零八天）。媳妇李一秀是共产党员，大队妇女主任，今年二月随其夫大纲（招女婿）返回黄桥大队。

绍炎之祖父未见过，只知他当了一辈子长工。有田二点七亩，分给三个儿子，每人九分。岳崇眠，纺线织布捕鱼为生，并在江南打长工二十余年，一九二八年去世。哥哥岳英魁，现年五十

---

* 未刊稿，作于1965年。

五岁。其子岳运宜是遂心大队一队长。

金香的祖父梁儒方，父亲梁中圣，头次革命时当农会委员，一九二八年被国民党杀害。

邓崇大的证明材料。我在积极分子集训会上是这样讲的：梁绍炎的岳父梁忠生与梁大幅的岳父梁绍卓，都是被国民党杀死的。头次革命时，我们这儿的共产党是以梁化龙为首的，忠生、绍卓、我的父亲绍晴等都在他手下闹革命。忠生性子很暴，肚胆很大，恨不得把地主豪绅一起砍掉。地绅梁绍周（大吉父）跑到沙市去逃难，后来他就带了国民党的清乡队来到滩桥。那天，忠生要到滩桥去，大训的祖母叫他不要去。他说："怕什么鬼啊！"到了滩桥，被绍周看见，绍周嘴巴一翘，清乡队就把忠生抓住了，当场就枪毙。是上午时分。后来绍能、绍银等把他的尸首抬回来。我也看见了，他的脑袋被打掉一半，胸口被刺刀剖开，肝已挖走，肠子掉在外面。绍卓也是被国民党枪毙的，详情不知。

我当时只有七八岁，不知道他们有没有加入共产党。

梁大福*

——江陵四清人物笔记

现年三十八岁，贫农，原籍湖北荆门十里铺。一九四三年前后迁来本地。原姓杨。妻梁孝儿，三十四岁，子胜坤，十一岁，胜美，九岁，长寿，一岁多。

祖父早死，未见，不知其名。是种田人，自己没田，租种地主田亩为生。父名杨显要，租田五、六亩，并抽时间打长工，自己家里干三天，再给人家干三天。这样，每年自耕一半时间，帮工一半时间。农闲时还做裁缝，给人家缝衣服。父于一九五六年病死。

本人小名杨商儿，一九二七年生。十岁左右就随父干农活。一九三九年左右，父亲被日本鬼子拉夫，给送东西到沙市。时自己年十二，弟八岁，随父出门，不久放回。父子三人没回老家，就在沙市背后刘家台刘金旺家帮长工。约两年多，父亲又被日本拉夫，挑东西到郝穴。放回后，又没回老家，父到张家港（现五三大队）地主张景寰家当长工，弟同去。自己则到万家场地主岳英华家帮工，一年后又转父亲帮工家。一年后，父子同转到张景洛家，干了一年多。这时自己十七岁左右，经大本的母亲介绍，到梁家上门，改名梁大福。父与弟同来，父给人打短。自己则到滩桥褚大金家帮工。一年多，一九四五年日本投降，后又转到地主王九二家帮工。两年后转到朱长贵家。一年后转梁大政家，再做一年，才解放。这时本人已二十二岁，又给王九二帮一年多。

---

* 未刊稿，作于 1965 年。

土改分了田，这才不帮人了。

妻梁孝儿，父名绍卓。祖父梁忠阁。祖父教过私塾，但以种田为主。早死，本人未见到过。父亲绍卓，也是种田人，读过书，认几个字。早年参加革命，是这一带地方共产党的领导人之一。与梁化龙同样有名。一九二九年左右，父在沙市被反动派清乡队抓住，在滩桥祠堂枪毙的。死时高呼口号，这些事，都是本地群众所传颂。父亲死后几个月，本人才出世。这时只有祖母、母亲、姐姐梁喜大。孝儿五岁左右母亲死，祖母带她过活。后祖母眼瞎了，带着自己讨米过活。后三年，大福上门后才不讨米了。

莫远孝*

——江陵四清人物笔记

女，二十九岁，现有丈夫梁胜金，三十一岁，女儿兴英，九岁。娘家高新大队，十三岁以前在家。

娘家高新大队。十三岁以前在家，十三岁嫁到五三张家港张守获家中，一九五零年与其子张继美完婚。年小，劳力不强，婆婆又霸道，所以经常发脾气。一九五二年离婚回家。一九五三年与高新大队的贫农蔡罗兴结婚。生女儿梁兴英。二年后蔡病死。一九五六年又与高新大队的贫农张家才结婚，生一子。两年后，张又病死。一九六一年来本队与梁胜金结婚。

娘家：父莫明远是襄阳人，抗战前逃荒到滩桥一带，一直种田，一九四五年病死。母亲张守香是五三大队张家港人，土改前有地十三点三亩，屋三间，两头牛。土改时有十个人，分进三点七亩。

夫家：祖父梁绍成，有地二十三亩。二十年前胜金的同母异父姐王垒金嫁到江南，不久，九天内死了一个弟弟、一个妹妹，全家搬到江南，三年后回老家。土改时，有四口人，有地十三亩，未分进地，分到房子、大椅、书桌。

---

* 未刊稿，作于 1965 年。

梁大银[*]

——江陵四清人物笔记

现年六十，曾用名王仁棠，贫农。妻梁桂兰，四十八岁。原籍湖南省桃源县水田村。一九零五年生，三岁母死，靠姐姐王秋英生活，常一起讨米过日子。父亲当一辈子长工。在姐姐家过了七年，十岁起就帮长工。十岁到十二岁，帮郭家放牛。十三岁到十五岁，帮郭兴阶放牛。十六岁到十七岁，帮湖南常德武陵十四堡刘华之家做长工。十八岁到十九岁，帮刘益婆长工。二十岁到湖北省公安县李家口，二十岁到二十一岁帮乐家两年。二十二岁到二十三岁，帮包家两年。二十四岁帮周泽俊一年。二十五岁到二十六岁帮窦松生二年。二十七岁，自愿参加红军(1930 年 5 月)，在第二军十团三营一连当兵。八月，当班长。1931 年 2 月因病掉队，由保安团打路条回家。二十八岁到三十岁，帮郭昌银长工。三十岁来本地做女婿，与梁桂兰结婚。三十岁到三十二岁(1935 年)，在家里种田。三十三岁(1936 年 3 月)，被国民党拉壮丁，只去两个月，便跑回来，到江南窦松生家帮了一年多。

三十五岁又回到本地。三十五岁到三十六岁，帮梁大明。三十七岁到三十八岁，帮梁大辉。三十九岁，帮梁大明。四十岁到四十一岁，帮梁中金。四十二岁到四十三岁，帮蒋天福。四十四岁到四十五岁，帮刘东才。四十六岁到四十七岁，帮刘厚德。

---

* 未刊稿，作于 1965 年。

四十八岁(1951 年)时土改,不再当长工。解放后一直在队劳动。土改时是贫农小组积极分子。1954 年任互助组监委。1955 年任初级社监委。家庭历史情况:父王元春,当了一辈子长工。1930 年去世。母王杜氏,1906 年去世。妻父梁绍詹,母刘氏。祖父是种田人,后得残废,流脓水,不能劳动,死得很早。祖母刘氏,抚养绍詹长大。绍詹种田,帮散工,还帮人家盖草屋、捕鱼、贩鱼。1948 年去世(咳血)。

大银五个儿子,都先后夭折。抱过一个女儿,六岁时也死了。

土改前有地十八亩。有岳母、妻子、妻弟大玉、大玉妻熊桃儿、本人,共五人。后分家,各得九亩,三户(大银、大玉、大贵)共养一头黄牛。土改时分进二点七亩。

进村时,群众介绍说:“大银敢说话,不公平的事,就是杀他的头,他也要说。”他总是看场守夜,一尘不染,在群众中威信极高。他是第一批会员(九人之一),妻桂兰是第二批会员(十三人之一)。

梁大贵*

——江陵四清人物笔记

现年四十四岁(1921年生),贫农。全家六口,妻黄月英,四十二岁左右,子胜才,十八岁,胜刚,十岁,女旺香,六岁,小花,八个月。

家史简述:祖父梁中远,种田人,当过伪保正,有三十多亩田。由于祖母为人不正,与地主梁献廷之父打皮绊[①],家庭不和,卖掉田地房屋,最后只剩下七亩田。

父梁绍福,头次革命(1930年左右)被本地共产党人梁化龙枪毙。原因是嫂嫂(兄大庆之妻)与化龙打皮绊,父母管得严,父说了些不满的话,化龙把父亲抓去打死了。父死后,嫂出走。父亲在时,也种田,曾给滩桥公社汤家台地主张继襄帮过长工,又曾在姑妈梁珍年家帮过长工几年,那时家中只有七亩田,后来逐渐置了一些,有十亩。后又得伯父梁绍明、梁绍富两家基业,到自己手中,又买了三亩多,故土改时有田二十一亩。那时全家七口人:哥哥大庆,侄胜平,妻月英,子兴文、顺兴、胜才,自有草房一座,五三年拆除了,另建新屋。当时有两头牛,一犁,一耙,生活主要靠种田和做小生意,农忙种田,农闲做小生意。

1927年,本人六岁,父母带我去江南公安县金城院,租种地主田亩为生。兄大庆留姑妈梁珍年家帮工。被水淹,父子逃荒

---

* 未刊稿,作于1965年。

① 皮绊(音pan),江陵土语,指不正当的男女关系。

一年多。1929 年前后回到老家，父开茶馆，烟馆，种几亩田。父死后，去姑妈家放牛，几个月后回家，读书一年。1935 年左右学篾匠，这时本人十四岁。学了七个月，又回家，卖粑粑，做小生意。又到滩桥买布到沙市去卖。半年后种庙田，一年多。又收鸡蛋卖。忙月种田，闲月做小生意。过了一年左右，自己十八岁。1939 年结婚。再过两年，日本来，自己二十岁。提杂粮到大兴场去卖。一年后，到沙道关卖布。买盐回来在滩桥卖。又一年，日本退出，二十四岁。又在滩桥买棉花，到沙市去卖。干几年，到 1947 年，自己二十六岁。到公安县金城院姚奇杰家帮工。一年后，优惠了；又回来种田。买一匹小马，又换成大马，到万家场买粮食到沙市卖。

一年后解放。又干了一年。土改，卖马种田。土改参加没收小组，。从五一年互助组成立起，任组长。后又当些时间的民政。五七年起，当技术队长，到去年为止。

社会关系：兄大庆，六零年死。兄与本人同居，五四年分家。1938 年前后参加国民党部队。干了两年，偷跑回来。当伪保长一年左右。

进村后，绍炎等便介绍说：大贵此人知内情，可访问。我们很晚才访问了他。果然，谈了不少问题。此后，很积极，靠拢工作组。但是，由于他的身世太复杂，群众意见又大，我们没有依靠他。第一、第二批会员都没有他的名字。进村后，大银说，“大贵尖心，能说话，同队长打不上板，依靠他就倒霉了”。大贵外号奸臣，诨名鬼不缠。

梁胜普*

——江陵四清人物笔记

梁胜普，原名王云普，曾用名王政博。1935年生，妻梁正园，二十八岁。岳母梁欢儿，妻弟梁胜贵，十六岁，儿子梁兴德，八岁，女儿梁莲芝，三岁。贫农。

原籍沔阳县汉江区黄林公社沙马大队第三生产队。三岁时，母亲去世，九岁父亲去世。当时家中还有两个哥哥，为了躲避抓壮丁，便巴结地主士绅，把王云普送给地主王云林当儿子。改名为王政博。他在地主家里生活了六年，每天要收两桶粪，放两头牛（一头黄牛，一头小牛），鸡叫就起来。地主吃大米饭，他吃稀粥菜饭。晚上，王云林（他当教员）教他读书。他由于白天劳动一天，读不进去，王云林就揪着他的耳朵骂他愚蠢。1950年土改快结束时，胜普被接回哥哥家。当时两个哥哥已经分家，他就帮他们家各放三天牛。1953年七月，由梁大振介绍到本队梁大松家当女婿，九月完婚。1958年八月派到松滋县去炼钢铁，二十多天。接着又调沙市商业钢铁厂。直至1959年7月回队。

家庭历史状况：沔阳老家，祖父不明，祖母朱氏，父亲王春发，母亲刘寿珍，大哥王克爽，小哥王克普，有地十亩。王春发是跛子，一直种田，1944年去世。王春发帮过日活和散工。父母死后，克爽、克普就分了家。土改前，兄弟各有一间草屋，与另一

---

* 未刊稿，作于1965年。

户贫农合有一头牛，与另两户合有一部大水车。土改时，王克爽家有七口人，分进十七亩地。王克普家有四口人，分进十一亩地，皆划为贫农。

现在的家：祖父梁绍春，一生种田。只生一个女儿，名梁欢儿，招来一个女婿名梁大松，老家在杨家台。大松害眼病，劳力不强，自己的田虽多，却种不好，故还要人家帮。1960 年去世。妻子梁还园是从小指过来的姑娘，老家在金港大队，中农成分。大松、欢儿只生一个儿子，名胜贵，土改时五口人，二十一亩地，被划为下中农。复查时因其家穷，改划为贫农。

附：滩桥社教分团派出张世信同志前往沔阳调查的结论：

一、家庭历史清白：祖父、父亲的历史和表现，根据当地支部和群众的反映很好。这家人家，解放时经济很困难，生活很艰苦。祖父、父亲、兄弟的历史都很清楚，是老老实实的种田人。他的两个哥哥在解放前帮工，是我们的基本群众，是翻身户。

二、本人在沔阳的历史是清楚的。王出身贫苦，根据群众反映，他从小就受苦，给地主当儿子是假，给地主当长工（而且是小长工）是真，并没有享受过什么地主生活，这伢子从小就是苦孩子。群众（尤其是贫农们）在介绍他的情况时抱着很强烈的阶级同情心。他所以给地主当“儿子”，完全出于生活所迫，没有别的原因。解放前后，他年龄都轻，没有干过什么坏事，反映他很老实。给地主卖烧饼时，还是个孩子，但他不偷吃烧饼。解放后没当过干部。

三、社会关系也清楚。支部和群众介绍他家的社会关系是清楚的。贫农组长夏江仿同志说：“他们都是穷人，都是解放后翻身的，是好人，很清白。”

四、外出江陵的原因是可靠的。根据群众和支部的介绍，主要是他独自一人，两个哥哥都分家另过了，所以听说（听彭田金说）江陵可去，可以结婚，就出去了（也打迁移证明）。但公社已无处查找迁移证的存根。因为当时是乡政府办的事，转公社时这些材料保留不当失掉了。

五、调查人的意见：这次调查是清楚的。当时虽然有夏江仿、汤学荣、刘祖汉三人座谈介绍情况，但在场的还有夏的老婆，后来又来了三个群众，他们在介绍中意见一致，没有分歧和问题。根据选根定根条件之一：出身成分好（包括社会关系清楚），我认为此人作为根子培养对象是完全可靠的。意见可否，仅供参考。

调查人：张世信（潘市红旗工作队北大法律系研究生），一九六五年元月十四日晚，于纱帽大队办公室

1966

文革日记断章*

1966,10,18,北京—列车上

晨即打好背包出发(昨晚先期入城,宿文研所),琰来相送。文研所门外已经戒严。我们凭火车票穿行了马路,至火车站。排队候车。周强未来,颇令我们担心。胡双宝亦同车走,他是步行来此的。据说北环路一带,连自行车都不让通过。十点前,严绍璗突破重重封锁,到达了。他说,在东总布胡同见到周强。十二点正,周强来到。我们欢喜雀跃。他早已到达,为守信,呆呆地站在我们昨晚约好的地方等我们。此种忠厚之心,使人起敬。学生处多一票,决定叫孙静来。想尽了种种办法与之联系,前后打了十来个电话。午后二点多,就要进站了,他才冲破层层困难赶了来,带给众人一份额外的喜悦。

昨夜的提前进城,众人的按时集中,并且有了住处,这是南下的第一个胜利;今天的冲破封锁线,使周与孙能与我们会合上车,这是又一个胜利。三点四分,车离北京站。首都的秋野在往后退,再见了北京。卢沟桥在夕阳中闪光,天坛的圆顶在夕阳中闪光,再见了北京。

五点许,车抵保定。在淡淡的雾霭中,下车买点心吃。至石家庄,天已黑。这是一列串联专车,一般的站都不停。要停的站,时间也短。所以走得比一般快车还快。车厢不挤,每人都有座位。南行的开始如此顺利,使我们愉快得很。

---

* 未刊稿。

1966,10,19,列车上—西安

晨二点,车至郑州,挤上来很多人。破晓时节,过洛阳古都。时在睡梦中,朦朦胧胧。郑州而后,列车向西,华北平原逐渐走尽,满眼是黄土丘陵,好像是西北高原的余波,并且出现窑洞。想象中西北延安一带,当是如是风光。近午,车过潼关,跨入了陕西省界。我想起老杜“去年潼关破,妻子隔绝久”、“麻鞋见天子,衣袖露两肘”等句,发了一通思古的幽情。

进了潼关,便看见许多山,先是灵宝的太华山,后来华县的少华山,都险峭好看。从绿中幽泉一道,如悬帛天际。由此迫近西安,沿途许多地方,都是唐代文学家们屡次提及的,如函谷关、临潼、“雪涌蓝关马不前”的蓝关、“使君自有妇,罗敷自有夫”的罗敷,以及柳枝、霸桥、骊山、华清宫等。每至一地,心潮都翻滚了一番。

午后三点,车抵西安。车站广场,红旗如林,到处都是红色的标语和语录牌,宣传车在广播说,今晚在工人体育场开大会批判省委和西北局。解放饭店的阳台上有人雪片似地在散发传单。这种气氛,与北京也不甚相同,有特别的地方色彩。

领到了乘车证,住在公安干校。地近大雁塔,晚饭后即结伴登大雁塔,谒唐慈恩寺。寺、塔建于唐永徽年间,公元六百多年。唐长安年间(701—704)重修。塔七层,高五十九公尺。登塔顶,西安城雾霭迷蒙,渭水如银练披拂于城北。

此时秋风乍起,夕照和煦,我想起唐人唱的“秋风吹渭水,落叶满长安”、“长安一片月,万户捣衣声”,觉得诗味醇厚极了,但如今却已无迹可寻了。

1966,11,25,桂林

昨夜杨富新去邮局,带回琰的汇款单。在邮局逢袁良骏,带他到了这里。袁自贵阳来,在贵阳收编了孙玉石、赵祖谟等四五人。他们雄心勃勃，还想下广州。

我们决定今天离桂林。晨，孙静、顾国瑞二人去车站签票，签到了今晚由桂林发向北京的662次直快专车。上午，我们上街买些东西，以作桂林之行的纪念。我买到桂林三宝之一的“桂林腐乳”、一斤桂花糕、二两一级桂花茶，为小阅买了一支能自动连发一百响的手枪，以及一万发“子弹”。孙、顾买的东西，也大体相同。

中午，小睡。午后，两点，我和顾国瑞再访芦笛岩。芦笛岩太美丽，太使我们留连难舍了。临行前，我们冒着大风再度拜谒了它。南方冬季的风，柔和得像慈母的抚摸，大风好像并没有吹皱桃花江的一江浓酒，她还是那样静静地睡着。看过去，像在睡梦中，水是凝住了似的没有流动。而沿江一带突兀而起的奇怪的石峰，更加朦胧，似神女披上了雾縠。

沿着芦笛岩钟乳石组成的长廊走，原始森林，神话世界，一切人间所没有遇见、听见过的奇形怪状，披天盖地而来，再一次使我眩惑，使我激动。晚，七点多，我们至车站。候车的人已排了二里多的队伍。我们后悔来晚了。不久进站，队伍乱了，人们跨过车站的铁栅栏，冲向车厢，往窗子上爬。我们几个人也是照此办理。到了车厢，大家庆幸。于是都祝贺似地，大声谈笑起来。

我们也是，上了车，就是说，能够回到北京了。

晚，杨富新去邮局领款，我们为他占了座位。

1966,11,26,列车上

昨夜一点四十分，车子才开，比预定的时间晚了一个多小时。据说是因为无票的人上了车，致使一部分持票的人无法上车，发生了争执。我们七点多进来，足足在车厢里待了六个多小时。这一趟车，还是挤。所有的地方都挤满了人，货架上也睡了不少人，甚至厕所里也挤了五个人。

晨七点，车过冷水滩。一个夜间，走桂入湘。十点，抵衡阳。一部分人下了车，上车者寥寥。午后二时半，抵株州。原想该有一番搏斗的，出乎意料的，只是走了大批人，上车的人仍然寥落。株州过后，车行甚滞。晚七点始抵长沙。其间停车数次，且时间甚久。夜十一点五十分，到岳阳。车行至此，车厢里显得空阔。

湖南是一片丘陵，红色的山丘，连绵不断，田野仍然青绿，只是树木不如广西境内多。有些秋天的味道了，这是入湘之后感觉到的。在桂林，我没有感到是秋天，想到的是夏季，炎热的阳光，热带的水果，给人凉意的蕉叶和翠竹，想到的是夏季。

1966，11，27，列车上

晨七点，抵武昌。远处可见洪山塔影。七点五十五分，抵汉口。顾国瑞夜来感冒，在此下车，想回家休息数日。我们剩下了三个人。十点半，过广水。十一点十七分，至鸡公山，入豫省界。

午十二时，抵信阳。二点四十分，抵漯河，未停车。五点，车至郑州。据车上人说，郑州从来满载，但是上车的人仍然没有几个。由鄂至豫，车行甚速，每小时约驰70—80公里。五点五十分，车过黄河。

我们飞奔在华北平原上。冬天的原野，黄莽莽，不见边际。麦苗的青绿，好像也褪了色泽。只有枣树光秃秃的枝桠，在寒风中刺向天空。平原是粗犷而淳朴的，它的形象像郑州桥下的黄河（今天在黄昏中看黄河，就是粗犷、淳朴、再加上些许凄迷和苍茫）。我想起开发灿烂文化的祖先，无比辉煌的古老祖国的历史。几番路过华北平原，没有这么激动，没有这么浓重的乡情。

我不知道为什么喜欢起单调的平原来了。

我依稀地感到，这次旅行，我的思想感情有了变化。目睹许多现象，我更加热爱我们古老的文化，古老的历史，古老的祖国。而且，我顽强地想到，祖国的悠久历史，祖国的光辉文化，它将如北斗那样永远闪亮在天边。怀着这样的信念,我重返文化的发源地,我亲爱的北方。

今天我见到华北平原,好像见到了亲人。

1966,11,28,北京

午夜一点二十分,依稀中听到车过石家庄。我们从睡梦中醒来。今夜本该有个好睡的,车厢中,只剩下二三十个人,每人都占着一个座椅,当作卧铺来睡。但北方毕竟是北方,冬季毕竟是冬季,温暖的南方远离开我们了,我们开始了寒冷的生活。清冷的车厢,没有热气,把我们冻醒。两脚麻木,躺不住,坐不住,只好起来小跑步。

夜三点十五分,车过保定。

保定而后,天好像特别亮得迟,车好像特别走得慢。好不容易拖过长辛店。拖过丰台。六点二十分,才走到终点——永定门车站。

光秃的树,奇高的北京的天空,还有北风和黄沙迎接着我。北京的寒冷,对于南方归来的人说来,是可怕的。

七点,打电话回北大,请孙钦善去十六斋看看琰是否在家?他回电话说,门已锁了。我于是乘车至北京站。至学部见到她了。与琰及炯畅谈旅途观感。炯似乎一切都想得开,他坦然说,对一切老干部,整得厉害点没有什么,我们国家民主是太少了,这次来大民主有好处。还说,不少老干部,入城后做官当老爷,疲疲沓沓,要让一些年轻人上台。这是他一贯的思想,与一九五七年是相衔接的。我不同意这种看法。但我没有与他讨论。我知道,在目前,要作这样的论辩,需要九张嘴巴九个脑袋才够用,才有勇气。

晚与琰归北大。北京太挤,太乱,太脏了,这是因为人多带来的。我们好不容易挤上了车,平安地回到了斗室。

1967

小纸片*

那时节，你最需要支持
有思想的人是痛苦的
每次送你，月亮总在背后
也许，真的我们相见得晚了
也许，真的，我们相见得很恰当
永远保留着这种单纯的、浓浓的思念
又痛苦又幸福的思念
在我们现在的生活中
这就非常非常的好
除此以外，还能有什么呢

---

* 未刊稿。作者按：1967 年是最严酷的岁月，我没有留下任何文字（也许有许多的“检讨”和“交代”，但都找不到了）。这里的“小纸片”是夹在一个笔记本的内包封的，意外地留存了，约莫是 1967 年残留的文字。

1968

告 别*

死别已吞声
生别长恻恻

——杜甫・题记

1

煤烟和雪粉，像一把扫帚
驱赶着挤挤撞撞的行人和车辆
轮胎在严寒的柏油路上艰难地挪动
汽车在尖叫，无轨电车在发抖
寒风，旗帜抖动着愤怒的火舌
叫着，跳着，宣布时间的告别
午夜，沉沉的钟声
镜春园外，冰雪覆盖的小河之下
从玉泉山下来的流水悄悄私语
时间在颤抖着流动

钟摆拨向寒夜深沉的湖心
如静穆之夜瘦西湖的桨击
泛起轻轻的涟漪

---

* 未刊稿。

时间,走向新的黎明
远近疏落的几声爆竹
装点着寂寞的凄凉的欢喜
二十年前礼炮的硝烟飘散
怕冷的星星,没精打采的路灯
那光影里,我看见当年的礼花和火炬
时间和时间,靠得这样近

于是我披衣而起
向月亮,向星星,向秃树枝上的残雪
向千家万户酣畅的睡眠
向时间告别

2

向时间告别,痛苦而又决绝
带着深深的依恋,恻恻的别情
还有无可比拟的悔悟
如抛却歪歪斜斜涂满诗句的废纸
怜惜、但又鄙夷,我抛弃记忆
天真的憧憬,淡淡的哀愁,雾霭迷濛的欢乐
光荣和羞耻、希望,还有梦幻般的幸福
都付之一炬,在微弱的亮光中
我陶然而醉,时间在火光中跳舞
点一枝烟,我喷吐难以言状的悲哀
于冉冉之烟雾中
我为过去送葬,如初生的婴儿
打开蒙眬的睡眼
一切都陌生,神奇的、妙不可言的

晨曦在向我招手
那蛋黄搅拌着石灰的晨曦在招手
一个新的生命
投入我的走向衰损的躯壳
这时节，我雀跃的心
欢呼着

3

记忆
以她轻柔的手
翻开那发黄的带着霉气的书页
颤颤倒倒的模糊的字迹
记述着
死者的时间以及尚未死去的
眷念

南国、海滨，炎热的燃烧的阳光
榕树墨绿的叶子，紊乱的根须
满地紫色的果实
紫色的繁星，繁星般苦痛的日子
无止境如闽江滔滔的逝水
江上那激流中奋斗的木筏
犹如我的童年
苦闷、挣扎，冲突而又失望
透过那淌着甜汁的甘蔗园
即香气氤氲的柑桔的丛林
青翠欲滴的橄榄枝上，时常挂有上吊的人
五月，柚花飘香的街巷

残废的老人干涸的眼里流不出泪来
当铺,霓虹灯,大拍卖的嘈杂的军乐
美国兵的吉普,吉普车上的女郎
金元券如冥钱狂舞,还有饥饿,示威的人群
没有放声的童年
褴褛和屈辱装扮的童年
日寇鞭影长大的童年
姐姐的嫁妆换取学费的童年
我学会幻想,学会期待
学会踮起脚尖,以饥渴的眼睛
翘首仰望山那边的沃野
谛听大江以北震撼心灵的炮声沉沉
耀眼的红旗和金星装饰了梦的天宇
希望,于是展翅而翔

一日,天色微明
八月南国的清晨依然清凉
隆隆的炮声代替了唱歌一般的叫卖
弹片自头顶呼啸而过
红袖章在竹篱间奔驰
神奇的日子突然降临
我含泪告别苍老而凄凉的父母
告别那小楼的灯火昏黄
那一个又一个涂写稚气的句子到天明的夜晚
蛙唱与稻香交织的诗的田野呀
龙眼树下的萤火呀
台风中落得满地都是的芒果呀
木屐敲打着石板的仲夏夜的梦呀

茉莉花呀
玉兰花呀
甜甜的,香香的童年的天地呀
含羞而屈辱的童年呀
永别了

当第一声礼炮在天安门上空轰鸣
宣告一个新时代的诞生
那一个夜晚
我穿着不合身的草深色军衣
手举普罗米修士点燃的火炬
迎接古国数千年沉睡的黎明
腰鼓声中,秋歌步里,闪烁着
童稚的无邪的真诚
一个炎热的中午,我背起背包
闽江母亲以飞溅的泪花送我远行
激流中高吭的船歌
平山公司轮船的汽笛以热情的呼喊
向我告别

右肩,短短的马大盖,一百发子弹
左肩,一支胡琴
挎包里揣着油印的《改造我们的学习》
十七岁的班长
走在十八个战士的前面
走过熟悉的闽江大桥
从中州岛上,眺望谷前山花一般的彩楼
怀念烟台山上难以忘怀的警号的尖叫

以及山间草丛童年的嬉戏
向家乡告别

我走向海

哦，生活的海，斗争的海
革命友谊的蔚蓝而透明的海
浩瀚无垠地在我面前展开
我的微弱的生命，从此
投入了博大宏伟的大海的怀抱
喧腾而且热情的大海
日夜与我谈论斗争的哲学
苦涩而腥味的海风
狼嚎虎啸的风夹着沙石
摇撼着窗棂的节日夜
水兵的帽穗，军号的红缨
还有那远去的白帆，巉岩下美丽的野菊花
相思树梢欢乐的鸽哨
渔家少妇扎着红绳的发髻
渔村静谧的灯火，彩贝和鱼网
前沿哨所望远镜中敌岛的黑影
沙滩上巡逻队远去的足印
大海母亲的乳汁哺育了我
赋予我们新鲜的血液和气质

一天，大海发出怒吼
巨浪犹如山崩
我站在石城半岛的尖端

任恶浪冲打我的军衣
对着淡淡的南日岛眉一般的山影
含泪痛悼战友的牺牲
从此,我懂得音乐和鲜血
小提琴悦耳的歌唱和枪弹的呼啸
友谊,行军路上邂逅相遇的欢乐
和浸透了鲜血的笔记本
靠得多么近
原来这是生活
这是,血淋淋的斗争

于是,在一个山村
尽管我还不曾上过靶场
便学会以稚嫩的手
把枪口对着敌人的头部
扣响了复仇的扳机
当焚烧地契的烈焰照亮
水吉河旁靠山临水的村落
乡亲们把写着自己名字的木牌插入解放的梯田
在一位同年女友先我填写了入党志愿书
而闹了整整一个星期的情绪之后
带着孩子们满足的微笑
当然还有纯洁的虔诚,举起右手
向镰刀和斧头的旗帜
宣誓

4

而此刻,北国严寒的静夜

透过热蒸腾的窗口外望
朗润园沿湖的柏油路上
路灯闪烁,残雪未消
那南日岛坑道中通宵不灭的烛火
闽北行军雪花漫舞的山道
莆田城外重机枪阵地上的扫盲黑板
龙田机场军报记者的短暂生涯
都成了过眼的烟云
时间已经过去

二十年的风风雨雨,刻下了满额的皱纹
依稀的白发,叹息着昔日的少年亲情
几纸诗章,一声长叹
这就是记忆和历史
而永远活着的是时间,只有时间
在那寒风中猎猎飞舞的旗帜的浪纹上
在那卷带着雪粉和煤烟的朔风中
在镜春园外封冰的小河下面
生命在跳跃着,欢呼着
前进

5

前此一刻
妻子微笑着读过这篇絮语的首页
她斜倚床沿说,这里穆木天的晦涩还有
闻一多带着镣铐在跳舞
我说不,我学的是一位有才华的诗人
而他那呼唤黎明的大气魄

我并未学到
诗,曾经是童年的唯一欢乐
诗是第二慈母
在青年时代,诗代替了爱情的追求
诗是我战斗的生命,美丽的想象
而在诸多失落的梦幻中
使我抱憾漫天的星
不能留下一句可以被人们所记住的诗
如今,对着斑白的鬓发
麻木而僵冻的思想
唯有长长的叹息
用以抒发幻灭的悲愁

诗已死去
我要谈论的是活着的爱情

爱情是玫瑰的色泽,是丁香的芬芳
经历过风刀雪剑的人才知道
比爱情更可珍贵的是战斗的旗,进军的号
爱情的升华是战友的情意
不仅是温柔缱绻的情爱
蜜的吻,热烈的抱
她的纽带是斗争的信念
为崇高目标而奋进的政治的驱遣

一望无际的海洋吞噬着天空和大陆
海洋彼岸,山峦重叠着山峦
干燥的北方的城郊,湿润的江南的水乡

风雪烈阳之下,凄淡的月夜和雾晨中
如此广漠的土地,如此寥阔的空间
妻子与我并肩站着
她是忠诚的持枪护卫的战友
只能有这么一个战友了
只能有这么一个战友了
我是多么幸福
我又是多么悲哀

那是暑热的八月,列车奔向长江
车窗外,长江用它那无垠的巨力
鼓动起浑黄的波浪
喧腾而热情地喊叫着
我的女友,她伸出那光滑的臂膀
向长江欢呼:
亲爱的母亲的江,你的女儿回来了
诗的情趣,诗的韵调
鼓动着我的诗情
长江、祖国、黄军装,孕育着爱情
爱的种子
在党和人民的沃土中抽出嫩芽
有花前月下的盟誓,有孤灯独影的愁闷
粉红色的信笺,拙笨而直率的表达激情的短句
最难忘那七月的雷雨之夜
未名湖畔钟亭内以心相许
隆隆的雷声滚过天边
粗大的雨点敲打白杨的润叶
仿佛是大锣大鼓歌唱爱情的坚贞

更有那,芳草凄迷的西子湖边
我们驰车掠过苏堤的林荫
扬州的中秋月,水柳在秋风中吟哦
五亭桥,画舫,撒了满地的笑语
雨花台前的静默
行吟阁畔的怀想
那个深情的八达岭之秋
看古长城在残阳下蠕蠕而动
当火树银花装点着长安古道
在景山高处,礼花的光影中祝祷祖国的繁荣

欢乐的氛围中出现的爱情
给人甜蜜的幸福
年轻人争辩说,这是千真万确的爱情
也许是千真万确,然而,我还要说
爱情款款的步履
不仅在婀娜的背影里
不仅在恬静的微笑中
不仅在狂热的诗句里,也不仅是在
树荫下,游艇中,在通红的酒杯
在狂欢夜的舞步,在悠扬的乐曲
爱情不都是笑声与音乐所组成
爱情有皱着眉头的叹息
有彻夜不眠的烦恼
当惊涛骇浪迎头打来
小舟在颠簸,爱情伸出援救的温柔的手
爱情化作了无畏的体力

不仅是相互吸引,相互满足
青春会消失,容颜要苍老
发辫和长裙
清脆而甜蜜的低语,都会褪色
而爱的火焰不灭
在共同的斗争中,胜利的炬火
不断把爱情燃烧
如今我要告诉那热恋中少男和少女
爱情不是别的,爱情是给予,只能是给予
当艰难的日子来临,她要作出牺牲
只知索取的,不是娼妓,便是求乞
在那里,金钱,夜礼服,闪光的项链
美貌和虚假的笑靥,代替了
丘比特圣洁的箭
爱情是一杯蜜汁
然而,却会变成一碗苦水
逢场作戏的浪子只能有蜜汁的贪欲
而痴心的爱的捍卫者
却能将苦水一饮而尽
不皱眉,也不叹气
初恋,最初的拥抱和接吻
似乎是不可磨灭的记忆
那不是永恒
而存在于千万世代的
是那孕育于战斗,生发于战斗
并在战斗中永生的战友的情感
历史过去了,生命死亡了,而爱情活着
那动人心弦的爱的故事,爱的歌声

在大地，在空间，在后世人们的心中永生

有一天，我不在了
妻子接替了我，她抚养孩子
冒着寒风和冰雪艰难地跋涉
她默默地承受那难以言状的凌辱和拥挤
为过冬的花木浇水
让它继续生长绿叶，培育红花
在寂寞的寒夜，在灯下
她翻阅文稿，整理那残破的诗笺
这就是最坚贞的盟誓
永不褪色的婚书
永恒的心灵安慰者

一个周末，孩子回来了
他对着我和妻子说，他做梦了
梦见两只狼追着爸爸和我
我笑了，我也做了一个梦
在一个峡谷，面临着深渊
一群狼扑向我这个弱者
争着吃我的肉
一只微笑的狼当胸扒开我的心
心流血了，流出殷红的血
这时节，是妻子的爱情
爱情化成了温柔的手
抚摸那破碎的心

斋堂川严寒的冬季

紫铜色的群山迎接过爱情
清水河临冬不冻的水流迎接过爱情
爱情显示过她那倔强和坚贞的性格
而如今,朗润园尘封的小房内
一切都死亡了
只有孤单的爱情在午夜闪着泪眼

活着的是流逝的时间
活着的是亘古不息的爱流

6

江汉平原,收获的季节
洞庭湖沿岸飞来的雁群
以整齐的队行掠过澄碧的楚天
如一幅浅写淡描的水墨画幅
在秋风秋云里轻轻拂动
一只雁落地了
它拍打双翅奋力而追
力竭了,挣扎着,发出令人落泪的哀鸣
我凝立竹丛旁,我心落漠而凄然
这声音,仿佛自遥远的年代传来
沉沉的暗夜,荒村的孤灯
壁间长剑的寒光下,一函线装的书卷
诉说着希望的幻灭
长长的太息,那檐下蛛丝的飘动
随着时间的巨流
穿过风云变幻的朝朝代代
如今

化作了那回荡天际的
断续的凄凉的鸣声
这微弱的音响
在二十世纪末年一个平凡人的心灵深处
竟如万吨火药点燃了引线
发出了连锁的剧烈的爆炸

平原的冬季,如花的阳光
蚕豆花紫蝴蝶般飞遍绿野
江陵妇女艳丽的裙衫映照着翠绿的竹丛
簪笄如琵琶在秀丽的发髻上歌唱
银光熠耀,传出缕缕发油的芬香
素朴而诙谐的渔鼓,醇酒般令我沉醉
那一个元宵夜,如水的月色带着轻寒
谷场上梦一般清缓的江陵锣鼓
企示我云梦泽国昔日的风采
生活在这斑斓繁丽的乡间
犹如　读楚辞的篇章
每一页都飘散着浓郁而瑰丽的诗情
在鸡唱伴着炊烟的村落
在竹丛,在水滨
我找寻楚国那个悲愤诗人的行吟的身影
风起处,唯有竹叶的萧萧
一位故人自郢都的废墟归来
赠我一片楚国的残瓦
我欢喜,而且感激
怅惘中得到意外的满足
我裹之以红绸,珍存箧中

当心绪不宁的静夜
那古拙的瓦片便发出微光
远古的年代顿然醒来
与我做长夜的倾谈

祖国历史的长河之水
涌进我的血脉
与我鲜红的血液搅拌在一起
在我的周身循环,给我温热
推动心叶的开翕,给我生命之力
悠长的历史啊
亲爱的祖国啊
祖国古老而绚烂的文化呀
拖着彗星的光耀,划过茫茫的长空
如传说中星辰的投生
向我生命的母体飞奔而来,拥抱为一
我于是蜕变
生命变得丰满而崇高
我惊喜,欢呼,我如在梦中
不知道幸福究竟是何时降临

希望与幻灭同在,快乐与痛苦并生
荣誉与羞耻是孪生的兄弟
获得的愈多,必要以同等的付出抵偿
伴随着幸福的脚步而来的
是那无休止的骚扰心灵的不幸
在冥冥不可知的去处,命运撑着一个无情的天平
悠悠的历史给我无限的狂喜

而在那严酷而悲凉的述说中
在那古琴雄浑而单调的叮咚声里
在那被几代人摩挲得黄黄的,脆脆的木刻书页中
沉默啊,沉默啊
我变得是多么欢喜思索
我失去了一颗无忧虑的童心
夏夜的流星,迷蒙的月晕
无垠无际的浩浩长空
字迹模糊的残碑,千年沉吟的悲哀的诗句
无数的悲欢离合,壮烈的战斗和死亡
数千年的古史,如天边匆匆的行云
如滔滔不绝的逝水
是秋凉时节的冷雨
时时敲打我心的门扉
带来莫名的悲凉与凄惋
我消失了那童稚的雄心,无知的狂妄
从此
也开始了心灵的不幸生活

7

一日,我心烦忧
夹杂着难以抑制的激奋
我听到远处,长江以母性的声音
温柔而轻婉地向我召唤
心灵的磁铁,庄严的号令
我毅然渡江而南
那是长江的中段,惊心动魄的赤壁古战场之左近

那一个夜晚
我坐在长江母亲的身边
如儿时偎倚慈母膝前
望夏夜的星星,看牛郎织女相会
听远方美丽的星辰的耳语
这时节
月为云遮,星光微茫
灰暗的云在天空匆匆地走
烟也似的雾在眼前缓缓挪动
夜的黑色的帷幔罩笼着江岸的平野
唯有身后小镇的灯火
如天边的星光若有若无地闪

此际
自巴颜喀喇山麓下来的雪水
夹带着高原的泥沙
冲出三峡的锁钥
铺天盖地流泻在祖国的中原地带
倾倒着它那排山倒海的威力
你听过这样夜晚长江的声音么
不似奔马的乱蹄
不似金属的撞击
亦不似巨石之投空谷
而是内在的震撼灵魂的沉浑的雷声
自天外,自江流的底层滚动着
以无可阻挡的力量
排挞南岸的沙石
震撼天际的繁星

巨树因之而激动
村舍因之而抖颤
雄美、壮观、而又如是含而不露
惊人的伟大,素朴的平凡
结而为浑然的整体

少顷江轮抵岸
汽笛,把我从沉思中唤醒
于是人语喧哗,灯火摇晃,轮机达达
一声长唤,又一声长唤
袅袅的白烟,闪闪的红灯
梦一般地远了,马达声消失在夜雾中
烟一般地散了,江轮湮没在巨流里
夏风阵阵,前刻喧哗顿然死寂
剩下的,依然是那
震撼灵魂的不断的如雷的江声
以无比的伟力充宕着一切

江风浩浩
我宛然若有所失
赤壁赋中那划破长空的鹤唳
古战场上那染红水天的烈焰
沉没江底那锈了的断戟
那月色苍茫中醉卧小舟的放荡的诗人
乃至于二十年前万帆齐发的伟大进军
一齐融入那汽笛的长唤
与江轮身后的红灯
一起消失

如点火之一击，我突然想到生命的短促
昔日以为无可比拟的我的巨大的存在
竟不如长江一滴水的永恒
而那闪烁江水的梦一般的星星的眼睛
它们的寿命
抵上我的生命的数十万倍
狂妄、孤高、蔑视威权、激奋的抱负
哦，哦
这一切，是那夜航中的红灯一闪
还是汽笛声中的白烟一缕
夏夜，为之寒颤的夏夜
江风如刀，割着我的心
空虚，落寞，不可言状的心绪悲凉
长江母亲无言的昭示是这样的丰富
我无法表述我所获的万一
长江母亲的絮语又是如此难以捉摸
我觉得一夜间失去了一切
终身难忘的一夜啊
至今思念还心悸不止的一夜啊
情感冲动的一刹那
我多想以有限的生命
借星月及长江而长存

夜深风急，江流滔滔
我没有勇气再坐下去了
我对那冷静的同伴说
我必须离开这里

于是，暗夜
星星送我
沙岸送我
我回到了小镇闪闪的灯火中
我回到了茶馆盲人说唱的渔鼓声中
我回到了繁琐而喧嚣的人生中
在酒店，我第一次喝了这么多烈性的酒
在旅馆，我做了一夜的梦

这一夜，是生命的转折
在此之前，我是蒙昧的孩子
在此之后，我是成人了
巨风和雷电，幽灵与黑暗
深山的狼嚎与战场的白骨
秋风的肃杀与烈阳的熬煎
我皆无所畏惧
我不再情感脆弱而易于受欺
不再彷徨，亦无苦闷
在那意外的欢乐降临的时候，也带着
哨兵的警惕迎接它
当良善而微笑的面孔出现
我提防，在藏于身后的利刃
母亲啊
长江啊
谢谢你的启示和教诲

8

一日，在边疆四季如春的高原城市

我遇见睡美人卧于五百里浩瀚的滇池之旁
碧海蓝天下，高原的雄风为她歌唱
她睡得那么美丽，那么甜
没有烦恼，也没有忧愁
她就这样睡了几万年
在华亭寺，我遇见一位仙人
她是如此的窈窕与柔媚
端庄肃穆中显示出圣法的力量
含笑相迎，似是久待我的到来
我为之倾心，恨来得晚了
我惊呼，我的祖国的维纳斯呀
我的祖国奥林匹斯山上永不衰败的青春呀
永生的艺术之神呀
艺术之神创造的永生的爱和美的女神呀
我向你膜拜
也是这一天，我漫步于黑龙潭边
两树唐梅在荒芜的院中喷吐幽香
花开花落，一千多年过去了
如今，对着它那盘龙卧虎的斑驳枝干
我伫立，默想
展读千年古史而心潮澎湃
回首看那吟梅的残碑
颓废地倒在断壁之下
几代卖弄才情的人都如云烟袅袅
梅花，依旧在那里默默地，幽幽地开放
人呢，人呢
我们仰问高原海蓝海蓝的苍穹
唯有那古庙的暮钟

于腥红的夕照里，寂寞地回荡于空灵的古潭

我曾漫步古长安的街头
映照过汉宫的秋月依然水晶般皎洁
在曲江的垂柳枝头
在沉香亭畔牡丹带露的花瓣上
月照中，未央宫的千树桃花似雪
霍去病墓前的独角巨兽，在月下起舞
腾空跃起，显示我以荒漠的狂风
天山南北的血水
刀光剑影中将军跃马横刀的英武
随之而来的，是驰突战阵的八骏
扬起滚滚的烟尘，遮蔽了古战场的皎皎月明
骊山翠林泉流下，月色梦也似的柔婉
亡国的鼓乐轻轻地流过古长安的街衢
一日黄昏，我来大雁塔下
我惊呼呀，大雁塔，我的伟大祖国的象征
庄严古朴的艺术美，充分显出
伟大而雄浑的精神力量
足以镇慑心灵的精神力量
完全是内在的惊人的强力
在楼梯旁，我遇见
那位骑驴的诗人迈着沉郁的步子
他是那样的苍老
为千万生灵以及一个绝顶才华的诗人不幸的一生
而叹息

就在此刻

西安市华灯齐明
冉冉而起的市尘
远处汽车喇叭与厂房汽笛交鸣
企示我时间的推移
都过去了
活着的是翻越秦岭山脉的
喘着粗气的机车
四川盆地濛濛细雨中舒卷的红旗
西北、西南崇山间突起的烟囱卷起黑云
高压电线的琴谱在荒山野岭弹唱
呼唤我
和死去的时代告别

9

清晨四点钟
楼道里一只早醒的鸡
唤我从沉睡的年代醒来
从难得的自由之夜醒来
又一个呆板的白天开始了
云朵铅块似地在空中碰撞
冰的锯齿在脚下布起簇藜
从空中到地下,坎坷、不平、到处都在嘎嘎地响
整个冬季,没有阳光,也没有笑容
只有那充斥四周的单调而粗暴的声响
时间,拖着送葬的步履
一秒钟如一年
唯有此难得的一个、两个夜晚
心灵的窗子打开了

思想的云彩欢喜地飞来
在我的诗笔上停下来
慌乱的辞句,于是开始了
幻想世界的飞行

难以抑制的情感的冲动啊
一种真正的创作的愉悦啊
疲劳,衰弱,以及那难以言状的耻辱
都不能剥夺我心灵的抒唱
我的亲爱的人,我的战友
你不要再催我早睡
我的心只是此刻方从死域中苏生
我的生命只是此刻方从灰烬中寻见微弱的火星
我不是在写诗
我是在呕出一颗跳动的心
我是在蘸着心血倾诉我的悲哀
这是一种消耗生命的愉快
不要阻拦我,不要阻拦我
不要阻挡我此时无可奈何的
挣扎的苦斗

向生命索取时间
向时间抢夺诗句
为流泪的受伤的心灵诊疗

二十多年前
我呼唤着太阳和春天
奔入诗的国土

在那矮小木屋的窗下
午夜、煤油灯、用儿童的真诚
为跳井的少女落泪,用幼稚的单纯的仇恨
诅咒警车和监狱
在南国的田野,我体会
柳笛和喇叭花
编织诗歌的锦缎
埋首案前,奋笔疾书
小小的心灵,也是一夜一夜地失眠
年老的父母,用咳嗽和谨慎而心疼的语言
责备我的颠狂
二十年来不曾重复的诗的冲动
如今再一度降临
父母都不在了,唯有孩子无忧的鼾息
唯有妻子的不安和慨叹
同样地催我睡去
而我,点燃一支又一支香烟
呼喊着向过去告别,向时间告别
以沉重的步履,再度迈入诗的原野
如今
采撷的不再是那相思树上的叶片
也不是路旁淡蓝色的小野花
和那象征青春和爱情的
艳丽的红豆
告别了华丽的铺排和
铿锵的韵调
而是怀着痛苦和绝望
怀着那恻恻的别情

在暗夜，在朗润园的孤灯下
心，慌乱地
在诗的国土上流着惜别的泪

白天开始了，此刻
已是清晨四点钟
篱菊的孤高，青梅和寒梅的坚贞
古寺钟声荡漾的多情
雨打舟横，岸旁芦苇述说的寂寥
知音死了，瑶琴碎裂的绝望
抽刀断水的激愤
把酒问月的悲楚
今夜，我看见历史的星河里
每颗星星都在落泪
别了，流泪的星空
别了，自由的静夜
那冰冷的朦胧在招手
秃树，还有冻雪而坎坷的柏油路在招手
倦眼惺忪的路灯在招手
我于是
拖着疲惫的步子
怀着不知所措的慌乱
走向
可畏的白天

10

那时节，北方的秋风起了
从塞外吹来的风

越过古长城残破的烽火台
越过居庸关上的衰草
卷来了古老都城的满地黄叶
接着,下起了淅淅沥沥的雨
带来了瑟瑟的秋寒
雨啊,雨啊
在我那囚徒的窗外
织起了罪恶的网罗
我于是几个小时几个小时地伫立窗前
我于是几个小时几个小时地思念自由的心
思念太阳,思念春天
思念那透明的蓝色的天空和大海
还有,童年时节在上面打滚的如茵的草地

11

你见过南方秋季澄清的沟渠么
那是自由的王国,那翡翠般的水草
在水晶世界里云彩般飘动
那淡淡的鱼群的嬉游
如白绢之上飞腾的狂草
在那里,我找到了我的心,我的思想

也是秋季,在长江护堤内的平野
我听见云雀的歌唱
如银铃,飘拂过天际的层云
江汉平原的秋空多么高、又多么蓝
那云雀,飞到了云层以上
黑点,黑点,消失了

唯有那清脆的银铃似的歌声
从不可知的高空飘下来，飘下来
接着，我看到，落下来，飘下来
接着，我看到，落下来一个黑点
于是又飞腾，箭一般地射向高空
高度的飞跃，美好的歌唱
惊险的境界中无所畏惧的嬉游
最勇敢、最尽情、最无羁绊的自我抒情
哦，自由
哦，诗歌
哦，思想
我的案前
摆着一只淡淡紫色而透明的花瓶
朋友告诉我，配上淡雅的白花
可以使你的心宁静
带给你安谧的友情的慰藉
和潺潺如山泉的诗思
我于是踏遍北方的秋野
找寻那白色的夜来香，或是白色而带刺的蔷薇
遍地只有枯柳和衰黄的草
带着，冰冷的霜花
我拣回的是染着秋寒的失望
紫色的花瓶，白色的小花
在静静的秋夜
伴随着透明的思想喷吐幽香
这是何等美好的诗境
然而
在现实的世界我没有找到

啊,透明的心灵
啊,透明的摒弃了修饰的思想
带着节日游行后快乐的疲劳
带着那纸扎的花束和欢狂舞会的轻尘
通红的炉火,浓浓的香茗
缀满了秋夜繁星的热烈的友情
这颗心通向那颗心,拆除了一切防范的藩篱
心和心拥抱在一起
谈论第一个十年的迎春花开了
谈论爱情的痛苦和欢乐,谈论
维娜屋里的灯光,还有
那个萨皮纳惮于言辞的慵懒的美
谈论诗歌,以及壮游祖国的理想
还有那个用通红的葡萄酒打发的除夕
未名湖畔夜半的吉他弹唱
如高空中云雀无拘束的飞翔与歌唱
如浅水的游鱼,水晶世界里摇曳多姿的水草
如紫花瓶中的小白花
一切的生生死死,都不能
夺去这种透明的欢乐,透明的诗意
最贵重的钻石也不能换取
这种自由的幸福

然而
此时此刻
这间比苏格拉底的新房要小得多的斗室
接纳的不再是温馨而真挚的友谊

而是蒙上尘灰的寂寞
世界这么大
而我的房间却这么空旷
如沙漠，如墓地

对着这秋雨的邪恶的网罗
对着这驱赶落叶的凄厉的秋风
我的心流血了
我以我凄楚的诗句，在此刻
向云雀向透明的沟渠，向紫色的花瓶
告别

12

透明的心死了
我要为它筑一座坟墓

午夜，又一个午夜
生命如燃烧的白烛
滴下了串串紊乱的泪的诗
这一个白天，宣布了过去的死亡
二十年的殿堂，数千年的城堡
都如沙上的建筑
一场潮汐，几秒钟都崩塌了
我没有哭泣，也没有悲哀
我的心，已与过去一起死亡
我的心，又与未来同时新生
犹如这静夜，夜在死亡
而白天却在生长，同时又孕育一个新的黑夜

也是现在，我在获得新的生命
生命，冲破死亡的重关深锁
又将茁壮地发芽生根
一切敌意的目光
一切鄙薄的不堪的话语
冷漠、无情、责骂、凌辱，我都淡淡
不奢求额外的宽容
亦不寄望于任何善心的救援
乃至于沉默的同情
于是我虽身在怒涛如山的海中
犹如倚身松软的靠椅
不希望，也没有痛苦
心，昏昏地睡了
我庆贺过去的死
也庆贺未来的生
生命的钟摆不停地走
此刻，拨向了
一个新的时辰

透明的心死了
我要为它筑一座坟墓

13

透明的心，热烈的心
为爱情和友谊而燃烧的心
为祖国和人民的命运而失眠的心
在一个苍雨凄风的秋季，如枯叶般害了病
当冬雪飘飘的时候，它死了

我为它挖了一座坟墓,埋葬我的心
埋葬了甜甜的记忆和酸酸的梦
埋葬了希望和追求
加上一层土
再加上一层土
让它和憎恨它的世界隔绝
铺上青青的草,让野花遮住坟上的新土
栽上不凋的青松和雪梅
让风的叫喊,让鸟鸣蝉噪
掩盖住心跳的声音
让一切人都觉得这里埋葬着一颗死去的心
却觉得,这颗心已经没有憎爱,没有思想
不会落泪,也不会发出笑声
不会泛起感情的微澜
甚至不会轻轻地叹一口气
总之,这是一座真正的坟墓

一座真正的坟墓
埋葬着我那永远活着的心,心不会死亡
十多年前,我曾经喊过童心万岁
能有一颗不会衰老、不会死亡的心的人是幸福的
我是幸福的
因为,在那座美丽的坟墓里
埋葬着我那
透明的、不死的童心

14

心埋进了坟墓
爱情锁在尘封的小屋里流着哀伤的泪
友谊如几点晨星，只能在
遥远遥远的天际投射畏怯的、关切的目光
诗歌和事业是沙滩上的彩贝
已被潮汐卷入海洋
为战斗和幻想所组成的美丽的青春
早已和黄军装一起褪色

一切都不存在了
我的心，除了坟墓，没有地方居住
有人诅咒它，有人仇恨它
有人甚至要吃它
在现实中我一贫如洗
唯有在梦境中
我无比的富有
每个夜晚，我怀着初恋约会的心情
为自己祝福
走向浅蓝色的梦境

五月的太阳
从高高的白玉兰树的阔叶间
投下了蒙蒙的光线
清晨，空气里传送木兰的甜香
我穿过清雅的小镇
沿曲折的河岸游走

河水如深色的酒酪
浸漫着青青的岸草
花香,煦风,柔和的阳光、浓绿的河水
静静的林荫道
诗一般宁静的心境
在那里,美丽的梦在一座红墙的院宇里等待
这是什么地方
是涵口那荔枝烧红的多荔河边
还是飘着桔香和花香的闽江岸
还是垂柳依依的紫竹院边的高粱河
也许是漓江罗带一般的清流
也许是螺髻如黛的苗族少妇凝立的清水江边
总之,我是多么欢喜
我做了一个梦了
我整整地幸福了一个夜晚
醒来,我想着那个梦
却整整地愁苦了三天

我的心在做梦
在梦中,我的心活着

燕园墨绿的夏夜
古伦敦六角街灯的朦胧光线里
草绿军衣上,崭新的校徽
我的心在骄傲地漫步
秋月辉映着湖光塔影
临湖轩旁残荷悉索
我的心一次又一次在那里忍受秋寒的侵袭

周末圆舞曲中的绵绵友情
红楼灯影里的革命灵感
我的心,夜里都在呼唤党的光荣的名字

夜晚,北京一霎时点亮了亿万盏明灯
东华门护城河中灯花的倒影如月
通过午门石板砌成的宫道
夹岸的古槐把我引向天安门华丽的门洞
自行车驰过那秀丽的金水桥
长安街是一条金光闪闪的巨流
我的心为祖国如花的夜晚歌唱
玉泉山的潺潺的泉声中
听鹂前七月幽静的中午
西苑一带的苇塘连着稻田
蛙鼓彻夜,稻香伴着晚凉
我的心在私语,充满了水乡的幻想

我的心,燃烧起来是火红的色泽
红旗,烈火
烧红的枪筒,沸腾的热血
为祖国献身的宿愿,与亿万生民共甘苦的决心
以及对于火热斗争的渴望
染红了我的心
而做梦的时候,沉思和幻想的时候
我的心,是淡淡的蓝色
如北京秋天的后海
如漓江的一江春水
缠绵的情爱,温馨的友谊

对于诗与艺术的热情
故国山川土地的神游
一盆花,一柱香,一卷书里
我的心在那里带着醉意沉思

要求尊重,渴望无羁绊的境界
憧憬真诚的同情与友爱
不会把毒箭射人
却从来不曾提防伪善者
不想以他人的苦乐换取欢乐
当然,这颗心傲慢而自高
不容许亵渎,也不会用阿谀骗取荣誉
偏于情感的燃烧
而薄于理智的冷却
易于以诗情揣度和美化生活
即便是痛苦和不幸,也都诗意盎然
火一般热情,水一般澄清
容易以己度人,轻于以诚相见
于是常常受骗
直到有一日
爱火者焚于火,爱水者溺于水
心被宰割,受到叛卖
骄傲的心已经在流血了
但曾经认为是朋友的人却一拥而上
乱刀砍杀
乃至于要挖出它来
祭奠那野性的贪欲

我的心并不崇高，却也并不卑下
它称不上良善，然而也并不罪恶
有人把它推上了绞架
我的心永生，它不会死亡
它活着
活在祖国的大地上、天空中
在祖国红色战旗的浪纹上
如茵的春草，猩红的枫叶
夕阳的街门，榴花的喷火
我的心与祖国的青春同在
二十年前，当我远离故乡
就以孱弱的身体向祖国宣誓
我愿意死在进军的途上
而决不回头
如今，在屈辱与磨难中
信念却如泼油的火
升起冲天的烈焰
前进
战斗
尽管步履艰难、前途坎坷
即使拄杖而行
即使一步吐一口鲜血
我也要在祖国炽热的大地上前行
直到有一天，头枕祖国一块黄土
宁静地含笑而眠

历史长河的教诲
黑暗社会对于仇恨的培育

受苦受难的乡亲的斑斑血泪
我的党，我的人民的养育之恩
我将永不背叛
我的心永远为此而跳动
直到那永恒的告别的一天到来
我将欢呼着太阳的光焰
欢呼着人类的理想
欢呼着祖国的希望
而无憾地死去
可怕的一天终于到来
生命与灵魂受到了禁锢
这些日子里，信念却百倍增长
我变得勇敢而富有情感
对着那煤烟与雪粉的不协调的狂舞
密云不雨的愁眉苦脸的天空
对着众多轻侮的狞笑
以及稀少的静默而同情的眼容
我更加感到心灵的纯净的骄傲
我探索，仇恨从那里生长
又是从何时开始
善与恶，过去与现在
都成了水底月，镜中花
我痛苦地与过去的时间告别
同时，我又百倍地思念那死去的一切

15

北京，五月
紫禁城在阳光下，如黄金铸成

翠绿如海，包围着红墙
夜晚，人民大会堂里莲花和玉兰花一齐发光
踏着红绒铺就的楼梯
我走进那乐声飘荡的水晶宫殿
在那里
十个少女穿着白绸的衣裙
席地而坐，抱着琵琶弹唱
琵琶铮铮的声音
述说着历史的古老的歌诗
歌唱解放的春天的花香
白衣少女，琵琶弹唱，水晶宫殿里华灯如昼
我爱这音乐，我爱这生活
从大会堂出来，夜已深沉
长安街银光闪闪，如月下静静的大江
五月的北京夜
到处弥漫着花的香气
你见过槐花么
北京的每一条街巷都有古老的槐树
白色的小槐花，串串白色发光的星星
悬挂于碧深而古老的槐树上
如照亮这古老都城的大大小小的白色睡莲一般的
街灯
飘散着使人沉醉的浓郁的香气
静夜，花香和明月占据了整座北京城
这时节，长街似在做梦
只有偶尔疾驰的汽车
掠过松柳的浓荫
一切都在梦中沉吟

沿着那开满紫丁香和黄刺梅的街心花园行走
在高高的白杨树覆盖的街心花园行走
呼吸着北京之夜醉人的气息
怀着那分辨不清的幸福的感觉
难以抑制那对祖国繁荣的祝祷的心歌
或者是有一个夜晚
月光像白雪铺满了燕园的沿湖小道
花香，晚凉，还有
飘过林荫的贝多芬的声音
异国的青年男女在未名湖彼岸
伴着吉他唱着热带的歌
这里，我的朋友们
按照东方民族的习惯踏月而行
谈论李白关于月亮的幻想
苏东坡关于月亮的幻想
幻想着草原上蒙古包前看月亮的情趣
或者是西双版纳竹楼上看月的情趣
回忆那平湖秋月之夜
湖上的乐声和月色一般美
波光、月影、鸟语都沉入梦境
乃至于幻想那远离世俗喧嚣的湖畔的婚礼
频频举杯，彼此为
爱情和友谊祝福
让明月，为洁净的爱情与友谊作证

朗润园的亭台楼阁在月光下沉思
举杯对着香雾缭绕的佛香阁的倩影
朝朝暮暮，玉泉山的塔影

映入我的窗前
门前一勺水,门后一弯山
装扮了锦缎一般的燕园的诗的生活
松灯宁静温柔的光线
满架的书籍,案头的文竹和吊兰
美丽的音乐
伏案疾书,停笔凝想
在静室中寻找创造的欢乐

我活着
凭藉的是诸如此类情感的寄托
在这个天地里我是自由的
也是快乐的

这就是我的享乐与奢侈
要是因此需要送我下地狱
我能有什么话说
然而,也就是此刻,我仍要说
我没有忘记人民
我不会背叛我亲爱的人民
我永远是人民的孩子

我懂得那个熟悉的社会
我诅咒过它,我憎恨剥削和贫困
当祖国和人民召唤
我就走上了征途
甚至于向我挚爱的诗歌告别
在石城半岛的交通壕里

在南日岛的坑道中
当敌机来袭,爆炸声中尘土飞扬
高射机枪吐出愤怒的火舌
每一个早晨,我都准备为祖国捐生
不曾吝惜过青春与鲜血

即使此后
在斋堂山村炉火通红的火炕边
在江陵竹园旁的茅屋里
那家产烟叶的香味
骡铃的叮当
独轮车唱歌走过溪岸
都令我心醉
这是我的生命
这是我的血液

即使是宣判和唾弃的日子到来
周围的目光如冷箭逼人
我的灵魂依然庄严而傲然地昂首而立
对着祖国古老的历史
对着线装的史记和烫金精装的全宋词
对着阳朔浓浓的绿得发黑的山水
芦笛岩中童话和神仙光怪陆离的世界
武汉长江大桥钢铁歌唱
黄河浑黄而滞涩的流水
祖国的山山水水,长城,岳坟,浣花溪
石景山钢铁厂,子牙河畔的杨柳青
官厅水库边的岗哨,卢沟桥上的石狮

排云殿和知春亭笑语如水
我日日夜夜,呼唤我的祖国,我的人民,我的党
我永生永世地爱你们
我不要鲜花,不要节日,不要宴会
也可以不要诗歌
然而
我不能没有你们
任何力量也不能使我和你们分离
我要永生永世地和你们在一起
斋堂川公共食堂玉米饭多么香
江陵茅屋飘出的棉梗的浓烟
烟熏腊肉,辣椒拌炒青豌豆,多么香
水车的旋舞,夜校的灯火
训练班里和六十年的老长工抵足而眠
还有诙谐的谈笑,家庭忆苦会上的泪水
我坚定,对于祖国和人民的爱是不可夺的

生我养我的祖国啊,人民啊
你时时在我梦中,在我血里
我是安泰
和你在一起,我可以举起地球
一旦离开了你,我就像那
蒲公英的花绒漂泊无所
你是大地
我是一颗小草
即使烈火燃烧
我的根还在你的身上
当春风来临,我又将抽出嫩芽

你是长江
我是一滴水珠
即使是,狂狼把我摔向礁石
我纵然粉身碎骨
仍然要回到你的奔流中
并以自己细碎的水花
装扮你那气势磅礴的壮丽景色
你的生命永存
我将永不消失
始终以全部微弱的声与力
贡献给你永恒的歌唱
我是社稷坛上一粒沙
我是英雄纪念碑前松林的一丝针叶
我是华北平原的一粒麦籽
我是厂甸上亿万只风车的一个快乐的音响
我永远在祖国的母体上生活
也许有一天
我要把全部的鲜血灌溉我的母亲大地
肥沃我的祖国的原野
要是我死在病塌之上
我要以我的每一粒骨灰
洒向祖国的江河
直到那一天,我也要和祖国在一起
茫茫的宇宙,浩浩的长空
我的生命在亚洲这一片绿叶上永生

节日啊
鲜花啊

荣誉啊
诗歌啊
我向你告别
而战斗的人生
化为战士的理想与追求
却与我的生命同存

现在恨我者
我不视之为寇仇
我坚信终有一日
当迎春花开,阳光灿烂
心上的乌云终将消散
现在爱我者
我默默地将感激埋藏心中
我期待那一天的来临
那时节,我们会共同擎战友的酒杯
为祖国的胜利,为人民的幸福
痛饮到天明
当礼花如孔雀开屏
礼炮在蓝空中震响
隆隆的雷声中人民欢呼着前进
我化作了晶莹的一滴水
随着那欢乐的巨流奔腾

16

而此刻
五岁的孩子倦游归来
吵着向我们要鞭炮

他还不懂得忧患
只懂得天真的嬉游
生活对于他，是缀满明星的天宇
童稚的心整天可以和冰车在湖面滑行
春天来了，手擎迎春花
哼唱熟知的京剧调子
一串冰糖葫芦便是一串满足的幸福
而我，只能以难言的苦笑对着他
在此刻，我只是同情他还难以理解的运命

寂寞的爆竹响过了
周围是墨黑的天空
带来死般的沉寂
节日啊，我向你告别
时间啊，我向你告别
我的生命开始了
我呼喊着告别而痛哭地奔向
一个崭新的
白天

1968 除夕夜至 1969 元旦凌晨四点始构思，并成前数章。1969 阴历除夜至正月初一续成，也是凌晨 4 点。1971 国庆至 10 月 18，适返京华，“病”中再录。

1969

迎　春*

嫦娥应悔偷灵药
碧海青天夜夜心

——李商隐·题记

1

在春天到来之前
我做了星星一样多的梦
而我的梦又为纷繁的星星所装饰

希望的星
温暖的星
欢乐的星
幸福的星
一颗接着一颗
曳着耀眼的光线
划破那严寒而空漠的天宇
坠入我的梦中
这是我的梦中
我充实而快乐

---

* 未刊稿。

于是,我不喜欢白天,我喜欢夜晚
我不喜欢现实,我喜欢做梦

在鲜花和绿草的河岸
五月的太阳光影中
抖擞着万年花的香气
在我的家乡,万年花是女孩的密友
南国少女油黑而润湿的鬓角上簪着万年花
裸露臂膀的衣襟上插着万年花
粉红色的绸帕中印着万年花
于是
那泛着果香、蜜香、还有最美的花香的
妙不可言的气息
在江南暮春的空气中轻轻浮动
就在这绿得发黑的闪光的河岸
太阳从玉兰花树繁密的枝叶间
投下了亿万支濛濛的金箭
我看见浑圆的发光的露珠在草尖上滚动
我听见雾在走动,露珠在滴落
阳光洒下来
绿叶在窸窣地响
我多么喜欢,因为这是梦
而在梦以外的那个世界
喧嚣与嘈杂,占领了我的一切
生活是恶浪翻腾的海
不给你喘息的一秒钟
如此宁静的河岸,诗一般的河岸
一旦在我面前展开,不啻是仙境

对比所厌的一切,故欢乐无垠
而况且,我走啊走啊
我终于晤见
我所思念的幸福
在河岸几个弯曲之后
在一堵红墙院宇中
幸福在等待

我于是
立刻坦开了严寒封冻的心扉
讲述北方那长长的秋天和冬天里发生的故事
讲述当秋风瑟瑟,冬雪飘飘
心怎样在寒冷中颤抖

那时节
愈是寒冷
便愈是思念温暖的春天
思念窗前温馨的灯火,人影轻移
一杯花茶的亲密
发自肺腑的呢喃
人生无可挽回的错误和痛苦
以及炎热季节里惊心动魄的搏斗

而如今
春终于来了

春天从风雪交加的寒夜走来
那时节,孤灯在朔风中摇晃

发出昏黄的光,仿佛绝望的眼睛
无边无际的沙漠
昏黄连接着昏黄
没有水草,不见绿洲
我梦见自己,是一匹衰竭而饥渴的马
准备在沙漠的跋涉中途倒毙
那垂柳荫下的迎着春风的嘶鸣
那疆场风沙中的奔突
都成了昔日的幻影
不仅难再,而且难寻
而如今
春天毕竟还在,而且终于来了

你看北方干黄的泥土上
河冰溶解,草儿泛绿
几株连翘开起了寂寞的纸扎一般的黄花
此后,碧桃和榆叶梅在料峭的春寒中微颤
紫色的丁香,白色的丁香带来了春天最初的音响
和色泽
北方的春天慢慢腾腾地走着
又是风,又是雪霰,又是几度寒潮
春天害了病,春天的步履是疲惫的

慢腾腾的不肯离走的冬天
慢腾腾的不肯走来的春天
我是一个缺乏耐心的急性的人
然而,我现在只能无可奈何地对着迟迟不能脱去
的棉袄叹气

现在
洋槐已经开花
那清雅的小白花
一串一串地坠挂在碧绿的枝叶间
她以她醉人的香气
醉就了浓郁的五月京城的一城春酒

我不止一次地歌唱过
这槐花，这槐花的香气
乃是因为她的性格，她的形象
引起我的联想

譬如人生
有的人一生如娇艳的牡丹
眩目的色彩不间断地博得赞叹
然而，它只是富贵乡里的娇客
花中的贵族，并无半缕清香赠给天下的贫苦者
有的人一生是风雅的秋菊
他孤洁而清高
骚人墨客赠给他无数颂扬的诗篇
然而，它也不过是客厅中的盆栽
一生也不肯生在野地，与小花小草一起繁荣
我想
人的一生应该平凡而实在
如这槐花，它开花
只是为了默默喷吐幽香
在清晨，在静夜

在人们看不见的所在，在不为人注意的时刻
他把安慰心灵的温馨送给家家平安的窗口
他一年的辛苦孕育，开出小小而繁密的花串
只是为了无保留的平凡的贡献
不为人知，亦不求人知

又如友谊
友谊没有虚华的装饰
友谊应该朴素如泥土
黄色的或是黑色的泥土
生长小麦，培育鲜花
年复一年地贡献，不要酬谢，也不要感激
真正的朋友即使在天边
却始终生活在你心中，你也生活在朋友心中
朋友的目光
透过漆黑的雨夜，浓雾的清晨
给他明亮的太阳
他无时无刻不如和煦的春风
把关切的心意带给你，你想到朋友
你就心情激荡，便有了勇气，而且不再孤独
好像那槐花
他的幽香无时不在
他以不加修饰的洁白告诉你春浓的消息
啊，我们生活的纸页上
涂满了多种多样刺激神往的强烈的彩色
虚假的热情，矫作的关切
而当彼此的往来成为危险
热情的水银柱立刻退到零度以下

含情脉脉的眼波
可以转化为愤激的电闪
那推心置腹的蜜也似的低语
可以神奇地变成可怖的雷的吼叫

有机会读到这些文字的人
不要笑我天真像孩子,柔弱如女性
为小小的白槐花花费了
如此众多的文学与情感
我有太多的感慨,我当真这么想过
从此后,告别了牡丹的眩目的光泽
告别菊花的刻意的清高
我只愿
以小小的平凡的花朵
譬喻我的人格和人生
让我于寂寞的清晨和夜晚
以及于太多的一切寂寞的时刻
想着她的平凡的形象
沐浴在她那淡淡的清香之中

在我已经消失的生命的空间
光明,拖着长长的尾巴的彗星
划过一道弧线

童年的忧患是轻微而短暂的
加上成年没爱的烦恼
加上小资产阶级意识或隐或现的冲实
全部痛苦的总和

不过是彗星光弧中
一个小小的黑点

而现在
那当我写这些不成章法的句子的日子
我经历着一生中
最大的痛苦
它似一剂染料
把全部生活的海洋染成黑色

当我发现被人生的善良所欺骗
为自己诗化的信念所欺骗
当我知道我贡献全部人生最美好的季节
并引为骄傲的追求和奋斗
却构成了折磨心灵的苦难
构成了使自己坠入地狱之门的罪名
当我觉悟到填补我的青少年全部生涯的物质
竟是一场真实的虚空
特别是
当我发现于我背后放毒箭
向我脖子上套绞索
比一切敌人都残忍都凶恶的人
竟是长期以来目之为朋友的人

我的痛苦是无可言状的
真理的天空坍陷了
信念的宇宙破灭了

我开始诅咒春天
诅咒美丽的花
变幻莫测的云
那曾是多么美好的生命的春天，战斗的春天
在人民解放的漫长烽火中
红旗飘过了长江
飘过了武夷青翠的山岚
向着南方
红旗指向祖国雪浪连天的南海岸

多雨的南中国的夏季
泥泞的公路
公路两旁，插着绿枝的军队在前进
公路当中，军用卡车在前进，炮车在前进
在倾盆大雨中前进
在泥泞中前进
军用水壶中溅满了泥浆
汗水、雨水、还有黄浊的泥浆
帆布炮衣上溅满了泥浆
军队在水漉漉的天气中前进
我的生命的春天在前进

深夜，雨声和犬吠声中
队伍离开公路，走进了沉睡的村庄
一扇一扇的门在夏夜里笑开
微弱的豆油灯欢迎人民的子弟兵
黝黑的村庄上空顿时升起了稻香的浓烟

而现在
春日的一日午后
我走进一所荒园
在那里,蓖麻的黑掌击毁了古亭
连瓦砾也被贪婪地舔个干净
那些害了肝炎的菜苗
侵浸着湖岸的泥土
迫使古杨瘫倒
淹没水中,艰难地喘着粗气
高楼把酒的明月夜的兴致
松林、溪曲、昏黄的画窗飘出钢琴的叮咚
丁香荫下情侣的偎倚
彩色花海中打太极拳老者的白髯飘飘
都一起淹没水中
唯有春天的记忆,在那里
沉重地呼吸

哦,这是荒园
这不是荒园,然而
这毕竟是荒园

也许我只是孩子
我只知道按照孩子的方式生活
对于我,生命犹如喷薄的旭日
对于我,生活犹如拌蜜的果脯
对一切人,都如朋友般信任
我只知道野花丛中的天国
诗意盎然的纯真的古堡

维纳斯在安娴地微笑
缪斯在弹动他的七弦琴
在那里，我以童心生活
呼吸着人性的自由
该笑就笑
发出善良的不加雕饰的呼喊
宛如婴儿饥饿时的啼哭

我不知道
几乎所有的人都不是如我这样生活
几乎所有的人都把心封锢
把自由的思想扼杀
对于有的人都用装出来的最好看的笑容
所有的语言却是虚假
唯一真实的也仅仅是他的虚假
满脸春风地与人交往
而他的心，却像挤干的抹布
痛苦而紧张，绞着发痛
他的生活的每一秒钟
都在戒备别人的袭击
而同时，也随时准备乘虚进攻
因此，他往往是生活的战胜者

而我
却在生活的航道上横冲直撞
暗礁和狂涛把我折磨得苍老
每个夜晚
带着斑斑伤痕，流着血

带着满身的毒箭回来
啊
生活是搏斗
生活不是诗,那是战地
那是胜利者的人肉筵席
而为失败者的白骨所垒成

于是
希望的星
温暖的星
欢乐的星
幸福的星
一颗接着一颗
在黑暗的天空上殒灭
春天的夜晚
没有很好很好的月亮
没有很好很好的星星
也没有很好很好的槐花的香气
春天的夜晚好黑啊
春天的夜晚真寂寞

我的感情似一波封闭的海
装进了一口狭小的瓶
热情的激浪在奔突、冲击
它不平地咆哮、呼喊
于是
那瓶口便成了火山的爆发口
亿万顷狂涛从那里喷射出来

当对一切都如死灰般无可留恋
我转向我内心的坟墓
那是,埋葬着我的几个火星的光明
在静寂无人的深夜
在灯下
我怀念天边的战友
透过漠漠的星云
寻找那安慰心灵的一点光耀

少年时节,我痛苦地呼唤过春天
我耐不住那严寒的季节,我以为
春天便是红旗,春天代表光明和新生
我的信念是那样执着
到了青年时代,我以为春天
便是爱情和事业
在南方的梅雨的季节,在北方的风沙三月
我因怀念春天而愁苦
爱情可恋而可畏,春天的欢乐中带着
淡淡的清愁,如我怀念那叠枕边的
浅色的蓝或绿的丝绢手帕

没等我明白
春天的概念中包括了
人民的青春,党的壮丽的事业
我这样理解春天,自以为告别了
柳笛唱出的稚气的声调
以及牵牛花般的肤浅
而且宣誓

我将为它而献出全部心力

如今我才知道,春天于我是陌生的
正如有人高喊革命,但并不理解
真正的革命,不是宴会和雄壮的军乐
而是淋淋的鲜血、枫叶或桃花的悲凉
正如每日都在生活,而生活对于有的人
只是灯红酒绿,醉生梦死
有的人,谎言与虚伪组织着他的生活
真正的生活的主人,把生活看成
认真和诚实,他按照生活的本来面目
毫不夸张地描述,喊出
它的不平和不合理,并且
坚持为改造生活而斗争

我固执地认为,真诚与坦白
是打开每一扇封闭的心窗唯一锁钥
生活的真谛只是在于
对于人的生存权利的平等与尊重
它并不依赖威权

但我发现
当我们这颗蓝色的星球
在茫茫的太空中沉寂滚动
而人们,却在球面上倾轧
不谈真理,也不要良心
人们在上面爬行犹如一群蚂蚁
攀住那水面上飘拂的半根草皮

而疯狂地彼此搏斗
想把更多的同类挤入水中，为了
自己的生存，同样，在我们这里
人们为了某种需要，可以在梦中
编造事实，也可以
将一切是非加以颠倒
到一定时机，又可以将自己
赌咒作出的判断，再一次
加以否定，每一次反复
他都称之为对于真理的认识
他永远是额上刻写“正确”的人
犹如古时刺配边地犯人的黥文
对着这种磨灭不了的正确
他毫不羞耻而且神采飞扬
永远大声地谈论着自己的改变

生活教训了我
为了自己的生存和发展
见到丑恶不要声张
你闭目就是平安
有人打死了，不要为死者抗议
你要替活人叫好
生活在那里铁青着脸
等待你用语言把一切邪恶遮掩

在春天，我害了思念春天的病
那秋季和冬季里连绵的噩梦
使我伤害，我原来是

生活的失败者，我不理解什么是春天
于是，我情愿把自己
禁锢在个人内心纯洁的世界中
拒绝了一切无聊的应酬
节省语言，让感情的流水
流向内心，要是因愤怒或悲哀
而要流泪，也要把泪水收起
不要在那些得意的人们面前
表现你是弱者，要拒绝怜悯
痛苦也要在心灵深处隐匿

永别了，虚假的游戏
永别了，资产阶级的脉脉温情下的一切罪恶
永别了，我所思念和追求的春天

1969 年 4 月，朗润园

我怀念连队*

我怀念连队
我怀念,用我平淡的笔墨
用我已不年青的歌声

营房上空的鸽哨
晨风中拂动的军号的红缨
指导员窗前不知疲倦的灯火
夜雾、海滩、巡逻队远去的脚印
我怀念连队
怀念她那大海般永不衰竭的青春

南中国多雨的季节
榕树墨绿的浓荫
荔枝和香蕉的甜甜的香气里
连队踏着泥泞进军

向着南方,向着南方
向着蒋匪溃退的方向追踪
当汗水和雨水在绿军装上冒着热气
在帆布炮衣溅满泥浆的征程

---

* 未刊稿。

连队啊，我的母亲
你以温暖的怀抱
接受了你的孱弱的儿子
一名不称职的士兵

一支步枪，一百发子弹
一本油印的《改造我们的学习》
散发着浓浓的油墨的香馨
一个礼物，教会我仇恨
把枪口对准阶级的敌人
一个礼物，给我新生
改造我那小资产阶级的习性

战旗
红星
烈士的鲜血
英勇的抗争
连队啊，作为一名新入伍的战士
我分享着你的骄傲和光荣

南昌城头起义的硝烟
黄洋界上冲锋的号音
大渡河波涛滚滚
毛儿盖大雪纷纷
啊，延安，你是革命的摇篮
抗大的歌声响彻了黄河之滨
“我们命令你们：奋勇前进……”
一个雷电的声音

震撼着祖国蓝色的长空
于是,当炮火照亮大江两岸
一万面白帆都鼓满了胜利的风
母亲连队啊
一个箭步
踏碎了罪恶的金陵春梦

我怀念连队,我难忘
当海风摇撼着渔村的房舍
煤油灯在不安地跳动
指导员把着我的手翻读毛泽东选集
改造我那资产阶级的情趣
知识分子的动摇性
前沿坑道里一个个不眠的夜晚
烛光下,战友们以最美好、最热烈的语言
谈论祖国,谈论北京
歌颂毛主席海洋般的深情

那样的心情激动啊
那样的一往情深
如今我怀念连队,我发觉
我淡忘了不该淡忘的东西
作为士兵的神圣职责
党的培育的深恩
啊,向那里
寻找我那革命的青春
未名湖宁静的波光
代替了海洋的巨浪奔腾

仲夏夜的塔影,古伦敦型的六角街灯
林荫中飘出的贝多芬的声音
我忘记了战斗的前沿
望远镜中敌占岛的黑影
革命的思想,随着绿军装褪了颜色
一架浅蓝色的台灯
消磨了战斗的豪情
个人主义的毒菌
在淡淡的蓝光下
繁育滋生
我怀念连队,我怀念
我怀念啊
写不尽我的内疚,我的悔恨

这是美好节日的前夜
这是午夜两点钟
我怀念连队,我怀念战友
连队在身旁
战友在心中
你听,那一个个战斗的动员
岂不是海防前哨激昂的号角
你看,深夜里宣传队员明亮的窗口
岂不是风沙中指导员案前跳动的灯影
此刻啊,就是此刻
我看到身旁穿军装的战友
投给我关切、鼓励的眼神
我听到指导员在亲切地呼唤我的姓名
跟上队伍,快步前进

我于是受到鼓舞
擦擦额上惭愧的汗珠
追赶连队进军的雄伟节拍
追赶战友们豪迈的歌声

我怀念连队
我怀念,用我平淡的笔墨
用我已不年轻的歌声

在这美好节日的前夜
在这燕园的午夜两点钟
班长啊
请接受一个普通士兵的决心
不要看我鬓间有了白发
不要看我额上有皱纹
我要恢复连队给我的青春
永远站在士兵的行列
随时听你下达战斗的命令
指导员啊
这是我向党支部的誓言和保证
一旦豺狼闯进我们神圣的家园
当祖国的边疆响起枪声
请你再发给我一支步枪、一百发子弹
还有一本红色封皮的宝书
散发着浓浓的油黑的香馨

台湾海峡的激浪
西藏高原的狂风

硝烟里，连队光荣的战旗迎风拂动
亲爱的指导员，亲爱的老班长
那时节，你将看见你昔日的士兵
在战马的背上驰奔
度过连队给予他的
永不衰败的
革命青春

1969 年 7 月 30 日夜两点，北京朗润园

爱　简*

寄妻子。因为她说过，做你的女友是幸福的，而做你的妻子并不幸福。

当那一朵忧愁的云
向七月明亮的阳光飞来
我的心，带上了浅淡的悲哀

那些甜甜的、酸酸的记忆的果实
我都没有忘怀
我把盟誓写在星月之上
托松涛与海浪向你呼喊
我爱，我爱

那个寒冽的早晨，雪花
把铅似的天空一层层扯了下来
我怀着凄凉送别
车、人、还有心，都陷入雪中
严寒要把我们掩埋
孩子在车上坐着，我扶着，你推着
那陡滑的拱桥，寸步难迈

---

* 未刊稿。

那时节
我以为冬天会漫长得没有尽头
想不到荷开
想不到燕来

命运在恶浪里颠簸
风暴起时,你是安谧的船寨
你给了我灯火、温暖以及恬静的笑靥
我多么感激
感激你妻子的温柔、更有战友的情怀
而如今
当如今
当流泪的花在星光与薄雾中微笑
你眼中却布满了阴霾

你应该熟悉我脉搏的频率
也了解我的心:柔弱,但却真率
燃烧,一个强烈的火团
却缺乏永恒的力,如大海
像我这样一个平淡而又平凡的人
没有坚忍的毅力,更缺少天才
你给了我这么多同情,这么多信任
我铭记,不仅是现在
直至遥遥的将来

婚姻,果真是爱情的终结吗
浪漫的诗情确乎淡了
为现实的重负所替代
我烦躁,不安,未免对你粗心

因平庸的生活,因壮志的沉埋
对祖国、对人民
我感到负有重债
岁月野马般奔驰
我愧对古国的历史,青春的年代

记得当时
我追求你含蓄的温情
以我燃烧的挚爱
我涂写过一些幼稚而且糊涂的短句
带着月夜的叹息,还有春晨的感慨
多少年了,如今重新提起笔来
为了你的忧郁,为了我的悲哀

我愿擦拭你的枕边泪
赠给你几片欢乐的云彩
我愿你健康地笑着,活着
永远有真的欢乐
直到那一天,蓝天里胜利的礼炮轰鸣
祖国的天空星月争辉,礼花盛开
旗浪,歌潮
人民在前进,人民举起了花的海
到那时,我们也许都已白发如霜
微笑着,并肩站在那绿荫覆盖的阳台
看五彩的烟火
装扮着长安街畔的青松与古槐

1969 年 8 月 11 日夜,朗润园

合欢（其一）*

落叶乔木，叶似槐，夏开红花，至暮即合，故又名合昏，俗称夜合花，又称马缨花。

是的，我喜欢
那一抹淡淡的红色的云彩
轻轻地，飘过瓦蓝瓦蓝的空间
那一缕难以捉摸的迷人的清香
在午夜，飞进我嵌满星星的窗前

当夜曳着黑色的长裙走来
满天的星斗银光闪闪
我看见合欢
半闭着欲睡的眼
那露水，如晶莹的泪
在长长的、秀丽的睫毛上微颤

于是我推开窗子
问候我心爱的花
她如在沉思，如在做梦

---

* 未刊稿。

借着明月和柔的光线
也许是因为很幸福
也许是因为扰人的忧烦
合欢在子夜的月影中轻叹

回答我关注的目光
她撑开了一张绮丽的幻想的伞
向我友爱地招唤
她摇醒我沉睡的童心
贻我以轻柔的梦幻

于是
我哼着内心抒情的歌
唱着我的悲哀与眷恋
在她如茵的树下
拣拾我那失落了的
诗的壮丽的旋律
火的热烈的信念
以及我曾以年青的嗓音唱过的
撒在东海之滨的战斗的歌篇

我感激心爱的花
以她年青性格的另一面
启发我战斗者的情感
换回我豪迈的忆念
我喜欢
而且我看见
漫天烽火中疾驰的骏马的红缨

绵延不息的气势磅礴的革命的烈焰
而当夏日艳阳的强光下
合欢摇曳着她的满树霞烟
如海之呼啸,如山之飞旋
那不是合欢
那是无产者红火的旗浪翻卷

是的,我喜欢
不仅因为她的色泽秀丽、清香淡远
不仅因为她快乐又忧郁、活泼又安娴
而且因为
她有着独特的个性却也有革命的丰富情感

1969 年 8 月 15 日,北京朗润园

芦 岸*

我是江南一竿竹
夜夜做着思乡的梦
——旧作，断句

到哪里去找我童年的河岸
童年的绿色的透明的河岸
到哪里去找我河岸的童年
河岸的透明的绿色的童年

流水不老不断奔流
岸草常绿绿如春酒
透明的是流水是我的心
绿色的是岸草如我青春

当萤火点亮了河岸的星星
它是我童年的银河亮晶晶
那时节蛙声唱晚到天明
它是我童年王国的不夜城

那水面清早时白烟袅袅

---

* 未刊稿。

芦苇上荷叶上珠光闪耀
到如今还闻着甜蜜的清香
这清香灌醉了曦微的晨光

在河岸我挨过日寇皮鞭
拾谷穗摸鱼虾度过荒年
在河岸诅咒过长夜漫漫
谛听过山那边炮声震颤

从此后离河岸不曾重睹
山连水水连山二十个寒暑
人生的苦和甜尝遍滋味
真想念那绿草那清清流水

想念那蛙声萤火江南夜
想念那露光晨雾芦苇月
梦境里也想着卷一支金芦笛
吹一个新牧歌抒情的进行曲

哪里去找我童年的河岸
童年的绿色的透明的河岸
哪里去找我河岸的童年
河岸的透明的绿色的童年

1969 年 8 月 21 日夜，朗润园

合欢(其二)*

门前一树马樱花
——《聊斋志异·王桂菴》

生活如绿色的豆荚
不是每一个空间都充实
有时,忧愁的云在那里低回(徊)
有时,游荡着巨大的空虚

夏天很好
夏天很美丽
只是有时,我不知道中午为什么那么沉闷,那么长
只是有时,夜晚太容易引人忧思

夏天有迅雷
夏天也有意外的阵雨
花会流泪,叶片会叹息
但思想却会飞翔
它有一副彩色的翼翅

我是在遥远的孤岛
等待那一片无际的白帆

---

* 未刊稿。

我是凄凉的山道
希望那一点微弱的灯光

终于有一天
她从浓荫中向我走来
一声合欢
全世界都充满了青春的愉快

她举着一树红云
那含蓄而热情的炬火
给生活,以幸福的色彩
以抑制不住的欢乐

应该给困顿的旅人
以绿荫的宁静,以红云的欢欣
应该以温馨的香气
在午夜,安慰那失眠的心灵
对于我们,生活永远是抗争
就像合欢,喷吐那不竭的热情
用最好看的笑容
迎接一切艰辛

于是,我想
我喜欢的,她也一定喜欢
于是,我要送一束合欢
给我忧郁的同志
放在她不安的梦之边沿
放在她烦闷的夏夜的百叶窗前

1969 年 9 月 16 日,北京朗润园

新的战歌*

无产者对于资产阶级的战斗
从它自身存在的那一天开始
日月交替,汽笛长鸣
钢铁的呼喊声中机器在运转
这种英勇的斗争一天也不曾停息

镰刀斧头红光映照之下
国际歌壮丽的旋律之中
无产者在挖推资本主义的墓穴
同时挣断自己颈上的锁链
扔向旧世界腐烂的角落
发出了震天撼地的巨响
巴黎国家剧院的华丽包厢里
贵妇人尖叫着,提着长裙奔下楼梯
华尔街宴会厅中穿燕尾服的绅士
来不及扶起震倒的酒杯
在资本世界的丧钟中喃喃祈祷

从巴黎公社的街垒
从阿芙乐尔的炮击

---

* 未刊稿。

到今天
天安门广场上亿万武装工农的庄严的阅兵式
旧世界的统治者
在无产阶级革命的隆隆雷声中发抖

“啊
如果马克思今天还能同我站在一起
亲眼看见这种情景的话！”①

在摧毁旧世界的伟大进军中
走在队伍最前面的
是举着毛泽东战旗的中国工人阶级
不仅要建造原子反应堆
不仅要架设横跨长江的万里长虹
不仅要在长安街两旁树起巨大的宝石灯柱
装扮劳动人民美好节日的狂欢夜
而且
工人阶级钢铁的脚步
踏进了科学文化宫殿的林荫道
以沾满油香的粗大的双手
向资产阶级盘踞的最后几块领地
掀起革命批判的台风
把那些龟缩在哲学教科书
以及尘封的观念形态中的资产阶级幽灵驱赶下台
并与之实行彻底的决裂

---

① 恩格斯语，见《共产党宣言·1890年德文版序》。

让油画闪射着无产者强烈的光线和色泽
让交响乐洋溢着无产者豪放的旋律和音响
让从事脑力劳动的知识分子
从资产阶级思想的束缚之下得到解放
我们歌颂这二十世纪六十年代的崭新进军

“啊
如果马克思今天还能同我站在一起
亲眼看见这种情景的话!”

1969 年 9 月 18 北京

赠别三章*

1

京华此别归期杳，欲看红叶叶已老
登山足拟驽马健，临水心似秋木凋
战云滚滚彩云绝，离情恻恻豪情少
记取西山最高处，两心脉脉万重涛

2

炉红灯明候君归，月洗西门夜微微
檐下榴花惊雨雪，箧中诗稿埋尘灰
玉泉塔影绕愁云，朗润波光映离泪
几多灯前肺腑语，可叹年来事事非

3

相聚无多别离多，平生壮志半消磨
青鱼红果海淀市，朗月晓风燕园歌
满目枯槁怜弱竹，几番风雨护残荷
感念十载殷勤意，汀洲帆影淼烟波

1969 年 10 月 25 日—11 月 23 日，
北京—鲤鱼洲

---

* 未刊稿。

1970

雪天上井冈山*

井冈山巅冰雪厚
我挑担子山上走
玉树银花景色好
白云飘飘牵我手

桐木岭上十里路
冰铺雪盖滑且陡
两肩红肿迈健步
腊月冬衣汗湿透

汗湿透
多愧疚
二十年来蹒跚行
总为一己耽炊忧
今日脚踩红军路
换回青春为我有

望井冈
红旗抖
星星一火破云雾

---

* 未刊稿。

毛委员开山红军走
我今挑担上山来
革命故乡留连久

留连久啊爱红军
累了唱支红山歌
渴了冰花吃几口
难忘红米南瓜汤
坚冰温暖如美酒

同志啊
莫停留
快随红军大队走
毛委员挑粮下宁冈
黄洋界上雷电吼
群山闪出一条路
溶冰化雪奔铁流

1970 年 1 月 8 日于茨坪

茨　坪*

山峰
山峰
天边的波涛汹涌
满山的绿竹青松
闪着雷电的青光
都是梭标，都是剑
都是工农暴动的战斗红缨
从荆竹山到大小五井
从桐木岭到朱砂冲
黄洋界雄风浩浩
八面山流泉淙淙
井冈山以它赤热的前胸
拱卫着一个伟大的摇篮
那是茨坪
那是茨坪

难忘茨坪
难忘母亲圣洁的奶浆
红米、南瓜、蕨根
井冈山用丰富的政治营养

---

* 未刊稿。

哺育萌起的中国革命
战胜白色的饥馑
草鞋、斗篷、八角帽的红星
灰布衣上领的红旗迎风
伟大的工农觉醒的革命之婴
在茨坪，在摇篮里
迎接新世界的第一线光明

寒冬啊，夜深沉
茨坪河的耳语轻轻
山风摇撼着一家农舍的窗棂
一根灯蕊的油灯
如豆的火星，漫天的光明
全世界的群山一起醒来
向着井冈山，向着茨坪
欢呼沉沉暗夜里一个伟大的诞生
《井冈山的斗争》

我的家在南中国的花园城
我的童年的摇篮，在蓝色的闽江之滨
当那时
当红四军军械处炉火通明
当黄洋界保卫战的军号长鸣
那时，我还不曾出生
但伟大的摇篮在我心里，在我梦中
我的故乡在罗霄山脉的中段
我的摇篮在茨坪
我爱，我向往，而且我歌唱

伟大的井冈山的斗争
要是我能够生一千次
一千次也选择井岗山碧翠的山峰
要是我能够死一千次
一千次也要把热血洒在通向井冈山的征程
以战士的坚贞
以儿子的忠诚
保卫摇篮,保卫摇篮旁不灭的油灯
保卫茨坪,保卫伟大的母亲的心

1970 年 1 月 10 日,井冈山茨坪

常青树赞*

大井毛主席旧居，房后有一棵海罗杉，一棵凿树。1927年10月24日下午，毛主席率秋收起义队伍抵大井，常于树下读书。树木葱茏，主席深爱之，曾亲自浇水培育。

1929年2月两树为白匪焚烧，枝干枯死。人民冒险以杉皮稻草包扎枯干，用黄豆埋其根部，勤加栽培。

1949年枯木逢春，开始发芽。

1965年5月，主席重返井冈山，两树突然繁花怒放。从此叶茂枝荣，四时不凋，当地群众呼之为常青树。

1970年1月12日我访大井，树下留连久之。心情激奋，赋得数句，以志不忘。是为序。

叶枯枝断无悲苦
仇恨埋入深深土
四十年来风云急
心向征尘滚滚处

难忘深恩亲浇灌
鸡鸣时节阅兵书
深山纵有雾沉沉
坚信长夜终破曙

---

* 未刊稿。

闻道星火已燎原
喜泪漫洒作春雨
火树银花太平夜
新芽迎春碧如玉

燕舞莺歌艳阳天
忽如一夜花满树
喜迎亲人返名山
翻卷红花作旗舞

两树双双死复生
扬花抽芽奇千古
浩荡春日一片情
万载常青姐妹树

1970年1月26日写于拿山岩前村

拿山小唱*

1

声声杵臼报新年
家家美酒香满天
夜戏散了踏月回
灯影明灭是拿山

2

挑茅归来夕阳艳
炊烟起处冬笋鲜
盛世丰年勤习武
村童守哨小河沿

3

断墙长留红军言
腥风血雨色难变
天下风物拿山美
挥舞红缨万千年

1970 年 2 月 1 日拿山

---

* 未刊稿。

扁担谣*

流水不断忆拿山
最忆离别那夜晚
乡亲们围坐火塘前
火塘前，话多嫌夜短
井冈儿女情意长
送我一根竹扁担

这根竹扁担
来自荆竹山
革命山上革命竹
雷打石边把家安
四十年前颁纪律
毛委员讲话石上站
为修公路上高山
削根扁担留纪念
革命人用的好扁担
这礼物，重千斤，受之有愧心难安

难忘这扁担
它是好教员

---

* 未刊稿。

一堂扁担课
胜似寒窗二十年
它带我，重担跨越独木桥
它带我，砍柴割茅悬崖边
桥窄河水急
山路陡且险
乡亲们健步快如飞
我挑担子汗涟涟
这根扁担是根尺啊
量出差距千里远

想从前，在燕园
高楼之上看月圆
楼前未名水半勺
楼后玉泉山一弯
一盏孤灯孤单影
半杯苦茶苦愁颜
不想工农兵
名利苦攀沿
工农养我如父母
我却不会用扁担

想想后，想想前
二十一年事重现
那时节，我身背步枪闹土改
闽北山村歌连天
用扁担，挑谷送进翻身户
用扁担，挑出地契烧红半边天

那时用的是扁担
心和乡亲紧相连
后来忘了那扁担
我与工农隔天边

又亲切，又陌生
似曾相识这扁担
扁担啊，与你阔别二十载
如今重逢在拿山

井冈儿女赠的好礼物
它是路标，箭头指向前
毛委员挑粮黄洋界
百万红军跟后边
我今接过这扁担
沿着红军路，不畏苦和难
挑回那红米南瓜革命好传统
定把那血汗洒在斗争最前沿
井冈儿女赠的好礼物
它是梭标、红缨喷火焰
工农暴动火熊熊
号召我舍生忘死去奋战
我挥舞扁担战田间
唤回了革命青春留身边
我肩挑扁担走万里
要把那罪恶的旧世界全打翻

流水不断忆拿山

最忆离别那夜晚
星满天
月如镰
村头流水过浅滩
井冈儿女情意长
临别送我竹扁担
我今一曲扁担谣
唱不尽革命山上革命人、革命情意深如海洋重如山

1970 年 2 月 5 日旧历年夜，茨坪
1970 年 5 月 7 日重改，鲤鱼洲
1971 年 10 月 24 日再改，北京朗润园

茨坪春节*

茨坪无须报春燕
满山翡翠草芊芊
火花亭畔青松美
红军塔底绿竹鲜
丛丛山花颂灯花
缕缕炊烟忆战烟
黄泥小屋灯如豆
长留春色照人间

1970 年 2 月 5 日旧历除夜，茨坪

---

* 未刊稿。

大井残墙*

一堵普通的墙
普通的泥沙筑成的墙
经历了七次恶火的焚烧
经历了二十年暴雨狂风的冲刷
经历了不可计数的枪炮的侵凌
在大井一片瓦砾场上昂首挺立
它以坚忍的毅力等待着、等待着
终于迎接了工农革命的胜利
迎接了祖国的独立解放
这不是普通的墙啊
这不是普通的泥沙筑成的墙

那一年
井冈山上下着满天的棉花雪
数十年没有见过的大雪啊
一连下了整整四十八天
那一年
山上所有的村庄都被白匪烧光
罪恶的火也整整地烧了四十八天
红色故乡的英雄人民披着杉树皮

---

* 未刊稿。

在深深的雪地里挖苦菜
在深山野岭举起复仇的刀枪
这时候
天边的黑暗,忽然升起了冲天的火光
人民在苦难中露出笑容,所有的目光啊
投向了大井,投向了
毛委员不倒的红墙
这不是普通的墙啊
这不是普通的泥沙筑成的墙
这是烈烈火海之中一块燃烧的钢

毛委员留下坚强不屈的红钢
在燃烧,在燃烧
它在井冈山的黑夜点亮希望的灯
那一年
人民在深夜里踏着数尺厚的山雪
冒着伸手不见五指的浓雾,爬上山来
搬走同伴的尸体
没忘了冒死给这面红墙
加一层稻草
加一层杉皮
人民用赤热的心
保卫毛委员,保卫毛委员留下的
这不灭的红灯

于是,红墙站着
流血的大地支撑着它
人民的仇恨支撑着它

革命必胜的信念支撑着它
人民不是用眼泪
而是用鲜血，用真挚的爱把它灌溉
使它和井冈山红色的土地凝铸在一起
这不是普通的墙啊
这不是普通的泥沙铸成的墙
常青的井冈群峰向它仰望
向红墙，向这井冈山真正的主峰致辞

烈火铸成的岩浆
鲜血凝成的红色的岩壁
井冈山上这堵英雄的红墙
坚强地屹立于碧翠的万峰之巅
恍若迎风飘舞的不倒的红旗
在沉沉的暗夜
迎接黎明前磅礴欲出的万道金箭

大井这堵普通的墙
它由普通的泥沙筑成
然而，它却是最坚强的物质
然而，它比一切的物质又都坚强
它是信念，它是希望，它是理想
它是无可匹敌的精神力量
而今天，它的每一粒沙子
比黄金，比金刚钻，比最贵重的物质都更珍贵
它的每一粒沙子，可以提炼出制造原子弹的元素
通过无穷尽的裂变，它能够放射出
震撼世界的光辐射和冲激波

它的每一粒沙子，都将化为
亿万块燃烧的钢
亿万面鲜艳的不倒的红旗
亿万座红色岩浆凝成的雄伟的峰峦

这堵普通的墙
普通的泥沙筑成的墙
它比山海关、八达岭都要雄伟
它是真正伟大的万里长城
它的高度无法丈量
它的长度没有止境
这不是残墙，这不是残墙
这是长城，它拱卫着
劳动人民的炊烟与灯火，拱卫着
梭标、长矛、红米、南瓜，它是
世界上最壮丽、最完美的形象

1970 年 2 月 15 日，三访大井后作，茨坪

黄洋界*

天下奇险黄洋界
万丈陡壁难攀越
碧峰拍浪云深深
但见云间旗似血

刀山剑树竹钉阵
梭标怒火炮声烈
大根深仇歼白匪
凌厉秋风卷秋叶

千山万壑伏奇兵
众志化城城作铁
昔时硝烟香经年
星火微光照长夜

凭险登高见寰宇
岂上湘赣闽与粤
浩浩雄风颂千载
壮歌一曲西江月

1970 年 2 月 16 日，茨坪

---

* 未刊稿。

茨坪灯*

茨坪灯
春花盛
映入茨坪河
河水变黄金
飞向四围山
满山都是星

烈士血
战旗新
染得灯花朵朵明
当年星星火
如今满山灯
观灯忆战火
灯火点豪情

茨坪旧居有油灯
竹筒浅盏一根芯
火苗如豆黄泥屋
它伴毛委员工作到鸡鸣
深山寒夜北风劲

---

* 未刊稿。

砚池滴水结成冰
毛委员两层布单衣
身披绒毯战严冬
凭着油灯光，布下罗网杀白军
凭着油灯光，笔底风云百万兵

旧居壁上挂马灯
新城大捷战利品
战士一心爱领袖
送到毛委员旧居中
那时井冈山
生活很艰辛
深知人民一片情
领袖节俭为人民
毛委员平时不用这马灯
仍然是，一根灯芯从夜点到明
风雨夜，提着马灯远近农家问寒温
山雪道，提着马灯深山密林赶路程
这马灯，火焰暖融融
照见群众领袖心贴心
这马灯，光照万里程
毛委员带领工农英勇去斗争

别看那油灯
只是小火星
它是革命火
越烧越旺盛
照亮长征征程二万里

草地炊烟冉冉升
照亮宝塔山下延河水
窑洞灯火一层层
照亮冰雪淮海腊月天
战地排炮如流星
照亮十里红灯长安道
火树银花不夜城
祖国美景收不尽呵
壮丽山河处处灯

茨坪旧居一盏灯
今日世上北斗星
灯的海,灯的山
一盏红灯连红灯
黄洋界上看世界
处处点亮了茨坪的小油灯

茨坪灯
春花盛
春花朵朵却是革命情
永远不忘革命火种那油灯

1970 年 2 月 17 日,茨坪

赠邹文楷*

大井旧居的寒梅开了
读书石边棕榈青青
邹文楷同志站在阳光下
迎接井冈山热情的早春

四十四年前你也这样站着
站在村头听清泉歌唱
第一次迎接双马石开来的队伍
迎接井冈山火红的太阳

你手持梭标保卫过黄洋界
你和流血的土地共过患难
如今你对着这残墙和常青树
喷吐着最美好的诗的语言

你微笑着举起瓦蓝的钢枪
不减当年暴动队长的英武
你日夜守卫着毛委员的旧居
你是棵常青不老的海罗杉树

1970年2月19日,茨坪

---

* 未刊稿。

寄　茶*

1

井冈清泉井冈茶，一片冰心寄天涯
何日窗前共把盏，长安五月看槐花

2

平生所爱唯苦茶，更喜浪迹云海涯
拚将祖国佳山林，难抵燕园一树花

1970 年 2 月 20 日井冈山茨坪

* 未刊稿。

小井烈士墓前*

从红军医院来到烈士墓前
我把脚步放得很慢很慢
短短的路程，惊天动地的斗争
一百二十个烈士，他们都没有留下姓名

都没有留下姓名，他们是真正的英雄
群山至今还回荡他们壮烈的声音
短短的路程，洒满了碧血斑斑
如今映山红烧遍了英雄的井冈山

1970年2月21日茨坪

---

* 未刊稿。

拿山村壁所见*

在《井冈山的斗争》中，毛主席写道："文字宣传，如写标语等，也尽力在做。每到一处，壁上写满了口号。"

铁铸
血写
每一笔都是火炬
燃烧在苦难的原野
每一划都是闪电
划破沉沉的长夜
凝立村前，我发现每一面墙都在飘舞
那是工农革命的战旗猎猎
向着旧社会，向着土豪劣绅
卷起仇恨的火舌

最伟大的理想
最无畏的宣战
一面墙，就是一张工农红军的布告

---

* 未刊稿。

一面墙,就是一部不朽的共产党宣言
苦难中人民仰望村壁
仰望七彩的虹霓挂在自家的门前

1970 年 2 月 22 日,茨坪

八角楼之歌*

茅坪河是我绿色的竖琴
茅坪河是我欢乐的唢呐

它带着映山红鲜丽的色泽
带着漫山遍野使人沉醉的花香
从井冈山浓雾覆盖的山巅飞奔而下
永远不知疲倦地弹奏着、喷射着
无产阶级激情的乐曲

深夜时节
茅坪河沿岸所有的灯光都睡了
只见暗夜沉沉中
谢氏慎公祠后升腾起冲天的红光
人们醒过来，惊喜相告
八角楼在工作，八角楼在为我们辛劳
八角楼，它是井冈山汪洋大海之中
一座屹立于狂风巨浪的灯塔

茅坪河边一间平凡的村屋
长着青苔的滴水的天井

---

* 未刊稿。

简陋的木制扶梯
圆月形的砚池旁边
桐油灯的一根灯芯亮着
就在这里
酿造着一颗全新的太阳

1928 年 5 月 20 日
毛泽东同志走下八角楼的扶梯
缓步走进了湘赣边区党的第一次代表大会会场
这座乡间简朴的祠堂旧屋
泥土和青砖焕发着亲爱的井冈山土地的芬香
在这里,镰刀和斧头的旗帜
照亮了整个前厅
他站在红旗下
手臂高扬,目光坚定地向着前方
指出长夜漫漫之中,中国苦难的大地之上
武装割据的红色政权永存
红旗将飘向黑暗的全中国

中国革命就在这里
就在古庙与森林的寒夜里
就在泥土与稻草混合着竹叶与松针的清香中
萌起,萌起
梭标与鸟枪开拓了宏伟的事业
革命,穿着草鞋踩过陡滑的山道前进
线毯和布单衣渡过的严冬
每日五分钱茅舍的伙食
最贫瘠的营养,最艰难的岁月

就在这里，描绘着最瑰丽的图案
创造着最新鲜的思想

八角楼，你是航船
在乌云笼罩的苦难中国
你的火光，预告着一个伟大时代的诞生
我看见，那航船驶进茅坪河急湍的溪涧
流入巴黎公社蓝色的海洋
回荡着国际歌壮丽的旋律

茅坪河是我绿色的竖琴
茅坪河是我欢乐的唢呐

1970 年 3 月 2 日构思，茅坪
1970 年 3 月 19 写成，拿山

村　居*

平铺烟云卧看山，村居小病竟日闲
几树桃柳沾露明，万顶蓑笠带雨鲜
数尽青峰怀京国，踏遍梦境黯故园
相思恰似春草绿，寻觅总在有无间

1970 年 3 月 21 拿山

---

* 未刊稿。

由拿山返鲤鱼洲[*]

井冈山高赣江水长
三月菜花一路香
拿山乡情浓于酒
浓情汇入鄱阳浪

鄱阳浪，连天碧
鄱阳战友鏖战急
凯歌唱向云天上
喜看大堤如拱壁

小别往月想战友
重逢礼物捧在手
井冈山上海罗杉
井冈山上革命土
井冈山树井冈土
大井窗前护旧居
七十四岁老英雄
亲自上山选苗挥铁锄

---

* 未刊稿。

数百里捧来赠战友
愿同志,深根扎在革命土,大家都做四时不凋的常
青树

1970 年 3 月 28 日,拿山—鲤鱼洲

我寄丹心蓝天上*

岁岁年年五一节
十里长街灯与月
满城奏起狂欢乐

今年来在赣水旁
遍身泥花游碧浪
汗水培育稻花香

劳动佳节劳动歌
声声句句献祖国
我寄丹心蓝天上
蓝天上，新星飞旋唱太阳

1970 年 5 月 1 日鲤鱼洲

---

* 未刊稿。

秧　歌*

1

书生扶犁手扬鞭，斜风细雨三月天
踩遍污泥千顷地，练就肝胆一寸丹

2

一担秧苗一担鲜，晨露盈盈珍珠圆
双手插遍天涯绿，声声蛙鼓唱丰年

1970 年 5 月 6 日鲤鱼洲

---

* 未刊稿。

青松和炮声*

井冈山的青松赣口上的浆
黄洋界的炮声鄱阳湖的浪
万里船茫茫夜灯塔的光
征途上处处是红旗在领航

我愿为一浪花汇入汪洋
推动着万里船驶向前方
我愿为一滴水沐浴着太阳
为了党战斗着不竭地歌唱

1970 年 5 月 29 日,鲤鱼洲

---

* 未刊稿。

散文的牧歌*

1

诗歌死亡了，散文还活着。而且我仍然要歌唱。要是不唱歌，生命有什么用？

我在生活，我在唱牧歌。

2

我赶牛儿去吃草。有人说：阳春白雪，变成了小放牛。

难道阳春白雪和小放牛是对立的吗？我在小放牛，我看到了阳春白雪。正如我看尽农民的稻草垛，想起天坛和大雁塔。

3

天涯无际的风雨，狂暴地侵凌着我。我听任它的袭击，我以沉默来反抗。

我没有退缩，我也不能退缩。

我知道在此刻，在我祖国的绿色大地上，无数的劳苦农民都站在风雨之中。他们头戴斗笠，身披蓑衣，就这样地站了几千年！

---

* 未刊稿。

我意识到我是他们的战友之时，我真的感到了幸福。

4

有时在平原，有时在高山，有时在湖滨，我寻找古希腊的塑像，裸体的维纳斯，尼罗河岸人面兽身的怪物，以及敦煌石窟飞天的女神。

我非常的失望，我伤心得想哭。在现实中，那些变成了梦幻。

于是我沐浴着风雨，踩着朝露，我呼吸太阳的光热。我变成了米开朗琪罗手中的沉思者。

我是扬子江畔的古铜色的活的塑像，在我身上，复活了远古精神的光辉。

1970 年 9 月 11 日

5

我的不会说话的朋友，是我诚挚的朋友。

吃的是野草，挤出的是奶浆。而且，有巨力，能忍耐，一生默默地辛劳地工作。

它从不叫喊，可以竟日不发一声。有时为了表示欲求，有时为了表示热情，它也鸣叫，其声小如蛙鸣。

它诚实，故有力量；它是原始的，也是朴素的。

我惭愧，我往往要求过多。甚至于寄希望于无望。而且，我发出了太多的声音，那是一种轻浮的幼稚。

6

原野静悄悄,原野在沉思。

牛儿在沉思,我在沉思。

沉思是快乐的、幸福的,因为沉思的时刻太少太少。

沉思是痛苦的、不幸的。因为它将带来痛苦,带来不幸。

要是不会思想,我是多么幸福。

1970 年 9 月 13 日,鲤鱼洲

7

饿了吃草,吃饱了耕田;累了就睡了;这是它的生活。

单纯的生活,单纯,是可羡慕的。

不会哭泣,也不作虚假的笑容,没有多余的要求,也无需愤怒,这是美好的,单纯!

在复杂的世态中,单纯是难以寻求的。

8

那时节,每一颗绿色的草尖上都嵌着晶莹的露水,在黎明的第一线光辉里,整个原野却在微风中闪烁,到处珠光闪闪!

我的牛群,也沐浴着朝阳的光辉,犹如一幅幅抖动的黑锦缎!

我惊叹大自然赋予的堂皇与富丽。

9

现在，晨星在天，月镰高挂，蛙鸣遍野，原野还在沉睡。

我第一个迎接湖上的拂晓。我自豪，我是一个早早醒来的人，我是一个醒者。

1970 年 9 月 14 日

10

它有伟力，却无免对于鞭子的畏惧。

1970 年 9 月 15 日

11

愈是痛苦，愈是沉默。不发一声地沉默。沉默得痛苦，也可怕，它还是沉默。

寻找月亮*

来信：中秋无月

八月十五云遮月
正月十五雪打灯

寻找月亮
不知道月亮在何方
我知道她曾在高高的天上
照着我，照着我亲爱的土地
我的绿色的故乡
她是明亮的天灯
给没有亮光的黑夜以无涯的微茫
她是晶莹的明镜
照亮坎坷的歧路，泥潭里不尽的肮脏
她以无私的光辉
普射一切渴望光辉的地方

寻找月亮
不知道月亮在何方
我的眼前一片暗淡

---

* 未刊稿。

茫茫无边的夜路啊,夜路无边的茫茫
只有那蛊惑的绿色的鬼火
只有那躲躲闪闪的萤火的微光
它引诱我变成自私的幽灵
在黑暗的郊原上游荡
我绝不屈服,我怀念我的明月
我的信念在沉沉的暗夜里发光

寻找月亮
不知道月亮在何方
我知道她在云层的深处
她已被无边的浓云所埋葬
我恨不能化身雄壮的天鹰
吞下漫天的乌云,给人间以耀眼的辉煌
我愿化作她的一线光辉
照亮我挚爱的乡国,表达我
热爱的衷肠
我要以她圣洁的形象
使人怀想
怀想春草沐浴着朝露的清香
怀想寒梅伴月的银霜

寻找月亮
不知道月亮在何方
我知道美好的东西不会死亡
她在那遥遥的天上
在那遥遥的天上,有我亲爱的月亮
那是我理想的乡国

那是我灵魂栖止的水晶殿堂
无瑕的玉兔是我寂寞的侣伴
还有高雅的丹桂的飘香
寻找月亮
寻找月亮

1970 年 10 月 12 日鲤鱼洲

岁暮寄淮上*

1

经年苦雨经年风，未有相思如许浓
数尽南来无穷雁，淮上烟云黯几重

2

戎马生涯二十冬，年节香灯隔世红
只今儿辈健如犊，举首望月月朦朦

3

茅舍青灯悲夜永，千种愁思与君同
夜来天际孤鸿语，疑是遥遥诉哀衷

1970 年 12 月 20 日鲤鱼洲

---

* 未刊稿。

关于冬天的故事*

我诞生在冬天
在我的故乡,冬天是温暖的
在冬天,老人们都喜欢蹲在墙角
晒着暖洋洋的、熏人欲睡的太阳
喝一碗热气腾腾的稀粥
在我们那里
人们不用准备太多的过冬的衣衫
大人和孩子都端着一只烘笼
南方的青竹制成的烘笼,微弱的炭火
具有南国冬天特有的情调
散发着诗人心灵静谧的色泽和香味
在那远山的脚下,一片平川之上
铺展着白色的、黄色的、紫色的、粉红色的花畦
宛若春天的修整得洁净的公园的草坪
而腊月的风,也如春风般柔和地吹过
夹杂着菜花和发酵的粪便的气息
池塘边草儿青青,野花争放
芭蕉有阔大的绿叶,榕树有墨绿的浓荫
我诞生在这样的冬天
因此,我便以为

---

* 未刊稿。

冬天是美丽的,冬天是温柔的
有时也飘雪花
那里多么稀罕的雪花啊
好像是洒着晶莹的珍珠
它是童话中神秘的宝物
一到地面便消失了
每到下雪天,我们便与雪花一同狂舞
那是我们的狂欢节
此时,我和我童年的伙伴
跑到天井里,用衣衫的下摆
承接这上天赠予的欢乐
雪珠滚成了小小的冰球
而我们的脸庞,有如闽江之岸透红的桔子

深冬来临的时候
响起了腊月的爆竹
我亲爱的农家出身的妈妈
提着满桶冒着热气的井水
开始擦洗地板
她忍着胃疼,跪在地上
从早到晚,擦了一遍又一遍
我们从河岸上割来青竹的枝叶
捆上吉利的红纸,扫拂着一年的积尘
这时节,所有的铜器都闪着欢乐的眼光
新年里伴随着冬天来到的
冬天无疑是欢乐的象征
在我的家乡,在冬天
街头巷尾,直到住家的厅堂

到处都是红色的桔子
到处都是红色的春联
红色的压岁钱,红色的“百子千孙”的挂鞭
因为,我以为
冬天是喜气洋洋的,冬天也是温暖的

后来,冬天的阴云
遮蔽了我童年明净的天空
那一年冬天,家乡被逼着挂起了太阳旗
我的狭小的家里,所有的窗户都关闭了
年青的姐姐,穿上了妈妈老气的衣服
把烟灰抹在脸上
我的青绿的柑桔园、甘蔗园
被砍平了,变成了军用机场
而我,十一岁的孩子,也被抓去当苦工
有好几个月,我睡在冬天冰冷的地上
每天,是皮鞭陪伴着两顿如水的菜叶粥
朔风啊,在郊区上呼号
我幼小的心啊,在为我的土地哭泣
我开始,诅咒着灾难的冬天
记得当时
爸爸每天抱着那曾经闪着欢乐的亮光的铜器出去
换回来番薯和空心菜
姐姐脱下了结婚的首饰给我交了学费
在冬天的早晨,我上学去
路旁有冻僵的难民
在冬季碧绿的橄榄树下
不是和平,也没有幸福
而有的是和死猫吊在一起的

饥饿的乡亲

于是
我怀着难思的悲愤
用童稚的喉音,悄悄地,却有时深情地
唱着“你是灯塔,照耀着黎明前的海洋”
唱着“山那边哟好地方”
在冬天的夜晚,在北风摇闪的煤油灯下
我打开从香港寄来的书页
听喜儿充满血泪的控诉
“北风吹,雪花飘”
后来,在初中作文竞赛的时候
在《我最喜爱的季节》的命题下
我说,我喜爱冬天
因为冬天,有白雪
可以掩盖人间一切的丑恶和污秽
可以掩盖一切的压迫和不平
因为冬天,无情的北风
将把虚伪的繁荣一扫而尽
使人们突然醒悟
原来生活是寒冷的,冬天,原是严寒
我在这次比赛中,得了第一名
荣誉并没有增加我的虚荣心
我的心,开始满怀着对于人民的春天的
热烈的希望
诅咒冬天

当然,关于冬天的故事,我还可以说得很多
例如,有一个冬天,我在

闽北的崇山间行军,踏着冰雪去解救人民
我在武夷山边的一家农舍之中
和我亲爱的人民一起焚毁田契
然后,我们共同举杯
送走苦难的冬天
为人民的春天敬酒
也是冬天在南日岛,在这个敌前的小岛上
朔风呼号,摇动着沉重的屋瓦
黑夜,我持枪站在海水扑打的礁石上
守卫母亲祖国的安谧的冬夜

然而我想写的
是这样一个冬天
一个冬天,一个永远难忘的冬天
沉睡了二十年的心醒了过来
我惊视周遭,原来还是冬天
我的灵魂在痛苦中新生
而春天的冀企,也换上了崭新的内容
我想歌唱的是冬天的爱情
许多青年男女喜欢把春天和爱情联系在一起
以为那是同义词,我说不是
只有走过冬天的风雪和泥泞道路的情人
才懂得只有冬天才能考验真正的爱情
也就是这个冬天,我知道
什么是爱,什么是战斗的爱
患难把妻子变成生死不渝的战友
而我们无形的爱情
变成了一个金属的物质
永远闪光的不锈的黄金

我知道冬天不会完的
前面还有无数的冬天
我当然,也像迎接春天一样的
迎接冬天
我不是畏惧,而是怀着战斗的豪情
写下这个关于冬天的故事

1970 年 12 月 24 鲤鱼洲

1971

祝福童年*

山间的泉水
透明，洁净
最快乐，也最喧闹
它跳溅着，不疲倦地奔跑着
而且大声地叫嚷着
“生活真美丽，生活真有趣”

我爱山
我也爱水
因此，我百倍地爱山泉
它给我一个世界
那是我所追求的
然而却失落在梦的边沿
失落在偏僻的为人们所遗忘的山间的世界

如今，当我提笔写下这些句子的时候
我的孩子，我祝福你的童年
你的山间泉水般的童年
因为，我觉得我所失落的
恰是你所拥有的

---

* 未刊稿。

因此，世界是属于你的
属于你的未来的
你不是城市之子
你生长在田园
犹如蔬菜和谷物
你是在祖国的大地上长大的
当你方满四个月，你便来到了乡间
一位贫农老妈妈
用米汤，用大麦糊
之后，当你长了牙，便用青蚕豆把你养大
不吃妈妈奶水的童年
青蛙和蟋蟀歌唱的童年
鱼虾和菱角滋养的童年
以扬子江边无涯的绿野为摇篮的童年
我羡慕，然而，我并不歌唱
我要不竭地歌唱的
却是你那金色的麦穗般的
长长的、远远的未来的日子

记得那时
北京的杨柳泛绿
你迎着寒冷的早春来到人间
当我从护士手中接过你时，孩子
你圆睁着两眼看着我
多么黑的眼珠
就像是长在我的家乡的龙眼的黑核
你看见了什么呢
世界这么大，这么复杂

那正是阴霾的天气
北方铅块也似的灰色的云翳
压在人们的心头
料峭的寒风卷着塞外的尘沙
在城市的街道上飞扬
不要以为生活就是这样的灰暗,孩子
其实,生活是很好的
生活中没有饥寒
也不乏喧闹的锣鼓
只是,少了一些梦也似的恬静
少了一些雾也似的轻柔

因此,我不说
你有如花的童年
或者是,你生活在幸福中
我觉得,那只会使人耽于安乐
而对真正的幸福的涵义产生错觉
幸福,不是公园的草地上母亲手中的摇篮车
不是金黄的鲜橙的甜汁
不是客厅茶几上的巧克力
也不是节日的浅绿色的气球
甚至,也不是你那木板钉成简陋的滑雪车
幸福,是斗争
靠斗争去赢得
不是上帝赐予的圣水
不是草尖的露珠
黎明时就赠给你晶莹的珠光
它要以顽强的毅力去战胜

人世的邪恶和不幸
用满怀情感的温柔的手
抚摸受伤的灵魂
给弱者以信念
用解放者的神圣的良知
释去人们双肩因袭的重负
而使明媚的阳光照临春天的草地
情侣们可以自由地偎依
母亲们可以安静地酣睡
此时,只有此时
你才生活在幸福中
你是最幸福的人
你是斗争的士兵

祝福你的童年
百倍地祝福你斗争的未来

1971 年 1 月 19 日,鲤鱼洲

沙漠的歌*

我是在荒园，我是在天边的沙漠
风沙装扮喧哗，驼铃述说静默
幻觉中的绿洲，梦境中的村火
我失望，我渴，我是无语的骆驼

不奢求清漪的微波，不祈望奇花与异果
沙原上单调的步履，述说我单调的生活
岁月夺不走青春，我有青春的脉搏
沉默非我的素愿，我迈步，故我在工作

我召唤春临荒漠，杨柳的婆娑
耐不住难耐的寂寞，我的心灵要唱歌
尽管这是多么艰难，我因而要受折磨
但我仍然要歌唱，这可能是灾难，却也是快乐

1971 年 1 月 27 日旧历除夕夜，鲤鱼洲灯下

---

* 未刊稿。

墓　铭*

为了做一个真实的人
他整整苦斗了一生

1971年1月31日

* 未刊稿。

牧牛曲*

鲤鱼洲，学放牛
我伴牛儿变春秋
无边大地风光好
湖滩沃野任我走

春天里
微雨如丝抽
泥泞道路滑难行
无心看，春风绿了河岸柳

夏天里
恶蚊如雷吼
夜听群牛泼水声
难成眠，我心胜似慈母柔①

秋天里
旷野风飕飕
一阵秋风一阵凉
草枯黄，意恐牛饥耽忧愁

---

* 未刊稿。

① 夏晚蚊多，牛卧塘中，蚊聚攻之，牛竟夜以首泼水驱蚊。

冬天里
朔风冰雪厚
夜来牛棚风吹透
添铺草,一片深心絮中裘

晨起牧牛星尚稠
遍野露珠迎风抖
归来已是黄昏后
四体疲惫汗如油

温室娇花远风雨
高堂华灯读书久
不识北风劲如刀
难禁烈日似火球

踩污泥,牛粪臭
野性起,越渠沟
群牛奔如电
追牛喘咻咻
莫道牧牛清雅事
牧牛处处有奋斗

我为革命学放牛
艰苦生涯不厌久
不为那
无腔短笛唱斜阳
湖上斜阳艳于酒
不为那

荷塘晚风月色好
牧牛归来月如钩
说什么
杏花春雨江南岸
人歌牛倦暮韵幽
无非是
酒足饭饱漫无聊
剥削意识可怜丑

牧牛医我心
心灵重解剖
昔之所爱今所羞
深知我心有积垢

牧牛经年感情变
不忘阶级有深仇
牧牛哪管春与秋
心喜牛壮畏牛瘦
牧牛不问昏与昼
但愿贡献优且厚
我今执鞭歌一首
歌一首，如云走
鄱阳湖光映四海
天下风物一眼收
昔日持枪卫国手
愿执牛鞭到白头

愿执牛鞭到白头

鞠躬尽瘁耕垅亩
吃尽野草献奶浆
永为人民小放牛

1971 年 2 月 9 日，鲤鱼洲

感　怀*

我家闽江曲，东海扬洪波
秋水如绿酪，春山似碧螺
排筏泛中流，击水何嵯峨
桔柑香百里，蕉竹织烟萝
莉花饶秀髻，江岸浣女多
八闽佳丽处，好鸟宿榕柯

少年思报国，投笔执干戈
羞作堂前燕，愿为千里驼
年迈父母泪，壮志凌云歌
青春击战鼓，戎衣舞婆娑
也曾夜守哨，岛湾卫渔火
也曾剿残匪，庆功醉颜酡
我诚一顽铁，锋刃党所磨
常思化雷电，焚身击凶魔
索漠二十载，奋起复蹉跎
岂甘素餐饭，坐待鬓发皤
中夜起长叹，仰首望星河

1971 年 2 月 28 日

---

* 未刊稿。

春 忆*

去岁拿山柳叶青，小病客居夜难暝
心驰万里天下事，梦断关山儿女情
春来春去踟躇燕，花谢花开寂寞莺
野草天涯经年绿，风雨何事总相惊

1971，3，30，鲤鱼洲

---

* 未刊稿。

紫云英*

这种植物，俗称红花草，冬天播种。当田野一片萧条，它冒着寒冻和冰雪生长，郁郁而葱葱。然后，用好看的浅紫嫣红的花朵迎来了寒冷的早春。春来了，云雀歌唱。它却被犁翻土中，化为肥料，以自己的粉身碎骨，滋养作物的生长。

1971，4，15，鲤鱼洲

---

* 未刊稿。

蜘　蛛*

有一种可怕的昆虫,那是蜘蛛。不仅因为它外貌丑陋,而且因为,它到处设下罗网,专以阴险的暗算为职业。

1971年于鲤鱼洲

* 未刊稿。

北　京*

（玉带桥）

趁着晚凉
游艇驶向玉带桥
你的黑色的裙裾在轻轻拂动

荷花和芦荟
捧起了玉带桥
仿佛彩色的云
映衬着洁白的长虹
这时节
玉泉塔影沉思在一抹斜阳之中

而且
还有无尽的蛙鸣
你轻轻地说
你拣回了失落在水乡的
童年的梦影

然而，什么时候呢

---

* 未刊稿。此诗与后三首均作于 1971 年 4 月 15—18 日。

我们能够并肩站在玉带桥下
寻找那失落在花香与蛙鸣中的
我们那又幸福又凄凉的
轻轻的喟叹呢

阳　朔[*]

当我一个人到阳朔
我感到你在身旁

我要把碧莲峰当作玉簪
把漓江水当作项链
献给你

而且，我还要从桂林
采撷一支神奇的芦笛
向你
吹奏关于爱情的乐曲

后来
我要你一个人去阳朔
你说
你不是为自己，而是为了我
是为了完成爱的使命
到阳朔去的

---

* 未刊稿。

但是你很幸福
在阳朔浓墨的世界里
你说,你度过了一个美好的
静谧的夜晚

杭　州*

（平湖秋月）

那是在平湖秋月
你挎着手提包
偎倚着我

红色的长裙
如花的发辫
你是那么丰满，那么年青

西子多情的水
拍打着我们脚下的栏杆
我们仿佛什么都没有说
就这么偎依着消磨了一个夜晚

有时一个夜晚
抵上一百年
什么时候品味起来
总是那么甜甜的、清清的
宛若西子多情的水

---

* 未刊稿。

而有时
数十年过去了
就像一场噩梦
什么时候想起来
总是一片凄凉滋味

北　京*

（香山）

要走了
已是萧索的深秋
可是你执拗地要陪我看一次红叶

而红叶早已凋零
你不失望
却再一次执拗地要陪我攀登鬼见愁

你病弱
是我推着你上了顶峰
你喘着气，幸福地笑了

那时我不懂
为什么你变得这么坚决
我不理解你的深邃

西山，红叶
以及你喘着气的笑
已经化作永不回来的云烟

---

* 未刊稿。

在我们的生涯中
那不是一次郊游
那是一种盟誓
它是永远不会消失
也不会死亡的

扬 州*

最好的中秋月
最好的扬州水
水里有月
月里有柳
五亭桥下瑰丽的夜晚

记得么
我从遥远的家乡来到你的身边
送给你
一只透明的琵琶
一只透明的古筝

十多年了
我没有向你说过这些礼物的意义
我是想
借这些象征着古老文化的乐器
弹奏永恒的,而且是和谐的抒情曲
为了生活
也为了爱

1971 年 4 月 15 日—4 月 18 日

---

* 未刊稿。

生活的思考*

我喜欢，微笑着生活
当然，我更喜欢生活的微笑

尽管生活经常欺骗我
而我不皱眉，也不发牢骚
我想，既然是严肃的生活
我就应该严肃地微笑

而当生活向我微笑
我感激，禁不住我的心跳
我向她说
你笑得这么好看，你真好
你是穿衣镜中幸福的倩影
你是划过爱的星空的一线光耀

然而，生活不是蒙娜丽莎
并不会永远地微笑
犹如在黑夜，划亮一根火柴
只是刹那的光明与燃烧
而无尽的，是那无尽的冥杳

---

* 未刊稿。

生活是变化无常的
她也无常地变化着我的容貌
好像是厨师随意地揉捏他的面团
然而我的心，始终如日月的皦皦

生活是变化无常的
她摸一下脸，就可以变得无比的凶暴
有时，她是爱神的箭
有时，她是魔鬼的刀
有时，她是苹果的红晕，公园里绿色的躺椅
她是玫瑰带露的含苞
有时，她是暴雨击打着残荷
荒原上狼群的悲嚎

而我仍然前行
尽管生活的道路遥遥
我挺立胸膛
迎接生活无情的煎熬
它可以使我沉默
却永远扼杀不了我的良知的骄傲
也扑灭不了我心头的狂飙

1971 年 4 月 18 日，鲤鱼洲

上　海*

出了北站
我们携手奔向外滩

从南京路到外滩
仿佛行进在神奇的山谷中
而大街，则是山间喧腾的溪涧

从上海关的钟楼上
犹如一只轻柔的手
拨响了外白渡桥这支钢铁的巨琴
而在上海的高空之上
电线和烟囱
乃是巨大的五线谱上蓝色的音符

上海奏着欢乐的迎宾曲
迎接来自北中国的长江的女儿
尽管酷爱清雅的山水的我们
并不喜欢上海
然而，上海是热情的

---

* 未刊稿。

而当后来
当我饱经忧患重过上海
怀着莫名的喜悦,奔向
你的身边的时候
我在上海这座五彩熠烁的百宝箱中
挑选了一方蝉翼般透明的彩巾
(那是上海送给你的礼物)
我再一次地感到了上海的热情
而且
我有些感激上海了

1971 年 4 月 21 日

厦　门*

（鼓浪屿）

穿过武夷山麓的晨雾
穿过闽江蓝色的激浪
穿过龙眼浓绿的树墙
以及白玉砌成的海上长堤
为了看海
你跋涉了几千里

鼓浪屿敲着激昂的鼓点欢迎你
日光岩撒下南国花一般的阳光欢迎你
你来到了一棵椰子树下
椰子的阔叶为你招来
南海的熏风
抚摸你——海的女儿

要是你是海
我愿为多情的鸥鹭
要是你是鸥鹭
我愿为终身航海的水手

---

* 未刊稿。

在鼓浪屿琴韵叮咚的木棉树下的窗口
我唱着爱的歌

我要用心灵的微火
点起海上的灯塔
照着我亲爱的蓝色的海
我要永生永世地
守卫她美丽的甜睡

1971 年 4 月 22 日

苏　州*

飘过苏州的郊野和上空的
是玉兰和茉莉的香气
迎我们来到这花一般城市的
是花一般的卖花的苏州少女

船只荡过苏州的街沿
搅碎了白色屋墙的倩影
桨声，花香，唱歌一般的苏州方音
令人迷醉的江南风景

记得虎丘道上
我们和人力车工人谈起了未来
记得虎丘山上
我们由南社的诗歌而缅怀过去

苏州给人的，是欢乐呢，还是忧郁
当暗红的丝绒大幕打开
穿着曳地黑旗袍的少妇徐步而出
琵琶铮铮的音响诉说的
就是这种又欢乐又忧郁的情调

---

* 未刊稿。

这是苏州
而现在,我寻找我留在苏州的怀念
我是多么迷惘
在遥远的古代
安慰枫桥野岸的叹息者
尚有寒山午夜的钟声
但是苏州,能以什么来慰藉此刻我的心情呢
花吗,花一般的少女吗
或者,琵琶忧郁的少女吗
或者,琵琶忧郁的弹唱吗

1971 年 4 月 25 日

南　京*

（雨花台）

我们并肩站在烈士碑前
那是黄昏，艳阳如血
映着洁白的碑身，一片红光
这时
在雨花台的山坡上，山谷中
到处开起了鲜花

在雨花台的盘山道上
我和你，好像一对天真的孩子
俯身拣拾那些彩色的石子
我们是在童话的世界里
拾取上天赐予的欢乐呢
而当时，我们确乎是充满了
对于未来的热烈的憧憬

从雨花拣回的彩石
如今，正沉睡在那个尘封的小屋内
在小屋的南面，有一个充满阳光的晾台
燕子曾在那里垒过窝

---

* 未刊稿。

我们曾在那里植过鲜花
一种小红花爬满了栏杆
为我们的生活点亮了欢乐的小红灯
我近来常常做梦
在梦里,雨花台的彩石闪闪发光
是幸福,还是欢乐
在沉睡之中醒来了

1971 年 4 月 25 日

镇　江*

（金山寺）

金山寺站在长江岸
金山寺上看长江宛如一条闪光的白体
飘向蓝色之东海

当我们登上金山寺
胸中吞吐着氤氲的云气
对未来充满了幻想
爱情、生活、友谊
以及对党的雄伟事业的希望与热情

那是热烈的绿色的夏季
花在开，鸟在唱
长江也充满了生命的力量
我们都那么年青

现在，我好像什么都记不起来了
我记起的是金山寺的暮钟

---

* 未刊稿。

素食厨中的炊烟和香气
还有，茫茫的江中水
凄凄的山上风

1971 年 4 月 25 日

福　州*

你穿着鲜丽的连衣裙
来到了我鲜丽的花园般的故乡
即使当时，生活并不是鲜丽的花束
而热烈恋爱中的我们
却以鲜花般的心境迎接了生活

当你用陌生人的异乡人的声音
呼唤我年迈的父母
那一对饱经沧桑的老人流下了欢喜的泪水
一样的低矮的木屋
一样的阴沉的小窗
一样的嘈杂的井台
在那里，关锁了我痛苦的童年
顿时，充满了欢乐的明亮的阳光

如今父母已经永远睡在青青的山上
而我们，也天各一方
不知何日相聚
由福州，我想起一些严肃的主题

---

* 未刊稿。

现实和幻梦
欢乐和悲哀
都是暂时,都非永久
而如日月般永久的
都是此刻令人异常痛苦的
那种真诚的深沉的思念
包括爱情
也包括友谊

1971 年 4 月 30 日

武　汉*

（行吟阁）

诗歌
绚丽的古老的文化
伟大的为政治理想献身的诗人
在湖岸边一尊沉思的塑像
给了我们多么丰富的企示
它使我们热烈的年青的心贴得更紧
那是一种元素
加固了我们永不毁坍的爱之宫殿的础石

难忘清漪的东湖水
那是诗神明亮的眸子
难忘碧绿的珞珈山
那是爱神青黛的发髻
而行吟阁
它是一种庄严的声音
是天老地荒也不消失的
爱与诗的圣洁的盟誓

记得在我们的卧室中

---

* 未刊稿。

断了臂膀的裸体的维纳斯在微笑
她的不竭的光辉
曾经照亮了我们长长的蜜月
那时我想
我们还应当有另一尊塑像
那就是手持诗卷行吟泽畔的伟大的诗人
然而，也就是从那时开始
诗人消失了
维纳斯的明亮的眼睛
似乎也蒙上了深沉的哀愁

我多么怀念当时的行吟阁

1971 年 4 月 30 日

无　锡[*]

你说过太湖的波光
你说过龙头渚后山的杨梅落了一地
你说过一个到洞庭山种田的美丽的梦
我最不能忘的
是你说过，在无锡
这个江南不大的城市的每个角落
飘浮着悠雅而甜蜜的锡剧和苏州评弹的声音
那声音，欢乐中带着淡淡的哀愁
如怨如诉，又浸透了抒情的汁液

我没有到过无锡
而我却喜欢了无锡

无锡，莫非就是江南采莲女郎在窗口
梳理那油黑的发辫
叹息般地歌唱她的爱情和幻想
凄楚的、也是淡淡的欢乐吗

你爱长江岸的无锡
因为你怀有家乡般的悲情

---

* 未刊稿。

我爱无锡，因为你叙述了
无锡令人迷惘的、令人神往的梦一般的音乐
如今我怀念无锡
因为我不知道
音乐是否还飘浮在那南国潮润的空气中

1971 年 5 月 1 日

南　昌*

如今想起南昌
不是八一广场上通红的火炬
也不是那闪闪发光的红缨枪
八一纪念馆重门深锁
八一桥下的江水浑黄
我的思想，犹如长久的阴雨的灰黑的云层
我的记忆，滞涩的铅块
它在沉坠，向梦的深谷沉坠

如今想起南昌
一种凄凉的情感，一种永难填补的失望
为了迎接你的到来，我满心喜悦地奔向南昌
然而，一根无形的无情的绳索把我捆走了
当你冒着酷暑，跋涉数千里来到我的身边
几日的团聚，你匆匆地走了
我想到南昌送你
还是那根绳索，使你
只能独自对着一家饭店的窗口沉思

什么记忆都没有留下

---

* 未刊稿。

唯有天子庙黄浊的滚滚的水
载走了你的眼泪,你的亲爱的身影
唯有那汽笛的一声长鸣
凄然的渐远渐淡的黑烟
唯有得知你已离去
孩子失望的责备的声音
“妈妈走了? 怎么不告诉我!”

南昌,什么记忆都没有留下
当你离去,我们站在没有树木的抚河岸
凄然相对,似乎想说什么
却什么也说不出
你来了,你为什么而来
你走了,你又走向何方
你为何爱而来,又为何爱而去吗
我们都说不清楚

天际飘过来一朵云
云啊,云啊,你是自己随意飘行
还是那无情的风的魔手推动着呢

1971 年 5 月 1 日

昆　明*

到昆明正是深秋
细雨萧萧,犹如晚春
四季的鲜花都在开放
春天的凤仙
夏日的牡丹
秋天的篱菊
而在西山之上的华亭寺
一树腊梅在喷吐着幽幽的香气

到过龙门
八百里滇池波光潋滟
那龙门,则似海边一柱挺立的石剑
我惊叹造物者的鬼斧神工
我更赞美,那一锤锤凿开龙门的
粗糙的劳动的手
那是创造艺术的手

大观楼的天下第一长联
黑龙潭的唐代古梅
筇竹寺栩栩如生的彩塑

---

* 未刊稿。

大理石石砚的黄山松的画面
以及那色彩艳丽的异族姑娘的挎包
昆明给我以巨大的满足
然而,我的心却从昆明继续南飞
在昆明
我想起我的深爱的西双版纳
那是我灵魂的故乡
那竹楼,那芦笙
那摇着纺车在火塘边歌唱的少女
那长及脚面的彩色的筒裙
澜沧江边芭蕉树下的孔雀
斜倚花伞的抒情的赶摆
还有我所喜爱的充满异族情调的傣家人的歌唱
从那里,我吸取了诗的丰富的养料
昆明给了我极大的满足
然而,不满足的心却飞向西双版纳

1971 年 5 月 1 日

贵 阳*

（花溪）

春江花月夜
我们都喜欢的一首诗，一个古曲
它陪伴我们度过多少美好的宵夜
乐声起处，月色，花香和潺潺的溪泉
如慈母温柔的手抚摸我们
流进了我们的心
溶化了我们的积郁
这时窗口的帷帘轻拂
台灯发出柔和的光
一杯香茗，几缕青烟
孩子的鼾音，你的微笑
小楼外面，洋槐白花的星串发出幽香
这就是北京的五月之夜
春江花月的微醉的五月之夜

我多么喜欢此种意境
我走遍祖国的南北寻找它
当我来到花溪
我的心灵为之惊慑

---

* 未刊稿。

宛若遇见情人的狂喜
我扑向花溪的山涯水滨
溪水如琴韵
溪水在闪光
溪水仿佛披着秀发的慵懒萨皮纳
溪水使人想起抒情的诗歌
花溪沿岸
田野如茵
盛装的各族妇女在耕耘
一条花溪
使我在现实的国土上
找到了我理想的境界

1971 年 5 月 1 日

重　庆*

在重庆
我很少想到它有什么花草
没有想到月亮，也不想
溪流，不想晨风和鸟鸣
重庆和这些是不相干的
但是在重庆
我也很少看到煤烟
甚至也没有听到钢铁的轰鸣
重庆不是上海，不似武汉
当然，它更不是杭州

重庆是壮伟的美
它不是抒情诗
它是气势磅礴的交响声

夜晚，我站在嘉陵江铁桥上
江水浩荡
夜雾沉沉
天上所有的星辰都落了下来
装扮山城瑰丽的夜景

---

* 未刊稿。

灯的山，流着明亮的星云
灯的河，翻滚着银色的锦缎
夜雾好似一袭硕大的透明的纱幔
为山城的夜罩上一层神秘的羽翼

应该献给重庆
一个壮丽的交响乐章
可是，我们的作曲家呢

1971年5月1日

成　都[*]

（草堂）

浣花溪从草堂前面流过
这一天，我叩响了草堂的柴门
诗人带领我
沿着花径来到如雪的梅林
草堂是幽静的
是诗人在构思他的新的诗稿吗
在草堂，我想起
他伟大的、也是潦倒的一生
想起许多热爱祖国和人民的歌唱
然而，我更想起
他对那个时代另一颗
明亮星辰的深沉的情感
他把伟大的同情寄予了那颗不屈的灵魂
尽管比他年长，但却是心灵的挚友

而几乎所有的有着崇高思想的人
都是历史上不幸的人

在那个时代，同情与体贴是多么少啊

---

* 未刊稿。

在那个时代,天才的命运是多么悲惨啊
而在那个时代
为一个受蹂躏的灵魂不平
敢于喊出正义的声音
需要多大的勇气
需要承担多大的风险
从这里
我看到了我们民族赖以自豪的
伟大的良心和理智

站在梅林,望远古的浣花溪
我获得了生活中变得稀少的
一种情操
我真的欢喜了

1971 年 5 月 1 日

西　安*

（碑林）

那真是美好的森林
远古的阳光从茂密的枝叶中倾泻进来
好似金色的雨，所有的树
都宝石似的闪闪发光

我如探宝的孩子
迷失在神话般的密林
我忘了路径
我抚摸每一颗宝树
我的智慧的祖先向我呼唤

时间是短暂的
历史也如逝水
生命和荣誉却是瞬息即逝
而永恒的，却是这森林在，这树木
它的永不凋蔽的枝叶
它的根须伸向深深的地层
它的斑驳的树干和繁复的年轮

---

* 未刊稿。

由创造的艺术所组成
从而成为
滋养亿万代子孙的丰富的精神营养
这就是碑林

1971 年 5 月 1 日

西　安*

（大雁塔）

伟大的学者在这里做过学问
诗坛的明星登临歌唱
书法家留下了走龙飞凤的墨迹
壮丽而浑厚、朴素而宏伟的大雁塔
当我来到它的身畔
我禁不住呼喊
它是我的祖国的伟大的化身
它是我的民族勤劳而智慧的颂歌

登上大雁塔
我寻找曲江的柳色
寻找未央宫的灯火
以及花萼相辉楼的笙歌
沉香亭畔半睡的牡丹
那时节
西安市华灯初上
烟尘滚处
汽车的喇叭与汽笛交鸣

---

* 未刊稿。

我们古老的都城和古老的人民
在为建设新生活而辛勤工作了
大雁塔在严肃地沉思着

1971 年 5 月 5 日

西　安*

（沉香亭）

我不认得沉香亭了
它不是我所想象的沉香亭
世界变得多么快啊
我什么都不认得了
包括我所熟悉的沉香亭
唯有牡丹依然在无语地开放

它就是沉香亭么
音乐呢，诗歌呢，爱情呢
还有那凭恃天才而放肆的骄傲呢
还有那由鲜花和音乐组成的和谐的夜色呢
只有牡丹依然在那里默默地开放

1971 年 5 月 5 日

---

* 未刊稿。

桂　林*

每一座山峰都碧绿而芬香的桂花树
迎接南国特别明亮的太阳闪着绿色的光彩
在南海吹来的暖风中微微颤动，婀娜多姿
而把它们的绿色和香气撒满了整条漓江
于是，漓江也以充满了沁人肺腑的桂花香和碧玉
　般的鲜丽的水
从桂林城中缓缓流过

你闻见桂花的香气么
它是轻柔的、淡淡的、然而也是不可捉摸的
当你着意寻找它的时候你找不到
而当你在梦中，在沉思，在苦闷与忧愁时
它的清雅的花香便悄悄来访
它抚慰受伤的心灵，给以淡淡的欢喜
那种鹅黄鸭绿的小花，似是小珠粒般的小花
它没有艳丽的花瓣，也没有熏人的异香
面临桂林的山水，我想到的就是这种清雅而高尚
　的小花

在独秀峰上，在叠彩山下，在水月洞边

---

* 未刊稿。

甚至当我孩子似的坐在漓江边把脚伸入水中
我处处闻到此种桂花的香气
处处感受到此种桂花的色泽
桂林给人的印象不是惨烈,而是恬淡
在桂林,无论何时总感到宁静与安谧
是一种休息,而这种休息是何等珍贵啊
桂林当然也留在我的记忆之中
这种记忆好似甜蜜的梦
一种什么时候回忆起来都是甜甜的、清清的、也是
历久不忘的梦

1971 年 5 月 5 日

杭　州*

我们驰车飞一般越过苏堤
那绿浓的柳丝好似你多情的裙带
在六和塔我们迎着钱塘江上的和风
看列车如电，为争夺黑桃皇后而发出笑声
在西泠桥，在三潭印月
桨声荡碎了一湖银光
灵隐的飞泉，岳坟的古柏
柳浪起处，莺歌燕舞
西子湖，西子湖
我们把青春和爱情留在你的草野和波光中了

记得在杭州
我赠你一把粉红的绸伞
我想那象征着，爱情的光彩
永远照耀着你的生命
在杭州离别的刹那
我把一件黑色的衣服
披在你的肩上
夜凉露重

---

* 未刊稿。

让它代我抚慰我所爱的心灵
西子湖，西子湖
你是我的热烈的爱情的见证

1971 年 5 月 5 日

天　津*

此刻想起天津
它已离我很远
我依稀记得
海河边上乳白色的灯柱
映照着那繁荣的市街

此刻想起天津
它已离我很远
我依稀记得
是子牙河流过杨柳青的沃野
两岸的重柳一起向它致意
我当时多么喜欢杨柳青
它的名字充满了绿色和春意
听到它,我仿佛也变得年青

当我在天津的时候
我还想说话,还想
自由地表达一种思想
而现在,我变成了另一个人
孤独与我交了朋友

---

* 未刊稿。

沉默也渐渐成了习惯
因此当我想起天津
不是想起强烈的城市的声音
不是烟囱的黑烟和港口的气浪
不是乳白色的灯柱的光芒
而是杨柳青的田野景色
我要去田野了
我要去杨柳青的怀抱了
我不要歌唱
我要耕耘

1971 年 5 月 5 日

沙　市*

那小城
那灯火
那喘着粗气的长江
沙市是忙碌的
汽笛长鸣、汽车和排子车
敲打着城市的水泥街道
沙市以饱满的热情工作着

而当夜晚
长江江面上，到处是闪闪烁烁的灯火
宛若含情脉脉的情人的眼睛
夏夜有微微的江风
还有薄薄的江雾
城市在反刍着生活的甜味

然而城市没有睡
剧场和茶馆的灯打开了
湖北渔鼓咚咚地响着
沙市穿着漂亮的舞衣在歌唱
当夜戏散了

---

* 未刊稿。

街道上笑语如浪
夜市喷发着一阵阵油香
和那碗碟磕碰的声音
自行车的铃声
年轻夫妇携手归去脚步款款之声
这是生活的甜蜜的声音

我怀念沙市
因为我怀念
这种生活的真实
这种生活的本来的醇酒般的气息和声音

1971 年 5 月 9 日

凯　里*

（黔东南苗族侗族自治首府）

那螺髻好似苗岭的秀丽
那项链和手镯好似清水江透明的涟漪
宽袖，窄裙
那艳丽的花边好似雨后的彩虹
我遇见苗族女儿
总是这样一身黑衣
簪笄和耳环、项链和手镯浑身上下银光闪闪
而且总是那么喜欢静静地伫立
伫立在静静的清水江边
若有所失，若有所思
好像总是那么喜欢幻想
也许是清秀的山水赋予的气质吧
告诉我，异族秀丽的儿女
当你浣衣江岸，斜提木桶
忘了举杵，忘了归去
你是望着变幻的炊烟和白云吗
你是望着飞向苗岭山上的喜鹊吗
清晨
你走出小楼的木梯

---

* 未刊稿。

挑着一担鲜红的桔子
小船飘过清澈的江面
拨开了薄薄的江雾
我仿佛看见
在碧绿的初冬的桔林深处
你的闪光的手镯
映着朝雾的光辉
你微笑着用灵巧的女儿的手
摘下了带露的桔子
连同那青青的叶子
装入那青青的竹篮
在苗岭山下
我处处闻到了如此浓郁的
生活的色调和气芬

1971 年 5 月 10 日

爱　简*

长长的别离
恻恻的相忆
忧患是无尽的商数
幸福呢，幸福飘写在遥遥的天际

告诉我，亲爱的
我们有家吗
那灯火，那微笑的维纳斯
那案头一盆文竹的沉思
如今都在哪里

告诉我，什么时候呢
什么时候我们将再团聚
那时，我将怀着初恋的热烈
拥抱你，以我柔情的双臂
抚摸你，新浴后枕边的散发
守卫你欲睡的眼睛，星星般闪耀
静夜，我聆听你甜甜的梦也似的耳语
“你闻见了吗，”那么清，那么淡
那是什么花的香气

---

* 未刊稿。

而且五月
五月的夜晚多么美丽
我们共倚楼台
望明月在空，大地如洗
看星星展开金色的双翼
那时节，我们淡蓝的帷帘轻拂
微风里，槐花悄悄落了一地
那种我们都喜爱的平凡的小白花
岁岁年年，总是它带来京城春浓的讯息
它象征爱情，象征生活的芬香
象征纯真而洁白的心地
如今又在哪里呢，我们喜爱的小花
它带给我们多少痛苦，多少甜蜜

记得当时
我们年青，有着多么广阔的思想的天地
云彩般斑斓
飞鸟般迅疾
我们幻想爱情和友谊
幻想人民理想的胜利
幻想音乐与诗的美好的旋律
如今呢，难道
难道它已经死去
然而，人们不是说过吗
美丽的东西不会死亡
不朽的是属于未来的壮丽
当我写这些句子的时候
我们这座茅屋在风雨中颤慄

我听到疯狂的吼叫
我听到凄凉的哭泣
啊,灯光摇闪,草木伏地
那猩红的酒也似的夕阳
那湛蓝的海也似的天宇
都已敛迹
一切的温暖与和谐
一切的欢乐与安谧
都在这突来的淫威中喘息

告诉我,亲爱的
我们不是生活在春天吗
为何会有如此凌厉的冬季

记得当时
歌诗满座,长裙如水
我们的朋友才华横溢
我的生活节日般热烈而富有诗意
华灯
柳影
倚肩而行的长长的影子
无尽的是心灵的言语
短促的是夜色的凄迷
还有那湖滨的节日夜
抒情的三步舞曲泛起轻轻的涟漪
烟花的倒影童话般神奇
忘了露华浓
忘了夜沉寂

我们在高高的楼台之上凝立
为古老民族青春的壮丽
为我们少年时代就立志为之献身的社会主义
我们虔诚祝祷
在透明的高脚酒杯里
斟满了葡萄酒通红的汁液

我多么爱生我养我的人民
我多么爱生我养我的大地
而你,你诅咒过属于你的父辈的阶级
举起党的鲜红的反叛的战旗
以草绿的军衣,代替了闪光的轻縠
在应该恋爱的少女的年纪
怀仁堂和紫光阁
留下你翩跹的舞影
东海孤岛的沙滩上
有我巡逻的踪迹
反动派的迫害与残杀
旧社会的饥饿和疮痍
我们难道能够忘记
啊,不,我们永生永世也不会忘记
无数中华民族优秀儿女的鲜血
我们的战友和先烈的壮志
我们难道会背弃
啊,不,天荒地老我们也不会背弃
我们始终是人民忠实的儿女
我们永远是剥削者无情的仇敌
无论遭受多大的折磨与耻辱

尽管它来自我的同志和兄弟
它不会使我失去骄傲和荣誉
我爱祖国的丹心矢志不移
我对于党和人民的忠诚
是坚毅,坚毅,再一个坚毅

长长的别离
恻恻的回忆
回来吧,我的美丽的爱情
回来吧,我的青春的幻想与活力
啊,回来吧
我的理想、我的火红的战旗
我年青的战斗者的足迹
我的生命属于你们
在我的大脑的皱折
在我的殷红的血液
历史和荣誉,理想和现实,步枪和红旗
它们永远活着
在我的动脉里冲击
在我的脉搏中跳动,永不止息

1971 年 5 月 26 日,鄱阳湖边

夜　雨[*]

梅兰池上雨倾盆
天子庙边雷打门
茅屋水漏江河注
电闪过处皆如银
天低野旷身萧然
永夜转侧思如云
雨骤风狂虎狼吼
心静拟之听幽琴
且喜屋角六尺苇
贻我心野绿无垠
更有床头千蛙舞
慰我寥寂彻夜鸣
离愁似水止复流
思君凄然更思君
难忘五月夜如水
槐花飘雪落纷纷
悲歌婉转送花去
留取花香净我心
问君小楼今在否
良宵何处祭花魂

1971 年 6 月 1 日，鲤鱼洲

---

* 未刊稿。

告别鲤鱼洲*

这是在鲤鱼洲的最后一日，我感到疲惫。一种说不出的情绪，是眷恋？是厌恶？是痛苦？还是别的什么……

大自然是我的母亲，我爱自己栽种的荷花，自己栽种的水稻，以及路旁的垂柳。

然而，对于人，我能说什么呢？我应该赶快走。

要回到祖国首都了，我自然感到幸福。然而，当我想到我的那个又熟悉、又陌生的、令人生畏的燕园，我不知道该说些什么！从一个秋天，到又一个秋天，我在衰老。

1971,9,7.

---

* 未刊稿。

这样生活未尝不可*

这样生活未尝不可
像工人一样做工
像农民一样耕种
汗水浸润着泥土
创造着财富的殿宫

这样生活未尝不可
出工看太阳火红
收工看繁星满空
一把芭蕉扇
趁着晚来风

这样生活未尝不可
菜花是这样地香
山茶是这样地浓
生活不使人愧疚
我和人民休戚与共

这样生活未尝不可
再不想绣凤描龙

---

* 未刊稿。

管不得春夏秋冬
生活于我不缺什么
尽管精神是多么虚空

这样生活未尝不可
说什么少年壮志
说什么意气如虹
堪笑那千里沙场轻离别
到头来星移斗换一梦同

1971 年 9 月 8 日—1971 年 10 月 1 日，鲤鱼洲—北京

祖国的天空晴朗*

祖国的天空晴朗
白天的太阳明空
夜晚的星月辉煌
白云舒卷,云雀歌唱
祖国的天空晴朗

祖国的海洋欢畅
白帆映衬着碧浪
海鸥快乐地飞翔
航船前进,灯塔闪光
祖国的海洋欢畅

祖国的大地芳香
塞北的驼铃叮当
江南的稻花飞扬
山水常春,鲜花开放
祖国的大地芳香

祖国的人民坚强

---

* 未刊稿。

阴霾一定要灭亡

灾难终究被埋葬

前程宽广,充满希望

祖国的人民坚强

1971 年 9 月中旬—国庆节,作于朗润园

爱　简*

痛苦与忧愁叩打我们的大门，
比幸福与欢乐发出更大的响声
——〔英〕赫胥黎

又是秋天
萧瑟的秋风
摇撼着白杨的叶片
我看见,叶儿慢慢地黄了
飘落,飘落在萧瑟的湖边

在湖边
老人的白发在增添
孩子丢失了童年
尽管秋阳微笑而且温暖
湖水也泛着好看的涟漪
岁月无情
才种的白杨已爬过我们高高的窗前

在湖边
我们的小楼平安

---

* 未刊稿。

依然的红墙,依然的绿窗
依然柔和的台灯的光线
照着我们倚肩而读的书案

那小楼
那燕子曾来做窝的屋檐
梦也似飘过
你的长长的发辫
你的黑色的裙沿

夜晚
湖边的灯火阑珊
想象中,你正俯首翻读芬香的书卷
清晨,荷叶上珠露清圆
宛若你在阳台理妆
对着朝雾的漫漫

然而,盆花萎了
尘封的紫瓶
也失去了透明的光艳
又是秋天
又是秋天
我回来了,我们终于不能相见

我寻找
我呼唤
空虚,回荡在沉寂的空间
不是无可挽回的死别

唯其此种人为的隔绝
使我心坠入悲伤之深渊
永远无以平填

有时我恨我的软弱
容易伤感,屈于强力也太易悲叹
我应该学会仇恨
学会把痛苦化作愤怒的无言

但理智要我坚毅
感情却不免缠绵
尽管我当过士兵
却缺乏战士的刚健

当荣誉受到玷污
当友谊和信任发生背叛
不要叹息
也不要对着命运发出责难
为什么不应当喷吐愤怒的火焰

感谢你
感谢你直到生命的终点

因为你选择了做一个平凡人的妻子
甘心与我共受磨难
自从我们同居
痛苦多于欢乐
生活的路途多么不平坦

感谢你的信任与同情
你了解我这样一个真实的共产党员
你作了巨大的牺牲
你无愧于战士之妻的勇敢

白发已悄然爬上两鬓
皱纹铭刻着苦难的忆念
青春不老
衰老的只是容颜
爱情啊,在风暴中经受考验
的确,我们是成人了
要坚定
要强顽
要永生永世地相爱着
向怀有恶意的生活宣战

1971 年 9 月 11 重返京华，9 月 30 作于燕园

炼油工的歌声*

爱看石油城的绮丽的风光
爱听炼油工的歌声雄壮
高塔如林,管线似浪
那巨大的反应釜和贮油罐
组成了连绵不绝的银色的山梁
啊,石油城,美妙的春光
这里不种鲜花,四季却飘着迷人的芳香

爱看石油城的气宇轩昂
爱唱炼油工的青春理想
一座座炼油塔矗立云端
那是炼油工钢铁的脊梁
一条条输油管翻滚波浪
那是炼油工宽广的胸膛
日日夜夜啊,炼油工向着远方
输送着中国工人阶级火热的衷肠

爱看仪表盘的彩灯闪亮
爱看记录纸的红线向上
炼油工的脉搏在热烈跳荡

---

* 未刊稿。

炼油工的脚步永向前方
啊，战鹰穿云，巨舰劈浪
没有尽头的轮船在大地上歌唱
啊，事业辉煌，大地飘香
此刻，已把炉火烧得火旺
炼油工以平凡的劳动
创造着热，创造着光

1971 年 12 月 31 日，于北京石油化工总厂

1972

原油之誓*

我感激祖国的大地
她是我慈爱的亲娘
千万年我在温暖的母怀酣睡
头枕着祖国松软的胸膛
千万年的生活美满又安详
大地丰富的奶水把我哺养
可是,时代的战鼓在叩打我的心房
飞驰的列车在击撞我的脊梁
啊,大地,我的亲娘
我怎能久恋于温柔的梦乡
啊,大地,我的亲娘
我不能沉溺在母爱的天堂
我怀念地上的乡园
我渴望那鲜红的太阳

给我高温吧,快让加热炉喷射通天的火光
我要在烈火中蜕变,摒弃那渣滓和肮脏
我要在炼油塔里
抖动五彩的羽翼,翱翔
我是那烈火中再生的凤凰

---

* 未刊稿。

蓝天啊，绿野啊
碧绿碧绿的海洋
为了你，我要献出母亲给予的火种
燃烧，我有无尽的热量
我会发光
大地啊，沙漠啊
无边无际的海疆
我要报效大地养育的恩情
为了你，我要献出全部生命的琼浆

1972 年元旦，北京、朗润园

登上高高的炼油塔*

登上高高的炼油塔
只听得油浪在喧哗
我站得多么高啊
那雄伟的太行山脉
蜿蜒在脚下

我是年青的炼油工
特爱往高高的塔顶上爬
我仿佛离太阳最近、最近
我举手要抚摸那鲜红的朝霞

我看见油浪滚滚向着海洋
油香万里,祖国处处开了不败的花
我的祖国,这么美丽,这么大
东海边蓝色的浪花叠浪花
长城外大雪花扬扬又沥沥

我是祖国忠诚的炼油工
我的岗位在高高的炼油塔
狂风不动

---

* 未刊稿。

暴雨不怕
更不用说什么雷电烈火
雪球冰花
我就是一座炼油塔
落地生根，钢铸铁打

登上高高的炼油塔
我听见人民向我说着鼓动的话
祖国需要了，命令已下达
我加上炉温，按一下电钮
启动那巨大的油阀
霎时间地动山摇、万丈光华
那炼油工的热情啊
能叫喜马拉雅山的积雪溶化
要把北冰洋的坚冰抗垮

1972 年 1 月 8 日，于北京石油化工总厂

十二月*

正月里来迎春花儿开，我们县游转回昌宛来。那时昌宛环境残酷，伪组织伪政权一起存在。

二月里来草芽往上长，梁家庄的保卫团坚决一扫光。俘虏团员全释放，游击队爱百姓宽宏大量。

三月里来桃杏花儿开，县游打仗柏峪台。敌伪伤员全放回，得一部分军营品胜利归来。

四月里来梨花儿白，县游打仗杨家台。猛地散开遭遇战，逼跑了小松甯出杨家台。

五月里来麦穗黄，敌人进攻过了妙安梁。集中挖工事修了个据点，粉碎敌人进攻退回斋堂。

六月里来好热天，上清水的保卫团东流西散。打百姓抢民财无恶不作，打死柳长川为民除害。

七月里来高粱正长，夜间深入杜家庄。抓住特务曹殿正，为民族除害求解放。

八月里来到中秋，打下了斋堂拿下了岗楼。敌人进攻难把守，地雷一爆炸鬼子发了愁。

九月里来菊花粉又红，大战使得敌人惊。往里抵抗一日整，敌人伤亡二十一名。

---

* 未刊稿。作者按：平西斋堂抗日根据地民歌。洪水峪二队聂志琴大妈唱，时年五十五岁。1972 年 4 月 4 日，谢冕手记。“县游”，县游击队。“昌宛”，平西抗日根据地“昌平、宛平联合县”的简称。

十月里来秋草黄,敌人合击梁家庄。英勇保卫突击县,反包围猛攻击提刀全杀光。

十一月里来山头黄,灵芝台的大汽车埋伏在两旁。汽车进攻埋伏下,手榴弹一阵响汽车全炸光。

十二月里来迎新年,夜间深入塔河据点。瓦解敌人伪组织,解散了敌人青年保卫团。

爱 简*

那湖滨是你我所爱的
那湖滨有柳色的凄迷
轻纱裹着的梦的裙裾
拂过微波的悠悠的叹息
花香、塔影、荡漾的涟漪
那时节，我听见了忧愁
我听见忧愁踏着盈盈的步履

那湖滨是你我所爱的
那湖滨有白云的飘移
充满童真的思想的羽翼
闪耀在蔚蓝的淡淡的天际
舒卷、变幻、青春的嬉欢
那时节，我听见了惆怅
我听见惆怅召唤那遥远的记忆

那湖滨是你我所爱的
那湖滨曾留下幸福的踪迹
仲夏夜看月亮向湖心沉去
花丛中聆听那白杨的絮语

---

* 未刊稿。

多少个春晨多少个秋日的傍晚
湖水拖着我们长长的影子
那时节,朋友多么年青
充满了诗情与才气
彼此的心地明亮
无须防范的藩篱
生活的纯真的声音向我们呼喊
为真理而奋斗的青春最美丽
那湖滨寄托了多少的幻想和希冀
那湖滨失落了多少的忧愁和欢喜

多少次春风吹柳绵乍起
多少次秋雨过落英满地
悄悄地,消磨了青春的锐厉
在湖滨,我听见那盈盈的步履
在湖滨,我召唤那遥远的记忆
那湖滨是你我所爱的
那湖滨是你我所爱的

1972 年 7 月 12 日,湖滨、燕园、北京

北京大学文学作品选编后*

为了帮助学员学习创作，我们选印一些比较优秀的作品，供学员阅读，借鉴。

由于只考虑创作课教学的需要，所选篇目甚少。

小说只选短篇，剧本只选独幕剧。

目前选印的主要是我国当代文学作品，包括《诗选》、《短篇小说选》、《散文特写选》、《戏剧曲艺选》各一本，文化大革命以来发表的作品单印一本。此外，选印一本外国短篇小说，共六本。

限于人力和水平，编印中的缺点、错误一定不少，望学员和同志们指正。

北京大学中文系文学专业

附：《短篇小说选》篇目

党费（王愿坚）
黎明的河边（峻青）
百合花（茹志鹃）
山地回忆（孙犁）
万妞（菡子）

---

* 此文刊于《北京大学文学作品选》，1972 年 9 月印行。据此编入。作者按：这套作品选由北京大学中文系文学创作教研室编选，由北京大学印刷厂印行，时间是 1972 年 9 月。首印诗、小说、散文特写、戏剧曲艺四种。这可能是文革中涉及“文艺黑线”并选自受批判和被打倒的“封资修文学”的最早的选本。

太阳刚刚出山(马烽)
宋老大进城(西戎)
第一课(唐克新)
葛师傅(陆文夫)
沙滩上(王汶石)
新结识的伙伴(王汶石)
惠嫂(王宗元)
耕云记(李准)
喜期(浩然)
黑掌柜(郭澄清)
桑金兰错(赵燕翼)
“状元”搬妻(段荃法)
沉船礁(齐平)
路考(张天民)
三月清明(曾毓秋)
红心一号(李德复)

《诗选》篇目

歌唱毛泽东(民歌)
好不过人民当了家(民歌)
步步向太阳(饶阶巴桑)
致北京(李季)
放声歌唱(贺敬之)
为祖国而歌(陈辉)
回延安(贺敬之)
延河照样流(戈壁舟)
甘蔗林——青纱帐(郭小川)
还乡行(梁上泉)

乡音(李学鳌)
递上一枚雨花石(沙白)
黄山松(张万舒)
骆驼(郭沫若)
冬之歌(严阵)
秋歌(之一)(郭小川)
我来了(民歌)
夜鼓(韩北屏)
茶(李瑛)
血在燃烧(李瑛)
老虎贴告示(刘征)
祝酒歌(郭小川)
青松歌(郭小川)
三门峡——梳妆台(贺敬之)
勘探队员(王方武)
加热炉之歌(戚积广)
上井(刘镇)
告别林场(傅仇)
南山松柏青又青(民歌)
歌唱三户贫农(王老九)
漳河小曲(三首)(阮章竞)
狠张营歌(忆明珠)
重返杨柳村(陆棨)
老房东(陆棨)
女康拜因手(王书怀)
小篷船(民歌)
骑马挂枪走天下(张永枚)
祖国,我回来了(未央)

“运输队长”蒋介石(毕革飞)
投入火热的斗争(郭小川)
西去列车的窗口(贺敬之)
爱情的故事(张天民)
眼泪潭(柯原)
接班人之歌(徐荣街　钱祖来)

告诉我，思想是什么*

告诉我，思想是什么
告诉我，天上悠悠的云朵
是梦中的急雨，野马山丛中驰过
是海面的狂澜，月下春江的柔波

告诉我，思想是什么
告诉我，雨后虹霓的彩色
是草尖的珠露，短笛奏着牧歌
是燃烧的旗帜，山谷深处的微火

告诉我，思想是什么
告诉我，它是痛苦抑是欢乐
是折磨心灵的正义，又青又涩的苦果
静夜酿造丰收，它是一架台灯的寂寞
告诉我，思想是什么
请你告诉我，解尽我久远的疑惑
什么时候开始，它带来阵痛
而人们却习惯了它的死亡的缄默

1972 年 12 月 6 日，改毕于洪水峪

---

* 未刊稿。

开山炮响了[*]

开山炮响了
开山炮响了
把森林震动了
把山峰也震动了
山谷里响起了隆隆的雷声
平静的山泉也卷飞了狂潮

开山炮响了
开山炮响了
林中的野鸽飞走了
山里的狍子逃跑了
驮铃叮咚的队伍
赶快找地方隐蔽啊
白胡子的放羊老汉啊
别让羊群在这里吃草

开山炮响了
开山炮响了
把窗纸震破了
把玻璃也震破了

---

* 未刊稿。

沙土激起了暴烈的旋风
冲击着古老葱郁的林梢
长满野藤的巨石迸裂了
顷刻间填满那深深的山坳

开山炮响了
开山炮响了
小孩子掩着耳朵欢跳
好像听见了新年的鞭炮
老爷子眯着眼睛微笑
好像在迎接新生活的喧闹
那站在山头大髦迎风的老八路
仿佛听到了当年地雷阵的呼啸

开山炮响了
开山炮响了
在白云缭绕的群山深处
山外的大汽车很快就要来到
汽车将走过妇女洗衣的乱石滩
汽车要翻越过去背煤的羊肠道
山外的来客,莫夸那边的风光好
你瞧,你瞧
那满山的果木,都在孕育着春天的花苞

1972年12月19日,洪水峪

驮煤的马帮*

叮当，叮当
山道上走着驮煤的马帮
大车的辙印压碎了冰霜
呵气成冰的大清早
月牙还挂在树梢上

叮当，叮当
骡背上坐着个银胡子老汉
车把式的鞭儿甩得脆响
叶子烟的香味飘得好远
冬风拂动了赶车人的山羊皮大氅

数百里闻名的洪水峪
出产的烧煤乌光闪亮
溶钢化铁火力不赖
冰天雪地输送春光

涿鹿来的大车，涞水来的马帮
西沟北岭前来运煤的老乡
洪水峪的山道不难走

---

* 未刊稿。

新修的公路通往革命的故乡
那村庄,艰苦年代支援过革命
如今,革命火种依样红火,依样兴旺

叮当,叮当
翻过一道梁
再翻过一道梁
沿着它山沟沟流水九曲十八弯
百花丛中有村庄

1972 年 12 月 20 日,洪水峪

白云深处有一户人家*

白云深处有一户人家
泉水流过那高高的山崖
几树红杏露出墙头
房前后搭满了豆棚瓜架

小院里有鸡兔跳跃
鸽哨在石板房顶喧哗
仙人掌鲜亮地吮吸阳光
夹竹桃喷吐着热烈的火花

屡建战功的八路军连长
战斗中英勇顽强弹穿脸颊
这房屋被敌人烧过三次
一次又一次废墟上盖上新瓦

主人扛猎枪山间归来
山风吹动那斑白的鬓发
我们赞扬这院落的雅静
他却说："山里的瞎汉子值不得称夸"

1972 年 12 月 20 日，洪水峪

---

* 未刊稿。

龙门西涧*

这峭壁，这凌空而起的石柱
古铜色的皮肤，城堡般坚固
如刀斧的刻镂，如烈火的浇铸
阳光从高空倾斜着扑来
却投不下几丝微微的光束

这岩石磨成的圆形的殿堂
闪着银光，水晶般明亮
这巨大的岩石，经过多少年代
切削成奇幻无比的模样
有谁在那斑驳的石壁的断面
刻下了粗豪而自然的纹浪

十余里宛转弯曲的龙门西涧
到处是奇峰怪石浪涛般飞溅
风追着风，浪叠着浪
龙门涧如海洋中受惊的帆船
两岸的巨石仿佛是欲倒的桅杆

就是此刻，在这清幽的涧底

---

* 未刊稿。

清风送过来蜿蜒的流水
抒情的轻歌，清亮的眸子
是透明的舞袖在飘举
我发现，正是这轻柔的手臂
千年万载创造着伟大的奇迹

1972 年 12 月 22 日，洪水峪

苇子地*

苇子地是一块菱形的宝石
在黑丝绒般的峪中发光
那是夜晚，天上有蓝色的星
它聆听洪水峪梦一般低唱
苇子地就这样，头枕高山
忽闪着兴奋的目光
在云气氤氲的夜海，在夜色的茫茫

有时从山后涌出月亮
它沐浴着皎洁的清光
这时，苇子地的灯火如春江的柔波
在花格窗纸内微漾
这时，人们都会想起多少童年的午夜
有爆竹在高空喧闹
有雪花在窗外飞飏

苇子地的眼睛深沉而明亮
它有记忆，它有活泼的思想
山间的一弯清泉
映照过几间破旧的茅屋
一阵浓烟，一根烧焦的屋梁

---

* 未刊稿。

苇子地的记忆是痛苦的
却掩盖不住新生活的欢畅
我爱苇子地，我爱看
一块红宝石在黑夜里发光
在那闪闪的光耀之中
我感受到生活酿酒般芬香
生产队的骡子在啮草
娃娃夜哭，母亲的催眠的歌唱
那里有我的朋友，有我喜欢而熟悉的景象
那个年青的车把式，他的鞭花又脆又响
那个放羊的大胡子老汉，他穿着一件迎风拂动的大氅
而且，他有一杆瓦蓝的猎枪

1972 年 12 月 23 日，洪水峪

1973

好事不出村，赖事行千里*

好事不出村，赖事行千里。

贾正银上房屋子，过去是茅草屋子，有百余年了。洪水峪建村时，就有他那屋子，叫上铺。现在羊圈上，马家铺住的屋子，叫下铺。都有百多年的历史。刘天惠家的自留地，过去插羊圈，叫羊圈上。

砸苦杏仁，搁锅里用水扬出了苦气，搁点菜，弄不好了，一家都死了好几口人。

过去都讲穷奔山富奔川，没钱哪儿也去不了。老椴树，呼啦呼啦，粘不拉的。过去妇女自杀，炒几个苦杏仁吃。

曹又兰是贾正银家的老伴，你们叫爱人，她是北山人，没吃没喝，最穷。爹死了，娘嫁人了，把她扔在家里。丫头片子，死就死吧，把她扔下来了。三几岁跟她奶过，去要饭。不是狗咬，就是被打出来。她奶说，丫头，咱俩没法活了，咱俩就一块死吧，炒点苦杏仁吃吧，吃吧丫头。多吃点解饿。再烧点热水，我不渴，你喝吧。那时七八月间，毒气发作，一横啦，就完了。

后来西达摩有个小小子，把曹又兰该搂[①]去西达摩，好让他们上头，老婆子后来变心。后来把扫炕土掺和茬子做粥给她吃，好让她少吃点，打，想把她埋了。这丫头将近要死，有个老头串门，

---

* 未刊稿。作者按：1973 年 1 月 19 日晚，洪水峪王金生给北京大学中文系学生的讲话记录。

① “该搂”，京西山区土语，囫囵收进来的意思。

说，唉，秋养，这么个小孩不遂意送人，这是人命，这是损德的事情。老人一说，开了窍，再给她寻个主吧。贾正银有个哥，叫贾正金，说秋养家童养媳不要了，给文通（正银小名）该搂来吧。就把曹又兰背来了。过一个时期，又不好了。老公公老婆婆又折腾起来了，叫放毛驴，叫小媳妇放两个破毛驴，尽用鞭子抽她。

贾正金又说了，咱们不养活她，不能干这个事情，是逃生，不是逃死。媳妇十三四岁时，贾正银出去当了兵。这里成立了妇救会，她可就出现了大救星，男女平权，虐待妇女可是有罪的事。从此曹又兰才翻了身，上了识字班，打倒了封建残余，解放了曹又兰。正银退伍回来，盖了新房，生了五个孩子。第一个孩子豁了嘴，她表兄在北京花了四百元缝了嘴，小日子过得挺好。别忘了共产党，没有共产党，你的骨头灰都找不到。仗了毛主席、共产党的福，她才彻底翻身。

过去哪儿有盖的，晚上烧热热的炕，搭巾盖在脚上，楔子当枕头，脱下棉袄……杨廷文的老婆是西斋堂人，父亲唱戏叫马对儿。尽讲美观的东西，不管家。她叫乔文兰，她爹这儿唱戏那儿唱戏（六和班），她母亲领着东一头西一头讨饭吃。没办法把小丫头送给姑家吧，也是童养媳。她一去火村，挨打受骂，拿锥子横转一拧，她婆婆就这么恶。她十四五岁结了婚，连打带骂，成天哭，两三天吃不上饭。寻死好几次都死不了，吃苦杏仁，吃兰荆子，都死不了。然后八十块钱转手卖到杨廷文这里来。那是三八年建党的时候，她赶上了好时候。工作人员到她家，一啦家，不怕，往后就好。每月来米票，儿子娶了媳妇。开先在上面庵子那儿住着，最冷的地方。幸福从那里来……

我的弟妹叫王滋兰，我的兄弟受的磨难最大，叫王金成。逃荒到北沟梨园岭，金成那时三岁，叔死得早，他有两个姐姐，开了个会，咱俩一个要死的，一个要活的，要死的把叔埋在自己地里，老二要活的，就是要我兄弟王金成。我们的亲家太心狠了，成年叫他吃苦杏仁,就是不死。逮着铁就是铁,逮着木头就是木头,脑上就都是大疤,思磨你死了就不吃我们的他们想在夜里二十八九,一人一个棍子想把他活活打死。被驮煤的人看见了,才救了活来。

二兄弟王金才在教育处当交通,路过瓦窑,住在老乡家里,老乡全给他说了。他给我来了信,你们要不来搭救,这孩子命就完了。我们有决心把他养活,来时才八岁,有炕沿那么高。养了十二年,二十岁,一去就是四级工,现在五级工。回来搞了媳妇,三个儿子,两个媳妇,现在一切都好过了。总的一句话,共产党八路军,救命星不来,就没有今天的幸福生活。

四二年我们请了个老师,是张家铺人。二十一、二岁,姓张,个子比你矮。这孩子很聪明,教书挺耐心的。跳出了一个阶级敌人,连着写了十八个字,念了门神集说话不用题,四言杂字五言杂字,怪字不少,写了十八个带“之”的字,叫孩子回去问老师,去问共产党派来的老师。十八个字连五个都不认得。大队对过的张成忠,不是好东西,过去财粮合并,民教合并,在村长领导之下。大伯,我可干不了。你不要哭,我们一个不认得也不要哭,你也走不了。

那时党不公开,也不能讲党给你撑腰。把张成忠请来,是你写的?我这瞎汉子,我不识会认,嘿!你这大文化,你干不了可不行。让张老师给出个算术题,你给我算。那这么成?八路军的阵地只许你占,你是这个意思。给他戴上尖帽子,张成忠你胡说,敌特鬼子是一窍,敲锣打鼓,斗了!

上清水有个敌人,叫王金都,是土匪,上清水一霸。写了一付对:“马要渴了想喝长江水,人到难处想宾朋。”王金都一家全不是好东西。张久祥家的老婆子,说话可好听了,董永华当书记,她说这小子可不赖,张久祥和他在窑里拉煤,给钱,董永华收了,她在背后说,我们家男人,吃阳间的饭,做阴间的活。一天五毛，十天五元，我们怎么受得起啊！

贫农也吃茬子粥，有钱是个人，贫农也是个人。董永华给我们批点檩条批点椽，你书记还做不了主，不行我可做不了主，你不够花，我们有，你不言语给了三十元，砍吧！他不当书记了，堵住门口呢，借了几十块钱也不还，这是参考资料吧。

我十五岁才穿鞋子，我十六岁才穿裤子，我的脚冻在冰上，唤我妈，把那块冰砍下来了，我才能拔腿。要不是毛主席，我的媳妇不强，现在病了。娶她的时候，要一百块钱。我娶她的时候，一分钱也没花，还带来了一担米，一担棒子，连小锅都带上了，还闹个家底。

刘天惠是老支部书记，建党以来是七届党支部，他是第一届。刘天惠是跌倒爬不起来的，他出身贫农，是金鸡台来的，最穷了。开先是要钱胡闹，过个年都不塌实的家庭。三八年建党，他家从马兰来的衡水人，两个木匠保更、保吉，建党就建在刘天惠手里。你就当接待所所长，不说是书记。发展了二十多个。在王成宽家成了村里的大粮库。刘天惠真行啊，他被封得了不起。

张久祥、张久庆是老私塾的底，他们想刘天惠是个党员吧，没有钱，也给他花。张久庆，你这个人真行，没有钱，拿几个钱去花。吃蜂蜜，去提溜两瓶子来，送你两窝洋蜂。赶上四零年事变，达摩庄成了伪组织，张久庆说咱们和敌人通通气去，共产党在哪儿我想找找去。你今年多大了呢嘿，二十四啦，行啊，你想入党，我给你找到了。把张久庆吸收进来了。四零年和敌人接头，什么刘天佑刘天才，全是共产党，把这些人用铁丝捆上了，把王金才、刘天才全捆上了。

汉奸叛徒怕恶霸王德成，嘿，王金才他们闹去了，应该杀他们，王德成说这伙人应该冷静点，你们杀了王金才，王金生上了七团，王金生回来杀你们仨，把刘天才杀了，刘天佑还不知道在哪里呢，饶不了你。还是把他们找回来吧。刘天惠悄悄把张久庆给保回来了。教刘天惠吃喝玩嫖赌，在煤窑上贪污一千三百多元，开除了党籍。一句话，就是刘天惠当书记失掉了立场，跟阶级敌人穿一条裤子，书记也没了，党也开除了，现在起也没法起了。

去年纳新三个，杨天祥，贾宏明，张国庆。

我六岁到这村来，不多不少，整六十年了。我来的时候，这村有七大家族，姓张的叫张久荣，七尺长，叫张大个，王成宽，张久庆，杨兴本，张成瑞，杨兴从。姓杨从大三里来，占了羊圈。王成宽达摩庄，张久荣、张久庆从马兰来的。先来的先把好地占下一大片。然后贾、乔、董、王等杂姓都来了。他们摊好了才养上羊，叫羊圈。

后来来的，占了赖地。开先这里全是草铺，土改之后我们才住上瓦房。拿热炕烙，没有别的。草铺到处钻风，吃饭的碗都冻得光光的。用炕席围着，甚至一家人都钻到窑子里。冬天没菜吃，就砍些椴木花，用盐一腌。过个年吃什么，一家五口人，邀[①]三斤白面，从地主家借来的。没钱的人就怕过年，吃好了也不踏实。

穷人儿女多，稀谷荞子多。养个丫头片子赶早把她弄死，养下来一个丫头，用茬子筐倒掉，要么就把她堵死。

我在西达摩扛了七年长活，赶三八年回来。说不住长活了，成立接待所，和他们借去。这是党解放了我。主要打日本鬼子，成立农会了，团结起来打倒日本。我媳妇不强，是党给我娶的。东沟的民兵都是我调动的。区委一来，说我没有老伴，来吧，错不了。这个媳妇不是共产党我们也娶不了。她到了我家，我的工作也好起来了。四七年一复查，这里就大变了样，没房有房，没牛有牛，把地主打倒了，生活大变了样。

---

① 邀，记音，京西山区土语，“称(重量)”的意思。

大氅飘飘[*]

大氅飘飘
大氅飘飘
飘过那云海深处炊烟绕
飘过那石垅梯田柳林梢
山里的装束山里人爱
披着那大氅,风风雨雨走山道

大氅飘飘
大氅飘飘
几张老羊皮
缝成一件袄
为山里的爷们挡风遮雪暖身子
谁说深山的农家无珍宝

大氅飘飘
大氅飘飘
飘过那纷纷扬扬落雪天
飘过那霜晨雪夜,月亮弯弯像把小镰刀
放羊的爷爷披上了
不怕十冬腊月风怒嚎

---

* 未刊稿。

看山的大哥披上了
装夹捉狐狸,举枪打老豹
掌鞭的老叔披上了
驼背上哼起革命山歌旧时调
大氅飘飘
大氅飘飘
老英雄不改当年装
新一代穿上了父辈旧战袍

多少年风风又雨雨
大氅穿了一套套
当年山沟打游击
月黑风高哪怕夜路遥
给乡政府送公文
给游击队送情报
累了披着大氅望那北斗升得高
困了铺着大氅冰雪之上睡一觉
高兴了,小左轮别在大氅内
敌人据点转一遭
你看大氅飘舞处
响起了地雷阵的连珠砲

那年鬼子来"扫荡"
家乡的房屋被火烧
一身大氅一身仇
跺脚上了深山坳
清泉煮野菜,革命胆气豪
山涧涧里磨着复仇的刀

身披大氅迎狂风
吹不灭心头上革命的火苗苗

大氅飘飘
大氅飘飘
一件大氅千春暖
阶级情谊比山高

那年地下县委过咱家
红火炕，小米饭，共温饱
我脱大氅为他挡风寒
忘了窗外苦雨凄风在呼号
山村一夜话
情深天破晓
临别相约胜利时
莫忘大氅有功劳
记得当年打宛平
担架队抬起了卢沟桥
两岸的柳枝迎着咱的大氅摇
桥下的流水迎着咱的大氅笑
流血流汗的伤病员
盖着咱的大氅跨战壕

大氅飘飘
大氅飘飘
一身大氅一面旗
胜利的战旗把手招

大氅飘飘
大氅飘飘
飘过那流水清清小河沿
飘过那山村处处银灯照
寒风里，冰雪中
几多英雄立新劳
挡风遮雪的、还是那件白茬大皮袄
革命春秋长
公社火焰高
高山流水唱英豪
祖国山河处处是
大氅飘飘
大氅飘飘

1973 年 1 月 23 日，作于洪水峪

战斗前沿的红花*

——诗集《红花满山》读后

李瑛同志的诗集《红花满山》的扉页上有两句题记："看那满山满谷的红花，是战士的生命和青春。"题记引起我们对于诗和生活关系的联想：象征着诗歌的红花，它是革命战士斗争生活的形象的反映，它体现着祖国保卫者壮丽而热烈的"生命和青春"；同时，这些红花是在我们边防部队丰富多彩的生活土壤中发芽生根、并为战士的"生命和青春"所灌溉培育的，因而，它能有开遍"满山满谷"的繁盛。《红花满山》在思想、艺术方面有许多可喜的成绩，但是给人印象最深的一点是：这是来自火热斗争前线的诗篇。它带着高山的寒露，带着泥土的芳香，带着那朝气蓬勃的边防部队的生活气息。这是作者在深入斗争实践，向战士们学习，熟悉他们的生活和感情的基础上，在艺术上精益求精，进行创造性劳动的结果。

《红花满山》是一本抒情诗集。抒情作品在反映生活方面有它的某些特点。但是，作为观念形态的文艺作品，都是一定的社会生活在作家头脑中反映的产物。抒情诗的产生和其它文艺作品一样，并不是历代剥削阶级所宣扬的什么唯心主义的"神思"、"妙悟"的结果，也绝不是刘少奇一类骗子鼓吹的所谓"如同电光石火，稍纵即逝"的"灵感"的产儿，而是社会生活作用于作者的

---

* 此文初刊1973年8月1日《解放军文艺》1973年8月号，初收《湖岸诗评》。据《解放军文艺》编入。

头脑，引起作者对于社会生活的认识、感受和态度的一种表现，一种对社会生活的能动的反映。《红花满山》的作者正是坚持唯物论的反映论，坚持深入斗争实践观察、体验、研究、分析，而后才进入创作过程的。这本诗集从不同的侧面反映了边防部队的生活和斗争，歌颂了有着共产主义觉悟的先进战士，诗的根须伸入到部队生活的各个角落，从政治教育、军事训练、站哨巡逻到军民团结。它的多数诗篇都能传达出经过无产阶级"文化大革命"锻炼的我军干部战士崭新的精神面貌。它有力地说明：离开现实生活的满山红花，就没有诗歌创作的红花满山；离开了沸腾的生活和斗争，是产生不了抒情诗的。

革命的抒情诗，是一种以抒写革命情怀为主的诗歌形式。按照马克思主义的观点看来，"意识在任何时候都只能是被意识到了的存在"，"阶级斗争和民族斗争的客观现实决定我们的思想感情"，"爱是观念的东西，是客观实践的产物"。这说明，抒情诗不是无缘无故地产生的，它是为人们的客观实践所决定的。《红花满山》中有一首叫《霜降》，写了革命战士对子弟兵母亲的怀念。这种怀念之情，是把长期革命斗争中的感受的积累，放在一个典型的斗争环境中来加以抒发的。战士一夜潜伏，归来时刺刀上凝结了白霜。寒风起了，已是霜降时节。猛然想起那枣林掩映的村庄，大娘的白发，夜半烘起的热炕，灯下的针针线线，此景此情，不可抑制，发而为那满怀阶级深情的声音："大娘呵，大娘，我不能到你那里，去替你加一件衣裳……"很明显，要是没有霜夜的潜伏，就没有由此产生的关于霜降的怀想，离开了这种特定的斗争生活，又如何能够体验到并传达出这样扎实而真挚的阶级情谊呢！《读〈法兰西内战〉》也是一首抒发了深厚的无产阶级情怀的诗篇。它所抒发的情感，是产生在高山哨所的实际生活之中、而与边防战士的斗争密不可分的。不到高山哨所和战士一起斗争、生活，就产生不了抒写这一光辉著作在边防战士心中所激起的无产阶级情怀的诗篇。这首诗之所以感人，就在于它把战士们保卫边防的豪迈斗争和巴黎公社社员们的英勇战斗联系了起来，他们的胸中滚动着巴黎街头的硝烟，他们严肃地思考着历史的经验："关于胜利，关于失败，关于马克思主义的革命路线……"由此可见，革命抒情诗的蓓蕾，正是在丰厚的生活土壤中，在革命斗争的风雨中孕育的。只有投身于火热的斗争生活，才有可能创作出具有鲜明的战斗特色的抒情诗来。

读《红花满山》，对那些直接表现部队生活的诗篇有很深的印象。原因在于作者对部队生活有较长时间的体验，更重要的是由于对生活把握得深，能够传达出战士们特有的那种风采气度。《进山第一天》拟山为人："我轻轻拍拍它的背：嘿，咱们真个是有缘相见"，这里是战士的语言，战士的神态，更重要的是感情："没你们这份神奇，这般险，怎来练我的这身筋骨，这颗胆"，那不畏险阻的豪气溢于言表。《紧急集合》是一首比较完整的从生活的矿藏中冶炼出来的诗篇。夜间，急促的哨音响起，我们看到了"像带着光，像扯着火，像一阵无声的风暴"的背包的洪流在翻滚。这种描写是奇丽的，但又是有着真切感受作基础的。你想想，那夜间，四围墨黑之中，只听得战士的脚步在响，只见那背包在眼前飞速地闪动、振荡，形成一道光流，一道火焰，一阵风暴。这里，把一次普通的夜间集合，写得多么有气势，多么有特色。通篇由短促的句子构成，烘托出那紧张、急促的气氛；各段落间反复、间歇出现的"叫他，叫你，叫我"，"快走！快走！快走"的句式，使人想起脚步杂沓之中那催人的短促的传令声。这里没有表面化的空洞语言，却洋溢着战斗的热情与喜悦；革命英雄主义的基调，通过从生活中提炼出来的语言和节奏，得以充分表达。工农兵群众的斗争生活是丰富多彩、气象万千的，因此，抒情诗表现生活也不能是笼统的、表面化的。如何把握生活的特征，从而表现出创造这生活的人们的精神境界来并不易，如拾取林中的野果,而是要长期投入火热的群众斗争,深入再深入,实践再实践,付出艰苦的劳动。

但是,人民生活中存在着的自然形态的艺术原料还不就是抒情诗。抒情诗也必须向革命样板戏学习,运用革命现实主义与革命浪漫主义相结合的创作方法,坚持源于生活,高于生活,把生动、丰富但还粗糙的艺术原料的矿藏发掘出来,然后进行艺术加工,如酝酿以制酒,提炼以成金,借助于想象等艺术手段,对生活进行典型化。这同样是一个艰苦的过程。高山哨所之上有盏墨水瓶制作的小灯,夜夜照着战士读书;照此摹写,必乏诗味。若在生活的基础上有个飞跃,说"万座大山把它高高擎起,万颗星斗都和它说话",如豆的灯光,满天的云霞,它是一朵"永不枯萎"的"小花",那末,不仅这盏平凡小灯的特征得到生动的描绘,它的含义得到深刻的阐发,而且它的革命理想的光焰还启发人们的深思;这样一来,这首叫做《灯》的诗,便景象迥异,耐人寻味了。《海的怀念》:"也许是由于爱海,看群山也像大海的波澜,莽苍苍,起伏颠连,我们的哨所莫不是浪里的征帆!"站在群峰之巅,而情满沧海;因为情满沧海,因此眼前山色的雄伟都呈现着海景的壮阔:远峰如浪,哨所如帆。全诗巧妙之处是,似在写海,实在写山;借海的怀念,写山之颂歌。那丰富的想象映衬着战士们丰富的情感;无论是山是海,战士热爱着祖国的每一寸山河。要是对生活没有细致的观察和感受,就难于产生这种山海的想象;没有山海的想象,这首歌颂战士热爱祖国情怀的诗篇,就只剩下一个概念的空壳,而缺乏感人的力量了。可见一个来自实际生活的想象,有时会带给一首诗以活泼的生命力。同样,在《静静的深山》中,要没有"呵!巍巍万里边防线,满弓的弦上有多少支闪光的箭"的联想,这首诗的动人的题材,不知要失去多少光彩。

列宁是非常鼓励文艺的这种想象的。他在一九〇二年批判机会主义思想、瞻望革命前景时,曾热情地号召革命者:“应当幻想”!一九〇五年,他在《党的组织和党的文学》一文中明确指出:无产阶级文学事业必须保证“有思想和幻想、形式和内容的广阔天地”。毫无疑问,文艺创作中的想象,必须建立在坚实的生活基础之上,建立在对生活本质的正确认识上。《过小河》这首诗,歌颂了一位“为给子弟兵洗军衣,被敌人杀害在河心里”的革命妈妈。作者在生活中看见一群姐妹在小河边洗军衣,想到三十年前在这条小河中被杀害的老大娘,思潮起伏,心情激动;望着蜿蜒流过的河水在洗衣石旁激起浪花,在晚霞辉映中波光粼粼。于是,洗衣石在他眼前跳动起来了:这是大娘的心在跳动,大娘没有死,她的精神在那一群洗衣姐妹的心上活着,也在无数革命战士的心上活着。因此,就产生了“只当年那块洗衣石,像是大娘一颗心,日夜跳动在深山里”这些包含着飞跃的想象和深挚的革命感情的诗句。洗衣石是不会跳动的,但由于水流、霞光等条件的作用,在人的视觉中似乎动了起来,更何况这块令人难忘的洗衣石,寄托着具有革命传统的我国劳动妇女对革命、对人民子弟兵的一颗颗火热、赤诚的心,这一切强烈地打动了作者,同样也强烈地打动着读者。由此可见,革命的抒情诗通过浮想联翩的想象,往往能使形象具有强烈的感染力,使事物潜在的光彩得以发扬。如果运用得当,想象将使诗歌十倍百倍地扩展其感奋人民鼓舞人民的威力。它就像列宁说的“鼓风机”那样,“能够使阶级斗争和人民义愤的每一点星星之火,燃成熊熊大火”。

反映现实生活的诗歌,是有鲜明的时代和阶级的内容的。我们的时代是无产阶级革命的时代,生活的本质内容是在毛主席革命路线指引下,无产阶级和革命人民进行社会主义革命和建设的伟大斗争,是在无产阶级专政下继续革命。诗歌作为时代的战鼓和革命的号角,就要努力反映出现实生活的这些基本的本质的方面来。有一首诗写青松:“它们一棵棵枝叶参天,共同抗击着漫天雷火;它们一棵棵根须盘结,共同抵御着暴雪狂风”(《青松》)。还有一首写山峰:“这样的山才真正叫山,巍峨,磅礴,怒耸九天,一座座相挤,一排排相连,和我们兄弟般肩并着肩”(《进山第一天》)。它是青松,但不是平常的青松;它是山峰,但不是普通的山峰。它不是大自然景色的描摹,而是从生活中提炼出来的典型化了的形象。读着这样的诗句令人感奋,能点燃我们的满腔烈火,因为在那些抒情语言的后面,站立着无产阶级和全体劳动人民团结战斗的英雄形象,响动着革命时代的进军的鼓声。

抒情诗经常写山,写水,写大海青松,其实是在写人的思想情怀。革命的抒情诗则通过写山水,来写无产阶级的英雄,抒发无产阶级的革命情怀。努力表现工农兵的英雄形象是无产阶级文艺的根本任务,革命样板戏在这方面提供的丰富经验,诗歌创作也应认真学习。《红花满山》根据抒情诗的特点,致力于表现英雄的人民及其战士的光辉形象。《一座山的传说》和《过烈士墓》以革命浪漫主义的手法,表现了为人民献身的英雄:从普通战士到指导员、军长,从勘探队员、女民兵到子弟兵母亲,作者献给他们一曲曲热情的颂歌。在《深山行进》中,我们看到了抒情诗中的相当成功的英雄形象,这就是那个贫困得“甚至没有一片流云”的山区母亲。她是革命战争年代里无数英雄母亲形象的高度概括。在漫长的岁月和艰苦的斗争中,她始终和革命共同着脉搏,与子弟兵心贴在一起,你看她——“用仅有的一粒盐,为我们冲洗伤口;用仅有的一把米,为我们熬粥暖身;而自己却煮着一锅草根。看她呵,一拢头发,便用粗糙的手,一勺勺、一勺勺地——喂养着战士,喂养着革命……”这样的人民和有这样母亲的战士是不可战胜的。从这些诗中,我们可以感受到作者那深沉的革命激情。这种激情是诗歌的血液。在抒情诗中,作者的思想感情比其它任何文艺形式都更要直接地影响着读者。这就要求诗歌作者在深入火热的斗争生活中,认真改造世界观,努力与工农兵群众的思想感情打成一片,取得更多的共产主义世界观方面的共同语言,以期能为工农兵更好地歌唱。

《红花满山》的作者在艺术表现方面是有特色的。他善于在日常生活中发现那些激动人心的具有典型意义的人物事件,以抒发无产阶级的伟大胸襟,也善于开掘那些看来平凡的事物所蕴涵的深邃的意义。一条普通的山间小路,使人想到难忘的峥嵘岁月;在漫空细雨之中,他谛听到祖国亲人深情的叮嘱:警惕!这里有那种壮丽和浓郁,但又有颇多的蕴藉,二者构成了一种交错而又和谐的风格。如《边寨夜歌》,有悬崖,荒草,战士警惕的刺刀的严峻;也有那"月,在山的肩头睡着,山,在战士肩头睡着"的静谧。《爬山赛》中有"把十万大山抱起来"的豪迈,却也有观察身边扑来的"湿淋淋的云彩"的细密。《雨后》有优美的景色:"半边天青,半边天紫,一道虹架过了山坡",因为那是一个军民团结修渠引水的题目;《边疆纪事》就不一样,那雷雨严峻而凌厉,因为发现了敌情。作者可以有自己的艺术风格,读者也可以有自己的艺术爱好,但艺术形式毕竟是服从于所表现的思想内容的。在《红花满山》里,我们可以说,作者为政治和艺术的统一、内容和形式的统一,是做出了可贵的努力的。

离别寻常事*

离别寻常事,何用怛恻恻
生涯多风波,久安不可得
春城花月盛,瘴疠久断绝
万里滇南路,此心亦忐忑
感怀葫芦信,情深固难夺
愿托望夫云,旅安报京阕
版纳林森森,澜沧浴孔雀
景洪黎明城,朝日光霍霍
龙门千丈岩,坚石为君斫
滇池万顷水,寸怀澄似雪
美景奈何天,恨不共怡悦
夜梦笔生花,江淹才未竭
生命期永远,歌诗殷勤作

1973 年 9 月 18 日午,京昆 31 次列车上

---

* 未刊稿。

勐仑莫登爱尼寨赠别付学良*

莫登山高花海洋
爱尼情深不可量
两度上山君引导
多谢殷勤付学良

1973 年 9 月 24 日于西双版纳勐仑公社莫登寨

* 未刊稿。作者按：付学良，西双版纳勐腊县勐仑公社主管知青工作的干部。1973 年 9 月 24 日，北京大学教改小分队离莫登寨。当日日记："要走了，樊平要我给她们留几个字，写了几句'诗'。老付掏出本子，也要我写几句，盛情难却，也写了四句'临别书赠'"。

谢米内赠竹筷*

爱尼山上竹
米内一片心

1973 年 10 月 29 日于勐腊县勐仑公社

---

* 未刊稿。作者按：米内，莫登山寨爱尼族妇女。当日日记："中午，遇莫登来的两位同志，送来了米波老师、米内阿匹给我们的信，并米内送的一只木瓜，六双筷子。筷子由藤编套子套着，颇为精致，是米内连夜编成的。"

西双版纳家书二封[*]

1973 年 10 月 2 日致陈素琰

琰：

思茅发信谅已收阅。我于国庆前夜到达西双版纳傣族自治州首府允景洪。平生思慕，已成现实，其快难言。下车后，即住进了自治州招待所。这是一所幽静的庭院，到处都种植着热带植物：椰子、槟榔、木瓜、油棕，一切碧绿，在热带的艳阳下闪闪发光。气候甚好，现在一如北京之夏，不太热，夜晚则需盖薄被，也不至于像北京夏夜那样令人难以成眠。我们都换上了夏季的衣着，看来，冬天的衣服带得多了，袜子也太厚。

下午抵达，四点，即通知："中央来的同志请去会餐"。原来我们赶上了这里为国庆举行的聚餐。菜颇丰盛，有酒，各族同志频频举杯，为祖国的繁荣昌盛而祝福。晚，由招待所用车子把我们送去观看州文工团的国庆晚会。会上见到了朱克家、晓雪，以及上海电影制片厂的两位同志。州领导对我们很尊重，让我们坐在第一排。这个晚会，是我平生所观赏过的晚会中最迷人的一次，五彩缤纷，光艳夺目，尤其是傣族婀娜多姿的舞蹈，令人愉悦，耳目为之一新。

国庆当日，我们因与朱克家座谈，没有上街去看景洪街头的节日景象。据说，满街人潮，花团锦簇，妇女们穿上了最美丽的

---

* 未刊稿。

纱衫筒裙,斜簪鲜花,小伙子则皮鞋单车,腰别匕首,亦颇威武。但下午、晚上我们还是去看了一下,也极其繁盛的。

我身体还好,胃疼微有,无碍大局,可放心。但任务不顺心,心情沉重。今天拟了一电报给中文系,抄与你可知我们的情况(我急于发信,不多写了)。

电文:"九月三十日抵景洪,情况有变,朱十月一日赴京学习三月,辛亦外出。任务不拟改变,不日进点,侧面了解。路长时短,寨小人多,经讨论,拟分组赴勐腊、澜沧,四、五天写出初稿,再集中修改。但此议人力分散,联系不便,且边地复杂,举棋难定。急待电复。"

离京半月,不知你们母子消息,时感不悦。此信也难告你我的确切地址。但是今后写信可寄:"云南西双版纳州招待所"留转北大我收,他们会转交的。我们不日下去,但还要回到招待所来。急待读你的信,时间很紧,不多写了。吻你。小阅好!

冕,10,2,景洪

1973 年 10 月 29 日致谢阅

小阅:

爸爸在西双版纳读到你写的信,十分高兴。信写得很好,比以前有很大进步。这是妈妈的帮助,也是你自己努力的结果。希望继续努力,写文章并不难,要多看,还要多写。多看就是学习别人,多写就是锻炼自己。爸爸希望你在写文章或写诗方面,今后有较大的进步。

妈妈说,你比以前听话多,这也使我高兴。在家里,除了学习,要帮助妈妈做些家务。这也是锻炼自己劳动观点和培养毅力的好机会。可以玩,但不要影响学习。要处处注意安全。

爸爸知道你喜欢猴子，但是汽车、火车上都不让带。另外，猴子要到了咱们家，它会把家里搞得乱七八糟，它特别会捣乱，你教育它也不行。鞭炮，花炮，我回京时一定注意替你买。湖南是产花炮的地方，若有机会，我会下车去买的，请放心。

西双版纳这地方可美丽了，它四季常青，鲜花到现在还在盛开。光是蝴蝶，我没有细数，据说就有一百多种。有很多河流，水特别清。澜沧江是流向老挝的一条大江，水是红色的。这里离国境线特别近。爸爸还到过爱尼族的山寨，傣族的竹楼，这里的兄弟民族待我们可好了。

好了，不写了，以后再告诉你。

爸爸，1973，10，29。

附：谢阅来信

爸爸：

你走了很远，因老旅行，所以没在（再）见到我和妈妈的信。我在家里很想你，最近我们吃了你爱吃的菜，妈妈说，一吃到这种菜，就想到你，因为你爱吃（琰注：他说此菜要你猜）。

爸爸你很关心我的朗诵情况，现在我和史小梅一起朗诵《接班人之歌》，我们现在正在加紧练习。我们现在已经会有感情的朗诵了，这是妈妈的功劳。

爸爸你走后我在家里画了好多画（琰又：并不好多）。家里的花长得都很健壮，就是那棵玻璃翠的叶子往下搭拉着。最近小丘又托叶叔叔带来一盆玻璃翠，这棵很健壮，可惜上面有虫子，所以破坏了这棵玻璃翠。小丘说等我收到花后，给他写一封信，我就给他写了一封信。

爸爸你写的信中说道：你那儿有卖猴子的，我很想要，可是因为路远，坐火车又不能带，所以就要不成了。如果有的话，我一定和它交朋友。

爸爸我在家里一定好好学习，听妈妈的话。到时候你一定要给我带花炮或鞭炮。

最后，希望你注意安全、爱护身体、不要生病。你走后我没有生病，我也一定注意不生病。

祝你
工作顺利

谢阅，1973 年 10 月 13 日

北京大学文学作品选二集编后*

为了帮助学员学习创作，去年，我们编选了若干较好的当代作品，分成《诗选》、《短篇小说选》、《散文特写选》、《戏剧曲艺选》四册刊印，供学员阅读，借鉴。

现在，我们继续按照这四类体裁，从无产阶级文化大革命后出现的许多具有崭新面貌的作品中进行编选，分册陆续付印。

我们的编选工作肯定会有缺点、错误，请同志们批评指正。

北京大学中文系 一九七三年十月

---

* 此文是继 1972 年之后再一次编选的诗、散文特写、短篇小说所作的编后记。选本均注明二集。戏剧曲艺选，缺。另还编有《外国短篇小说选》，于 1977 年 9 月印行。《诗选》二集 1973 年 10 月印行，据此编入。

国庆节景洪街头*

簪花的螺髻盈盈
新磨的钢刀晶莹
纱衫似雾、筒裙如云
五彩的云雾捧起一座黎明的城

最香的鲜花来自高高的山上
最美的孔雀来自绿色的森林
花的山峦,孔雀的海洋
装扮了节日的允景洪

潮水般汹涌的是自行车的飞轮
彩旗般飘舞的是车后的姑娘的纱巾
满街的浪花,满街的车铃
景洪城里,是谁搬来了澜沧江的喧腾

槟榔树下微风般的舞步
油棕林里会说话的眼睛
欢腾的傣家人围着绿宝石跳舞
共同祝福祖国金色的黎明

1973 年 10 月 1 日允景洪印象
1973 年 11 月 3 日作于小勐仑

---

* 未刊稿。

晚　会*

——西双版纳州文工团国庆演出

是一只激起浪花的独木舟
穿过了芭蕉阔叶掩映的江流
是菩提树底的微风拂煦
西双版纳月光如水，虫鸣清幽

彩色的锦缎在拂动、旋转
宛若艳阳下贝叶迎风的温柔
珠串银镯在绿丝绒上闪烁
如流莺飞过草丛，是明星点缀山头

姑娘撑起遮阳的花伞
听傣家竹笛梦一般吹奏
不仅是纺车呜呜，竹楼前的爱情
更有千万只轻悠的篦箩歌唱丰收

象脚鼓落下热带急促的雨点
铓锣描绘着澜沧江滔滔的激流
这时节各民族手拉手歌舞狂欢
明天为保卫祖国边疆而团结战斗

1973 年 11 月 3 日，小勐仑

---

* 未刊稿。

曼锦兰*

每天清早，曼锦兰撩起裙子
来到澜沧江边挑水
她把红色的江水浇灌田园
于是，稻花香了十里，蛙声唱了十里

每天黄昏，山头的星星亮了
曼锦兰还在低头锄草
她把野草锄得干干净净
江边种了芭蕉，山坡种了橡胶

夜晚，九十九座竹楼都亮了银灯
曼锦兰在晾台上闪着幸福的眼睛
明天一早，她要插上最香的洛达亨
驾驶拖拉机去迎接黎明

澜沧江上绿色的孔雀
黎明城边绿色的宝石
曼锦兰穿一身绿色的裙衫

---

* 未刊稿。

她跳着舞,挑一副丰收的箩担

1973 年 11 月 3 日 作于小勐仑
曼锦兰,允景洪公社一个寨子,
是西双版纳州一个先进的生产队

西双版纳赠友人*

——寄晓雪、张长

苍山洱海雪水晶莹
给你一副透明的心灵
蝴蝶泉中碧波一泓
酝酿你浓酒般的诗情

作为诗人,你是多么幸运
如今你吮吸着西双版纳无尽的养分
澜沧江给你奋斗不息的形象
原始森林启示你长青的生命

几百种鲜花给你色彩
几千种果实给你芬香
几万种虫鸣给你音响
彩蝶纷飞的神奇土地
给你新鲜的旋律、奇妙的幻想

热带的一场急雨过后

---

* 未刊稿。

绿色的叶片在艳阳下闪亮
你何尝不是那鲜红的太阳花呢
你开放，你向着挚爱的祖国歌唱

1973 年 11 月 4 日 作于小勐仑。

思茅即景*

要下思茅坝
先把老婆嫁

——旧谚

雾啊,快消失吧,雾啊
让我看看今天的思茅坝

一群牛驮大摇大摆地走过街心
叮咚的铃声铜锣般喧哗
拂晓启动的卡车队受惊了
浓雾中鸣起了数百面喇叭

雾啊,快消失吧,雾啊
让我看看今天的思茅坝

远山脚下有展翅欲飞的凤尾竹
公路旁哨兵般肃立着秀美的银桦
望不到边的晚稻是绿色的海
思茅小城像船只扬帆待发

---

* 未刊稿。

雾啊,快消失吧,雾啊
让我看看今天的思茅坝

早点铺里有一种节日的繁忙
提篮买菜的主妇迈着悠闲的步伐
白衫红裙,不知休止的歌唱
孩子们过着令人羡慕的年华

雾啊,快消失吧,雾啊
让我看看今天的思茅坝

汽车拖着大炮劈开雾霭前进
民兵的枪枝编成了钢铁的篱笆
边城思茅如祖国南疆一把锁
他又是士兵,随时准备跨上战马

雾啊,快消失吧,雾啊
让我看看今天的思茅坝

1973 年 11 月 4 日,小勐仑

澜沧江边香蕉园*

满园碧玉谁雕成
酿就芳香万里行
多谢澜沧江中水
殷勤竹楼傣家人

1973 年 11 月 5 日，小勐仑

---

* 未刊稿。

夜　景*

蛙鼓虫鸣汇成了激浪的澎湃
漫天的月色泛滥成一个透明的海
惊醒酣梦的不是自然的音籁
几百种花香向人们无声地袭来

醇酒般醉人的是西双版纳的夜色
每一朵花蕾都在雾霭中睡眼半开
而静谧的夜晚又是多么欢腾
亿万双透明的翼翅颤动着喧嚣的节拍

密林里珠露急雨般敲打着如伞的阔叶
叶子下多少只蜥蜴在把草尖摇摆
拂晓时分月亮沉沉睡去了
笼罩一切的是雨雾还是迷濛的云彩

1973 年 11 月 5 日，小勐仑

---

* 未刊稿。

西双版纳素描[*]

一切都恬静，从来没有风
所有的树木都会沉思
所有的花草都会做梦
叶片无声地舒卷，但它并不摇动
只有绿色在无休息地发酵
墨一样重，酒一样浓

开花，花开得没有谢了的时候
结果，果结得没有完了的时候
花在幽幽地开放，果在幽幽地黄
不要声张，一切都在幽幽地繁忙
千万种色泽，千万种形状，千万种芳香
都在幽幽之中伟大地酝酿

树中有树
　　　　叶上有叶
　　　　　　　　花内有花
　　　　　　　　　　　　果外有果
花会含笑，草会害羞，鸟儿会唱最美的歌
千百种彩蝶在眼前袅袅地飞

---

* 未刊稿。

那是飞翔空中的鲜花万朵
总是那么热烈的阳光,黄金般明亮
总是那样无云的蓝空,静海般安详
西双版纳在热带的阳光之下
总是那样绿宝石般闪闪发光

太多的雨露,太多的阳光,太肥沃的土壤
造就这无比的丰富,无比的神奇,无比的辉煌
哦,西双版纳,请给我一支画家的彩笔
一付儿童的奇思异想

1973 年 11 月 5 日,小勐仑

黎明的城*

凤凰木卷半天红云
槟榔树盖一城绿荫
浓雾中船只渡过澜沧江
远远近近走来了满街的傣家人

满街都是黑发簪着鲜花
满街都是窄衫衬着长裙
花篮般的竹箩露珠晶莹
满街的无言微笑,满街的舞步轻盈

也有轮船的汽笛迎风长鸣
也有汽车的喇叭向城市致敬
但景洪更多的是那种傣家少妇的文静
她默默地工作,付出劳动的艰辛

早晨十点钟,太阳升起来
城市展现金色闪闪的身影
这时候,全城碧绿的热带植物
都神话般放射出绿宝石的光明

---

* 未刊稿。

很久以前被魔鬼夺走的宝石
如今闪耀在景洪的上空
千千万万迎着黎明前进的
正是那创造了光明的勇敢士兵

1973 年 11 月 5 日，小勐仑

傣族传说：从前景洪这个地方，是一片黑暗的大海。一个勇敢的少年取来了宝石，挂在高高的椰子树上。海水退了，光明出现。但是魔鬼害怕光明抢走了宝石。少年和魔鬼搏斗，追到海里，杀死恶魔，夺回宝石。人们围在椰子树下欢庆胜利，跳舞直到天明，从此这个地方叫做允景洪——黎明城。

爱尼山的夜晚*

月亮出来,爬不上那高高的山崖
星星出来,在大青树的枝叶间摇摆
在我白天走过的地方
可以顺手都把星月摘采

竹楼外面,突然下了瓢泼大雨
那里,展现出一幅奇光异彩
闪亮的露珠大雨般倾泻
透明的月色又大雨般把一切掩埋

然而还有如浪的雨声
敲打着竹楼草编的顶盖
那是喃垛河呼吼着冲击河心的石块
那是满山的虫鸣汇成鼎沸的大海

一切都没有发生,都是月般和蔼
这时节只有流萤在草尖低回
只有花香组成了雾的涟漪
在人们的梦中轻轻地泛开

1973 年 11 月 6 日,小勐仑

* 未刊稿。

沙查过河[*]

落照满山时沙查过河
勐宽河为沙查壮行欢歌
他抚着猎枪,斜挎着黑色的筒帕
浪花在他脚下激起了旋涡

沙查前进的步履多么雄健
尽管河水的冲力想让他退却
这时节暮色从山上投了下来
他的背影只留下模糊的轮廓

无数的悬崖峭壁等他攀缘
还有莽莽的原始森林等他闯过
河水啊,别再为难年轻的队长
山寨里爱尼兄弟正焦急地把他盼着

他举起砍刀如金龙飞舞
荒山坡上开出了鲜花万朵
深山里他无数次搏击虎豹
沙查的猎枪喷吐着红色的焰火

---

* 未刊稿。

落照满山时沙查过河
河岸上送别我心头火热
眼前匆匆远去的矫健身影
不正是一个民族在翻山过河

1973 年 11 月 6 日,小勐仑

云在竹楼，云在山谷[*]

云在竹楼，云在山谷
云要闭塞人们的耳目
我们的水电站今天要盖机房
举起砍刀，我们要到云里砍伐树木

雾在咆哮，雾在追逐
雾要把眼前的一切吞没
帮助我们修电话的兄弟今天要归寨
举起猎枪，我们要到雾里猎取马鹿

云在竹楼，云在山谷
云想要捆住我们前进的脚步
爱尼人刀耕火种的时代结束了
我们要用双手在云里开光明的路

雾在咆哮，雾在追逐
雾想要我们向它屈服
爱尼人用松明火把的日子结束了
我们要驱散漫天的黑雾

---

* 未刊稿。

我们从云里砍了大树回来了
快给机长盖间结实的新屋
我们在雾里拾了马鹿回来了
让我们用酒宴送兄弟们上路

1973 年 11 月 6 日，小勐仑

米洛小唱*

清早见米洛，米洛在河沿
拍打衣裙清水滩
晾衣石上，浓雾漫漫
米洛背水走在半山
呜——！呜——！
米洛背水走在半山

白天见米洛，割谷窝铺前
如梭挥动月牙镰
谷穗如山，汗水涟涟
她俯身捧饮几口清泉
呜——！呜——！
她俯身捧饮几口清泉

中午休息时，米洛来电站
挑一担茶水翻大山
同志辛苦，山茶香鲜
一碗一碗送到跟前
呜——！呜——！
一碗一碗送到跟前

---

* 未刊稿。

夜晚见米洛，熊熊火塘边
两束达赫阿叶垂发辫
歌喉清脆，舞影翩翩
今天的生活比蜜还甜
呜——！呜——！
今天的生活比蜜还甜

1973 年 11 月 7 日，小勐仑

电机进山寨*

三十三条木杠九十九人抬
发电机今天要进爱尼寨
爱尼人想电都想迷了
就是一座山也要把它抬进来

三十三道激流九十九座崖
激流傍山山路窄
爱尼人想电吃饭都不香了
就是刀山,光着脚板也敢踩

陡坡高千丈,路面长青苔
莽莽原始林,杂草把路埋
我们的脚板磨破了
我们的肩膀压坏了
我们的衣裳撕破了
浑身的汗水也顾不得揩了

电机抬进山寨了
狗子吓得叫起来了
刀耕火种的爱尼人要发电了

---

* 未刊稿。

月亮吓得脸发白了

阿波阿匹都来迎接电机吧
快把火把照亮山寨吧
你看火花里英姿焕发的爱尼人
如今拈起了一个新时代

1973 年 11 月 7 日,小勐仑

米　波*

简陋的教室蜂房般喧腾
孩子们用唱歌的声音吟诵课文
刻木记事的爱尼人长久的愿望
化成了数十双又黑又亮求知的眼睛

每天在几个教室里穿梭般繁忙
米波多么像一只忙碌的蜜蜂
么等山上有最香最美的鲜花
她在采蜜,她又在传授花粉

操场上拔河竞赛在热烈进行
米波微笑着投进这欢乐的旋风
火塘边女学生跳起斗巴查
她是伴奏,以她清亮的嗓音

谷子成熟了,他们参加秋收
高山上迷漫着孩子们劳动的笑声
米波揽着最小的孩子走在后面
她像姐姐,她又像母亲

---

* 未刊稿。

么等山上最好的木材做了桌椅
喃垛河边最粗的竹子做了窗门
假日里她带领学生种植了芭蕉
如今芭蕉的阔叶已铺出一片绿荫

铺出绿荫,一片光明
米波欢喜地谛听自己民族前进的足音
这时节,芭蕉林反射出灿烂的霞光
她有绿叶,又有深深的根

1973 年 11 月 7 日,小勐仑

大卡民兵*

立正，报数，向前看
眼前矗立着一排山
肃穆的山，坚定的山
乌蓝的猎枪组成了钢铁的顶尖

野牛角里装满会爆炸的火硝
胸膛里燃烧着对祖国的情感
警惕，坚强，信念
真正的觉悟无须多余的语言

晚风拂动纯黑的衣襟
一个民族在谛听人民的召唤
看黑夜里闪光的几十双大眼
像几十支利剑在喷吐火焰

祖国的南疆群山连绵
爱尼族兄弟肩靠着肩
永远挺立，决不倒下
哦，可信赖的钢铁边防线

1973 年 11 月 8 日，小勐仑

---

* 未刊稿。

听伊罕宽演唱赞哈*

是缅寺前一树菩提的凝思
是竹楼中一架纺车的私语
是滚动于层云的闪光的箭矢
是阳光般洒下的奇幻的金雨

是火塘边一缕炊烟的温馨
是槟榔林下含情脉脉的眼睛
是飘自深谷的无声的云流
是明月下微漾的满江的繁星

白天太多的艳阳,夜晚太多的月光
无所不在的虫鸣,无所不在的花香
雨后的叶片滚动着透明的珍珠
西双版纳密林里有云雾的茫茫

伊罕宽的歌声给人绮丽的联想
它是一切,它又与一切不全一样
仿佛是诉说一个静谧的梦境
仿佛是描绘夕照中梳洗江边的形象

---

* 未刊稿。

鬟鬓如花，筒裙悠悠
这时节，伊罕宽支颐向着远处凝眸
耳边的竹篥启动傣家女儿美丽的心
从那里，流出了如此委婉悠长的节奏

1973 年 11 月 11—13 日，小勐仑

我想起西双版纳绵绵的竹林*

爱尼山上竹
米内一片心
——刻在米内所赠筷子上的题词

我想起西双版纳绵绵的竹林
想起那无边的碧波在阳光下翻腾
想起那叶片上晶莹透亮的朝露的盈盈
想起那丛林里永不消失的云雾的濛濛
肥沃的土壤和充足的阳光、水分
造就了这漫山遍野青枝绿叶的繁盛

我想起西双版纳绵绵的竹林
想起那挺拔的躯干撑着青云
想起那茂密的枝叶四季长青
想起那沃土下扎着风雨不可摇撼的深根
这是捍卫祖国边疆多么威武的士兵
他的举着绿色的长枪组成了绿色的长城

我想起西双版纳绵绵的竹林
想起那永不衰竭的蓬勃的生命

---

* 未刊稿。

尽管这时北京已经冰封雪凝
眼前却是绿色的世界碧玉般晶莹
我多么羡慕这难以磨灭的春天的热情
我多么热爱这世居在青山翠岭的勇敢的人民

我想起西双版纳绵绵的竹林
那里埋葬了一个民族往日的艰辛
一堆篝火挡不住森林子夜的寒冷
长年的粮食是那林荫的竹笋
竹片上刻不下土司头人的债务
竹碗里盛不下民族和阶级深海般的仇恨

我想起西双版纳绵绵的竹林
我多么感激这个民族的豪放多情
语言的不同隔绝不了我们同样热烈的心
因为我们共同生活于伟大祖国的家庭
仅仅是因为我来自首都北京
给了你们那么多的欢快,给了我那么多的信任

我想起西双版纳绵绵的竹林
一只渐淡的竹碗表达那海洋的深情
我难忘生活在爱尼山上的日日夜夜
我难忘竹楼是缕缕炊烟的温馨
我不觉得我是生活在异族之中
我觉得眼前充满了手足之情切切殷殷

我想起西双版纳绵绵的竹林
我永远难忘着崇山中跳动着母亲的心

难忘那陡峭崎岖的云端小道
为砍竹她穿过茫茫的原始森林
难忘那一天热带雨飘打茅屋檐
她低头削碗不顾雨湿衣裙

那天离寨她把竹碗送我手中
用断续的汉话说着“阿匹——母亲”
我多么难忘分手时她那无言的伤感
她回首去轻轻地拭着黑色的衣襟
啊，我想起西双版纳绵绵的竹林
啊，我想起西双版纳绵绵的竹林

1973 年 11 月 13 日—15 日小勐仑

北京的客人就要走了*

上坡歇地的人们回来了
金黄的谷子堆得山一般高了
猎手的牛角号吹响了
水牛般的野猪抬进寨子了
北京来的客人就要走了
让我们开个晚会吧

姑娘们快穿上黑丝绒的裙子吧
小伙子们快弹起最好听的弦子吧
让我们围着熊熊的火堆跳舞
北京来的客人就要走了

弟兄们快端上鲜美的野味吧
姐妹们快斟上喷香的包谷酒吧
让我们今天都唱个痛快
北京来的客人就要走了

我们爱尼人世代做牛做马
没有共产党哪能解放翻身
我们么等山寨又小又穷

---

* 未刊稿。

没有毛主席怎么会来尊贵的客人
兄弟姐妹们大家都唱起来吧
让我们唱出心里的高兴

见过毛主席的亲人就要走了
我们的心里是多么难舍
他们这一走一辈子都见不到了
我们的心里是多么难过

1973 年 11 月 16 日，小勐仑

罗梭江上望月*

罗梭江凝成了雪铺的路
勐仑坝是一只透明的湖
无边的丛林是无边的琼花玉树
哦！亮晶晶的全是那海底的珊瑚

湖浪在飘飞，细雨在翻舞
不，漫天滚动的是那银色的雾
远峰如浪，吊桥如舟
一切都在光波中微微飘浮

此岸，彼岸，梦境般恍惚
看身边的星星无声地流向远处
此时，唯有周围的虫鸣唱出了幽清
唯有曼扎小寨的竹筚唱出了无尽的肃穆

1973 年 11 月 28 日，勐腊

---

* 未刊稿。

岔河速写*

下午五点钟，岔河哨卡
蜿蜒的国境线横在脚下
眼前是祖国最后一块路碑
身旁是祖国最后一朵野花
往前看，热带丛林的彼岸
异国的村寨飘起了烟霞

背后，绵绵无边的祖国大地
万里的炊烟织起了云雾的纱
脚下，祖国神圣的门坎
战士的枪尖组成了钢铁的篱笆
一块界碑，一名哨兵
风雨不可摇撼，个个钢铸铁打

几步之外，浓云滚滚
战争的硝烟旋风般飞刮
祖国的边境宁静，一朵疑云都不允许停下

虫鸣婉转，花香清远，艳阳如画

---

* 未刊稿。

边防军走过来，刺刀闪着光华
如果敌人敢来侵犯
战士枪口的火焰将暴雨般喷发

1973 年 12 月 12 日，澜沧惠民

岔河边防哨抒情[*]

我把千山万水留在身后
祖国的边境在向我招手
边寨勐满前行十一块路碑
每一块路碑都令我欲久久停留

尽管我的乡土广阔无垠
前面毕竟奔腾着异国的溪流
无论是一片树叶或是一块黄土
此刻却占据我激跳的心头

我把脚步迈得很轻很轻
我不想惊动前沿宁静的哨楼
我知道祖国在谛听我的足音
这足音在把每一扇温暖的窗轻叩

绿色的国境线到处花香虫鸣
战士的眼里却充满雷鸣电吼
摸索着每一滴露珠,每一缕炊烟
神圣的土地不许野兽行走

---

* 未刊稿。

这里虽是祖国最后一座峰峦
这里却是守卫祖国的第一个山头
边防战士举枪致敬
把来自首都的客人热情迎候

二十年前我曾是一名士兵
也曾持枪守卫过绿色的港口
战士的情感召唤我化为一块界碑
千秋万代把神圣的边防镇守

1973 年 12 月 18 日，澜沧惠民

边寨勐满风情*

彩衫筒裙舞影的婆娑
游廊凉亭如花的楼阁
浓荫中浮出的是竹楼的尖顶
一叶轻舟在绿波上轻轻悠过

杵臼和缝纫机组成奇妙的乐章
金表和钻石在鬓边与臂腕闪烁
月光下树影,雾晨中驮铃
共同描绘着一个幻想的仙国

国际公路铺一道闪光的河
汽车队汹涌着绿色的波
那是勐满一条喧腾的血管
日夜跳动着新生活的节拍

村道上高扬起透亮的酒瓶
黄纱裹头的是那国外的来客
我们这里是和平的边境线
友谊的种子在如花的阳光下撒播

---

* 未刊稿。

这是地图上最边远的一座村寨
她的心却紧连着伟大的祖国
你看那椰林里飘扬着五星红旗
你听菩提树梢回荡着北京的音乐

1973 年 12 月 18 日，澜沧惠民

绿色的曼听*

绿色的雾
绿色的云
绿色的阔叶
反射着绿色的光莹

曼听,曼听
永远覆盖着盛夏的浓荫
竹楼呢,竹楼呢
竹楼沉没在绿色的海中
彩衫啊,筒裙啊
还有那美丽的花鬟
不过是绿色天宇中
几点隐约的星星

一所竹楼
一座森林
一家庭院
一片公园的绿荫
当你行走在曼听的小径

---

* 未刊稿。

可以想象海底澄碧的世界
春江流水的溶溶

西双版纳没有风
四时都那么娴静
而当你置身在曼听的密林
立即可以感受到
绿色卷起了旋风
绿色激起了浪涛的汹涌
它们拥挤着、压迫着椰叶、椰子、槟榔、油棕……
摔开绿色的浪纹
炸开电闪雷鸣
向着高空升腾

而曼听有着真正的宁静
没有浪涛，也没有暴风
没有电闪，也没有雷鸣
那鸟儿仿佛是在幽深的山谷歌唱
那舞步盈盈的队伍，也没有任何足音
婴儿也不啼哭，公鸡也不打鸣
日日都似炎夏的中午
数十座竹楼任何时总是睡眼惺忪
就是村寨边上壮阔的澜沧江水
也没有任何水声，鼓动着伟大的寂静

然而，然而
也有突来的怪物打破梦境

一台运粮的拖拉机在晒场边停
打破这绿色世界的和平
马达带来真正的骚动
那红色的机身,点缀着万绿丛中的一点鲜红

1973 年 12 月 19 日,澜沧惠民

告别莫登寨*

告别莫登寨
感情深似海
蕉竹何青青
茶园花正开
竹楼有亲人
炊烟飘如带
村前长流水
依依若伤怀
爱尼情如山
山青春常在

迢迢滇南行
神往莫登寨
两江汇流处
三国四境界
峰险森林密
流水滑青苔
狭径多崎岖
腐叶荒草埋
竹楼数十座
错落万山怀

---

* 未刊稿。

千峰种棉粮
万岭供烧柴
瓜芋爬满坡
鱼肉无需买
天时兼地利
人民更豪迈

刀枪不离身
男儿有气概
勇武斗虎豹
登高若风快
妇女耐劳苦
银饰胸前戴
负重犹搓绳
短裙迎风摆

那日入深山
喜讯动村寨
万里来贵客
户户大门开
吹响牛角号
鸣枪震山崖
杀猪复宰牛
酒香飘山外
碰杯颂万岁
敬酒一而再
多谢共产党
开创新时代

各族一家亲
团结花盛开
欢歌斗巴查
醉迎东方白

难忘火塘边
诉苦斥老财
摊开树皮被
累累血痕在
难忘屋檐下
伐竹削碗筷
持赠远方客
永记小山寨
昔日爱尼人
以此盛野菜
难忘旱谷坪
割谷临悬崖
携手夺丰收
汗水流一块
难忘建电站
电机比肩抬
崇山缠乱藤
激流何澎湃
肩肿何足道
刀山我敢踩
拼掉一条命
迎接光明来
星星飞竹楼
光辉垂万代

小住十余日
阶级深情在
多谢老队长
相伴复携带

沙格与沙查
蔡藩并黑海
思想教育深
生活多关怀
米内慈母恩
米波姐妹爱

闻道客将去
盛会连日开
歌舞火塘边
送行寨门外
阿波抚肩久
阿匹泪满腮
莫登千秋翠
勐宽汇入海
别难见亦难
再会不可待
身隔海天遥
鲜花红不败
岁月期永久
不忘爱尼寨

1973 年 12 月 19 日，澜沧惠民

1974

允景洪元旦记事*

晨，送辛温上车。专车带着她和刀群英于十点离开景洪前去思茅。我们握别，约以北京再见。

付祥荣、黄国文早起随警卫班河南战士小杜去军分区，为我们每人购买了一斤一级勐海绿茶，每斤3.66元。茶叶是买得够多了，欲罢不能，主要是怕日后后悔。勐海茶其实就是闻名天下的普洱茶，因为过去交通不便，滇南六大茶山的茶叶都集中于普洱加工，然后运出。勐海茶是大叶茶中品质最佳者。这种茶含茶素和单宁的成分最丰，可以冲饮好几道而茶味依旧醇厚，称为高山云雾茶。用这种茶叶加工焙制之后，红茶外销，绿茶内销，是国内最优秀的茶叶产地之一。

这次南行买茶最佳者有如下几种：景洪购买滇绿半斤(单价每斤4.51元)，缪鹓从勐海茶叶试验站购买一级绿茶一斤(每斤3.72元)，路过勐海买三级绿茶半斤(每斤2.92元)，这次付祥荣买一级勐海绿茶一斤(3.99元)，又屈子英送的一斤多二级烘青，这些都是质地较佳好的。

上午，同学们收拾行李，我写日记。午，集体外出，观看了景洪的节日景象。三层楼的百货公司门前，单车如海，彩巾如浪。这种瑰丽的景色，我看了多次，每次都使人惊叹；我也写了多次，每次又只能以惊叹作结。难以描述，辞藻在这里，是不足用的。别的不说，只说姑娘们的头巾，已经够漂亮了，她们买回去，不满

---

* 未刊稿。

足，还要自己加工，有的镶上花边，有的缀以闪光的亮片。至于筒裙，灯心绒的，绸的，缎的，线绨的，哪种质量最好，就选用哪种料子的。在傣家人那里，美，是第一，其它，似乎都不必考虑。

沿街前行去热作所。兵团一师开展节日的服务项目，营业拍摄风景照。在水塘边，以四棵巨大的油棕为背景，我们集体照了一张。但是，人们似乎是条件反射，照相吧，就应该昂首挺胸，做出呆板的表情，并排，严肃……然而，我只能在心中苦笑。兴味索然！

张长来访，说是拜年。读了他的新作散文《源泉》。从藏族、拉祜族、白族、傣族，最后来到枣花飘香的枣园，完成了源泉的主题。主题是严肃的，笔触是轻松的，因为内容多，不免零散，末尾的枣园尤显匆忙。持赠一诗，题曰《答谢冕同志》，是 1973 年除夕的作品，后缀一跋，内容是"据说'胸有成竹'一语译成外语后，竟成了'肚子里面有根竹子'。云南如此美丽、丰富、神奇，凭谢冕同志对生活的态度，滇边之行，在他的心里一定有我们的凤尾竹长成了。"诗用宣纸毛笔写成，笔迹秀丽飞动，是珍贵的元旦礼物：

我想是你居住的地方离太阳很近，
所以你有满腔灼热的感情，
你是那样爱我们的生活，
甚至流露出孩子的纯真。

有什么比这更难能可贵，
能爱、能恨、才能文！
是诗人，定能写出美丽的诗句，
是评家，定能发出尖锐的批评。

无疑，我们的凤尾竹已在你的心里长成，
亚热带的阳光是那样温暖，水是那样清，
且等着未名湖畔听你朗诵诗文吧，

那时，眼前又将出现罗梭江参差的竹影……

付、尤二人去汽车站买票，明日票已售尽，买了后天的。尤不知为何，闹着别扭。这些人，不好办。州委办公室罗主任来，请我们参加今晚的元旦会餐，我们一起找了老所长，他们都极热情，都说：照顾不周，诸位辛苦。对此，我又忘了初来几乎饿饭的牢骚。严以责己，宽以待人，凡事多想别人的难处，是有好处的。今晚我们六人单独一桌，九个菜，极为丰富。又开了一瓶“杨林肥酒”，这是云南的名酒，据说酒中有一层油。我不很懂酒，品味不出它的妙处来。

元旦之夜，征鹏来。我们在三号楼前，每人一张藤椅，围坐而谈。浓茶，比茶还浓的人情，友谊。征鹏说，凭着眼前这景色，定会写出美妙的文章。是啊，你看，那槟榔和木瓜的顶上，新月一弯，明星几点，西双版纳夜色清明，周围虽已听不到虫鸣，但还是满目鲜花，满目绿叶，满目青草。席间一同学说起久居云南的北京人，初返冬天的北京，顿时的感觉，北京好似火烧过似的。同座的警卫班小杜是河南人，他说了实话，他喜欢这地方，愿意长期居住此地。

我们同至吴军家，张长正在那里。吴军请他喝“寡酒”，他似乎是能喝酒的，眼睛闪闪发光，脸也不红。按照云南人的说法，我们围坐品着茶，热烈地“吹”起牛来。谈话间，我说了此行的观感，西双版纳是天时、地利、人和，人和指的是主人的热情好客，这种革命友谊是不会轻易忘却的！征鹏，这个在北京长大的傣家人，他的傣族名字叫岩文斑，意思是“把幸福送给别人”，这是父亲给他起的名字，真是个智慧的父亲。（今天在他家中，见到了从瑞丽江畔前来作客的傣族表妹依叫，她今年二十四岁，系一袭红底黑花拖到脚面的筒裙，身穿苹果绿短衫，绾髻，钻石耳坠。说到民族服装，她说白族好看。问她傣族如何，她说也好看）这时候，他说：“过三年，你再来吧，西双版纳肯定要大变样了。那时，我要请你吃槟榔。”接着，他说了句傣族的谚语：

不是我的知心人，
休想吃我的槟榔。

他是个精通西双版纳的人，不仅对傣族，而且对其他民族也很熟悉。脱口说出的总是那么闪光的东西。席间，他说了基诺族的一则谚语：

母亲生下我的时候，
父亲没有用铜铸的刀割掉我的脐带，
他用的是一把砍柴刀，
因此我的命是苦的。

满月的时候，
父亲没有把红肚皮的老鼠给我吃，
他逮的是白肚皮的老鼠，
因此我的命是苦的。

大家听了大笑，同座的还有一位勐龙公社的干部邱文龙（二十五岁，南昌人），也随口说出几句非常美好的诗句，这是小街大队曼掌宰生产队的康朗门（五十多岁）唱的，小邱盛赞他敢于藐视权威：

有人歌唱彩虹
雨后的彩虹不会经久挂在天空
有人歌唱晚霞
天边的晚霞是太阳把它染红
可是我心中的歌
却会像甘泉流进你的心中

傣族老歌手康朗甩写过长诗《彩虹》，康朗门是针对这本书而发的。最近，他在参加景洪县的阶级复查工作组，前不久开会,住在康朗甩的家里,说了他的许多趣事。从今天说起,他说今天康朗甩特别高兴,带了老伴,胸前插了五支钢笔,在景洪街头漫步。老两口感情很好,有一次老伴到景洪没去看他,他说了怪话:她要再这样搞上三次,我就和她离婚!

前天康朗甩被人请去唱赞哈,饮酒,饮过酒,各家都送给他许多非洲鱼。他的旅行包装满了这种鱼。谁知他写朱克家的长诗放在包的底部,鱼儿把稿子全部搞烂了。他酩酊一醉,倒在路边。老伴见他深夜不归,不放心,小邱帮他去找,午夜一点方才在路边找到。老伴把他平放在凉台上,用凉水喷醒。一醒过来,康朗甩就叫苦不迭:"我的朱克家哪里去了?"第二天,用毛巾不住地揩着诗稿,一边还喊:"我的朱克家,我的朱克家!"

老康朗甩是个性格很鲜明的人物,可惜我们没能与他见面。据说他在昆明曾经用过一个非常精彩的比喻:"'文化大革命'是地球醉了酒一样。"陈贵培死了,张长调走了,他怕林川也要调走,他说:他们要都走了,我就得不到汉族老大哥的帮助了。这是一个非常诚挚的人,他的一个哥哥全瘫痪,他抚养着他,现在已经八十多岁,还在他家里,从无怨言。

从吴军处出来,是晚九点多。张长、征鹏、邱文龙陪同我们,漫步街头。欣赏黎明城的节日之夜。招待所望江楼有一场电影,景洪县委广场还有一场,露天剧场州文工团和水利二团文工团在联合演出。在广场的灯火明亮处,傣族小伙子倚着单车,闪动着黑亮黑亮的眼睛,在等着他们心爱的人!

征鹏是富有想象力的热情的傣家人,他在这个夜晚说,这使人想起了由西长安街向东走去,那是北京,也是节日的夜晚……

1974年元旦,黎明之城

赶　摆[*]

澜沧江扬臂飞向了半空
化成这满街细雨的空濛
欢乐的傣家人撑开千万面花伞
花伞下激起了吉祥的旋风

从白日借来朝霞、多彩的流云
从夜照借来月色、闪亮的星辰
从常青的大地借来花果的香泽
组成了人间斑斓的飞虹

象脚鼓鼓动着飞腾的高升
铓锣催促着龙舟的跃进
当竹楼的灯光溢出了流波
沿江边有多少孔雀在静静地照影

干了又湿的是节日的衣裙
理了又乱的是斜簪缅桂的花鬓
薄暮的江边飘过来一朵彩云
那一副箩担走得多么轻盈

1974 年 1 月 14 日深夜，作于京昆 32 次列车上
记 1973 年除夕看西双版纳文工团演出之《赶摆》

---

* 未刊稿。

么等山寨晨曲*

竹楼的尖顶海中的岛
晾台外滚动着无声的波涛
只听得身边衣裙的窸窣
原来是阿初背水回来了

火塘的红光微明的天
阿初的背影缭绕着轻烟
锅上的木甑在那里歌吟
切碎的芭蕉桿味道多么香甜

云海里传来了遥远的鸡鸣
露珠如急雨敲打着密林
不要说牛帮的木铎多么沉闷
茫茫的山道它们又开始一天的征程

1974年1月24日旧历正月初二，于北京

---

* 未刊稿。

听爱尼小学生朗诵课文*

伴着那漫山花香而在的鸟语
唱出了西双版纳永存的翠绿
更有那穿越原始森林的流水
日夜敲打着重山叠嶂的沟峪

然而这里更有震撼心灵的音乐
在茅屋前,那是有芭蕉卷着碧玉
几十双小眼睛玛瑙般的亮
一块黑板谱写着动人的旋律

孩子们朗读课文金声玉振
那音响歌唱着阳光的温照
饱和了那么多色泽,那么多香气
在那里,雾和风移动得多么舒徐

不,我不是在谛听琅琅的书声
我是在沉思他们的现今与过去
一个民族在这里弹奏幸福的琴弦
齐声歌唱新生活无尽的欢愉

1974 年 1 月 25 日,北京

---

* 未刊稿。

勐仑道旁的蝶舞*

这不是春日
这是西双版纳不存在的严冬
这不是梦境
这是西双版纳白日的真景

那时我从美丽的坝子勐仑
披着热带的艳阳走向莫登
山道、水滨、竹楼、丛林
槟榔树底筒裙摇曳
罗梭江畔花伞如云
空气里饱含多少花香、果香
多少鸟鸣唱出了原始森林的悲清

尽管不是春日
也尽管不是梦境
我仿佛被醇酒灌醉
无法梳理思绪的宁静
我眼前出现了神奇的幻景

花多，多得仿佛泛起浪纹

---

* 未刊稿。

花香,香得空气染成了五彩缤纷
此刻,沐浴着温暖的阳光
此刻,伴着远处悠悠的江声
西双版纳所有的鲜花
全在我的身边翩翩飞行

那是筒裙如微波盈漾
还是钻石耳环在鬓边闪动
那是彩色纱衫的翼翅
还是筒帕流苏的盈盈

哦,不,
尽管这不是春日
也尽管这不是梦境
在山道,在水滨
在西双版纳透明的空气中
我的身边,无数的彩蝶
激起了鲜花的旋风

1974 年 2 月 8 日—3 月 13 日,北京

滇边印象[*]

一场热带雨驰去匆匆
太阳射进了郁郁的林丛
霎那间腾起了漫漫的雾霭
阳光现出异彩，犹如天际的长虹
一道道光束耀眼、却又是那样空濛

我觉得是在悠悠的梦中
那里的林木森森，海洋般喧腾
树木叠着树木，山峦般严峻
在那里，悠悠地舒展着绿色的阔叶
在那里，悠悠地缠攀着巨大的葛藤

我觉得是一队箩担的轻盈
悠悠地飘过那清澈的河滨
于是，于是
在那里出现了一片悠悠的彩云

悠悠的彩云，孔雀的花翎
筒帕的流苏投下奇异的光痕
多彩的裙裾漾起微微的清风

---

* 未刊稿。

银色的簪笄映衬堆髻的娟弱
金色的钏环闪出柔婉的风韵

花深似海
鸟鸣如风
这里,那里,都闪射着珠露的晶莹
这里,那里,都展示着神奇的仙境

1974 年 3 月 13 日,北京

车停勐远*

森林汹涌着堵截向前
围困、吞噬、仿佛是黑浪的遮天
银子般的公路伸向拂晓的勐远
被挤成丝一般弯曲的白线

车灯挥舞着黄金的巨剪
铰碎了西双版纳旱季浓重的云烟
灯光下原始森林闪闪发亮
到处是黄金的蓓蕾,黄金的叶片

云海上托起一片黄金的楼台
水晶的流泉缭绕着清亮的村寨
车门打开,边防军走下来
捧一掬清泉,洗去尘埃

这时,木杵和泉音奏着晨曲
顶水的傣家女在椰林中远去
临水的晾台上扑打着鸽翅
浮动起香茅草浓郁的香气

---

* 未刊稿。

这么清，这么远，这么迷人
丝丝缕缕都在晨光中抖动
哦，芬香的寨子，芬香的林丛
哦，芬香的空气，芬香的水云

1974 年 8 月 5 日，三进春城写去冬西双版纳印象

勐遮的市集[*]

云太多了,被丝丝挤下广阔的天宇
花太多了,盛开如热带连绵的细雨
西双版纳所有的鲜花和彩云
黎明时节都拥向宽广的勐遮坝子

要说无边的原始林是翡翠的海
勐遮就是海中一支彩色的珊瑚
而勐遮本身不也响着悦耳的涛音
而人民难道不就是穿行海里的游鱼

箩担的行列显示人民的智慧
无尽的花果展现边疆的丰裕
各民族这时都用自己唱歌般的语言
共同谱写着勐遮多彩的旋律

你看喧腾的海面跳闪着金色的浪花
无边无际的是发光的钗环与流苏
鲜花如云,彩云如花
这生活的海多么神奇多么丰富

---

* 未刊稿。

葫芦信的故事已经结束
景真的姑娘和勐遮的青年正携手漫步
整个西双版纳此刻都在翘望
谛听从这里发出的新生活的祝福

1974 年 8 月 7 日，昆明

夜宿保山,漫步街头,即景*

疏淡的星星出来,集市散了
路灯照亮梨黄榴红的街挑
夜空里撑开银桦的枝叶
画出了墨绿色的孔雀的翎毛

苍茫中牛队穿行街心
铜铃声声,满城响起流泉的微吟
这时,豌豆凉粉的摊旁飘着花香
姑娘手里的夜来香闪着雪的晶莹

1974 年 8 月 17 日,保山

---

* 未刊稿。

没有篱笆的梦*

头枕着纷至沓来的泉声
覆盖着无边无际的虫鸣
这里的夜晚比白日喧腾
这里有极度喧腾之中极度的宁静
一千次绮丽的梦境
一千次幸福的梦醒
梦里梦外抖擞蛙鼓伴着月明

无所不在的月色
无所不在的虫吟
无所不在的花香
无所不在的露珠急雨般往下倾

我的竹楼
有着美丽的造型
尽管它没有窗子
一切的色泽、音响和气息
　都无阻地直行

我的竹楼

---

* 未刊稿。

是茅草和竹枝构成
此刻站在明月下
却水晶般透明
而我的梦也没有篱笆
它搁不住空气中充溢的花叶的清馨
也搁不住欢乐的夜籁组成的悠扬的鸣琴
我的梦是热带雨林一棵树
开着奇花,结着异果
爬着、缠着、垂着巨大的枝藤

我的梦极度的宁静
却蕴含着极度的喧腾
泉声是我的鼾息,梦呓是楼外的虫鸣
亿万双翼翅多彩又透明
全都在悄悄的月色之中
颤动、飞舞、掀起香阵
　发出歌吟

篱笆挡不住这夜的激流
我的梦没有边境

1974 年 8 月 20 日,临沧(旧称缅宁)
写去冬西双版纳莫登之夜印象

西双版纳的浓情*

绿，绿得浓
是谁把浓墨泼上了半空
香，香得浓
终年的花香果香如云雾的濛濛
甜，甜得浓
蜜一般的汁液可以卷起旋风
就连太阳的光线
也浓得火一般红
西双版纳的每一颗晨露
晶莹、透亮
映射着四季长驻的春光溶溶

这里的语言悠扬而抒情
这里的笑声清脆而轻松
槟榔树底的眼睛会说话
椰林深处的箩担快如风
为了迎接远方飞来的金孔雀
原始林中，可以点起火把的长龙
为了送行新结识的朋友

---

* 未刊稿。

寒夜的火塘边山茶煮了一盅又一盅
西双版纳的风情浓似酒
西双版纳的情谊比酒浓

1974 年 8 月 21 日，临沧

金鸡纳,在山岗*

——寄惠民山年青的战友

我看见
金鸡纳,在山岗
挺拔、茁壮、青春闪光

我看见
惠民山,云雾茫茫
金鸡纳,在无边的海洋
举着枪杆,撑起风帆

我看见,在山岗
它把根须伸入红色的土壤
吮吸着大地的奶浆
在山岗,它知道
脚下的土地,是神圣的边疆

它站着
张开巨大的叶瓣
承受雨露,承受阳光
迎接风狂、迎接严霜
金鸡纳,在成长

---

* 未刊稿。

它的躯干，长成了栋梁

金鸡纳，没有忘
不忘哺育自己的苗床
不是留恋充足的水分，丰富的营养
也不是温暖的抚爱，想起亲娘
而是，在苗床
严格的锻炼，艰苦的考验
不能忘，不能忘

想当初，种子多娇嫩
蓝天、白云——幻想
高山、大海——渴望
而当雨季来临，阴湿、泥泞
而当烈日当空，焦躁、彷徨
金鸡纳，也有脆弱的思想
怀念星星，怀念月亮
怀念煦风，三月的太阳暖洋洋
它有一双透明的翅膀
喜欢无边的梦想
轻轻叹一口气
都想离开地面飞翔
正是苗床
慈爱而严格的亲娘
让幼稚的种子
适应风、适应雨、适应灼热的阳光
发芽、扎根、开花、成才
金鸡纳，从苗床
走上高高的山岗

把身子伸入蓝天
昂首于星星的海洋

我看见,金鸡纳
在山岗,在严肃地思想
就这样植深根,站立着
在祖国的边疆
在红色的土壤
风吹不动
欢欢喜喜
毫不颓丧

一旦需要,就倒下来
做木柴,把生命燃烧点出火热的光
做桥梁,让人们
踩着身子翻山过洋
做一剂抗毒素
献出一片透明的心
炼制洁白的霜
以生命的结晶
保卫血液的健康

我看见
在万绿丛中
在高天之上
金鸡纳,站立在山岗

1974 年 8 月 22 日于临沧,有怀惠民山
1974 年 8 月 27 改于大理州洱海宾馆

谢赠筒帕*

——致云建五团七营四连刘德民同志

这绿色，热带雨林多葱茏
这红色，攀枝花开烧半空
这黄色，彩蝶纷飞澜沧岸
这紫色，晓月疏星山万重
　　你赠我筒帕
　　色泽多鲜艳，情意多么浓

见过它，赶摆路上花伞下
见过它，爱尼猎手钢枪上挂
见过它，景颇大妈装饭团
见过它，阿佤支书装着党中央的话
　　你赠我筒帕
　　描绘了祖国边疆好图画

我想起，昆明湖水浪花渡
我想起，红叶黄花香山路
我想起，节日烟火狂欢夜
我想起，十里长街华灯柱
　　见到筒帕我想起

---

* 未刊稿。

北京的小白杨,已在边疆深扎土

你知道,我爱云南的山水云南的花
我知道,你爱自己的农场自己的家
见筒帕,莫忘它
莫忘它心灵手巧的傣家好姐妹
织机旁,日夜俯首织造它
见筒帕,莫忘它
莫忘竹楼里,火塘旁
亲切教诲的景颇大爷和大妈
见筒帕,莫忘它
莫忘惠民山上春常在
争气树下红火的青春和年华
你赠我筒帕,感激它
几行笨诗句,权且做回答

1974 年 8 月 23 日离临沧前夜
1974 年 8 月 27 日改于大理州洱海宾馆

自临沧赴大理途中*

朝发临沧暮南涧
无量哀牢山势陡

正是雨季全盛时
满谷山洪如狮吼

红浪千里倾天来
溅起雪花大如斗

我看江河似相识
澜沧结伴为好友

我和澜沧手拉手
澜沧与我并排走

有时幽幽如处子
茂林修竹映江洲

有时欢跃如脱兔
迅雷急电撼山抖

澜沧沿岸奇景多

---

* 未刊稿。

为之倾心经年久

京华夜梦热版纳
彩蝶纷绕身前后

我恋澜沧展双翼
骋怀万里蝴蝶游

心诚神往梦成真
初访澜沧昔年秋

黎明城中不夜天
景洪桥前流连久

更喜橄榄坝边水
浩瀚无声去悠悠

凤尾森森绰约处
异邦风物眼底留

我谓此行心已足
不意重逢在中流

人生有情须尽欢
踏遍青山无忧愁

辞别澜沧心行远
洱海之滨苍山头

1974 年 8 月 27 日，下关

夜的瑞丽*

十三只壁虎盯着柔和的灯光
一树缅桂把澄净的夜空染香
异国竹楼的油灯星星般闪亮
耳边传来了彼岸无边的蛙唱

夜露暴雨般倾盆地下
身边疾驰着流萤的电光
瑞丽仿佛是墨绿的深潭
蓝色的星星泛出一层神秘的蓝光

瑞丽江是一条柔软的缎带
梦一般在国境线悠悠流淌
两个国家虫鸣和灯火织在一起
织成了人民和平的夜来香

1974 年 8 月 27 日，大理州洱海宾馆

---

* 未刊稿。

瑞丽街头小景*

无边的凤尾竹荡漾了翡翠的波光
蛙鼓虫鸣鼓动着喧腾的海浪
瑞丽是绿海洋中一块绿岛
她是块绿宝石在海上闪光

墨绿的老榕撑一树荫凉
扎土的根须柱梁般粗壮
浓荫下成堆的菠萝蜜来自南坎
滇缅公路上飘着异国的甜香

我们的筒裙和纱衫一样艳丽
傣家的女主人都爱把缅桂花簪在髻上
同样的语言加上同样的装扮
国外的亲戚到这里如返家乡

纱笼多么鲜，雪茄多么浓
不用怀疑这是国土还是异邦
生活没有藩篱，和平没有边疆
大地上的人民都热爱幸福的理想

1974年8月27日，大理州洱海宾馆

---

* 未刊稿。

瑞丽的绿*

绿色的山峦，绿色的江水
绿色的田野翡翠一般美
铺天盖地的是瑞丽的绿
这里迷漫着绿色的露珠绿色的空气

绿色的宝石，绿色的锦缎
绿色的河山驰掣着绿色的闪电
绿色的瀑布，绿色的溪泉
漫无边际倾泻着绿色的水帘

一颗青梅，一树春柳
澄碧的池水中抽出的几支蒲箭
瑞丽的四时总是这般的春色盈盈
　　　浑然一体的新鲜
　　　　　浑然一体的轻浅
　　　　　　　浑然一体的明艳

阳光照过来，瑞丽江边

---

* 未刊稿。

浮动着迷离的绿色的光焰
它闪光,它透明,它晶莹
这时,一行白鹭飞上了绿色的江天

1974 年 8 月 28 日,下关

瑞丽，菠萝成熟的季节*

吱呀歌唱的古老的牛车
驶过滇缅公路的最后一节
车上满载着熟透的菠萝
木轮上沾着中缅两国的土屑

悠悠的箩担挑过翠绿的水涯
艳丽的筒裙在凤尾竹边轻摆
箩担上装着清香的菠萝
傣家女来自不同国籍的村寨

瑞丽，菠萝成熟的季节

榕树荫下拱满青青的竹叶
成排的担下在那里静静地停歇
这里，人们用汉化彼此交往
他国的大妈为你把菠萝削切

瑞丽的街灯下菠萝山堆
在那里殷勤把客人等待

---

* 未刊稿。

傣家姑娘梳理着油黑的发髻
悠闲地簪上一朵鲜丽的玫瑰

瑞丽，菠萝成熟的季节

空气里飘荡着清清的香味
街道上流淌着甜蜜的汁液
瑞丽是一只成熟的菠萝
闪着黄金的色泽，拖着青翠的绿叶
这么香，这么甜
瑞丽，菠萝成熟的季节

1974 年 8 月 28 日，大理州洱海宾馆

瑞丽江边小调*

你住在江的东边
我住在江的西边
瑞丽江是我们共同的母亲
我们共享她乳汁的香甜

你家的竹楼飘着炊烟
我家的竹楼飘着炊烟
你家的鸡啼唤醒了我们
我们同时走上翠绿的田间

你家的篱笆上晾着筒裙
我家的晾台上晒着纱衫
热带的阵雨就要来了
快叫小普少收起晾干

今天是八月十二
明天是八月十三
瑞丽赶街的日子就要来到
我清早驾船接你到对岸

1974 年 8 月 28 日，大理州、下关

---

* 未刊稿。

瑞丽江[*]

一江碧水凝如油
举步姗姗几回头
眷恋祖国风物好
未忍匆促往前流

1974 年 8 月 28 日，大理

* 未刊稿。

芒市风情[*]

这是芒市的夜晚还是白天
蛙声唱起来太阳不肯下山
傍晚的阵雨敲打着街道
雨刚停就摆满了地摊

路灯下削好的菠萝多么香甜
白衣黑裙的大嫂殷勤地送你面前
竹笠下飘动着青绿的柏枝孔雀的尾翎
傣家的少男少女在晚市上流连倚肩

这里有一树茉莉发出清香
那里高大的缅桂黄金般灿烂
宽广的芒市坝子有海洋的欢乐
天边的虫鸣鼓动着壮阔的波澜

1974 年 8 月 28 日，大理

---

* 未刊稿。

车行怒江岸*

莽苍苍的万重山堵塞高天
一条水把它们切削成两半
那绝壁垂直而下万丈深潭
仿佛是自天降落的一对夹板

怒江是夹板中狂怒的龙
它弓起身子要撞碎那铁般的山岩
山锁水水挣扎寸步不让
狂风起红浪蔽日天崩地陷

怒江上拦腰劈路路悬天间
下面是怒江狂潮鸣雷闪电
我们的汽车像一只受惊的蚂蚁
在崇山中冲突盘旋

翻一山又一山山连绵
那蚂蚁喘着粗气爬到怒江岸
但是那千里长河搭着一条线
惠通桥跨天险出现在眼前

1974 年 8 月 29 日晨，大理下关

---

* 未刊稿。

畹町桥头*

绿荫下这座短小的桥梁
十四块铁板分成两国的界桩
这小桥说漫长也真漫长
从祖国可以走到陌生的地方

这小桥是平凡却令人神往
联结着两个国家万里的边疆
人们不用一分钟便可跨越国界
它却是古代人民友谊的长廊

边防军在岗亭里肃穆守护
庄严的五星旗在桥前轻轻拂扬
我有幸巡礼祖国神圣的边境
在桥头接亲友来自友好的他乡

伟大祖国从这里伸出手臂
和平的纽带正伸向五湖三江
我们的大门欢迎朋友来来往往
却不允许哪怕是一只跳蚤偷越边防

1974 年 8 月 29 日，大理下关

---

* 未刊稿。

畹町遐思*

这是极限而又是起点
这是短暂，却极其漫长
有人告诉我，这是边界
我却看到串亲戚的人们熙熙攘攘

田野连着田野
山脉绵绵向着远方
这桥下的流水没有国籍
同样是两岸儿女丰富的奶浆

这边的大树把荫凉撒向对岸
那边飘过来菠萝蜜迷人的甜香
有时需要万吨钢铁守卫边界
这里的小桥流水却无须设防

鲜丽的筒裙，透明的纱衫
撑一把花伞，筒帕轻搭肩上
两边的妇女发髻一样黑亮
却喜爱斜髻一束缅桂的轻狂

---

* 未刊稿。

人们看惯了和平而古老的牛车
依依呀呀地从这方走到那方
车轮上沾满了异国的土屑
大地上的泥土都一样芬芳

人们都喜爱色彩斑斓的生活
需要一座没有硝烟飘着花香的桥梁
幸福和理想不要篱笆
和平和友谊永远没有界桩

1974 年 8 月 29 日晨，大理下关

边塞短诗[*]

一

榕荫一路攀枝花
凤尾丛中是我家
窄衫筒裙照影处
仙人巨掌作篱笆

二

柚子垂枝到晾台
星如江河月似海
遍野虫鸣遮不住
露打芭蕉疑雨来

三

正是菠萝成熟时
清风醉人人如痴
多情最是傣家女
漫道芳香似吟诗

---

* 未刊稿。

四

瑞丽江水去悠悠
流往异邦古渡头
谁家竹笮吹明月
彼岸灯火有竹楼

五

山光水色如轻纱
鸡鸣处处唤啼蛙
但看隔江炊烟起
便是邻国亲朋家

六

一江碧水两村寨
一样鲜花两地开
明朝赶摆城中去
我驾轻舟接你来

1974 年 8 月 29 日、夜、大理下关记瑞丽
登高寨子印象，该寨隔江与缅甸寨子相望

双纳瓦地*

双纳瓦地又沉闷又喧腾
成群地坐着、蹲着、一片黑色的衣裙
鸡在手中交换，人在坡上吐烟
没有笑声，只有黑亮的眼睛在逡巡

怒江河谷翠绿的芭蕉岸
双纳瓦地是峡谷里巨大的空间
雪山上的云彩纷纷飘到这里
这里泛滥着一个海的波澜

1974 年 9 月 7 日夜，碧江知子罗

---

* 未刊稿。

怒江小景*

汽车奔走在翠绿的怒江岸
两旁是冰雪伏盖着高山

一边是高黎贡山巨峦插天
一边是碧落雪山云峰连绵
对峙的两山留出了云天一线
怒江就狂奔在这窄狭的空间

山上没有飞鹰
江中不见舟船
千里长河，唯有几座吊桥，数根溜索
描绘着这世上罕有的天险

怒江的涛声如鼓乐喧天
伴送我转身飞上了山巅
汽车长鸣，碧江到了
车窗外飘落了几丝云片

1974年9月7日夜，碧江知子罗

---

* 未刊稿。

我在碧落雪山居住*

浅灰、淡蓝、翠绿
如刀、如剑、如箭镞
拔地而起的山峰
刺向了茫茫的云海深处

高黎贡雪山就嵌在我的窗户
那里有流泉,有飞瀑
那里有腾空而起的漫天云雾

我在碧落雪山居住
脚下是翠绿的怒江河谷
我面前有怒江昼夜不息的狂吼
更有翻江倒海的山峦的起伏

1974 年 9 月 7 日夜,碧江知子罗、怒江岸

---

* 未刊稿。

滇边家书*

琰：

在碧江被困数日，回到大理，读了你二信，阅一信，很高兴。他的信，比两个月前未见长进。读了那么多小说，但语言却不见佳。主要是语汇贫乏，不生动。看来他的注意力并未注意到这方面来，没有培养起兴趣。记得我在高小五、六年级时，这方面的兴趣就很浓厚了，从而形成了后来的片面发展——对数理化不感兴趣，每天就那么乱涂乱画——这当然是不好的。而他呢，难道兴趣只在于摸鱼捞虾逮蟋蟀？当然，要引导，凡事亦不必太强勉。

小阅说我开药铺。这方面仍在于，在碧江又买许多元药了。但当归、冬虫草均少见。市教科组一同志来信要购买半斤黄芪，亦未果。

最近可能要回昆明。栗师傅一人在那里，可能招架不了，而我却太轻松了些，于理不合。这样，蝴蝶泉、石宝山和玉龙雪山的小打算可能告吹，太可惜了。

近来总在矛盾中，想多跑，可是，一想到旅行的艰难，肮脏，疲乏，似乎又不想动了。总之，要看情况，最可恶的是蝴蝶泉，离下关仅四十多公里，但交通不便，班车又到达不了泉边！石宝山

---

* 未刊稿。作者按：这是两年中的第二次入滇。第一次 1973 年 9 月 18 日至 1974 年 1 月 18 日，带领教改小分队学习写作。第二次 1974 年 7 月 25 日至 1974 年 9 月 29 日。这次是为北大、清华两校招生。

的八月会这两天正举行。我赶不到那里，吹了，这是很遗憾的。

关于经济，栗给我二百元，已花完了。粗略一算，有不少是吃饭、买东西花的，当然只好自己掏腰包。所以三七可能不买了。这东西太多，买的人少，什么时间都买得着。

这里的工作，人员都已选出，但是入学通知书未带来，等着；另外，没有钱了，已向昆明要，也等着。我希望多等数日，好到剑川、丽江走走。但是，想到昆明，想带回京过国庆，又想要快点走，总之，十分矛盾。但现实些说，今天是十四日，九月半了，今后半个月内，我们能把所有的工作结束，看了石林，逛了桂林，而且赶在九月底回到北京，实在非常渺茫。所以，希望你做两种打算，反正我要力争——碧江信中所谈不变。

系内人们又下去了，反正我不急。可能有些人（不在少数）思想不通，想读书，可是又不让读，也是无可奈何。不通的人，可能主要是学生，教员嘛，思想都麻木了，我自己也是，下去就下去，也省心。反正大家都不读书，都不看报，反正没有什么学问也照样吃饭，想它干什么呢！

昨日风和日丽，再次到了大理，玩了洱海，看了三塔寺，算是有收获的。就这样吧，望寄一信到昆明杨文翰处，地址是省委宣传部。

冕，1974，9，14

1975

关于散文[*]

中国有散文的传统,但像现在这样明确的散文的概念,却是没有的,五四新文学运动以后才逐渐明确起来。

古来多数文章,总以散文为主,谈到文章,就是散文。因此,在许多场合总说文章,很少用"散文"这个名词。但那时并不专指作为文学作品的散文,而是和韵文对立的。韵文就是押韵的、讲求文字音韵上的性质与规约的文体,诗就是一种韵文,六朝的骈体文也是一种近似韵文的文体。除了韵文之外,其他就都是散文。这种以韵、散来分文体的说法,在外国也有,即英语中的 prose 和 verse。这种散文的含义是比较宽泛的,是广义的。例如先秦散文,很多都是政治思想的文章,少数是带有文学色彩的。司马迁的史记是早期的较好的散文,有些篇章就是传记文学,就是人物的特写,但在那一时代来说,则是凤毛麟角了。

魏晋时期,有些笔记小说,文学的意味逐渐浓厚起来,如南朝(刘宋)王义庆的《世说新语》,是以短篇记述魏晋间名人逸事的,多者百言,少或数十字,是早期散文记人述事的佼佼者。因为是雏形的文体,在文学史中有人把它归之于小说,有人则把它归之于散文。这说明,还没有定形,属于幼稚时期。唐宋人也有笔记这种文体,柳宗元是一个著名的诗人,他的散文成就似乎比

---

* 此文作于 1975 年 3 月 18 日,应为当时课堂上的讲稿提纲。未刊。据手稿编入。作者按:1975 年 3 月,正是文革后期,已经招收了工农兵学员进校,从文中可见当日思想、资料贫乏情状。

诗还大,写作范围也较广阔,有人物特写(如《捕蛇者说》,《种树郭橐驼传》),有山水游记(如《永州八记》),有寓言讽刺小品(如三“戒”)。晚明有一批文人盛作小品,虽然玲珑可玩,但多是所谓抒写个人心境的性灵文字,没有什么价值。

尽管散文在发展途中,文学的特点逐渐显现,但在清代姚鼐按照桐城派观点编辑的《古文辞类纂》中仍是包罗万象的大杂烩,计十三类:论辩、序跋、奏议、书说、赠序、诏令、传状、碑志、杂记、箴铭、颂赞、辞赋、哀祭。散文在中国是有源可溯的,但这种文体又是在不断地演变而日臻完善,所以现代散文仿佛是一条潜流,从古代流下来,地面上时隐时现,是古河,也是新流。

新文学运动以后,散文才真正地独立起来,和小说、戏剧、诗歌等并立而成为一个重要的文体。新文学运动十年时,良友图书公司出了一套《中国新文学大系》,就由郁达夫、周作人编了两本散文集。但此后,在散文的名称上仍然颇不一致,随笔、小品、杂文、特写、散文诗,到近来有思想漫谈、小评论等,均归于散文。这种情况,一方面说明散文的领域真是海阔天空,另一方面也说明对于什么是散文,有待于统一的认识。散文也有边沿地带,这种边沿有两个含义,一是有的“散文”不是文学作品,一是有的散文和小说、通讯、评论、报告文学接近,而需要加以区别。

五四时期有人主张散文有两种,一是载道派,一是言志派。后来有人又笼统地说散文有两种,一是叙事散文,一是抒情散文。这种分法都是不科学的。散文可以状人,可以写物,可以即景,可以抒怀。散文有叙事,有抒情,也可以发议论、说道理。只说叙事、抒情,又怎能包括那么广泛丰富的内容?同时,抒情之中也可叙事,叙事之中又可抒情,这是不能截然划分的。夹叙夹议,感物吟志,正是散文所擅长的。这种灵活自由、多种手段的综合、穿插着运用,也正是我们要提倡的。

这就谈到了散文作为一种文学形式的特点。散文是文学的一种,具有文学的一般特征,例如,它是语言的艺术,是属于意识形态的一种,是以文学形象的手段来反映生活等。仅仅了解它作为文学的共同点还不够,尤其重要的,“成为我们认识事物的基础的东西,则是必须注意它的特殊点,就是说,注意它和其它运动形式的质的区别。只有注意了这一点,才有可能区别事物。”了解散文和其它文学品种的“质的区别”是很重要的,是为了更好地掌握散文的规律。

要讲特点,就从“散”字说起。从它反映生活的内容看,是非常广泛的,山川、节令、人物、思想、谈古论今,可以抒发激情,也可以发表议论,可以写人物,而情节不一定要求完整,可以述时事,并不要求有始有终。展纸临墨,随便灵活,天南海北,高天阔地,可以由自己的经历说起,可以穿插历史故事的演述,可以写一个场面,也可以引用一批数字。需要写某人就写,不需要了,笔锋一移,可以谈到别的去。可以侧重于抒写情怀,就成为一篇抒情文字,可以侧重于描写人物,就成为一篇叙事文字。散文的触角可以伸及生活的各个角落,散文的笔法可以是极其灵活、极其丰富的,这就是散文的“散”。

常听人说:散文美,这是和诗的美对比而言的,诗歌要求音节上的齐整,声韵上的和谐,中国诗要求对衬。诗的美从形式上讲,就是整齐、匀称的美,散文的美就是那种参差错落,行云流水,映衬着思想感情的跌宕起伏,散文美在于它的轻便、灵巧、不拘成法。

但是,散文的“散”绝不是散漫、散乱,相反,散文最忌散漫无章,它不拘成法,也没有成法——谁也不能这么说,散文应该这样写,那样写,开头、结尾怎样,起承转合如何,但在没有成法之中,散文却要求最自觉、最主动地用“法”来约束那野马似的笔墨。形式上是散的,而且显示出它的美来,这样说,还不完备,应当是“形”是散的,而“神”是不散的。散与不散对立统一于一篇文章之中,显示出它的美来。

一篇文章须有灵魂,即是中心思想、主题,这就是“神”,要很明确。主题确定之后,时时处处、前前后后地围着主题转,无论说什么,怎么说,都不离开这个题,都不能跑了题。这才是形散而神不散的道理。有人说散文要散,有人说,散文不散,其实应该统一起来讲,就是又散,又不散。这就是对立统一,自由、灵活、随便、亲切。形式上、手法上应是丰富、多样,有变化的,而内容上、主题上、中心思想上应该是始终一贯的。又散又不散,不拘成法而又要最自觉地加以“约束”。所以,写散文也不是轻而易举的。不散、太板滞了,就没有散文的味道,不像。同样道理,放得开而收不拢,主题思想就不明确,令人读不下去,或不知所云,同样起不到好效果。

《记一辆纺车》这篇散文,有明确的主题,这个主题,却没有赤裸裸地说出来。你看作者谈得多么随便:“我曾经使用过一辆纺车,离开延安的那年把它跟一些书籍一起留在蓝家坪了。”接着是说,这辆纺车是多么普通,“是延安上千上万辆纺车的一辆”,那时,延安的纺车是作为武器使用的,纺车帮助了革命渡过了敌人经济封锁的困难,接着谈到大家穿上自己纺线织布做成的衣裳的心情,“那个时候,人们对一身灰布制服,一件本色的粗毛线衣,或者自己打的一副手套,一双草鞋,都很有感情。衣服旧了,破了,也‘敝帚自珍’,不舍得丢弃。总是脏了洗洗,破了补补,穿一水又穿一水,穿一年又穿一年”。说了衣服,回头再说纺线,纺线也有它的辛苦和乐趣,“在纺线的时候,眼看着匀净的毛线或者棉纱从拇指和食指中间的毛卷里或者棉条里抽出来,又细又长,连绵不断,简直会有一种艺术创作的快感”,接着是纺线的技术,秘诀,掌握了纺线规律以及创造出劳动成果之后的愉快,纺织的姿势,技术改革,交流经验,纺线比赛,奖品,描写了“沙场秋点兵”的壮丽场面,作者抒情地写道:

> 只要想想：天地是厂房，深谷是车间，幕天席地，群山环拱，怕世界上还没有哪个地方哪一种轻工业生产有那样的规模呢。你看，整齐的纺车行列，精神饱满的纺手队伍，一声号令，百车齐鸣，别的不说，只那嗡嗡的响声就有点像飞机场上机群起飞，扬子江边船只抛锚——

从反映的内容看，由纺车说起，引出纺线的姿势，技术，劳动甘苦，心情，以及一些激动人心的回忆，内容是互相联系着的。但是从行文看，的确是相当的散，给人以想到哪儿说到哪儿的感觉，除了"我"之外没有人物，也没有故事情节，想到的事情，也不连贯，作者甚至不太发议论，只是那么侃侃而谈，好像跟好朋友谈心。但是我们掩卷凝思，马上就感受到了一种情趣，一种荡人心魄的激情——我们马上就明白了作者说的"我常常想起那辆纺车"，以及由纺车引起的一系列回忆，说的是想起延安，想起战争年代那种生活，那种不畏艰苦的拼命精神，"与困难作斗争，其乐无穷"。

作品写于 1961 年，正是三年困难的时刻，读了不仅怀念延安的生活，而且对战胜当时的困难充满了信心和力量。其实，这种思想的线索把延安生活的种种零散的记忆、场面、议论统统串了起来，光有那些闪光的珍珠是不够的，要有精神、灵魂。从文章看，要有主线，这条彩线串起珠子，要没有线，那不成为断线珍珠了么！

《樱花赞》也是如此。从樱花在日本的地位谈起，劈头第一句就是"樱花是日本的骄傲"，日本朋友对去访问的人的惋惜和挽留——樱花开过了，樱花快开了，再次说到作者看樱花的次数，"往少里说，也有几十次了"。东京的几个著名地方青山墓地，上野公园，千鸟渊，东京以外的奈良、京都，月下，雾中，雨里，……说明自己对樱花的熟悉，印象之深刻，这也是漫不经心地随便点到（到后来才知道，作者是为了点染金泽的樱花），写过这些，信笔谈到樱花的花时，花色，品种，姿韵。黄遵宪的诗，“十日之游”，旧文人对樱花早开早落的心情，我的心情，以上洋洋洒洒的全是回忆、议论。

收笔回来，今年的看樱花，又是到处看，东京、大阪、京都、箱根、镰仓，然后急转到金泽的樱花上面来——那是“我所看过的最璀璨、最庄严的华光四射的樱花”，随后是一段叙事的文字，把樱花暂时地撇到一旁，谈起四月十二日那一天，大雨，司机罢工，推迟罢工时间，司机的话，山路上的樱花——“一堆堆，一层层，花像云海似的，在朝阳下绯红万顷，溢彩流光。”惜别的场面：“我们眼前仍旧辉映着这一片我们从未见过的奇丽的樱花！”罢工的事说完，回到樱花上面来：樱花美在哪里？文人武士和一般人民是“因为它在凄厉的冬天之后，首先给人民带来了兴奋喜乐的春天的消息”。两个道理：春天的消息，看花人的心理活动——把罢工和此刻对金泽樱花的感受“焊接”了起来，结论：

> 金泽的樱花，并不比别处的更加美丽。汽车司机的一句深切动人的、表达日本劳动人民对于中国人民的深厚友谊的话，使得我眼中金泽的漫山遍地的樱花，幻成一片中国人民友谊的花的云海……

通篇读来觉得作者赞颂的是日本人民的斗争和友谊，处处却写樱花，写樱花并不径直写那两条道理，而是漫不经心地说，看来远了，散漫了，然而一层一层地裹了起来，又一层一层地剥了下来，看似无意，实是有心。这样，印象非常深，艺术形象的力量，典型概括的力量，其实就是一个形象化的象征性譬喻，这是问题的中心。以散文的力量，布下了种种疑阵，最后引到了核心中来。这就是艺术的构思，服从于主题的艺术的构思。

表面上看，很散，仔细推敲，觉得无不和主题有关，是一种烘托，是一种映衬，一树繁花要有枝叶来衬托它，枝叶是和花长在一起的，红花还得绿叶扶。从另一面看，要是没有樱花，没有围绕着樱花的一系列描写，直接地说罢工，说支持，说友谊，效果会是如何？写文章除了思想正确（这是根本的），也还要有艺术性，主题也许好，但直来直去，平铺直叙，感人、教育人们效果就差。写散文要能运用散文的特点，信手写来，旁征博引，无拘无束，侃侃而谈，娓娓动听，从中显示出主题思想的光辉。散文的作用与小说、戏剧、诗歌虽然不同，却是有其独到不可替代的功效的。

回到散字上来。散文的散：一是取材的“散”，生活的各个方面，生活的片断，时间、空间，都可以组织到一篇散文中来，可以不完整，没有什么限制，这是一。二是叙述方式的“散”，指行文的灵活性。

散文的这些特点就构成了它的独特的战斗能力——它是一个非常轻便、非常灵活、非常敏捷的文学样式。它不是大炮、不是坦克、不是飞机，却是轻武器，轻骑兵。它的篇幅短小，有时写得很轻松，很有情趣，形式又活泼，有人误以为是可有可无的东西，甚至以为是茶余饭后的消遣，是“小摆设”，鲁迅批驳了这种观点：

> 生存的小品文，必须是匕首，是投枪，能和读者一同杀出一条生存的血路的东西；但自然，它也能给人愉快和休息，然而这并不是“小摆设”，更不是抚慰和麻痹，它给人的愉快和休息是休养，是劳作和战斗之准备。（《小品文的危机》，见《南腔北调集》）

我们要把散文当作一种战斗武器，用它来为社会主义革命和建设服务。

一、生活要深入，材料要丰富，篇幅要短小

要了解人，也要了解环境，不仅了解现在，而且要了解过去。不仅是访问座谈中，书面材料上得到素材，而且要在生活中亲自去感受，感受建设新生活的人们的思想感情，内在的东西，本质的有力量的,震撼了你的心灵的,提炼、升华,不就事论事。去掌握第一手材料,让自己在生活中燃烧起来,情感沸腾,不吐不快,一旦下笔,不可复止,在此基础之上,要研究分析,对素材要根据需要加以归纳、取舍,去粗存精,去伪存真,要有一番提炼的功夫,要做到理丝有绪,不被纷纭的材料搞得头晕目眩。

(深入之后要改变,培养感情,要真的爱起来,激动起来,“记一辆纺车”之所以动人,根本之点不是它的语言漂亮,相反的,它的语言是质朴无华的,没有空洞的辞藻,也没有华丽的比喻,淳朴好比一杯醇厚的茶,越品越有回味——作者在谈那一切的时候,对延安的生活充满感情,那些平凡的、艰苦的生活是永远不会忘记的,关键在于爱那生活,动了感情,用不加修饰的语言写出来,好像是好朋友谈心,亲切,自然,没有什么色彩浓重的形容,也没有激动呀、兴奋呀之类的感叹,感情和景物融在一起,水和乳相溶,而不是油飘在水面上。)

不要罗列现象,不要有闻必录,不要贪大求全,包罗万象——那就成了庞杂,杂乱无章。

生活的感受要消化,发酵,改造制作——不是成绩单,也不是好人好事的表扬稿,从丰富的材料走向内容的凝炼。

二、构思要新巧

所谓构思,就是毛主席“然后才有可能进入创作过程”的开始,也就是“革命作家的创造性的劳动”的开始——由此对生活中得来的原始材料作一番改造制作。构思是第一步,由生活素材到艺术构思,是一个飞跃。

构思贵在创新,构思忌在平庸。在选择的几篇文章中,《光明颂》和《珍珠赋》算是较好的散文,《光明颂》由长安街的灯火联想到茅坪八角楼的灯火——光明、火种,有激情,有真实的感受,但不够新,因为很多人这样联想过了,天安门的灯,延安窑洞的灯,井冈山的灯。《珍珠赋》也是好散文,但它的构思也并不新,洞庭不仅是鱼米乡，而且盛产珍珠。历史上的洞庭（白居易的诗），解放前的洞庭（1935 年的溃决堤坝），今天产的是珍珠，渔舟上看珍珠，登堤岸，金黄的珍珠，雪白的珍珠，碧绿的珍珠，珍珠砌成的崭新世界。赞美培植珍珠的人民，电灯——珍珠，“天上银河失色，满湖碧水生辉”（夜景）——说到高压电线，文章的好处是用珍珠把描写湖庭今昔串了起来，文章活泼自然不枯燥，但从真的珍珠到其它种种比喻，感到不自然，感到是在“做”文章。因为珍珠和棉花、莲蓬、稻谷之间的联想显得生硬，不自然，不过是一种引申。这种手段，不见得十分新鲜。

《钟》就不一样，我们看到邮电大楼的钟，听到北京站的钟声，为那种声音所激动，而会浮想联翩。要是夏天的午夜当你漫步在长安街上，听到邮电大楼钟楼传来那悠扬清亮的钟声，你也许想写一首诗，也许借此写一篇抒情散文。怎么写呢，通常会以钟声为线索，今天的钟声，过去的钟声，引人前进等等，这是好的，但也是一般的。要写出新意来，“别人嚼过的馍不香”，艺术创作的道理也是一样，这篇一千多字的《钟》就对我们有启发。

先从主题谈起，显然，作者要通过农业合作化的发展历程歌颂一种精神，那就是勤俭办社艰苦创业的精神，这种主题在小说，也许是采用《创业史》的办法，塑造高大全或者梁生宝的形象，在抒情散文中，作者看到了、听到了、想到了“钟”，从钟来抒发这种思想感情，这是对的，但怎么表达，是我的见闻，从每当清晨，我就听到钟声开始写，我记得二十年前，钟声响了，贫下中农起来斗地主分田地。十年前，钟声响了，如今钟声响了……这，是似曾相识的，是屡见不鲜的构思了，要找一条新的路。

构思的新，根本不在于苦思冥想，而在于生活得深。深入地生活，用心地学习、观察，要去感受、去发现，发现那最能够表示事物本质的东西，发现那不仅表现了事物的普遍性（例如文化大革命带来的变化），特别是能够把这一事物和那一事物区别开来的东西。散文的为政治服务,同样的要注意表现重大的题材,它不是名副其实的小品,它体质小,但要表现重大东西,虽然不是多幕剧,但仍然要塑造工农兵形象,要运用样板戏的经验,要表现生活中的矛盾、斗争,这些原则都是一致的。但抒情散文如何发挥自己的特点去完成这一任务,这就需要探索、实践。

三、结构要严密

从散文讲,章法的散,不等于结构的乱。但又不能追求结构的谨严,而忽视散文行文的特点——起伏回旋,跌宕多姿,自由活泼。散文的结构,最忌平铺直叙,要有起伏,波澜,相辅相成。如《荔枝蜜》,从画说起,上得画的,那原物也叫人喜爱,“蜜蜂是画家的爱物,我却总不大喜欢”,这是歌颂蜜蜂的文章,却偏从讨厌蜜蜂谈起,然后扔下蜜蜂,讲起荔枝来,由荔枝而蜜,由蜜而到采蜜的蜂,了解蜜蜂的生活和工作,歌颂人民——“为自己,为别人,也为后世子孙酿造着生活的蜜”——“梦见自己变成一只小蜜蜂”,这个终篇包含有多深的意思。

比较各种文体,散文是轻骑兵、匕首、投枪、篇幅短,又要散,因此,结构上的要求就更高。有人用了一个比喻,一座大山上有一堆乱石,无损于它的壮观,要是一个小园里,有一堆乱石,就会破坏园林之美。一篇短短的散文,结构上应该做到匀称、优美、无懈可击,天衣无缝。

关于散文的一些知识。

一、散文的种类和形式:

广义的:凡是不讲韵律的都称散文。与韵文相对而言。古时文学的概念不明确,既包括文学也包括其他文章,后来则指诗以外的所有文学体裁。诗和文两大类,仍是广义的概念。

狭义的:与诗、小说、戏剧并列,这是四分法。散文包括:小品、杂文、报告、传记、游记、文学随笔。有人说散文是最自由灵活的体裁。

散文的种类：大体分三类，抒情、记叙、议论。

抒情。借景生情，托物言抒怀，直抒胸臆，通篇以感情为线索，可以有一个抒情中心，来书写作者波澜起伏的思想感情的变化，也可以抓住一点，用墨如泼，淋漓尽致。也写人，也记事，但目的不在人物形象和情节上，而是借景抒情、托物抒怀，把写人记事当做抒发情感的依托。

记叙。以写人记叙为主，通过人物活动、事件发展的记述，反映生活，表达思想。它有人物形象和具体的故事情节，但并不要求完整，往往是把人物活动的几个侧面，或事件的几个片段连接起来，以不同事物的内在联系为中心线索，也有倒叙、插叙等方法。也要求有强烈的抒情色彩，常常是时而叙事，时而抒情。

议论。以议事明理为主，通过对人物、事件的评述，表明作者的观点和感情，常常以实论虚，夹叙夹议，进行有理有据的、而且是生动、活泼的议论明理。把议论和抒情结合起来，是文艺性很强的政论文。

二、几种具体的散文样式。

小品文：最短小精悍，富于抒情。我国悠久的序、跋、传、记、日记等。有抒情小品、记叙小品，以生动精炼的笔调写人记事，揭示出发人深省的道理，以准确、逻辑力量见长的叫议论小品，借一斑而窥全豹，以一目尽传精神。

杂文。小品文中有鲜明的政论性质，又有强烈的文学性，常常是一语道破本质，要求短小精悍，言之有物，用幽默、比喻、反语来增强感染力，是“感应的神经，攻守的手足”，是匕首，投枪。写作时防止乱用讽刺。

叙事诗创作的新收获[*]

——《钻塔上的青春》叙事收获

文学是战斗的。在文学的各个品种中，人们都爱把诗比喻为号角、为战鼓。作为鲁迅所说的“感应的神经”，诗是最锐敏的；作为鲁迅所说的“攻守的手足”，诗又是具有强烈鼓动性的。抒情短诗是如此，叙事长诗也是如此。最近出版的长篇叙事诗《钻塔上的青春》（任彦芳著，人民文学出版社出版）就是在及时反映生活中的重大题材，发挥诗歌战斗作用方面做得较好的一部新作。

在当今风云变幻的世界上，石油是普遍关心经常谈论的话题。我们的伟大的社会主义祖国，在不长的时间内，就由所谓贫油国一跃成为石油出口国。大庆的红旗在飘舞，铁人的业绩被传颂。人们很自然地期待着文学作品，也期待着诗歌迅速地反映我国石油工人创造的这一史诗般的奇迹。

《钻塔上的青春》的作者，原先并不熟悉石油战线的斗争生活，但当他投身于火热的油田，与战斗着的石油工人一起劳动、一起生活以后，沸腾的生活感染了他，激动着他，使他产生了强烈的革命激情，在较短的时间内写出了这部四千多行的、热情洋溢的长诗。无产阶级的革命激情，是无产阶级革命诗歌的生命。而这种激情，对于站在岸边生怕浪花溅湿衣裳的人，是无缘的；只有敢于到“漩涡的中心”去的人，才可能获得。鲁迅曾批评过

---

* 此文初刊 1975 年 11 月 1 日《光明日报》。据此编入。

这样的人,他们的作品“很致力于优美,要舞得‘翩跹回翔’,要唱得‘宛转抑扬’,然而所感觉的范围却颇为狭窄,不免咀嚼着身边的小小的悲欢,而且就看这小悲欢为全世界。”而《钻塔上的青春》则恰恰是我们斗争生活的激流所冲击起来的浪花,向人们展示的是一个广阔的、火热的世界。

《钻塔上的青春》是反映石油战线上一支女子钻井队的成长过程和斗争生活的作品。打开诗卷,迎面扑来的是石油会战工地炽热的气浪,是“石油工人一声吼,地球也要抖三抖”的豪壮的音律。那是本世纪七十年代的第一个春天,坚冰初化的北国平原,满载着钻机、钻杆的汽车在烟尘中滚动,无数飞转的钻头呼啸着冲向地心岩层。我们从这个场景听到了祖国坚实的前进的脚步声。长诗通过对女子钻井队这一新生事物诞生和成长的描写,向我们展示了一幅崭新的生活图画。从“管钳”的故事中,我们看到了旧中国石油工人的灾难及其顽强的斗争;从“铝盔”的故事中,我们看到了新中国石油工人艰苦卓绝的创业史;从“红袖章”的故事中,我们更看到了大庆红旗在无数钻塔的上空凌风招展,看到了在青年一代的身上铁人精神焕发光彩,也看到了一批红卫兵战士,用建立第一个女子钻井队的革命行动,继续着她们在“文化大革命”中开始的万里长征。郭英、过江、小玲,就是作者重点刻画的三个青年女钻工的形象。女子钻井队队长郭英是长诗的主人公,是一个在斗争中锻炼成长的新的一代的英雄的形象,她自觉的革命精神,给读者留下了深刻的印象。烈士的女儿过江,爽朗、泼辣,有斗争性,性格是鲜明的,可惜的是在长诗的后半部她的形象看不出有什么发展。小玲在生活中所遇到的挫折使人警觉到与旧的传统观念决裂的迫切性,她的进步使我们感到高兴。就是这些由红卫兵战士成长起来的朝气蓬勃的青年女钻工,接过了前辈用过的管钳,在高高的钻塔上贡献着她们壮丽的青春。

《钻塔上的青春》是叙事诗。叙事诗,顾名思义,它和其他叙事作品有共同之处,同时又必须具有诗的特点。作为叙事作品,它要塑造人物、展开矛盾、铺写故事,作为诗,它又要精炼、抒情、音韵和谐,要把二者很好地结合起来,必须依靠诗人的艰苦劳动和艺术匠心。我国古代文学中优秀的长篇叙事诗,各兄弟民族的史诗性作品,能够通过口头的传诵而流传久远,就是因为它们把二者较好地结合起来了。我国现代的叙事长诗如《王贵与李香香》、《漳河水》等之所以为群众喜闻乐见,原因也在这里。

叙事长诗由于所表达的内容比较丰富,相对地在篇幅上要长一些,但这并不意味着可以随意铺陈,无所节制。有些叙事诗的毛病也往往在这里。特别是,叙事诗的人物描写和对话如果处理不妥,最容易影响长诗的精炼。人物要行动,但描写不能繁复,人物要说话,语言又切忌冗长。就精炼这一点说,诗歌比对小说、戏剧的要求更为严格。《钻塔上的青春》在这方面是作了努力的,它力求用典型的、富有特征的动作和富有个性的语言来表现人物的神采风貌。如第一章,运载新工人的船只在江心搁浅了,郭英"咚"的一声带头跳下旋转着冰排的江中推船。前来迎接的吴大队长吃惊了:

> 你这丫头,真是……革命小将!
> 姑娘笑了:"是不是说有点莽撞?"

两个人物,两句话,表达了两种不同阅历、不同身份的人对眼前事件的不同反应。吴大队长的这句带有删节号和惊叹号的话,传达着吃惊、爱惜以及不无保留的赞叹——他对"革命小将"是有"看法"的。至于郭英,长诗只用一个动作,速写般地勾勒出她的精神面貌;用一个简短的反问句,说明这个昔日的红卫兵,今日的石油工,在发扬敢打敢冲的精神的同时,也在时刻警惕自己身上可能产生的弱点。作者没有让他的英雄人物使用空洞的豪言壮语,但她给我们的第一个印象,是深刻的、有力的。文学作品中人物形象的塑造往往得通过人物的行动的描写;一个典型的动作,可以胜过许多浮泛的语言。再如第十五章写郭英登钻塔挂标语,并没有说一句话,郭英的战斗风姿却跃然纸上;第四章写郭英请战,她和赵书记以及吴大队长的对话,都很简短、有力、传神。这些,无疑是符合诗歌特别需要精炼这个要求的。同时,应该指出,《钻塔上的青春》也有一些不精炼的地方,如结构有些散,章节略嫌繁,有些诗句还缺乏锤炼,这是需要作者注意的。

叙事诗的抒情,就是要结合叙事来抒情,通过抒情的方式叙事。从《钻塔上的青春》看,通篇读来,有一股汹涌的激情,这是可贵的。作者是用激动的心情,用火热的语言,来向我们讲述钻塔边上发生的一切的。如郭英抢救小玲那个场面,万分危急之中,作者写道:

> 刘英俊怎样挽住惊马?
> 金训华怎样冲进波涛间?
> 一秒,十分之一秒,时间可以分成
> 　无限小,
> 但却包含着多么丰富的内涵!

这些诗句,系由前面的"一秒钟做出了判断"引出,似是题外之笔,实则是强调了这一刹那的分量。这是隽永的、富有哲理的抒情。此外,如赵书记带头登钻塔,"一朵红云做了他的衣裳";郭英因救战友而负伤流血:"那佩戴红卫兵袖章的臂膀,立刻燃烧起炽热的火焰"。这些诗句,叙的是实事,又何尝不是富有想象力的抒情?当然,从全诗看来,这样闪光的诗句并不算多。

叙事诗不是小说的分行。它的分行是诗歌的音乐性决定的:诗要有节奏,有韵律。叙事诗的语言应当节奏强烈,音调铿锵。《钻塔上的青春》的多数句子，做到了节奏大体整齐。一般是四行一节，这是目前最普遍的一种诗格。其中有些诗节的节调是不错的，如：

郭英不住地擦脸，
分不出是雨水，还是热汗；
小玲不住地揉眼，
不知是泪珠，还是雨点。

前后各相连着的两行，自然地形成对偶，节奏也对衬，读起来琅琅上口，耐人回味。从押韵看，全诗一般是逢双句尾押韵。节段之间，自然换韵，但因为换韵松紧不一，规律不严，音乐气氛受到一定影响。新诗必须在批判地继承古典诗歌和民歌的基础上发展，其中包括着民族形式的推陈出新，继往开来。新诗形式必须朝着民族化努力，《钻塔上的青春》在这方面尚嫌不足。作者应该从我国民歌和古典诗歌方面吸取一些有益的养料，以期使作品在具有丰富思想内容的同时，又能在形式上为群众所喜闻乐见。

广大工农兵中间，有多少像郭英那样的英雄人物战斗在自己的岗位上，诗人们应该去找他们，写他们，讴歌他们。我们欢迎长诗《钻塔上的青春》，同时，也殷切地期待着更多的好的诗作问世。

1976

时代需要号角*

想起连队，就想起军号。海边，雾气茫茫的清晨，一阵号音响过，战士的步履匆匆，操场上杀声四起，这是何等振奋人心的场景！想那战火纷飞的年代，激越的军号凌霄而起，硝烟迷漫中，激励过多少战士为祖国的解放、人民的幸福义无反顾地冲锋向前！正是"喇叭声咽"的豪壮，激发着"迈步从头越"的钢铁的意志。

每当想起军号，我就联想到诗。我想，无产阶级的诗歌，应当起到阶级斗争和路线斗争冲锋号的作用。无产阶级需要战斗的鼓点；革命烽火遍地的时代，需要昂扬的号音。

"旧世界打个落花流水"，"鲜红的太阳照遍全球"，被誉为诗歌形式的共产党宣言的《国际歌》，是无产阶级的最强音，它永远鼓舞我们为实现共产主义的理想而斗争。

要是我们的诗歌，都能吹出时代的最强音，成为无产阶级的千万支洪亮的军号，那末，诗这个武器，将会产生多么巨大的团结、教育人民、打击并消灭敌人的威力！

有人谈到诗意认为诗意总要有点酸不溜儿的味儿。问题常常发生在这里。某些诗歌之所以脱离群众，就是因为脱离了群众的生活和斗争，时代感差了，阶级斗争的火药味不足，人为的雕琢多了，人民群众那种豪壮的质朴的呼声少了。

诗究竟是武器，还是摆设，这是有斗争的。武器是要精的，

---

* 此文初刊1976年2月25日《云南文艺》1976年第2期。据此编入。

要有蓝光闪闪的钢,要锋利。诗当然要讲究思想艺术的完美统一,其目的在于克敌制胜。诗若是摆设,为了茶余饭后的摩娑品玩,当然就要它玲珑剔透。所谓的“终朝点缀,分夜呻吟”[①],这是封建士大夫的情致,这些“做”出来的诗,只能是摆设。诗在我们无产阶级的手中,完全是另一回事,它是喷火的武器,是炸弹,是呼喊。

鲁迅早年就提倡那种“立意在反抗,指归在动作”[②]的诗人,高度评价那种“动吭一呼,闻者兴起,争天拒俗”的诗。他很重视诗的这个战斗性。后来,他把无产阶级的诗歌,比喻为东方的微光,林中的响箭,冬末的萌芽,进军的第一步,“是对于前驱者的爱的大纛,也是对于摧残者的憎的丰碑[③]”,鲁迅的意思是非常重要的,他不仅指出了诗的号角和武器的性能,而且还指出,诗应有鲜明的阶级的憎爱,诗应该走在时代的前面。“东方的微光”——诗报告太阳就要升起!“冬末的萌芽”——诗预言春天就要到来!

现在,我们面前又吹起了一支新的进行曲,这是《理想之歌》。这是新人写新诗,这是革命的诗歌革命的人。这首诗,以饱满的革命激情,歌颂了史无前例的“文化大革命”,歌颂了这场伟大革命带来的新的人物、新的世界。它的字里行间,传达出那种电闪雷鸣般的一代新人的革命理想。上述那些回响着祖国前进的脚步声的诗歌,我们是不会忘记的。因为它以来自生活斗争的、凝结着人民爱和憎的革命情感,深深地打动了我们。“诗言志”,指的是革命的诗要表达无产阶级及人民大众的愿望与理想。

我们都知道,马克思非常推崇《织工歌》。他称赞这首诗,是

---

① 见钟嵘《诗品》。

② 《摩罗诗力说》,《鲁迅全集》第一卷,第 197 页。

③ 《白莽作〈孩儿塔〉序》,《鲁迅全集》第六卷,第 402 页。

“一个勇敢的战斗的呼声”[1]。马克思说:“在这支歌里无产阶级却一下子毫不含糊地、尖锐地、直截了当地、威风凛凛地大声宣布:它反对私有制社会。西里西亚起义一开始就做到法国和英国工人起义结束时才做到的事情,即是,意识到无产阶级的本质。”[2]要是我们的诗歌都能自觉地“意识到无产阶级的本质”,不是尾随在事件的背后,而是当新生事物处于萌芽状态即“一开始”时就抓住它的实质,像马克思所首肯的那样,“毫不含糊地、尖锐地、直截了当地、威风凛凛地大声宣布”它的鲜明的阶级性,使诗歌成为“一个勇敢的战斗的呼声”,那该多好啊!要知道,这种“呼声”,正是我们所缺少的。

记得是闻一多先生说过,“这是一个需要鼓手的时代,让我们期待着更多的‘时代的鼓手’出现。出提琴师,乃是第二步的需要,而且目前我们有的是绝妙的琴师。”[3]闻一多对鼓手的热烈期待,以及对琴师的委婉批评,对我们是会有启发的。闻先生在开始时,是一个热心提倡诗的音乐美、绘画美、建筑美的“琴师”,但他由于接近了人民和革命,终于以“时代”的“鼓手”而献出生命。闻先生牺牲近三十年了,他的话今天看来还是适用的:

这是一个需要鼓手的时代!

1976年1月9日凌晨于北京

---

① 《马克思恩格斯论艺术》第二卷,第453页。

② 《马克思恩格斯论艺术》第二卷,第453页。

③ 《时代的鼓手》,《闻一多全集》,第233页。

令人感奋的战歌*

——读长诗《理想之歌》

我们的充满蓬蓬勃勃斗争的伟大时代，期望着革命诗歌以高昂激越的声音，歌颂斗争中出现的新的人物和新的思想，鼓舞人们向着共产主义理想勇猛进军。《理想之歌》，就是这样一首战斗的歌。

《理想之歌》是无产阶级文化大革命的产物。千百万亲身参加这场伟大革命的红卫兵，响应毛主席的号召，上山下乡干革命，接受贫下中农的再教育。他们发扬了革命前辈艰苦奋斗的传统，以愚公移山，改造中国的豪迈行动，踏着坚实的脚步，向着宏伟理想前进。这是一代新人的《理想之歌》。

长诗是从广阔的历史背景上展开主题的：北京、天安门、“文化大革命”激流澎湃，年轻一代在这里沐浴着理想的阳光；而在我国的革命圣地延安，他们为理想种子找到了生根发芽的肥沃土壤。这样，我们当前向理想进军的步伐，便呼应着革命战争年代的冲锋的足音，长诗的主题因之更显深沉，长诗的意境因之愈觉开阔，并把下面这一思想形象化了：我们当前进行的包括知识青年上山下乡在内的革命行动，正是中国共产党人和全国人民数十年英勇战斗的继续。

诗中抒情形象的“我”，诞生在祖国“朝霞满天的黎明”，落地便踏上了“红色的甲板”。而这时，随之扑面而来的，是那象征着

---

* 此文作于 1976 年初，据《人民日报》备用版清样编入。

阶级斗争风暴的“汹涌的浪峰”。这些描写，不仅典型地概括了跟中华人民共和国同龄人的经历，而且形象地阐明了这一代青年是在斗争的大风浪中成长的。理想的航帆升起的时候，就有“八面来风”把它吹动。长诗一开始，就展现了两个阶级两种理想观的斗争：阿姨的“包身工的希望”，伯伯的“儿童团的红缨”，这是长辈关于不要忘记阶级斗争的殷殷嘱托；另一方面，则是“阶级斗争熄灭”论的说教。斗争围绕着两个阶级争夺接班人这一焦点而展开。无产阶级用实现全人类解放的共产主义理想培养自己的接班人，而一切剥削阶级，无不以腐朽的剥削阶级的“理想”腐蚀青年。长诗以触目惊心的诗句，揭露了争夺接班人的血淋淋的事实，这正是不见硝烟的阶级搏斗。《理想之歌》的主题，就是在这种贯串始终的两个阶级两种理想的对立斗争中展开的。任何时候，忘记或忽视了阶级斗争，就会走向歧路。谈理想也如此，《理想之歌》抓住了这个主题，因此也就抓住了问题的本质。

《理想之歌》批判的笔锋，不仅尖锐地指向国内的修正主义，而且把握住当前世界革命烽火遍地的特点，从国际反帝、反修、反霸的高度，来看待这场关于理想的论争。帝国主义曾把复辟的希望寄托在我国第三代、第四代身上，社会帝国主义更是恶毒攻击中国青年“离开了爹娘”“没有理想”。长诗以强烈的无产阶级义愤严词驳斥“离开了爹娘”的不是别人，正是那些背离了十月革命道路的叛徒；“没有理想”的也不是别人，正是那些在伏特加中醉生梦死的“垮掉的一代”。《理想之歌》不是轻飘飘地谈理想，而是从批判资产阶级、批判修正主义、维护马克思主义纯洁性的斗争中显示出它的思想深刻性。它以高屋建瓴的气势对这场斗争作了总结性的概括：这是“历史上一次伟大的反潮流”，“一场震撼世界的反修仗”！《理想之歌》正是以批判一切剥削阶级意识形态的严峻声音，以与旧传统观念实行彻底决裂的斗争旋律，取得了震撼人心的强烈效果。

“社会主义制度的建立给我们开辟了一条到达理想境界的道路，而理想境界的实现还要靠我们的辛勤劳动。”毛主席的这一段话是对青年讲的。《理想之歌》对这一光辉论述作了艺术形象的阐明。在这里，长诗运用了革命的现实主义和革命的浪漫主义相结合的创作方法，把宏伟的理想境界与实现这一理想的辛勤劳动结合起来。它在坚实的生活斗争的基础上，通过雄辩的事实，形象化地写出了“我”在贫下中农再教育下，不断地“校正”着“理想的航线”；同时，又有由此生发出来的革命理想的酣畅的抒情。这首长诗，具有政治抒情诗的特点，即政治性和抒情性较好地统一起来。它激情充沛而又有鲜明的形象；有警策的议论而又不流于空泛。

长诗的作者能赋予抽象的东西以具体感性的诗的形象。“大跃进”的炉膛里，“有我拣来的碎铁小钉”，叔叔们写批判稿投入庐山上的战斗，“我帮助把墨研得又黑又浓”。这些激动人心的诗句，只用了两个细节，便生动地概括出一代新人在斗争中度过的童年。“丰饶的山区也不都是核桃、海棠”，通过两种山区常见的果品，以浅喻深，概括了丰富的思想；“深翻土地，举起三五九旅的镢头”，运用诗的跳跃，在一句中把历史和现实联系起来，而赋予一个普通的劳动动作以饱满的思想容量。政治抒情诗的政治性，有赖于来自生活的形象显示，否则，抒情将失去凭借；但又不能只满足于现象的罗列，而要有由感性上升到理性的高度概括，这种概括，往往起到画龙点睛的作用。“千重险峰，万顷巨浪，后继有人，大有希望”，凝炼简约，斩钉截铁，巨浪滔天，不可遏止。这样一句非常朴素的语言之所以有力量，正是由于诗中一系列的实际斗争的描写，水到渠成，不这样直呼而出，就不足以显感情之深重。

无产阶级的诗歌，要表现革命的激情。对革命人民，要爱；

对敌人,要恨。诗言志,就是说,诗应该歌颂无产阶级和人民大众的理想和愿望;愤怒出诗人,就是说,诗应该满腔愤怒地批判资产阶级和修正主义。《理想之歌》热情歌颂无产阶级"文化大革命"以及由它带来的千百万红卫兵与工农相结合这些新事物,而对社会帝国主义以及一切反动腐朽的意识形态作了勇猛的批判。这种凝结着人民的爱与憎的革命激情,是很令人感奋的。《理想之歌》通篇都充满了对党和毛主席的热爱。"又过了七八年,又过了七八年!""第九次大搏斗,第十次大搏斗!"言简意赅,生动传神,既表现了阶级斗争和路线斗争的紧迫激烈;又传达出全党全民在毛主席率领下势如破竹地战斗胜利的气势。读着这样汹涌奔腾的诗句,联想到写了这样诗句的年轻作者们,我们的耳边不禁响起了鲁迅那警辟的论断:"我以为根本问题是在作者可是一个'革命人',倘是的,则无论写的是什么事件,用的是什么材料,即都是'革命文学'。从喷泉里出来的都是水,从血管里出来的都是血。"

出现在我们面前的,正是这种令人感动的现实。写这"新"诗的,是"文化大革命"培养出来的新人。这是革命的诗歌革命的人。这种"新",不是天生的,而是斗争造就的。他们入大学前就在延河岸边,内蒙古草原,在黑龙江刚刚开发的莽原,生活着、战斗着。入大学后,在毛主席的革命教育路线指引下,以社会为工厂,投身于火热的斗争。他们到过百花山下的京西根据地,到过井冈山时代的红军英雄连,到过京西煤矿沸腾的地层下,到过西南国境线上的少数民族山寨竹楼。正是在这样热火朝天的广阔天地里,他们听到了我国劳动人民平凡而伟大的气壮山河的理想之歌。这些歌声,后来就化成了《理想之歌》的音符和旋律。斗争生活是诗的源泉,也是冶炼新人的伟大熔炉。《理想之歌》的出现,使我们看到了长久期望的那种美好的境界,这就是诗和诗作者的统一,战士和诗作者的统一。《理想之歌》的作者,同时就是《理想之歌》的主人公；用笔写《理想之歌》的，也用自己的实践，把生活中的《理想之歌》继续写下去。在我们新一代的身上，“诗如其人”的概念不够用了。诗和诗作者行动脱节的现象开始消失。《理想之歌》给我们的启示是丰富的，但主要的和首先的，不是如何做诗的问题，而是如何做革命者的问题。

谈谈《理想之歌》[*]

一首好诗，总是以它强烈的战斗精神，呼喊出时代的强音，让人民在感情上振奋起来。《理想之歌》，就是这样一首让人民振奋的战斗的诗。

在当前的教育革命大辩论中，这首在斗争中产生的诗篇，成为一个锐利的武器，又有力地投入了两条路线的斗争。仅仅就这一点来说，就是诗歌应该、而且也能够作为阶级斗争和路线斗争的战斗武器的生动说明。毛主席指出，文艺应当成为"团结人民、教育人民、打击敌人、消灭敌人的有力的武器"。无产阶级的诗歌，应当是战斗的诗歌，它不是茶几文案上的小摆设，也不是花前月下的无病呻吟。无论是诗，无论是歌，都是炸弹和旗帜。

我和在座的许多同志一样，是一个诗歌爱好者。由于工作上的原因，我对《理想之歌》的创作及其作者有一些了解。今天能够和大家一起，谈论这首引起大家兴趣的诗，是很愉快的事情。

《理想之歌》是"文化大革命"的产物。这场伟大的革命，教育了全国人民，也教育了年轻一代。亿万亲身参加过"文化大革命"的红卫兵小将，响应毛主席的号召，上山下乡，接受贫下中农再教育。他们以脚踏实地改造河山的豪迈行动，继承着无数先烈为之付出鲜血的未竟事业，发扬了前辈革命家艰苦奋斗的光荣传统，向着共产主义理想前进。这正是一代新人的"理想之

---

* 此文初收《谈谈〈理想之歌〉》，北京市上山下乡知识青年函授教育办公室1976年3月编印。据此编入。

歌”，这正是《理想之歌》的庄严主题。

《理想之歌》揭示这一主题，不是表面化的，浮泛的，而是从广阔的历史背景上作了深入的开掘的。长诗把年轻一代最初沐浴理想阳光的地点，安排在祖国的心脏北京：天安门、“文化大革命”的激流澎湃；而把年轻一代坚定革命理想的环境，选择在我国的革命圣地延安：白羊肚手巾，红袖章，高原上新开放的山丹丹。当一位青年，当他们长得“同父兄一般高”，而被编入革命的队列中的时候，正赶上“文化大革命”。对他们来说，光华灿烂的理想火花，是这场革命的熊熊烈火点燃的。长诗指出这点，是指出了一代新人走上革命征途的决定性因素。不仅这些，它还深刻地指出，当前这场上山下乡的革命理想的进军，正是中国共产党人和全国人民数十年英勇战斗的继续。这些思想，由于北京——延安这一典型环境的确定，而被形象地展示出来。在这里，我们当前豪迈地向理想进军的鼓点，呼应着革命战争年代激越的冲锋号音，主题因之更显深沉，意境因之愈觉开阔。

长诗作者设计了一个典型的抒情形象——“我”：

当我第一次
睁开眼睛，
祖国
正是朝霞满天的黎明。
双脚刚刚落地，
就踏上了
红色的甲板，
扑面而来的
是前进航程中，
汹涌的浪峰。

黎明时节启航的战舰，红色甲板载我远征。这些形象，概括了一代青年人的共同经历。作者懂得运用诗的比喻，以暗示代替说明，赋予政治性很强的概念，以具体感性的诗的形象。因为形象化了，不仅用语经济，而且感染的力量也强。黎明和红色甲板，当然指的是诞生在解放了的祖国，诞生在党的怀抱中；而扑面而来的浪峰，无疑是暗示着前进路上斗争的风暴。阿姨讲的"包身工的希望"，伯伯掏出的"儿童团的红缨"——一个是旧社会童年的苦难，一个是当年红色少年的斗争，年长的一辈用迎接斗争的殷殷嘱托来培养这些初放的祖国之花。然而，也正是这个"朝霞满天的黎明"，有人却送来和平鸽，妄图用阶级斗争熄灭论的陈词滥调腐蚀幼小的心灵。理想的航帆升起的时候，就有"八面来风"把它吹动。长诗一开始就展示了两种理想观的斗争。这种斗争，围绕着两个阶级争夺接班人这一焦点而展开。无产阶级以实现全人类解放的宏伟理想来培养自己的接班人，而一切剥削阶级，从孔孟之徒的"劳心者治人"、刘少奇的"读书做官"，到林彪的"变相劳改"，无不以没落阶级的个人主义的"理想"说教来争夺接班人。二者之间的斗争是激烈的。《理想之歌》的主题，就是在这样的对立面的斗争中展开，并且贯串始终的。长诗通过两种理想观的斗争以歌颂无产阶级的共产主义理想，而显示出它的思想深刻性。

《理想之歌》指出在理想问题上两个阶级、两条路线斗争的同时，还揭示了在当前这种斗争的主要形式：即这一激烈的阶级争夺战，不是在炮火连天的战场上进行，而是在没有硝烟的环境中潜移默化地和平演变的。关于这一点，长诗以犀利的笔触，揭露了修正主义教育路线用资产阶级"理想"来戕害青年的事实，这就是所谓的"求名不得，抑郁而死"、"飞吧，未来的科学家，青年的鹰"等等，这样的教育制度造成的恶果是佃户的后代不认爹和娘，矿工的儿子不愿再下井挖煤。这个血淋淋的争夺接班人的事实，说明了"文化大革命"的及时和必要性。正是这场革命宣告了修正主义路线的破产，年轻一代在革命风暴中受到了教育和锻炼。一月风暴在上海港，大串连到红旗渠。主人公懂得了“描绘理想的大笔，从来倾注着阶级的深情”，懂得了工人阶级和贫下中农有着远大的理想，而知识青年只有与工农相结合，才是通往革命理想的唯一途径。假使说，“文化大革命”长征串连途中的见闻，是使主人公初步受到了一次革命理想的教育的话，那么，当主人公来到延安后的斗争、生活，无疑是给理想种子找到了坚实的扎根的土壤。正是老八路淬火加钢的锤声，“为理想之歌加进了继续革命的节奏”；正是有觉悟的贫下中农公而忘私的朴素言行，一次次地“帮我校正着理想的航线”。长诗正确地指出，一个青年革命理想建立的过程，就是接受再教育，改造世界观的痛苦磨炼的过程。就是此时，也仅仅是此时——

> 我才开始填写
> “什么是革命青年的理想”
> 这张严肃的考卷！

《理想之歌》之所以是一首让人民振奋的诗，就是说，它有打动人民的力量。《理想之歌》的力量在哪里呢？根本在于，它抓住了现实斗争中为人们所关注的问题，青年人向往未来，爱谈理想，在革命变革的关键时刻，他们急切地要了解关于理想的答案。什么是新中国青年的理想，又该怎样去实现？长诗提出了这个问题，而且并不简单化地出现它。而是在典型的环境里，广阔的背景中，有层次地，有深度地对这张严肃的考卷作出了答案。革命诗歌是无产阶级的精神武器，应该是有所为而发的。诗歌抓住了人们经常思考的问题，就抓住了人们脉搏的跳动，因此，当它爆炸的时候，就能震撼人们的心灵。

这一点，对我们学习写诗的同志，以及爱好诗歌的同志都是有启发的。当我们为斗争生活中的某种人物、思想、事件所激动时,我们就想表达、倾吐自己的这种激动,也希望借此以激动别的同志。情动于中,而行于言,是谓之诗。把这种来源于人民的生活斗争激流中的浪花,创造成诗篇,就根本不同于那种矫揉造作的吟风月弄花草的所谓"诗"。我们无产阶级的革命的诗歌,是一种斗争的工具,或是为了鼓舞、教育人民,或是为了打击、消灭敌人,或是二者兼而有之。总之,是回答斗争的需要的。当我们拿起笔来时,我们就要想想,我写诗是为了什么:不能是为写而写,没有明确的战斗的目的。

《理想之歌》主题的深刻性,还表现在它能够站在时代的前列,从国际反帝反修的高度来看待和认识这一场关于革命理想的斗争。帝国主义的预言家们把复辟的希望寄托在我国第三代、第四代的身上;社会帝国主义更是恶毒咒骂中国青年"没有理想"。长诗对此予以有力的反击:正是他们背离了十月革命的道路,"没有理想"的不是别人,正是在伏特加中醉生梦死的垮掉的一代。长诗在针锋相对地歌颂了两个中国青年的光辉形象之后,以雄厚有力的声音宣告,中国土地上正在进行的这一场革命,不是别的,正是"历史上一次伟大的反潮流","一场震撼世界的反修仗"。这就使《理想之歌》不仅具有深透的思想含义,而且有了浓烈的帝国主义走向灭亡、无产阶级取得胜利的时代气息。《理想之歌》的这些笔墨,使它具有了时代的高度,它是我们时代的战斗的歌。

鲁迅在评论殷夫的诗时,曾经精辟地阐述过无产阶级诗歌的性质:"这是东方的微光,是林中的响箭,是冬末的萌芽,是进军的第一步,是对于前驱者的爱的大纛,也是对于摧残者的憎的丰碑。"(《白莽作,〈孩儿塔〉序》,见《鲁迅全集》第六卷第 402 页)无产阶级的诗歌,要表现革命的激情。所谓革命激情,表现在:对革命,要爱;对敌人,要恨。爱憎分明,诗也就能够激动人心。"诗言志",就是说,诗应该歌颂无产阶级和人民大众的理论和愿望；“愤怒出诗人”（见恩格斯的《反杜林论》，《马克思恩格斯选集》第三卷第189页），就是说，无产阶级诗歌要满腔愤怒地批判一切剥削阶级的意识形态。在这些方面，《理想之歌》既举起了对人民、对革命的“爱的大纛”，也竖起了对敌人、对腐朽事物的“憎的丰碑”。对于一首诗来说，到底什么最可贵？是美丽的词句吗？不是。是艺术技巧吗？不是。是软绵绵的所谓“诗意”吗？不是。最可贵的是诗歌所表达的这种凝结着人民的爱和憎的革命激情。这是足以使人民感奋的。

世上没有无缘无故的“爱”，也没有无缘无故的“恨”，毛主席在延安文艺座谈会上的讲话中说过：“马克思主义的一个基本观点，就是存在决定意识，就是阶级斗争和民族斗争的客观现实决定我们的思想感情。”《理想之歌》的突出长处，在于它以强烈的无产阶级的革命激情，歌颂一代新人的革命理想，它不是轻飘飘地离开阶级、阶级矛盾、阶级斗争去唱什么“理想之歌”。“阶级斗争是纲，其余都是目”。谈理想也如此，离开阶级斗争谈理想，就会走向歧途。《理想之歌》始终是在这种不同阶级、不同理想观的对立斗争之中展开它的主题，它不仅揭露、批判了国内的资产阶级、修正主义，而且揭露、批判了国际的资产阶级、修正主义。它无情地抨击了一切剥削阶级的腐朽没落的意识形态，满腔热情地歌颂了无产阶级的伟大理想。它写一代青年树立革命理想的过程，是阶级斗争的过程，是无产阶级与资产阶级争夺接班人的过程。关于这个方面，长诗有不少生动的例子可供说明，请看这一段诗句：

又过了七八年，
又过了七八年！
无产阶级“文化大革命”
一声震撼世界的雷鸣！
第九次大搏斗，

第十次大搏斗！
我，同父兄一般高，
编制在
革命大军的行列中——

我很喜欢这一段诗。“又过了七八年，又过了七八年！”这不是简单的诗句的复沓，而有着双关的内容。一方面，指的是经过两个七、八年，“我”已由儿童变成了青年；一方面，指的阶级斗争的规律，“我”的童年是在每隔七、八年一次的大的斗争中度过的。诗歌是讲求精炼的，两个七、八年是怎么过的，不用详写，运用了跳跃的手法，留下充分的余地，供读者自己去补充、联想。同时，紧接着的两个“又过了七八年”，很能传达出我们伟大祖国在毛主席率领下乘风破浪飞流直下的气势。“第九次大搏斗，第十次大搏斗”，也是这样，紧接着写，既充分地显示出党内两条路线斗争的激烈和紧迫，又充分地表达出在毛主席革命路线指引下，全党全国人民势如破竹地彻底粉碎了刘少奇、林彪两个资产阶级司令部战斗胜利的气氛。

还有一段关于“文化大革命”的描写，也是充满了革命激情的。这批革命小将，在他们离别北京的前一天夜晚，来到中南海外挥笔写下一行誓言：

“上山下乡
彻底革命！”
一个字
用八张纸，
从傍晚
写到黎明。
为了让敬爱的
毛主席，

推开办公室的窗棂，
能在晨曦的辉映下，
看到我们的决心，
露出欣慰的笑容……

战斗的生活，产生战斗的诗的风格，一个字八张纸的誓言是豪迈的，那巨字的笔划间，正跳动着革命小将对伟大领袖炽热的心。这一激动人心的场面，当然是从“文化大革命”那沸腾的生活场景中提炼出来的，既足以表达小将们的决心誓愿，又充分体现了那不免带有几分稚气的天真可爱的特点，他们觉得，字写得越大，毛主席就越看得清楚；毛主席发现了他们的大标语，知道了他们的大决心，就会非常放心，非常高兴。正是因为这些诗句，很典型地再现了文化大革命的战斗生活，再现了当年红卫兵小将的思想感情，因此，读来是亲切感人的。这样动人的场面，长诗中还有，如他们怀揣《炮打司令部》的伟大宣言，挥舞红卫兵摧枯拉朽的笔锋，一夜之间，把横扫“四旧”的倡议贴遍全城。因为它充满了对这场伟大革命的发自深心的热爱，因为它充满了因参加这一场和资产阶级修正主义英勇斗争的自豪感，所以，取得了激动人心的强烈效果！

“社会主义制度的建立给我们开辟了一条到达理想境界的道路，而理想境界的实现还要靠我们的辛勤劳动。”毛主席的这一段话是对青年讲的，它指出了无产阶级的革命理想，又指出了实现这一理想的艰苦斗争。《理想之歌》对这一光辉论述作了艺术形象的阐明。在这里，长诗运用了革命的现实主义和革命的浪漫主义相结合的创作方法，把宏伟的理想境界与实现这一理想的辛勤劳动结合起来。它在坚实的生活斗争的基础上，通过雄辩的事实，形象化地写出了“我”在贫下中农再教育下，不断地“校正”着“理想的航线”。同时，又有由此生发出来的革命理想的酣畅的抒情。

星夜里，
挑灯巡视水库堤岸，
识阴晴、
辨敌友、
练就一双阶级的锐眼。
岔路口，
拦住弃农经商的大车，
顶逆流，
分路线，
铸造一副钢铁的肝胆！

既写出了农村激烈的阶级斗争，又写出了斗争中“我”的成长。“阶级的锐眼”，是在“星夜挑灯”中“练就”的；“钢铁的肝胆”，是在“岔路拦车”中“铸造”的。这些诗句，精炼，简约，而且有立体感，作者在描述“我”在斗争中成长时，从各个方面，各个侧面，来加以阐明，笔墨生动，而且充分，令人信服地指出：一个革命青年的革命理想的建立，不是靠什么“修养”，也不是天生的，而是在日日、月月、年年的实际斗争，日日、月月、年年的贫下中农和革命前辈的再教育下树立起来的。“农村需要我，我更需要农村”这样一句非常朴素的语言之所以有力量，正是由于诗中一系列实际斗争的描写，水到渠成，不这样直呼而出，就不足以显示感情之深重。也正是由于一系列关于革命理想树立的过程的描述，所以，当它喊出：

为了实现无产阶级的理想，
我愿在这光荣的陕北高原，
迎接十个、几十个
战斗的春天！

这样的豪迈语言时，不仅不感到抽象，而且感到非常结实，有基础，有分量。因为它的豪言壮语是建立在坚实的基础上的。

《理想之歌》是一首政治抒情诗。这种诗，既要有浓厚的政治性，又要有充分的抒情性。不说道理，不发议论，就谈不上政治的抒情诗；然而，它又应该具有诗的形象，通过创造诗的意境，运用诗的语言，充分地抒情，不这样，也就不成其为抒情的政治诗。总之，政治抒情诗，应当做到政治性和抒情性较好地统一起来。我们读到的不少政治抒情诗，——应该说，这种诗是深受读者，特别是青少年的喜爱，因为它气势雄伟，宜于朗诵，能够唤起人们的热情——这类政治抒情诗要写好是不容易的。一般的毛病，要么是缺乏气势，调子较软，不能抓住思想实质，画龙点睛地阐明正确的论点，批驳错误的论点，政治性不强，而更经常发现的毛病，则是标语口号化，不知道运用诗歌的特点，把说道理形象化起来。《理想之歌》一定程度地做到了激情充沛而又有鲜明的形象；有警策的议论而又不流于空泛。它避免了一般政治抒情诗容易出现的空喊标语口号缺乏感性形象的毛病。作者善于把抽象的东西，用鲜明生动的典型化了的形象来表达，从而使那些政治语汇，具有了形象性。“丰饶的山区也不都长着核桃、海棠”，说的是农村并不平静，而是充满了阶级斗争。诗中借用山区最普通的果品核桃海棠，形象地比喻着严肃的政治内容，概括着丰富的思想意义，达到以浅喻深、以近指远的目的。“地富会端来‘关心’的米汤”，意思是说阶级敌人将变换花样来腐蚀拉拢。这些道理借用了巧妙的比喻，一下子就生动起来。俗话说“灌米汤”，指不怀好意的说话，献殷勤，这里是一种借用，“米汤”成了阴谋诡计的代名词，而且是可以“端”的，使我们仿佛看到了阶级敌人别有用心的行径。要是换成“地富还不甘心死亡，时刻想腐蚀拉拢知识青年”，意思是一样的，但是大家就不爱读了。“不敢扬帆的航船，会在泥沙中搁浅；躲进屋檐下的燕雀，当心煤烟熏黑了翅膀”。遇到这种场合，我们常常不是像《理想之歌》这样充分地运用形象来比喻，来说明问题的实质，而往往是直接地运用现成的新闻报道或理论文章的语言，直接地说出。要是满纸都是“没有革命理想的青年，只是政治上的庸人”，“沉溺在个人主义之中，终究要成为资产阶级的俘虏”之类的话，那就很少诗意，读起来就不带劲，大家也都记不清。“大跃进”的炉膛里，“有我拣来的碎铁小钉”；叔叔们投入庐山的战斗，“我帮助把墨研得又黑又浓”。这里，用拣碎铁和研墨两个细节，准确、生动地概括出一代新人的童年是在斗争中度过的，而且这种斗争生活是符合儿童的特点和习惯的，这些具有特征的细节——少年儿童的，不是大人的，也不是一般人的——为作品思想内容的表达，找到了恰当的、同时又是鲜明生动的形象。这样一个来自生活的经过精心提炼的形象，可以替代几倍于它的概念化的说明。“荆棘划破了褪色的学生蓝”，不仅说出了劳动的艰苦，而且暗示了劳动者的身份和对待劳动的态度。学生蓝，一般年轻人爱穿，学生蓝已经褪色，说明雨打日晒久了，而且褪色的旧衣还被荆棘划破，说明他们劳动是多么顽强。“深翻土地，举起三五九旅的镢头”，在这里，运用了诗的跳跃的手法，在一个诗句里，把历史和现实联系起来，把现实的改造山河和革命战争年代老八路的艰苦奋斗传统有机地连结起来，从而使一个普通的劳动动作具有了饱满的思想容量。诗就是有这个好处，“我”深翻土地，举的一般是普通的镢头，一般的不可能是三五九旅的镢头。从事实看来是不真实的，因为它发挥了想象，指出了本质的东西，因此是更真实更典型了。

政治抒情诗的政论特点，是借助于诗的抒情性得到体现的。抒情要通过一定的形象，不然，这情将没有着落。“登山则情满于山”，总要有山，而且要登，才能情满青山。离开了具体形象的抒情，必然是概念的堆砌，往往失之空泛。但是又不能如叙事诗那样，对人物形象以及故事情节作着重的刻画。在政治抒情诗那里，包括人物形象在内的艺术形象是服从于辩证驳论的需要的。因此布局要适中，繁简要得当。《理想之歌》很注意政治抒情诗的这一特点，以第二部分延安的再教育为例，首先以“镢把”，“荆棘”，“锄地”，“扬场”四个诗句，分成两组，分别讲了艰苦劳动的锻炼和贫下中农思想上的再教育。“锄地，大娘教我分苗草；扬场，大爷教我把风向辨”，既是生产劳动的，也是政治思想的再教育。作者根据锄地要分苗草，扬场要看风向的劳动特点，巧妙地用来隐喻政治上的分清敌我，辨别斗争的动向等，艺术效果是强烈的。这种比喻要确切，首先对生活要熟悉，要把握住生活的特征，同时要根据思想内容的需要，发挥充分的想象。延安生活，用这四句诗，作了面上的一般的概括，是很精当的。但是仅有这点，还不能体现出革命理想方面更深沉的教育来。作者接着用较集中的笔墨，刻画了“老八路”和“老妇联”两个形象，以突出“我”所接受到的具体的关于革命理想的教育。这就做到了有点有面，充分而不繁琐，避免了由于平均使用笔墨而显得平铺直叙的毛病。上述两个形象中，写“老八路”那数行诗，更做到了精心的构思，是值得注意的。风雪夜，“卷刃的镢头”不见了，就顺着一排足印去找。作者有意不让人物轻易“亮相”，一路打“埋伏”。及至来到了炉火映红的窑面，这才最后出现了白发红颜的“老八路”的光辉形象。这里，尽管是不以刻画人物为重点的抒情诗，在构思上却充分地运用了某些叙事作品写人物出场之前造成悬念以烘托气氛，加深印象的手法。

《理想之歌》注意学习群众生动活泼的语汇，也注意学用古典诗歌那些凝炼而富有概括力的语言形象，做到古为今用。“逆流回旋，难阻大江滚滚东流去”，“猿声悲啼，革命航船已过山万重”，这两个骈偶的句子，体现了中国诗歌讲求对衬的特点，同时，它所包含的新意是分别从苏轼的《念奴娇·赤壁怀古》“大江东去，浪淘尽千古风流人物”和李白的《早发白帝城》中的“两岸猿声啼不住，轻舟已过万重山”脱胎而来的。在写张勇和金训华时，作者分别以“马蹄破冰川，套杆打豺狼”和“气盖双河浪，壮歌震北疆”两对很有古典五言诗特色的句子引导，造成了非常豪壮的气氛，而且和全篇汹涌激荡的气势并无不和谐之感。在写这两个人物时，诗的章句结构均由两句五言作引子，继引英雄人物的壮语豪言，点出人物后，以一句七言诗句作结，都做到了段落严格的对衬，显示出民族风格来。这种批判继承古典诗歌传统的句子还有，如“震碎了你们这些蓬间小雀的一枕黄粱”，用的是古典作品中“黄粱梦”的典故，以少量的文字，引起对古代某一特定故实的联想作用，概括着丰富的内容。

毛主席指示我们，新诗应向民歌学习，在批判继承古典诗歌的基础上发展。《理想之歌》表面上看，是排列不整齐的准“楼梯式”，但从它的格调看，从它的音韵看，从它的讲究对衬以及吸收古典诗歌的某些艺术表现手法看，也就是看它的内在的精神气质，则具有较浓的民族特色。

以上谈的只是点滴体会，肯定会有不妥之处，请大家批评。

当前，教育、科技、文艺等战线正在进行两条路线的大辩论，这是无产阶级“文化大革命”的继续和深入。让那些奇谈怪论的炮制者看看吧，眼前的事实，到底是“今不如昔”呢，还是“今胜于昔”？我们谈质量，不光看一首好诗，一部好作品，而着眼于看它培养了什么样的人。教育战线出现了文科学生创作作品、而作品又如此地受到欢迎这样的新事物。这些事实，只要不是怀着顽固的资产阶级偏见的人们，无论谁看了都会感动的。

《理想之歌》不能看成是个人的创作，而是集体创作的产物，是教育革命的产物，是“文化大革命”的产物。不是坚持毛主席的无产阶级教育路线，反击一次又一次的右倾潮流，就不可能有《理想之歌》的出现。《理想之歌》歌颂了一代新人的成长，也反映了一代工农兵学员的精神面貌。今天我们在这里歌颂这一新生事物；当然我们还希望这样的事例，能够教育那些害了右倾顽症的人们。最后，我愿意用《理想之歌》的诗句，来作这个发言的结语：

党啊！
请检阅我们的队伍吧！
几百万
几千万！
啊，整整一代
有志气有抱负的中国青年，
前途无量。
千重险峰，
万顷巨浪，
后继有人，
大有希望！

壮丽的青春之歌*

长诗《钻塔上的青春》(任彦芳著,一九七五年人民文学出版社出版)是一部新的世界、新的人物的颂歌。它把背景放在如火如荼的“文化大革命”的峥嵘岁月,热情地讴歌了红卫兵小将的茁壮成长;歌唱了这些新人从事的新的战斗——为创建第一支女子钻井队所进行的英勇斗争。崭新的生活,崭新的人物,崭新的主题,构成这部长诗崭新的风貌。读着它,我们不仅看到森林般崛起于北国莽原的钻塔,尤其看到高高钻塔上火焰般燃烧的青春年华。

革命的新生事物,如鲁迅所说:正“以清醒的意识和坚强的努力,在榛莽中露了日见生长的健壮的新芽”。长诗刻意地把主人公置身于阶级斗争的环境,主要人物、女子钻井队长郭英,始终战斗在阶级斗争的激流之中。汤礼兴出于阶级仇恨对“文化大革命”的反攻倒算和破坏阴谋;吴大队长由于不能正确对待“文化大革命”对自己的教育,对郭英她们的革命行动百般阻挠;年轻的战友由于习惯势力的影响,在前进路上产生消极、动摇——这些,构成了错综复杂的阶级斗争现实,严重地威胁着郭英和她的战友们为之奋斗的新事物的生长。郭英每前进一步,都要进行艰苦的斗争。长诗通过多方面、多层次的刻画,使郭英成了在斗争风浪中奔突向前的血肉丰满的形象。长诗很重视对

---

* 此文初刊 1976 年 4 月 10 日《诗刊》1976 年 4 月号。据此编入。

郭英个性的刻画。船只搁浅她带头跳入满是冰凌的水中推船，以及她攀登钻塔悬挂“无产阶级文化大革命胜利万岁”的巨幅标语而未发一言地表达她的誓愿，都以具有性格特征的细节，揭示了郭英的内心世界，使我们看到了这一代“和新中国同年”的青年人的革命的战斗的风格。

这部长诗是一篇充满革命乐观精神的青春画卷。在那烟尘滚动的石油会战工地，我们听到了一代新人的豪迈战歌，她们正遵循着党所指引的方向，与工农相结合，迎着阶级斗争的风浪，迈着坚定的步伐。钻塔上的青春，这是最壮丽的革命青春！

同党内走资派作斗争的战歌*

——读小靳庄大队的两本新诗

小靳庄大队两本新的诗集《十二级台风刮不倒》(人民文学出版社)、《小靳庄诗歌选》第二集(天津人民出版社),不久前同时出版,及时地配合了深入批判邓小平、反击右倾翻案风的斗争,为诗歌紧密服务于无产阶级政治,在阶级斗争、路线斗争中发挥它号角与战鼓的作用,提供了生动的范例。

这两部诗集的作者,都是战斗在农业第一线的小靳庄的共产党员、共青团员和贫下中农,包括支部书记、生产队长、社员、民兵、电工、赤脚医生等。这些铿锵有力的诗,出现在批判会上,场院里,政治夜校,公社的水渠边。它是诗,但不是刻意"做"出来的,是应革命斗争的需要而诞生的。它朴实,不事雕琢,却有劲,也闪光。作者们是这样形容自己的诗作的:"一行字迹一把剑","一篇诗歌一团火"。这些诗,是捍卫无产阶级专政、同走资派作斗争的剑与火。

斗争出诗人,风雨炼诗篇。去年夏秋,小靳庄经受了党内最大的不肯改悔的走资派邓小平刮起的右倾翻案风袭击的考验。

---

* 此文初刊 1976 年 6 月 23 日《人民日报》。据此编入。作者按:1976 年《小靳庄诗选》出版,《人民日报》文艺部袁鹰先生因我曾带学生在该报实习,又是研究诗歌的,组织我为该书写一篇专稿,我答应了。当时的心情是希望回避特有的宣传用语,记得发给报社的文题用的是《巩固无产阶级专政的战歌》,发表时由编辑部改为此题。中央人民广播电台 1976 年 6 月 23 日的新闻联播,播送了《人民日报》发表此文的消息。为保持历史原样,此文未作改动。——谢冕,2012 年 2 月 16 日

风狂红旗舞。小靳庄的贫下中农在斗争中高举战旗，顶着风浪前进，坚持毛主席的革命路线。大量的诗篇，表达了他们斗争的勇气与信心。“风吹夜校灯更亮，雨打红旗旗更飘”，“毛主席给咱来撑腰，十二级台风刮不倒”，这是他们在斗争中唱出的激昂的战歌。这种战歌，他们要“顶风唱它八万里”，这是多么豪迈的气概！他们的诗句，是锋利的鸣镝，“拉满强弓射黑靶”，集中地射向邓小平和他的“三项指示为纲”的修正主义纲领，坚决反击了右倾翻案风。“反妖风，万人吼，蓬间雀，哪里走”！这有力的短句，凝聚着对修正主义路线的义愤，凝聚着革命人民不可战胜的力量。小靳庄人民的力量来自毛主席的革命路线；“大老粗手中有真理”，信心来自马克思列宁主义、毛泽东思想。

作者们以明白朴素的诗句，揭示了推动人类社会前进的阶级斗争的规律：“翻开历史几千载，胜利都从斗争来”，“革命征途万里长，斗争换得春常在”；概括了社会主义时期阶级斗争的突出特征：“无产阶级要革命，资产阶级想变天。”诗集也形象地指明党内资产阶级、走资派是社会主义革命的斗争重点，并以尖锐泼辣的语言刻画了这些复辟派的丑恶面目：“见了新事物他就恨，见了旧东西他就爱”，“上台不忘走老路，鞋底擦油往下滑”。有些诗篇，用群众通俗生动的语言，深刻地揭露了邓小平的反动本质，如写他搞倒退、搞复辟是“旧货贴上了新标签，狐狸换上了‘好猫’皮”；写他们搞翻案活动的狂热是“‘要扭’、‘要扭’嘴喊歪”。

小靳庄的诗，都是政治诗，是用诗歌形式声讨邓小平的反动罪行、批判修正主义路线的战斗檄文。革命战争年代，有枪杆诗，以短小精悍的灵活形式，及时地鼓舞战士的战斗意志。小靳庄的这些诗，是在听不见枪炮声的战场上、不贴在枪杆上的新时代的“枪杆诗”。这类“枪杆诗”，除了有强烈的鼓动性，还有锐利的批判性，是代表无产阶级及广大革命人民向党内走资派进行革命大批判的利剑。在两本诗集中，除了集中地揭露和批判走资派之外，大量的篇幅是用以抒发革命人民与走资派斗争的壮志豪情。诗集里，革命人民的豪言壮语比比皆是，有的则是富有哲理的十分精粹的警句，成为富有鼓动力量的战斗口号。

诗集以大量篇幅讴歌了小靳庄大队在社会主义革命和社会主义建设方面所取得的胜利，讴歌了这个大队出现的社会主义新生事物。这些胜利成果是贫下中农坚持以阶级斗争为纲斗出来的。诗集鲜明地突出了这个纲，写农业学大寨的是如此，写新生事物的是如此，就是写知识青年的也是如此："斗争中养成强脾气，越斗越爱我的家。"明确的阶级斗争的主题，构成这两部诗集的最重要的特色。

诗集语言朴素，实在，生动，富有感染力。"去年夏秋刮阴风，邓小平摇着黑旗蹦"，这是一位老贫农的诗句。"摇着黑旗蹦"五个字，简直构成了一幅绘声绘色的漫画。

这样的诗歌，产生自两个阶级、两条路线生死搏斗的火线，也就必然起到组织群众、动员群众的作用。小靳庄的贫下中农正是在举锄、持枪的同时，挥动手中的笔，作为战斗武器，投入保卫毛主席，保卫党中央，保卫毛主席的革命路线的斗争中去的。小靳庄的诗歌，是群众的诗歌。它不仅在思想内容的鲜明性、战斗性上，而且在艺术方面为群众所喜闻乐见上，都将对专业与业余的诗歌作者有所启发。这种战斗的歌声，正如党支部副书记王杜写的那样，"骨唱硬，心唱暖，双眼望到万里远"，读了使人添干劲，长志气，决心"迎着风浪冲向前"！

致杨文翰*

文翰同志：

十多天来，首都人民沉浸在节日般的欢乐之中。盼了多少日子，终于有了今天。我想，你、我以及全中国的人民，大家的心情是共同的。

我极少有最近这般的激动。二十一日，是北京人民庆祝游行的第一天，北大的队伍是和清华的队伍第一个来到天安门广场的。清晨我没有吃早饭就骑自行车出发。然后，由广播大厦出发，经西单，到广场，绕场一周，沿长安街东行。经东单，北京站，国际俱乐部，到日坛路。然后，再步行回到广播大厦。天安门前欢声雷动，鞭炮，锣鼓，唢呐！群众是由衷地欢欣鼓舞。

是日夜，北大全校传达十六号文件，再一次举行游行。在传达文件的过程中，群情激昂。北大的门前挂起了节日的红灯和彩旗。大家都用发自内心的欢喜来庆祝人民的胜利，都对祸国殃民的四害切齿痛恨。

关于全局的情况我所知不多，先从北大说起。"梁效"是九日夜一点查封的，当时，来了四辆红旗，以及若干大轿车，叫那些人起来，除了手提包等自己的物件外，一律不准携带他物，立即滚蛋，回到自己的家里去。从此，那时（里）就驻了军，加了岗。起先，由党委派工作组给他们办学习班。工作组中有自称"江青

---

* 未刊稿，作于1976年。作者按：杨文翰即诗人晓雪。这是报告北京粉碎"四人帮"情况的第一封信。

派"的郭忠林，群众不答应，改派张学书（原来的干部）接着（替）。经市委批准，党委决定，梁效的支部书记李加宽、组长宋柏年，北大党委副书记魏银秋，以及号称"女状元"的清华副组长王士敏四人停止工作，检查，揭发。

昨天，即二十二日，在全校传达吴德讲话的大会上，宣布北京市委派了一个十人"联络组"来校。组长当场讲了话，表示要"在市委领导下"进行工作，没有提到北大党委，还表示要把"重点人、重点事彻底搞清"。群众用雷鸣般的掌声欢迎"联络组"。北大是满园大字报。已经开了全校性的第一次揭发批判会。"梁效"有一个初步揭发。电影"反击"也是一个大阴谋，也有发言。总之，清华园莺歌燕舞，燕园也要冰雪消融（这是一篇大字报的标题）。哪里受压最深，哪里反抗就越厉害，群众是真正的英雄！

朱穆之因为送材料给毛主席被四人帮打成反革命集团，已经平反，并且参加了宣传领导小组（一说三人，一说五人）。据说文化部传达时，那些小爬虫，群众一个也不让上主席台。人民日报的鲁瑛，群众给他规定了八条，白天写检查，晚上工作，不让回家，不准打电话。光明日报莫艾，则有两名"警卫员"跟随，可以到饭厅吃饭。人民日报，光明日报，广播台，都派了人去。

"四人帮"在毛主席逝世前后活动极为猖獗，这些文件已有传达。现在举一些揭发出来的材料，说明他们是准备"动手"的。国庆前宋柏年参加教育代表团出国，张春桥在人大会堂接见代表团，谈了两个多小时。宋上飞机前对他老婆说："半个月内国内将有大事。"国庆后江青去清华大兴分校，别人要给照相，她说："留着胶卷照重大的政治事件吧！"给苹果，石榴，她说："留着庆祝胜利时再吃。"迟群则扬言"不怕杀头，不怕孤立。"

北京人民听到消息，都开怀畅饮，"干两杯"。某些地方，白酒都卖光了。九月吃螃蟹是京都一大盛事，流传着一则笑话，某大市场售货员别出心裁，把四只螃蟹串成一串，大声叫卖："活螃蟹，四个一串，三只公的，一只母的，一块钱！"据说上海有一幅漫画（一说天津），画面上四只耗子，都是"人面的东西"，耗子还说话："现在中国的白猫黑猫都没有了，让咱们称王吧！"听了这些，群众都感到解恨。

连日开会、游行、看大字报，又加以迎接新生，处于亢奋状态之中，很疲倦。信收多日，而不能即复。这信是开夜车写的，潦草之极而不能重读一遍，就寄出了。手头没有记录、抄记，重要的材料也没有整理，零零碎碎。总之，是让你们感受一下北大、北京的气氛。

忘了告诉你，郭小川同志死了。他是十八日在林县高兴而死的，五十七岁，太可惜了。我们国家只有那么几个真正的诗人，可惜被"四人帮"迫害死了！！！让我们哀悼他吧！

此信可给张长一阅，不另函了。另外，音讯不确、不可信的人不传给他们！

谢冕，10，23，凌晨，蔚秀园

你在哪里，诗人*

——悼郭小川同志

诗人，我的诗人，你在哪里
十月的北京，碧蓝的天宇
鸽哨声声，白云几缕
香山的枫叶如火
唐花坞有凌霜的紫菊
莫非为了一曲新的《秋歌》
你正吟哦伟美的诗句
诗人，我的诗人，你忘了归去

电车驰过柳荫、宫墙
护城河畔踏过你匆匆的步履
也许你正在友人明亮的窗前
清茶一杯，烟灰满地
谈论不老的青春多么美丽
缅怀青纱帐中那难忘的过去
诗人，我的诗人，你在哪里

我们等待着你
射出新时代向困难进军的锋镝

---

* 此诗初刊 1979 年 11 月 25 日《未名湖》1979 年第 2 期。据此编入。

我们等待着你
致青年公民以新的激励
我们等待着你，诗人
在山中、在甘蔗林里、在大兴安岭林区
在清明的月下、或者迎着玫瑰色的晨曦
和我们交谈：革命的锦绣前程
滹沱河畔的生活，谈劳动和母亲的土地

诗人，我呼唤你，我寻找你
因为狂欢的北京城不能没有你
你听，天安门广场荡漾着节日的乐曲
古城淹没在锣鼓和鞭炮声里
万人空巷，红旗拂地
火树银花，光照万里
古老的都城充满了青春与活力
此刻，诗人
我要和你在星汉灿烂的宴会大厅
举杯庆贺人民的胜利
我要在华灯如昼的烈士碑下
听你朗诵那散发着墨香的、昨夜急就的诗句

我从浓荫覆盖的燕园出发
汇入长安街欢腾的潮水
也许在哪一面红旗下
也许在哪一个队列里
你正孩子般地燃放鞭炮
你正含着泪花激昂举臂
啊，诗人

我要寻找和我分享着欢乐的你

天安门广场,百万人盛大的庆典
义勇军进行曲震撼着首都澄碧的天际
我寻找共和国诗人的队伍
我把解放了的文艺大军的行列巡视
也许在一座洁白玉兰花灯柱下
也许在天安门城楼的画梁雕栋旁
会突然出现我思念着的永远年轻的你

可是,诗人,我的诗人
在欢庆胜利的人潮中
竟然没有你的歌声,你的笑语
甚至没有你因激动而显得短促的呼吸
在我们辽阔的国土上
诗人尽管很多很多,但还是太少太少
我们多灾多难的祖国,我们历尽艰辛的革命
多么需要才华横溢的歌手,擂起进军鼓,
奏鸣进行曲

不能,诗人,在人民的凯旋式中
不能缺少你的军号,你的短笛
滔滔的漳河水啊
告诉我,哪里有我的诗人的消息
巍巍的太行山啊
告诉我,哪里有我的诗人的足迹
啊,在人民英勇创业的土地上
在中华民族伟大摇篮的中原腹地

在第一声凯歌传来的那一刻
当诗人望见了祖国新生的第一线晨曦
欢乐，幸福，和胜利
竟夺去了诗人的最后一息
他本来应该走在游行的队伍中
吮吸着十里长街千万人踏起的甜香的路尘
聆听那震撼心灵的喜庆的鼓笛
看他的亲爱的人民泪光莹莹
和他们一起向反革命集团发起攻击
可是，他却在这个时候离开了我们
他的生命化成了红旗渠水
在高天阔地之间奔流不息

我们送别过多少远征的朋友
我们诀别过多少永生的战士
可是我们却无法承受
如此沉重的震撼心灵的电击
诗人，你日夜盼望祖国天空乌云的消失
可是，却没能和我们一起
欢呼这万里晴空的新天新地
诗人，捆缚你自由之心的绳索已被砍断
可是，你却没能和我们一起
高高举起这一面迎风招展的彩旗

诗人，中国人民的诗人
《死水》的作者诅咒过罪恶的涟漪
他是一支为人民流泪的红烛
他的泪水终于化成了人民解放的殷红血滴

你战斗在人民解放的年代
从青纱帐走来，穿过那烽烟迷漫的战地
来到了星光与华灯辉映的广场
你讴歌革命，讴歌人民斗争的胜利
你是赤诚的歌手，从来没有停止
你那战斗的旋律
诗人，我的诗人，你是多么不幸啊
你是胜利的儿子，胜利却不能拥抱你

诗人，因为你爱人民
人民的敌人妒恨你
因为你歌唱革命
革命的叛徒便要掐断你的歌喉、你的笔
你战斗着，和我们的人民
共同蒙受着磨难与威逼
他们摧残你的歌声
他们禁锢你的诗集
他们嫉恨一切的创造和才华
他们扼杀一切革命的呐喊和正义
正因为如此，在那些时日
我们伟大的文化灿烂的国度
才显得沙漠般死寂
正因为如此，我们在沉沉的暗夜
才如此迫切地谛听破晓的鸡啼

我问人们，我问自己
是谁夺去了诗人的声音、诗人的生命
是谁夺去了鲜花、麦香和汽笛

是谁夺去了晚会、小提琴和街心花园的漫步轻语
诗人啊，我的诗人
春已降临祖国的大地
快张开你明亮的眼睛吧
快举起你热情的双臂
你应该向人民启示
如往常一样把福音传递
“春在人里，人在春里
人和春溶在了一起”
快给我们一首新的春歌吧，诗人
快用你的锦心，你的彩笔
给我们描绘春的喜气、春的生机
给我们描绘九百六十万平方公里的溶溶春意

然而
我该到哪里去寻找你的号角呢
该到哪里去召唤你不老的童心，永存的名字
诗人，我的诗人，你在哪里
诗人，人民的诗人，你在哪里

一九七六年十月十八日，郭小川同志于安阳逝世。一九七六年十月二十四日，首都百万人集会祝捷之夜，不寐，书至翌日拂晓

在纪念毛主席《关于诗的一封信》发表二十周年座谈会上的发言摘要*

毛主席在信中谦虚地说自己的作品“诗味不多,没有什么特色”。这启发我们:写诗应当有“诗味”,应当有诗的“特色”。也就是说,写诗应当重视并掌握诗歌的特点和规律,这样才能搞好创作。

可是,“四人帮”无视毛主席的这些指示。他们硬要新诗在“四人帮”那一套清规戒律中就范。所谓“新诗也要学习革命样板戏”即其一例。

我们都知道,诗和其它文艺作品一样,是社会生活在作家头脑中反映的产物。但是诗反映社会生活又是有其特点的。诗言志。诗突出抒发由社会生活引起的强烈的感情,革命诗歌则是抒发由革命的斗争生活激发起来的无产阶级的革命激情,它注重抒情。即使是叙事诗,也力求避免对事件过程作过于详细的铺叙。在诗中,数量最多的抒情诗,有的通过人物形象来抒情,有的只有“我”“我们”,还有很多是并不出现任何人物形象的。它们的抒情对象可能是长青的松树,是奔腾的骏马,也可能是丰收的秋天。诗的这些特点,通过精到的艺术构思,丰富的想象,音乐性的语言体现出来,使诗充满了带给读者以满足的那种“诗味”。可以认为:越是发挥了诗歌特点的作品,越是有特色的诗。

---

* 此文为1976年12月在纪念毛主席《关于诗的一封信》发表二十周年座谈会上的发言摘要,原无题,初刊1977年1月10日《诗刊》1977年1月号.据此编入。

而“四人帮”却硬要抒情的诗歌，去搞什么人物形象的“三突出”、“三陪衬”、“多层次”，这种违背了客观事物规律的货色，他们硬要你去实行。按照“四人帮”的逻辑，其结果只能是一笔抹煞诗歌的特点，从而在根本上取消了抒情诗。他们的倒行逆施，不仅表现了他们的无知，而且表现了他们卑鄙的政治目的。

一篇被他们称之为样板的所谓“诗报告”，既曰报告，照理说，是很有条件实行他们自己提出的主张了。不然。诗中的三个人物，被分配在三个部分，相互间也几乎没有什么联系。我们看不出谁为一号谁为二号，也弄不清究竟谁是被突出的，谁是陪衬和烘托的。可是，在这种明显的混乱之中，却的的确确有一个被突出出来的人物。这就是在诗中被暂隐姓名而发出“一个响亮的声音”的那个挂历上仙人洞照片的摄影者。作者为了再来一个“突出”，甚至让诗中人物在激战时刻莫名其妙地喊什么：“冲上去！以劲松的意志！劲松的勇敢！”这哪里是歌颂英勇地进行了西沙保卫战的军民？分明是用了偷天换日的手法，为大野心家江青树碑立传。而这，就是他们所要千方百计地塑造的“英雄形象”，这，就是他们的“三突出”！可见，他们臆造的定律行不行得通是不重要的，重要的是为他们篡党窃国制造舆论。

“四人帮”散布的毒雾，污染了我们的空气，严重地干扰、破坏了革命诗歌的创作。毛主席二十年前祝我们的诗歌“成长发展”，我们是“成长发展”得太慢了。我们不会忘记那向困难进军的战鼓，我们多么需要那激动人心的放声歌唱，我们多么需要如毛主席所提倡的那样更多更好的有诗味和有特色的、抒写了无产阶级饱满激情的诗篇！

1977

从诗的繁荣
谈文艺的百花齐放*

哀歌动地，颂歌入云，千万支战歌，鼓动起时代的雄风，激励人们英勇斗争。在粉碎“四人帮”的战斗中，我们的诗歌，强烈地抒发了无产阶级和广大人民的革命情怀。那语言，那旋律，凝聚着我们对伟大领袖毛主席和敬爱的周总理的深沉的爱，凝聚着我们对祸国殃民的“四人帮”的强烈的恨，凝聚着我们对英明领袖华主席的无比感激与信赖，也凝聚着我们在华主席为首的党中央领导下把毛主席开创的革命事业进行到底的决心与誓愿。

人民群众以各种形式发表自己的战斗诗篇。各地、各族人民群众创作的民歌，广大工农兵业余作者和专业作者创作的诗歌，汇成了一股奔腾呼啸的诗的洪流。强烈的革命激情，扎实的思想内容，广阔丰富的题材，不断壮大的创作队伍，特别是诗歌风格和形式的多样化，构成了最近一时期诗歌创作的鲜明特色。老诗人经受“文化大革命”的锻炼，焕发了青春，新诗人在“文化大革命”的峥嵘岁月中成长，充满了朝气。老中青三辈诗歌作者，以各具特色的风格、语言，同声为党、为人民歌唱。

郭老青春不老。他的《水调歌头·粉碎“四人帮”》，以不满百字的短小篇幅，高度凝炼地表达了亿万人民愤恨交加、悲喜交集的情感，尤其结语“拥护华主席，拥护党中央”，更以质朴无华的语言，明确、坚决地喊出了全国军民的心声。赛福鼎同志的诗，

---

* 此文初刊 1977 年 2 月 20 日《人民文学》1977 年第 2 期。据此编入。

具有鲜明的民族特色。《刚强的雄鹰》是一首语言流丽、想象丰富、诗情浓郁的散文诗。散文诗并不一定押韵，它是用散文来写的诗，其内在的特点是诗的，而在形式上，却应当是具有不整齐的散文美。和郭老一样致力于写旧体诗的，还有赵朴初，他的《反听曲》是一首尖锐的讽刺诗。在众多的作品中，如《华主席，请接受三军战士的敬礼》（许国泰、王晓廉）、《毛主席永远指挥我们战斗》（冯景元）、《一月的哀思》（李瑛）、《周总理，你在哪里？》（柯岩）、《周总理办公室的灯光》（石祥）、《献给周总理的花》（张澄寰、郭庶英）、《祖国的泥土》（徐刚）、《大江南北都在怀念你》（万方）等，都获得热烈的反响。

打倒了“四人帮”，人民得解放，诗歌也得解放。千里莺啼绿映红。万紫千红才是春。群众性的诗歌创作，以火山爆发式的革命激情，冲破“四人帮”的文艺禁律所造成的沉闷空气，在艺术风格上，也开始呈现出百花齐放的动人景象。贺敬之、光未然、李季、何其芳，臧克家、魏巍、张志民等诗人的名字，对于我们，都是久别的“喜相逢”。《中国的十月》的雄伟，《惊心动魄的一九七六年》的真切，都带给我们以喜悦。在百花齐放的大合唱中，也有郭小川同志的声音。我们从《痛悼敬爱的周总理》中，看到诗人以“纷飞的泪水，锤打着太行山悬崖绝壁”；我们从《秋歌二首》中看到一颗“时刻都会轰轰爆炸”的不屈战士的心。郭小川同志是一个勇于创新的勤奋的歌者，他生前深受“四人帮”的迫害，却未能与我们共享胜利的欢欣，我们如今只能读到他的遗篇，这更加深了我们对“四人帮”的无比仇恨。

当前诗歌的初步繁荣，不过是一束报春花。粉碎了“四人帮”，阻碍文艺发展的坚冰已经消融，可以预期，随之而来的，必将是我国社会主义文艺百花齐放的艳阳天。

艺术上的百花齐放，科学上的百家争鸣，这是毛主席根据社会主义时期仍然存在各种矛盾的基础上提出来的，是促进我国社会主义科学文化繁荣发展的长期性的方针。王张江姚“四人帮”不仅在他们的舆论宣传中明目张胆地砍掉“百花齐放”的口号，而且也在他们的实际活动中疯狂扼杀这一方针。他们对文艺实行棍棒政策，今天宣布这一剧种“不行了”，明天判处那一种音乐是“靡靡之音”；他们以莫须有的罪名，把大批革命文艺作品加以禁锢；他们信口雌黄，一会儿说这个是“坏人”，一会儿又说那个是“黑线人物”，残酷迫害广大文艺工作者；他们口中念念有词，用所谓“三突出”、“三陪衬”之类的“三字经”，扑杀艺术题材的广泛性，艺术风格的多样性，艺术品种和艺术表现上的丰富性；他们还用诸如“新诗也要学习样板戏”之类的戒律，无视各种艺术形式的特点，肆意蹂躏，以便最后取消其个性，使之在他们的“帮八股”中就范。总之，“四人帮”的大棒狂舞，结果是社会主义百花凋零，封资修毒草茁起，这便是他们的“伟绩”。

“四人帮”在文艺领域反对“百花齐放”的倒行逆施，是他们反革命本性决定的。“百花齐放、百家争鸣”是坚定的无产阶级政策。马克思主义真理在斗争中发展、巩固。实行“百花齐放、百家争鸣”方针的结果，是马克思主义领导地位的加强，而不是削弱。不推陈，无以出新；不放百花，无以识别并铲除毒草。换言之，百花齐放的局面形成了，反动阶级的毒草就难以隐藏。“四人帮”为了篡党窃国的需要，急需培植毒草以为反革命喉舌，便要加紧罢黜百花。这就不难理解，为什么他们摧残革命文艺作品那样的心毒手狠，为什么他们炮制《反击》一类毒草，又如此一往情深？他们所以不仅在言论上也在行动上砍杀百花齐放，还在于要“创造”一自天而降的“新纪元”。很清楚，“四人帮”之所以那样起劲地赤裸裸地反对“百花齐放”的方针，正是为了在文化领域剥夺无产阶级的领导地位，用资产阶级专政来代替无产阶级专政。

列宁在《党的组织和党的文学》一文中提出“文学事业应当

成为无产阶级总的事业的一部分”的同时，明确指出：“无可争论，文学事业最不能作机械的平均、划一、少数服从多数。无可争论，在这个事业中，绝对必须保证有个人创造性和个人爱好的广阔天地，有思想和幻想、形式和内容的广阔天地。”列宁用斩钉截铁的语言，揭示了文艺发展的规律性。毛主席继承和发展了列宁阐述的原理，指出：“艺术上不同的形式和风格可以自由发展，科学上不同的学派可以自由争论。利用行政力量，强制推行一种风格，一种学派，禁止另一种风格，另一种学派，我们认为会有害于艺术和科学的发展。”革命导师的光辉论述，是对“四人帮”的无情批判。不论是列宁还是毛主席，他们在论证艺术问题时，极其重视文艺在党的整个机器中的地位和作用，同时又极其重视文艺自身的特殊规律。我们的文艺，要成为无产阶级的“感应的神经，攻守的手足”，这是“同”。但这个“同”，却是通过“异”得以体现的。个别表现一般，一般只能在个别中存在。矛盾的普遍性与特殊性的辩证规律，完全适用于艺术创作。应该认为，思想好的作品，愈有独特艺术风格的，便愈能体现那作为典型的普遍意义来。马克思和恩格斯说过：“我只有构成我的精神个体性的形式。‘风格就是人’。”毛主席的光辉诗篇，言的是无产阶级之志，抒的是革命之情，而在艺术风格上，却是不拘一格，绚丽多彩的：咏雪词有俯视千古的伟岸；长征诗在一字千钧的高度凝炼中见豪放；《蝶恋花·答李淑一》用飘逸的形象寄托深沉的怀念；《忆秦娥·娄山关》则以明峻的色彩抒写壮烈的情怀。

毛主席在关于诗的一封信中，曾精辟地提到诗要有自己的“特色”。凡称佳作，必有特色。毛主席和鲁迅的诗，都各具自己的鲜明特色。同样表达革命者的崇高气节，夏明翰的“砍头不要紧，只要主义真。杀了夏明翰，还有后来人”，是素朴的；陈毅的“断头今日意如何，创业艰难百战多。此去泉台集旧部，旌旗十万斩阎罗”，是壮美的；佚名的“龙华千载仰高风，壮士身死志未终，墙外桃花墙内血，一般鲜艳一般红”，是浓烈的。不仅诗歌，各种文艺品种，都理应做到社会主义方向一致性下的艺术上的百花齐放。

整齐划一的花，即使有一万朵，也构不成“杂花生树，群莺乱飞”的春天的繁丽。每一朵花，都以自己特有的千差万别的形态、色泽和香气，来装扮社会主义文艺的迷人春色。我们时代和阶级的交响乐，无疑是雄伟壮美的，同时也是丰富多彩的。在这个交响乐队中，只有小提琴不够，还应当有浑厚的大提琴，有清亮的小号，有华美的竖琴。“我们一定能够造成一个政治上生动活泼，经济上繁荣昌盛，科学文化百家争鸣、百花齐放，人民生活在生产发展的基础上不断改善的崭新局面”。一九七七年元旦社论展示了一个鼓舞人心的前景。其中，有我们文艺战线的任务。我们相信，在以华国锋主席为首的党中央领导下，在毛主席革命文艺路线的指引下，经过文艺战线全体同志的努力，社会主义文艺百花齐放的春天，很快就会到来。

无产阶级的正气歌*

——读陈毅同志诗词

“大雪压青松，青松挺且直。要知松高洁，待到雪化时。”这是陈毅同志在十六年前的一个冬夜写的诗句。陈毅同志和我们永别已经五年了。今天，当我们正在大打一场揭批“四人帮”的人民战争的时候，更加缅怀一生与风雪搏斗而意志弥坚的陈毅同志。

陈毅同志生前，受到林彪和“四人帮”的诬陷迫害。“四人帮”曾经恶毒攻击陈毅同志“不会打仗，只会写几句歪诗”。这帮一不会做工，二不会种田，三不会打仗的阴谋家、野心家、文痞、流氓，怎么有脸在身经百战，指挥过千军万马，为祖国解放建立了不朽功勋的陈毅同志面前讲“打仗”呢?！而只有像反革命文痞张春桥在上海滩的反动小报上，写的《俺们的春天》那样东西，才是十足的“歪诗”！在中国革命极其艰苦的三十年代，当红军主力正举行旷世未有的万里长征，陈毅同志奉命坚守敌后，在敌人的心脏地区进行游击战时，江青、张春桥一伙不正鬼混在“三月的租界”，明里高唱王明路线的调门，暗里则和敌人相勾结，干着卑鄙的勾当吗？一边是浴血奋战，英勇斗争；一边是荒淫无耻，出卖灵魂。这是何等鲜明的对照！在党和毛主席培育之下，一大批包括陈毅同志在内的老一辈革命家光明磊落的一生，像

---

* 此文初刊1977年3月12日《光明日报》，初收《湖岸诗评》。据《光明日报》编入。

一面镜子，照出了四人帮一伙“人面东西”的丑恶真面目。

人们爱读陈毅同志的诗。那些广泛传抄的陈毅诗词，成了许多革命同志珍爱的读物之一。读陈毅同志的诗，往往能“使人忘其鄙近，自致高远”，境界开阔了，思想也仿佛变得纯净起来。广为传诵的《梅岭三章》，是陈毅同志代表作之一。该诗作于一九三六年冬，当时陈毅同志负伤被围，“伏丛莽间二十余日，虑不得脱，得诗三首留衣底”。这是陈毅同志抱着牺牲的决心，留给党和人民的“绝笔”。我们从“此去泉台招旧部，旌旗十万斩阎罗”，“后死诸君多努力，捷报飞来当纸钱”这些气贯长虹的悲壮诗句中，看到了一个光辉的共产党人的形象，感受到了为革命视死如归，英勇不屈，斗争到底的气概。读这样的诗，使人热血沸腾，激励人们奋然前行。陈毅同志自述，一九三五年至一九三七年，将近三年的时间，是他在“革命斗争中所经历的最艰苦最困难的阶段”。这时期的作品，除《梅岭三章》外，《野营》、《赣南游击词》、《三十五岁生日寄怀》、《寄友》等，都表现了无产阶级的浩然正气。这些诗，是无产阶级诗歌艺术的珍品，是无产阶级的正气歌。如《野营》：

恶风暴雨住无家，日日野营转战车。
冷食充肠消永昼，禁声扪虱对山花。
微石终能填血海，大军遥祝渡金沙。
长夜无灯凝望眼，包胥心事发初华。

风雨狂暴，四处转战，食宿无着，但红军战士不为困难所屈。“禁声扪虱对山花”等句，画出了一幅在极紧张的氛围中悠闲从容的场面，真是充满了革命乐观主义的情趣，表现了我红军游击战士的崇高的精神境界。值得注意的是，陈毅同志用“长夜无灯凝望眼”，“大军遥祝渡金沙”这样的诗句，表达了他对毛主席、对毛主席率领的红军主力的深切怀念。《寄友》一诗，写于一九三七年。当时他正率军转战五岭山脉，对“红军主力西去秦陇，消息难通”，极为悬念。陈毅同志坚守党交给自己的战斗岗位，决心用自己的斗争，支援北线的红军主力，去夺取革命的胜利。他用这样的诗句表达自己的心情：“秦陇消息倩谁问”，“吾侪南线系安危”。在其它各诗中，都有此种心境的描写：“大军西去气如虹，一局南天战又重”（《三十五岁生日寄怀》），“莫怨嗟，稳脚度年华。贼子引狼输禹鼎，大军抗日渡金沙。铁树要开花。”（《赣南游击词》）坚信毛主席的革命路线，坚信我们的革命事业必定胜利，对毛主席满怀着深厚的无产阶级感情，这是陈毅同志诗歌思想性的突出成就。

陈毅同志的诗词，是毛主席革命路线的颂歌，也是他努力遵循毛主席革命路线的形象写照。在游击战中，他灵活运用毛主席的战略战术：“敌人找我偏不打，他不防备我偏来。”（《赣南游击词》）在《国共二次合作出山口占》中，他批判了陈独秀机会主义路线，对机会主义路线所造成的损失，极为痛心，写下了“坚定勉吾侪，莫作陈独秀”的句子。一九五四年二月，我党召开了七届四中全会，揭发批判了高饶反党集团。陈毅同志为此写了五首《感事书怀》，“以励晚节”。陈毅同志在这些诗中，描写了春天迷人的景色，抒发了他对毛主席领导的这次党内斗争取得胜利的喜悦心情。感人至深的是，他不仅表达了对毛主席、党中央的无比信赖，而且通过斗争处处联系自己，表现了他继续革命的觉悟与决心。他告诫自己要“慎之又再慎，谦逊以自束”（《五古》），他勉励自己“晚节自珍惜，日月走如梭”（《水调歌头》）。尤其在《七古·手莫伸》这首诗中，陈毅同志痛斥了那些机会主义路线头子的诡辩，总结了某些人犯错误的原因是向党伸手要权位，要名利，要荣誉。他以明白晓畅的语言，写下了饱含深刻哲理的可以成为座右铭的诗句：

第一想到不忘本，来自人民莫作恶。

第二想到党培养，无党岂能有所作？
第三想到衣食住，若无人民岂能活？
第四想到虽有功，岂无过失应惭怍。

这些诗句，描绘了一个真正共产党员崇高的思想境界。陈毅同志在《六十三岁生日述怀》一诗中，谦逊地把自己说成是："五次大革命，一个跟队人。"极其深刻地说明了他愿意在毛主席领导之下，在浩浩荡荡的革命大军中，作一名不掉队的战士。陈毅同志直率地严格地解剖自己，向我们坦露了他虚怀若谷的革命品质，赢得了我们的尊敬。这才是高尚的人，纯粹的人。对比"四人帮"自封一贯正确、专横跋扈的恶霸作风，陈毅同志不啻是巍巍高山，而"四人帮"则粪土不如。

长期以来，陈毅同志担任着副总理兼外交部长的职务，是周总理的忠实有力的助手。他的诗作中有相当一部分表现了在毛主席革命外交路线指引下，我国人民与世界各国人民的友好往来，表现了世界人民联合起来反对帝国主义、社会帝国主义，反对霸权主义的斗争。他的诗中，有正在涤瑕荡垢的非洲战鼓声，有埃及巍巍的金字塔，有加德满都"翠壁苍崖流白水"的风光。睦邻友好的抒情诗篇《赠缅甸友人》的意境，曾被艺术家编成了歌颂"胞波"友谊的舞蹈。这类国际题材的诗歌中，更值得人们注意的是他反帝反修的战斗诗篇。《冬夜杂咏》写于一九六〇年。这一年，苏修叛徒集团乘我暂时困难，对我施加压力，搞突然袭击。陈毅同志在诗中以青松、红梅、秋菊等傲雪凌霜的形象，来歌颂我们伟大的党和英雄的人民；同时，又以满腔的愤怒声讨苏修叛徒集团。在《亡羊》一诗中，他写道："我亦恶淡红，乱朱不殊紫"，表达了对修正主义分子以假乱真的憎恨和蔑视。在一九六六年的《题西山红叶》中，陈毅同志借红叶歌颂了"霜重色愈浓"的革命气节，并以比喻的手法，满含激情地歌唱：

伸手摘红叶,我取红透底。

浅红与灰红,弃之我不取。

再一次抒发了他对马列主义、毛泽东思想的无比忠诚,对假革命的“浅红与灰红”极端鄙弃。陈毅同志还以辛辣的讽刺,揭露了美帝国主义的侵略政策。

斗争生活出诗情。陈毅同志战争年代的诗词,都是艰苦斗争生活的记录,同时,又洋溢着浓郁的诗情。这种诗情,是以中国共产党人英勇顽强的战斗精神,革命的乐观主义,革命的理想主义为基础的。众口传诵的《赣南游击词》就是战争年代极端艰难困苦的游击生活的形象再现。井冈山斗争葛坳突围时,他写道:“军号声凄厉,春月似张弓。”反攻下汀州龙岩时,他写道:“闽赣路千里,春花笑吐红。”一九三六年冬写的《雪中野营闻警》,描绘的是一幅颇有特色的战争风景画:“风击悬冰碎万瓶,野营人对雪光横。遥闻敌垒吹寒角,持枪倚枕到天明。”陈毅同志的这类诗,表现出在极端紧张困苦中,从容不迫的气度,坚毅乐观的信念。他是身经百战的将军,又是才情横溢的诗人。正因为他是兼将帅诗人于一身,所以他的诗才有那临危不惧、艰苦卓绝的境界。

陈毅同志品评历史人物时,推尚“持正气”、“尚刚直”、“有劲骨”(见《过海口游诸公祠》)。陈毅同志为人如此,为诗也如此。他的诗,充满了无产阶级的清刚之气,表现了中国共产党人的“正气”和“劲骨”。他的诗风朴素,不事侈华,却真切动人。他为人的思想品格和诗的风格是一致的。诗要直抒胸臆,他的诗和读者没有间隔,不像有的诗人造语作假,使读者如隔五里雾,看不清诗人的面目,更不用说诗人的心灵。陈毅同志的诗平易近人,和读者是平等的,是同志式的交心谈心。

五年前,陈毅同志逝世了,伟大领袖毛主席亲自参加了追悼会,并勉励陈毅同志的家属和革命同志要努力奋斗,为人民服务。今天,在全国人民取得粉碎“四人帮”反党集团的伟大胜利的时候,陈毅同志的“后死诸君多努力,捷报飞来当纸钱”的壮烈诗句又一次在我们耳边回响。让我们在华主席为首的党中央领导下,努力奋斗,抓纲治国,把毛主席以及老一辈的革命家开创的无产阶级革命事业进行到底!

读《雁回岭》*

——兼谈长篇叙事诗的创作

王主玉同志花了三年多的时间，创作了长篇叙事诗《雁回岭》（人民文学出版社一九七六年出版）。《雁回岭》再现了“大跃进”火红的岁月里我人民子弟兵屯垦戍边的一场豪迈的战斗，对我们有深刻的教育作用。同时，作为辛勤劳动的成果，这部长诗的全部优点以及不足之处都将给我们以启发，对探讨长篇叙事诗的创作是有意义的。

一

叙事诗是诗的一个品种，它是在拥有诗的全部特性的前提下，让诗承当起叙事作品的某些职能的。因此，我们谈《雁回岭》以及一切叙事诗，在考察它作为文艺作品完成社会主义思想教育任务的同时，还要考察它是否很好地发挥了诗的特点。

革命的诗歌，不论是抒情的，还是叙事的，不论是短的，还是长的，毫无例外，应当都是火热的革命斗争所点燃的激情的歌唱。生活中有实感，诗中便有真情。这就是所谓的“大凡人之感于事，则必动于情，然后兴于嗟叹，发于吟咏，而形于歌诗矣。”（白居易：《策林》）说这话的诗人白居易，一生中写过许多抒情诗，也写叙事诗。他的长篇叙事诗《长恨歌》是与友人过游，话及长恨歌故事，

---

* 此文初刊1977年7月10日《北京文艺》1977年第7期，收《湖岸诗评》。据《北京文艺》编入。

“相与感叹”，有感而作的；另一首叙事诗《琵琶行》是送客江上闻琵琶声，“感斯人言”，“是夕觉有迁谪意”，“因为长歌”的。世上不存在无缘无故的爱憎，也没有失去客观根据的激情。革命激情不仅应为抒情诗所拥有，也应为叙事诗所拥有。《雁回岭》的作者，参加过开发北大荒的战斗。那生活真正地感动了作者，时隔十余年而记忆犹新，他是情不自已而发为浩唱的。

“荷枪扶犁画春天”，这是《雁回岭》中的一句，可借以概括它的主题。我们的战士，穿过战争的硝烟，来到了开发边疆、保卫边疆的新战场。创造性的劳动，使昔日徒有其名的雁回岭，真正地成了大雁的故乡；他们把喧闹的春天，带到了千年沉睡的北国荒原。这是用艰苦卓绝的斗争换来的。这里不仅有零下四十度的严寒，不仅有号称“大酱缸”的绵绵沼泽地，而且有尖锐复杂的阶级斗争和路线斗争，长诗以满腔激情歌唱了我军干部战士在他们成为社会主义的建设者的时候，归田而不解甲，始终保持着我党我军在毛主席倡导培育下形成的优良革命传统。“还是当年英雄胆，人不解甲马不停”。他们正是用战争年代那股劲，那么一种拼命精神投入建设祖国、保卫祖国的斗争的。这些北大荒的征服者，在今天的战斗生活中，处处感受到昨天的战斗生活那样浓郁的诗情。即使是战友间的谈心，也充满了“急行军的午夜雨”，“夜营地的拂晓霜”。这些，无疑是长诗作者革命激情的体现。“革命加拼命，无往而不胜”。长诗《雁回岭》以充沛的热情向读者、特别是年轻一代讲述那难忘的战斗事迹。作者笔下的边塞风光，都饱含着这种深挚的革命情感。例如，当他看到军垦战士从冰雪下砍来葛藤，在乱石上垒起炉灶，当堆堆篝火升起欢快的火舌之时，环顾周围冰天雪地中的琼枝玉叶，脱口而出的正是那种表达了革命激情的诗句：

这儿风光有多好，
四周尽是梅花丛！

二

叙事诗要写人物。因此，在叙事诗的人物形象中，可以鲜明地感受到诗歌作者革命情怀的抒发。《雁回岭》的主要人物，是老干部佟政委。长诗作者战斗在北大荒期间，认识了许多像佟政委那样跟随毛主席南征北战的老英雄。他们带着艰苦岁月留下的伤痛，和垦荒队员一起，挽起裤腿蹚冰水，走遍了荒原沼泽。作者对这些老一辈革命者怀有深深的敬意。他把这种阶级深情，集中地倾注在他所热爱的人物佟政委身上。

佟政委是一位"老长征"，延安窑洞纺过线，南泥湾开过荒，为祖国的解放多少次出生入死。"人闯千关人年轻"，如今，他正以不减当年的蓬勃朝气，前进在毛主席指引的革命道路上。他是一位屡建战功的老英雄，却始终以普通一兵出现在群众中。他总是说，"我是军垦战线一新兵"，是"老兵执行新任务"。他和群众心连心，走到哪里，就把党的路线，把革命精神，把勇气和热情带到哪里。他生活在群众中，总是像一团火，到处点燃革命的熊熊火焰。身为领导干部，还像战争年代那样，他把办公室设在草棚里。"两堆石头支床架，一块木板放不平，一条军被叠四棱，一床军毯尽补钉"。这就是他的卧室的感人景象。佟政委的形象，使我们具体地感受到我们党在长期的斗争中，造就了一大批多么可贵的干部队伍，他们是我党极其宝贵的财富。我们优秀的革命传统，正是依靠他们的言传身教，而有效地传给下一代的。

《雁回岭》在创作和定稿这段期间，正是"四害"为虐极其猖獗之时。王张江姚一伙反革命黑帮，疯狂破坏、肆意践踏我党我军光荣传统。他们狂叫老干部等于"民主派"，"民主派"等于"走资派"，并指令所有作品都要写所谓"与走资派斗争"。而《雁回岭》却突出继承革命传统的主题，创造了佟政委这样的英雄形象，而且饱含着革命的深情歌唱这一切，这正是作者以自己的行动捍卫毛主席革命路线的鲜明体现。当然，作品产生在那个时期，不可能不受到某些影响。我觉得诗中关于阶级斗争的描写是不够真实的，它脱离生活的实际，明显地让人看出“编”的痕迹来。阶级敌人是脸谱化的，而且是愚笨到连伪装都不擅长，一味蛮干，以求迅速彻底败露的程度。

三

诗反映社会生活的一个基本特点，是它的抒情方式。这个特点，即使在叙事诗中也不例外。上面提到的《琵琶行》和《长恨歌》，都是充分发挥了抒情特点的长篇叙事诗。人们是通过那充满抒情意味的吟咏中了解到那些动人的故事的。如下的这种情况是客观存在的：叙事诗的叙事和诗的抒情特点，是有矛盾的。矛盾要统一起来，这种统一只能是把叙事抒情化，而不能让叙事把抒情挤走。《雁回岭》的叙事并没有挤走抒情。应当说，如我们前面提到的关于革命激情的抒写，特别是它处处把眼前的斗争生活和战争年代的斗争生活联系起来的抒情，是充分的。这种抒情，《雁回岭》里几乎无处不在。《雁回岭》的人物对话中，也有一些是相当精彩的可供吟诵的歌谣一般的诗句，如老猎人巧遇佟政委唱的：

> 噢！怪不得——
> 飞禽走兽撞枪口，
> 猎狗欢叫抓野兔，
> 苍鹰低旋绕房飞，
> 喜鹊门前把窝筑……
> ——原来亲人到了家，
> 叫我下山迎队伍！

但《雁回岭》在这方面也有不足,主要是它写景时注意抒情,而却不能把更多的对话抒情化。它的对话,往往只是押韵的"话",而不是诗的"话"。如"起火的事儿——你思想还没转过弯?政委分析得多深刻,这问题不能孤立看!要透过现象看本质,前因后果一条线……"诗中是不乏此例的。脍炙人口的叙事长诗《漳河水》,通篇都是便于歌吟的抒情诗行,作者给了它一个总名,叫"漳河小曲",可见作者是相当重视叙事的抒情化、歌唱化的。《王贵与李香香》同样是一首优秀的叙事诗,在那里,它的人物对话是可唱的抒情小曲:

"樱桃小口糜米牙,
巧口口说些哄人话,
交上个有钱的花钱常不断,
为啥要跟我这个揽工的受可怜。"
"烟锅锅点灯半炕炕明,
酒盅量米不嫌哥哥穷。
妹妹生来就爱庄稼汉,
实心实意赛过银钱。"

延安文艺座谈会以来的叙事诗创作的可贵经验,我们应当吸取。如何在叙事诗中,充分发挥诗的抒情特点,对于创作出更多为群众所喜闻乐见的叙事长诗,是很重要的。

四

诗是最重视精炼的文艺品种之一。诗的精炼,长诗比短诗更难。短诗的不精炼容易暴露,长诗则易被人忽视。可供精炼的天地愈宽,不精炼的机会愈多。《雁回岭》中有精炼的笔墨,如写挖渠劳动,同志们畅谈自己的感受,作者只用"没说甜来也没说苦"一句话来概括处于思想斗争的胡萍,便是相当精炼的一例。但《雁回岭》从全局看，对精炼是注意不够的。全诗十五章，加上序诗及尾声，计十七章，八千余行。篇幅是能说明问题的，我愿略举数例加以对比。《琵琶行》从侧面写了一个歌女由盛而衰的一生遭遇，只用八十余行；《长恨歌》把它的故事放在安史之乱的历史背景中，也只用了一百二十行；这是古代的叙事长诗。以新诗为例，前面举的《王贵与李香香》、《漳河水》都是一个时代的缩影，都只用了八百行。而《雁回岭》的题材，虽说重大，但是篇幅十倍、百倍于上述诸作，恐怕是不无可精炼之处的吧！

原因在哪里？恕我直率地说，作者在作品的构思和结构时，用的是小说的方式，而不是诗的方式。诗的叙事不要太实，太密，要含蓄一些，要留有空间。《雁回岭》的故事进度过缓，情节的安排又很密集，基本上没有什么跳跃，这是很不利于诗的精炼的。例如，从第一章踏荒到第六章定点，就用了将近一半的篇幅；其间还有不少的枝蔓，第七章就是一个枝蔓。第三章写胡萍想家，何胜男找她谈心，丁大勇的莽撞批评，佟政委的细致教育，一个细节，就用了二百行，这是过于铺张的。叙事诗的叙事应当很集中，必须对事件作高度的提炼。在叙事的过程中，应当允许并提倡跳跃。仍举《王贵与李香香》为例，如写众人提意见要求早早打下死羊湾，作者只用“心急等不得豆腐烂”一句，直接跳到了作出决议的“定下个日子腊月二十三”。类似的例子还有，不列举了。这些经验，对我们是有启发的。内容越丰富，就越要注意精炼。

五

《雁回岭》作为一首长篇叙事诗，在发挥诗便于歌唱的特点上，努力实践毛主席关于新诗在民歌和古典诗歌的基础上发展的指示，作出了一定的成绩。

它吸收了民歌和古典诗歌的优秀传统，采用了它们那些生动有力的表现方法，并使之熔于一炉，力求有古典诗歌的凝炼含蓄，而又没有过于典奥的毛病，力求有民歌的清新活泼而不使之流于平淡。有的诗行，读来很有律诗的韵味："花草招手风引路，脚踏荒谷穿云烟。大雁队队掠晴空，彩霞阵阵起东山；红松翠柏拔地起，头上只见一线天"；有的诗句，自然地形成严整的骈偶："一山嫩草滴寒露，半河绿水流浮冰"；有的诗句，如"天风扫夜雾，星空银河出，山间人影闪，脚步急促促"，若把"急促促"改成"何急促"，则俨然是五言绝句的气度了。这些尝试，丰富了诗歌的表现艺术。《雁回岭》还从民歌中吸取养分，如"有翅的蜜蜂采百花，无腿的蚯蚓啃泥巴，什么人爱说什么话"，用的是民歌的丰富比喻；如"妈妈夸她比男儿俊，爹爹夸她比女儿勇"，有民间说唱诗句的清新活泼。而像"'立正'好似龙抬头，'看齐'好似虎摆尾"，"荒原披雪甲，丛山戴银盔，地冻虎入穴，天寒鹰不飞"这样的诗句，则是对于二者优良传统的熔铸。我国汉族民歌和古典诗歌的常见句型，是五七言。长诗基本上采用这种句型，但不拘泥于此，有时有很灵活的变化，这些，无疑都是对叙事长诗民族化、群众化的有益探索。

解放了的漳河永欢笑*

——谈谈《漳河水》

时代的浪花

万年的古牢冲塌了！
万年的铁笼砸碎了！
自由天飞自由鸟，
解放了的漳河永欢笑！

我至今还记得，全国解放不久，在东南前线一个小岛上，我第一次读《漳河水》的情景：脚下，澎湃的海水撞击着礁石，浪花似雪，雷电轰鸣。我把眼前的感受，自然地移入《漳河水》中，“漳河发水出了槽，冲塌封建的大古牢”！我觉得，一个黑暗的时代结束了，一个“云霞红红艳”的美好时代来到了。我国人民——包括勤劳勇敢的妇女，犹如漳河流水，流过九十九道湾，冲出重重障碍，终于迎到了人民解放的新时代！

《漳河水》就是这个伟大时代的一朵浪花。这部长诗创作并定稿于中华人民共和国成立的一九四九年，描述的是太行山区妇女解放斗争的动人画面。浪花虽小，组成了时代的喧腾。诗中主人公荷荷、苓苓、紫金英三个妇女从悲惨的遭遇中解放出

---

* 此文初刊1977年9月10日《北京文艺》1977年第9期，初收《湖岸诗评》。据《北京文艺》编入。

来，走上了光明的道路。它从一个侧面描绘出人民解放斗争的胜利，它是一个时代的侧影。

妇女解放的斗争，是人民的解放斗争的一部分。没有人民的解放，也没有妇女的解放。在旧中国，妇女身受的压迫是沉重的。她们除了受政权、族权、神权的压迫之外，还受夫权的压迫。妇女的解放，是我们时代无比光明的象征。

正是由于这个原因，我们今天重读《漳河水》，其意义就不限于诗歌艺术的欣赏，更重要的是它将帮助我们认识我们的时代，认识党领导的人民解放斗争所带来的社会生活各个方面的伟大变革，其中包括妇女的翻身解放。

这部长诗的创作，是在延安文艺座谈会的直接感召下进行的。在这个座谈会上，毛主席向文艺工作者发出了投身火热斗争的伟大号召。作者阮章竞同志深入生活在太行山麓，漳水之滨。他热爱这里的土地和人民，他把太行山称为“第二故乡”。《漳河水》传达了淳朴的乡音。我们读《漳河水》能够感受到，在诗中哗哗奔流的，是斗争的长流水；在诗中喧腾跳溅的，是时代的浪花。

鲜明生动的人物形象

人物形象的塑造，是叙事诗的核心。作为叙事的作品，要求人物的典型化，小说和叙事诗是共同的；作为诗，人物典型化的手段，又应有自己的特点。它要求精炼，即要求以充分个性化的语言，抓住人物最主要的特点，用最简洁的笔墨来刻画人物。

《漳河水》人物不多，就人物之间的关系而言，线条清晰而不繁复。主要人物是三个农村妇女，她们有过共同的对朦胧幸福的向往，又经历了共同的幻灭的悲哀，有着共同的为创造新生活而作的斗争。她们的“毛毛小女不知道愁”，是共同的；她们的那种农村姑娘“低声拉话高声笑，好谈个心事又好羞”，也是共同的。这些是她们的共性。但是，当旧社会的封建桎梏迎面压来的时候，当党的温暖春风吹绿了漳河两岸、土改斗争的风暴涌向她们的时候，她们又是以多么特殊的个性化的音容笑貌出现在我们面前啊！

长诗作者始终没有描写过三个主人公的外形，也没有通过抽象的笔墨介绍过她们各自的性格特征，他只是让她们行动着，用各自对待生活的态度和感情来体现她们的个性。

我们从荷荷控诉封建家庭迫害的泼辣尖利的语言中，从她“漳河你为甚不出槽，给俺冲条道”的呼唤中，认识到她的斗争性格。她是个“快人”，说“快语”，干“快事”。解放了，她的第一个行动是与封建半老头离婚。她搞自由恋爱，提出“自由要自由个好条件”；她带头实行新式婚礼，“不坐花轿不骑马，革命时兴是手拉拉”。她成为互助合作的带头人。与之形成对比的是紫金英，她的性格是柔顺的，缺少荷荷那种泼辣劲。她当初的理想只是找个“好到头”，但却嫁了个痨病汉，“一年不到守空房”。她怕改嫁再受折磨，而甘心当寡妇受摧残。她哭诉无门，只能对着怀中的孩孩自语：“咽了吧，莫嫌苦，记住你娘是寡妇”。紫金英的形象是用血泪塑成的，她的弱点，正是那个压迫她的社会的产物。

恩格斯提出，要“把各个人物用更加对立的方式彼此区别得更加鲜明些”。《漳河水》不仅用这种“更加对立的方式”来“区别”性格迥异的荷荷和紫金英；它还以这种方式来“区别”性格相近的紫金英和苓苓。

苓苓的性格特征中有紫金英的“柔”，但没有紫金英的“顺”，同时还带有锋利和机敏的特点。她的丈夫二老怪，“大男人的思想出色坏”。他有一套行使夫权的“老王法”，认为“娶来媳妇买来马，任我骑来任我打”。但苓苓还是“一汤一饭想着他饥，一冷一热惦着他衣”。苓苓绝不是贤妻良母式的一味温存，她柔中有刚。而她的斗争精神又和荷荷的锋芒毕露有所不同。当二老怪支差回家因为吃不上现成饭大吵大闹要“休”她时,苓苓的回答甚至是平心静气的:“你要休我没条件!俺又不知你今天回,上地劳动也有罪?”当二老怪威胁要和她“另过”时,她胸有成竹地向他算了一笔扬眉吐气的经济账,把二老怪弄得目瞪口呆。苓苓几乎是不动声色地通过一个“夜训练班”就“镇”住了其势汹汹的二老怪。二老怪第一次发现,站在他面前的是一个政治上、经济上、生活上都独立的人。

苓苓的性格是丰满的,作者把这个人物写活了。例如长诗结尾写二老怪转变,荷荷下令他给苓苓陪不是时,有如下描写:

举手额前脚立正,
二老怪今天像个民兵。
苓苓捂嘴低声啐:
“出什么洋相讨厌鬼!”

四行诗,把小俩口的神态写得活灵活现。特别是苓苓,她的复杂心情,表现得又细腻,又简约。二老怪的觉悟,她高兴;二老怪的陪礼,她甚至感激;但是二老怪的这种冒失,她又气恼。这一切,全在一个“啐”的动作上,全在一声“讨厌鬼”的“骂”上体现出来。作品的这些描写,传达了农村生活的醇酒一般的浓烈气息。

《漳河水》总是让人物用自己的言行展现性格,而不是作者代作鉴定。而且这种展现达到了可以称为精炼的个性化的程度。例如写媒婆张老嫂,只用“从脚看到天灵盖”七个字,就把这个职业媒婆的丑恶形象勾勒出来。常说媒婆的嘴厉害,这里偏不用嘴,只是一个动作“看”——是把女人当货物的、买卖人的、阴冷无情的“看”!

《漳河水》所达到的人物个性化的经验,对我们今天的叙事诗创作,是有助益的。对比“四人帮”“三突出”之类的“恶劣的个性化”，正如恩格斯指出的，“这种个性化总而言之是一种纯粹低贱的自作聪明，并且是垂死的模仿文学的一个本质的标记”，《漳河水》在这方面，有其不可磨灭的光彩。

独特的构思和意境

《漳河水》构思的特点，是它不热衷于对客观事件作详尽的描述，也不拘泥于故事情节的发展过程，它只是按照作者对生活实质的认识，按照作品主题表达的要求，同时也按照诗的思想感情的波动起伏的需要，在构思上另辟蹊径。概括地说，就是不求全面、突出重点。这一点，对于当前叙事诗的创作，也有参考价值。目前有些叙事诗往往叙事太密、太实、太死。

《漳河水》设计了三个妇女的婚姻故事，用她们不同的经历，来概括我国劳动妇女不管在遭遇上如何千差万别，在旧社会，都一样地没有出路，在新社会，经过艰苦的斗争，都将获得自由解放。在第一部中，三姐妹出嫁前的情况，作者只用几笔概括带过，而立即把重点集中在对包办婚姻的恶果的揭露上。三个人有三种遭遇，三种遭遇又有不同的始末，有三种恶果，怎么处理？《漳河水》把三姐妹安排在她们憧憬过未来的漳河岸，通过三人的互诉衷肠来叙说她们的不幸。值得注意的是，这种分别叙说，不是报流水账，每个人都紧紧抓住扣人心弦的特点来展开。如荷荷着重揭露封建家庭的虐待，苓苓则抓住“俺是男人的破棉袄”的比喻来控诉男尊女卑的罪行，紫金英则重点抒写她死了男人之后改嫁与否的复杂心情。这样就每个人说，都没有按照各自经历的首尾顺序说，并不全面。但由于每个人都突出了特点，综合起来，便构成了旧社会妇女苦难的全景。反之，若事无巨细，始终一贯地实录下来，全则全了，却一片模糊。

《漳河水》的笔墨是多变的。第二部虽然仍按荷荷、苓苓、紫金英三条线索写，但却不再是第一部写法的重复。如荷荷的故事，基本上按一个相对完整的故事写。苓苓则突出了二老怪支差回家吃不上饭的一场风波，这场风波的核心事件是苓苓的“训练班”，整个诗章因之充满了诙谐的喜剧气氛。紫金英这一章，则以细致的笔触，揭开了一个受尽旧社会磨难、在新社会仍然无力摆脱传统桎梏的妇女的精神世界。这三个部分合起来，便呈现出在“解放”这个命题下，妇女在解放大道迅跑时的色彩斑斓的复杂画面。长诗的第三部，其构思是出人意想的。这一部除首尾两支小曲，只剩下一个《翻腾》。《翻腾》甚至撇开了荷荷、紫金英等主要人物，而着重写二老怪。第三部是全诗的高潮，它把高潮放在二老怪的转变上，是很大胆的。连二老怪这样的落后分子都进步了，则妇女解放的伟大胜利可知！一部歌颂妇女解放的长诗，便在完全可以结束的地方宣告结束。

诗无成法。叙事长诗的构思，应当是千差万别的，完全不存在什么固定的套数。应当为各具特色的题材，寻求各具特色的艺术表达。

《漳河水》艺术上的另一成就，是对于诗的意境的创造。诗的意境，其实就是主观与客观、情与景在诗中的统一。诗有意境，便有诗味。王国维崇尚被他称为“境界”的意境，他在《人间词话》的开头就说：“词以境界为最上，有境界则自成高格，自有名句。”我们谈抒情诗，常谈意境；而对叙事诗，则很少谈。其实，大凡是诗，为造成某种艺术境界的努力，应当是毫不例外的。只不过，叙事诗的讲究意境，其背景更为广阔罢了。《漳河水》是一首有着自己独特意境的叙事长诗，这在叙事诗创作中还是不多见的。

漳河水九十九道湾，
层层树，重重山，
层层绿树重重雾，
重重高山云断路。

清晨天，云霞红红艳，
艳艳红天掉在河里面，
漳水染成桃花片，
唱一道小曲过漳河沿。

读过《漳河水》的人，都会记住这支漳河小曲。八句诗，画出了非常迷人的漳河景色。上阕，从远近看，漳河蜿蜒曲折，流动多姿；从上下看，高山丛树，云遮雾障，构成了浓淡相宜的层次，是一幅浓郁的水墨山水。下阕，写雾散后的晨景，河水清澈，红霞流影，微波荡漾，仿佛流动的是瓣瓣桃花。此时，漳河彼岸，正飘过清悠的山歌……这是一幅明丽的水彩画。上下阕互为映衬，写尽漳河两岸风光。表面看来，这歌中只有景，虽有“唱一道小曲”之句，并不出现唱曲的人。然而，仔细凝思，便觉情满山水。看山，山是那么苍郁；望水，水是那么澄澈。这是解放了的山水，这是获得自由的人眼里的山水。画中有意，歌中有情，蕴藉含蓄，不说自明。这小曲有独特的意境，是高度情景交融的。

读《漳河水》，我们感到始终沉浸在浓郁的诗情之中。它的人物，与人物所生活斗争的自然环境，完全溶在一起，仿佛通篇都被“漳河水，九十九道湾”的旋律支配着。这种反复出现的旋律，造成了长诗那种一唱三叹、荡气回肠的诗情，并且直接有助于抒写主人公对她们生活的态度和激情。漳河的流水，漳河的杨柳岸、桃花坞，乃至于河边的草儿，都不仅是作为景物而存在，而且是作为能与诗中人物、与读者悲欢与共的同情者、见证人而存在。主人公发出不平的呼声时，“静静的漳河发了怒”；主人公泣诉悲惨的身世时，“河边的草儿打觳觫”；主人公决心走上新道路时，长诗唱：“送出门，送出院，梨树花开月明天”，仿佛梨花为她而开，月儿为她而明。这是写景，更是抒情。

应当说，《漳河水》所叙述的三个妇女翻身的故事是典型的，也是动人的，但是，要是没有作者所刻意创造的那种漳河沿岸风光的诗意的烘托，要是没有它那种借景抒情的朗朗上口的谣曲的吟哦，它的故事，可能会因之失去很多丰采。

富有特色的语言

《漳河水》的诗歌语言，有鲜明的特色，它散发着喷香的泥土味。构成这种特色，一方面，是作者认真地学习了漳河流域的民歌小曲。太行山麓，漳河沿岸火热斗争的动人场面，给作者以丰富的思想营养，而那水滨山涯传来的娓娓悠扬的歌音，又给作者以丰富的艺术营养。他为这些动人的群众的歌声所激动，“找人口述，录下些片断的歌儿，自己又模仿着编了些”（《漳河水·小序》）。作者自述，这部长诗“是由当地许多民间歌谣凑成的”。从上面的叙述中可见，《漳河水》的音乐性的语言，与民歌有极密切的关系。

另一方面，是他认真向人民群众学习语言。作者善于提炼那些生动活泼的、表现实际生活的群众语汇入诗，像荷荷谈恋爱的对话：“种谷要种稀留稠，娶妻要娶个剪发头。”“种玉茭要种‘金皇后’，嫁汉要嫁个政治够。”“荷荷的巧嘴实在香！”“三好的条件够对象！”便是从群众口语中提炼的充满生活气息的语言。像“一根麻绳抛上梁，吊住她头发才揍他娘！数这玩意儿最利索，二老怪是老手旧胳膊”！通过这富有表现力的寥寥数语，活活地画出一个打老婆的行家里手的形象来。阮章竞同志是广东人，驾驭北方农村语言到这么纯熟的地步，可见他为此下过多么艰苦的功夫。

《漳河水》的语言风格，不仅表现为通俗淳朴，而且还有典雅清丽的一面，这两方面得到了统一。能做到后者，主要是认真学习古典诗歌语言中“有生命的东西”的成果。这方面除了前引漳河小曲外，如“看尽花开看花落，熬月到五更炕头坐，风寒棉被薄!”也是生动的例子。

《漳河水》相当注意诗的韵调和谐动听,但它换韵自然,并不刻板。长诗的句型,基本一致而有变化,由于三五七言错落使用,在节奏上造成跌宕起伏的效果。这些方面,都使整部长诗形成一种流动活泼的气氛。长诗的语言形式,为内容服务得恰到好处,像三个妇女哭诉苦难时用的句式,基本上是由七、七、五字组的三句一节,这种句式,造成了长吁短叹、欲诉又止的情调。

既学习群众口语,又学习古人仍有生命力的语言;既学习民歌,又学习古典诗歌,在上述基础上的推陈出新,使《漳河水》成为具有浓厚的中国作风中国气派的作品。二十多年来它为读者所喜闻乐见,语言的突出成就是一个重要原因。

《外国短篇小说选》编后*

为了文学创作课教学的需要，七二年，我们曾拟订了选辑一部分中外较优秀的短篇作品的计划。几年来，已经陆续编印了《诗选》、《短篇小说选》、《散文特写选》、《戏剧曲艺选》等书，收的都是我国当代作家的作品。现在，再编选一本外国短篇小说选，供学生学习创作时借鉴。

本册收的是俄、法、美等国作家的短篇小说。其它一些国家的较优秀作品，打算以后再编选一本。

限于人力和水平，编选中一定有不少缺点错误，希望同志们提出批评建议。外单位如须翻印，请务必征得编者同意。

北京大学中文系文学专业
文学创作教研室 1977,9

附：入选篇目

外套	（俄）果戈里
木木	（俄）屠格涅夫
一个官员的死	（俄）契诃夫
变色龙	（俄）契诃夫
普里希别叶夫中士	（俄）契诃夫

---

* 此文据《外国短篇小说选》编入。

万卡	（俄）契诃夫
套中人	（俄）契诃夫
羊脂球	（法）莫泊桑
项链	（法）莫泊桑
我的叔叔于勒	（法）莫泊桑
最后一课	（法）都德
柏林之围	（法）都德
竞选州长	（美）马克·吐温
百万英镑	（美）马克·吐温
北极圈内的酒酿	（美）杰克·伦敦
一块排骨	（美）杰克·伦敦
麦琪的礼物	（美）欧·亨利
我们选择的道路	（美）欧·亨利
把帽子传一传	（澳大利亚）亨利·劳森
一片绿叶	（德）斯笃姆
皇帝的新衣	（丹麦）安徒生
卖火柴的小女孩	（丹麦）安徒生

论《女神》*

当鲁迅用他的勇猛的“呐喊”,“聊以慰藉那在寂寞里奔驰的猛士,使他不惮于前驱”[①]的时候,郭沫若正“立在地球边上放号”着“不断的毁坏,不断的创造,不断的努力”。鲁迅的笔触,是对旧中国的切实深刻的针砭,而郭沫若的歌声,则主要是对中国光明未来的激情的召唤。

在黑夜将尽、黎明破晓的时刻,一个青春而富有创造力的“女神”出现在我们的面前。

《女神》,中国新诗创始时期的一颗明星。它勇敢地摆脱当时那种种的“尝试”,而以思想、艺术上崭新的姿态出现在五四新文学的诗坛上。它开了一代雄健豪放的新诗风,充分体现了“五四”时代的革命精神。

《女神》是郭沫若的第一部诗集,也是郭沫若漫长的文学生涯中一开始便相当成熟的处女作。诗人的创作生活始于一九一八年。五四运动至一九二〇年上半年,是“诗的创作爆发期”[②],《女神》中的大部分诗篇,就是这时写的。《女神》是伟大时代的产儿。

---

* 此文初刊《文艺论丛》第3辑,上海文艺出版社1978年5月出版,与吴泰昌合作;初收《湖岸诗评》,题《凤凰新生的狂吟——论〈女神〉》;又收《中国现代诗人论》、《当代学者自选文库·谢冕卷》,题《凤凰新生的狂吟——论郭沫若》。据《文艺论丛》编入。

① 《呐喊·自序》。

② 郭沫若:《革命春秋》第61页。

“五四运动的杰出的历史意义，在于它带着为辛亥革命还不曾有的姿态，这就是彻底地不妥协地反帝国主义和彻底地不妥协地反封建主义”。[1] 毛主席科学概括的五四时代这种革命的精神，不能不在那作为五四运动重要组成部分的新文学运动和创作中有所反映。而《女神》，可以认为是集中地吹奏出这种时代精神的一支嘹亮的号角。它以热情澎湃的声音，讴歌了中华民族解放的新希望。这正是诗集《女神》高度的思想成就和艺术成就之所在。

“五四”时期的中国，绵延不息的内忧外患，促使中国的知识分子成为首先觉悟的成分而英勇地喊出了反对旧道德提倡新道德，反对旧文学提倡新文学的声音。正如胡乔木同志所说，“‘五四’运动在文化方面的口号是要求民主和科学，但是‘五四’运动的左翼因受十月革命的影响而具有初步共产主义的知识分子都同时传播了中国必须实行社会主义的观点。”[2]无疑，郭沫若是站在这一行列中的。《女神》所指的“不断的毁坏”，就是“毁坏”旧中国；“不断的创造”，就是“创造”新中国。尽管在当时，年轻的诗人对马克思主义还缺乏全面的认识，还不可能知道未来的新中国具体是什么模样。但是，他分明地听到新时代的“晨钟”响了，并且满怀喜悦地欢呼：

> 太阳虽还在远方，
> 太阳虽还在远方，
> 海水中早听着晨钟在响，
> 丁当，丁当，丁当。
> ——《女神之再生》

充溢在《女神》中的，基本上是这样一种乐观、积极、昂扬的

---

① 《毛泽东选集》第二卷，第659、660页。

② 胡乔木：《中国共产党三十年》。

气氛。它表示了中国当时的先进分子的觉醒。这种觉醒，主要是由于当时世界帝国主义的衰落，各国工人运动的兴起，特别是俄国十月革命胜利的感召，也由于当时人们对中国的黑暗现实的痛切感受和认识。诗剧《女神之再生》便是在上述那些感召下对黑暗现实的批判。在那里，共工和颛顼为争王而血战，“共工怒而触不周之山”，使它们同归于尽，而破坏了完整的天体。本来就有志于“创造些新的光明”的女神们对于如何处置这“破了的天体”，是否“再去炼些五色彩石”来补天的回答是果决的：

——那样五色的东西此后莫中用了！
我们尽他破坏不用再补他了！
待我们新造的太阳出来，
要照彻天内的世界，天外的世界！

抛弃“旧皮囊”，创造“新鲜的太阳”，这主题当然不止是奇想，而是五四时代彻底的、不妥协的反帝反封建精神的折光。他的反抗的矛头，对着当时压迫并统治中国的帝国主义和封建主义，对着套在人民身上的精神镣铐——吃人的封建礼教。“新造的太阳不怕又要疲倦了吗？”“我们要时常创造新的光明、新的温热去供给她呀！”毁坏，创造，不断地输送热力以充实这个创造。这里的浪漫主义幻想，明显地受到一种切实的先进思想的指导。奇想而不虚妄，这就是革命辩证法的力量。正是因此，诗剧的结束仍然是从天上回到地上，从神话回到现实，诗人借舞台监督之口宣称：“诸君，你们要望新生的太阳出现吗？还是请去自行创造来！”《女神之再生》之所以是一幕革命浪漫主义的诗剧，就在于它与现实的革命发展保持着密切的联系。作者自述：“《女神之再生》是象征着当时中国的南北战争，共工是象征南方，颛顼是象征北方，想在这两者之外建立一个第三的中国——美的中国。”[①]毁坏并非目的，目的在于创造，在于建立。“新鲜的太阳”也好，“美的中国”也好，具体形象在当时诗人的心中还是朦胧的、不清晰的，但它是宣告了诗人与旧世界的决裂。女神并不屑于对残破天体的修修补补，而是毫不犹豫地推倒它，她要在黑暗和毁灭之中再造“美的中国”。这就宣告了《女神》坚决的革命性。

这种创造新的光明和温热的思想，不是凭空来的。是基于对那“冷酷如铁”、“黑暗如漆”、“腥秽如血”的“茫茫的宇宙”、即现实中国和世界的认识。这个“宇宙”太黑暗，也太寒冷，诗人诅咒这个混乱不堪的“宇宙”，目之为屠场、囚牢、坟墓和地狱。《凤凰涅槃》的这些诗句，成为《女神之再生》的有力补充。它同样不是用妥协和容忍的态度，而是用挑战的姿态，向着旧世界发出强烈的无畏的控诉。

在《女神之再生》中，诗人提出对旧的彻底的否定而重建天体的理想，在《凤凰涅槃》中，则具体地提出了实现这一理想的途径，这就是“凤凰涅槃”的方式——通过一场烈火的焚烧，在烈火中求得新生。这就是当时年轻的诗人提出疗救中国的药方。的确，它是有些抽象的。但它那种对旧世界、旧中国、包括对旧我的革命的态度，却应予以充分肯定。这是问题的实质。这里有对旧世界不妥协的批判。“生在这样阴秽的世界当中，便是把金钢石的宝刀也会生锈”，这是何等沉痛的叹息！这样的世界，没有存在的价值，只能对它彻底地否定。这就体现了《女神》作者的基本政治态度。这种态度，与当时主张改良妥协的右翼胡适之流的主张，是针锋相对的。《凤凰涅槃》中，凤凰唱着低昂而悲壮的挽歌，采集香木，无视岩鹰和鸥枭等类的耻笑和诋毁，毅然

---

① 郭沫若：《革命春秋》，第 75 页。

举火自焚。她们在火光之中欢唱舞蹈，庆贺“死了的光明”的更生。这当然应当视为一种对于现实的革命的态度。

自焚的是凤凰，更生的是凤凰。但是，“凤凰和鸣”指出，更生的并不是个别，而是“一切的一”，“一的一切”。正如闻一多说的，“丹穴山上底香木不只焚毁了诗人底旧形骸，并连现时一切的青年底形骸都毁掉了”。[①] 诗人说：“我便是你，你便是我。火便是凰。凤便是火。”可以认为，凤凰的更生，便是你我的更生，宇宙的更生。一曲华美壮丽的凤凰更生之歌，便是新世界在烈火中诞生的颂歌。

《凤凰涅槃》的调子是雄浑而悲壮的。说它雄浑，乃是由于它的旋律中有着革新进取的时代的强音。说它悲壮，乃是由于它的出发点是对“旧宇宙”的绝望。故国的沉沦，民族的灾难，个人的积郁，使诗人勇于向黑暗宣战。这首诗的写作日期，是一九二〇年一月二十日，前此两天，即一九二〇年一月十八日，诗人在一封给友人谈诗的信中即对旧我作了否定与批判，他说：“我不是个‘人’，我是破坏了的人，我是不配你‘敬服’的人，我现在很想能如 phoenix 一般，采集些香木来，把我现有的形骸烧毁了去，唱着哀哀切切的挽歌把他烧毁了去，从那冷净了的灰里再生出个‘我’来！”[②]这封信，已经勾画出《凤凰涅槃》的雏型，可以认为是这首闪着奇光异采的长篇抒情诗的构思的发端。

这里讲我，当然不限于我，讲的是包括旧我在内的旧的一切，全要付诸烈火！在前引的信中，诗人还引用了三年前写的几首旧体诗，可作佐证。其中有这样的诗句：“有国等于零，日见干戈扰。有家归未得，亲病年已老。……悠悠我心忧，万死终难了”（《夜哭》），悲愤极其深沉。可见，凤凰只是借喻，这凤凰的再

---

① 闻一多：《女神之时代精神》。

② 《三叶集》，亚东书局版，第 11 页。

生,“象征着中国的再生,同时也是我自己的再生”(《我的作诗经过》)。

《凤凰涅槃》与《女神之再生》代表了《女神》的基调。概括地说,这是充满信心的胜利的欢呼。这欢呼的声浪,与五四时代狂飙的呼喊是完全和谐的。诅咒黑暗,歌颂光明,扬弃旧的,创造新的,这是《女神》的主旋律。因此,它欢呼《日出》,在日出中,他不仅看到“光的雄劲”,而且看到“明与暗,刀切断了一样地分明!”它是那样地热爱太阳,声声呼唤“快向光明处伸长”,“不断地努力、飞扬、向上!”(《心灯》)

在《女神》的昂扬的时代呼声中,处处可以感受到先进思潮的涛音。当它欢呼《晨安》,在一连二十八个不免有些驳杂的“晨安”之中,它的目光越过“万里长城”,投向了“雪的旷野”之上的“我所畏敬的俄罗斯”。我们知道,在俄罗斯,那时刚刚庆祝了无产阶级革命的胜利。尽管与此同时,诗人还歌颂了华盛顿、林肯及其它,但是,他毕竟是在纷繁的现实中锐敏地瞩目了俄罗斯原野上的革命巨变。这正如他在一九一九年末写《匪徒颂》一样,当他以无畏的诗句歌颂了那些敢于反对旧秩序进行各方面的革命的“匪徒”时,还以单独的段落歌颂了马克思、恩格斯和列宁。诗人在当时敢于这么突出地列举名字颂扬这些“亘古的大盗”,这当然是很有说服力地说明了他的睿智和勇敢。有趣的是,在《巨炮之教训》里,当托尔斯泰滔滔不绝地进行迂阔的人性说教时,列宁在一旁斩钉截铁地喊出了强有力的声音:“为阶级消灭而战哟!为民族解放而战哟!为社会改造而战哟!”这是真理的雷鸣。作者说:“他这霹雳的几声,把我从梦中惊醒了。”

作者在《女神》序诗中宣布“我是个无产阶级者”,“我愿意成个共产主义者”。尽管在当时,如他自己说的,对这些概念还区分得不太清楚,但应承认,至少在他看来,这些称号是革命的,也是崇高的。这表明了无产阶级思想的初步觉醒。诗人对工农劳动群众的热爱与颂扬便是这种觉醒的一个证明。在《辍了课的第一点钟里》,他称工人为“我的恩人”;在《雷峰塔下》里,他要跪在那锄地老人的面前,喊他一声“我的爹”;在《地球,我的母亲》里,他称田地里的农人是“全人类的褓母”,称煤矿工人是“全人类的普罗美修士”;在《巨炮之教训》里,他高呼“至高的理想只在农劳!”

当然,前面谈的,是《女神》的主调。《女神》作为五四时代完全崭新的文化生力军的组成部分,是受着当时的先进思潮的领导的。但是,它在寻求救国救民的真理的过程中,不可避免地会有某种“兼收并蓄”的弱点,诸如泛神论,资产阶级的个性解放等。但早期的这些复杂的思想倾向,都被《女神》中的爱国主义的、为祖国和民族的解放而讴歌的主旋律所统御所压倒。《女神》的确有泛神论,例如作者就歌颂过“三个泛神论者”庄子、斯宾诺莎和印度的加皮尔。但他之歌颂这三个人,在于他们分别是“靠打草鞋吃饭的人”,“靠磨镜片吃饭的人”和“靠编渔网吃饭的人”,总之,诗人之所以歌颂他们不为别的,仅仅是因为他们是自食其力的人。又如《我是个偶像崇拜者》,“我”崇拜太阳、山岳、海洋,崇拜水、火、生、死、光明、黑夜,几乎崇拜一切,这一切都是他所崇拜的偶像,即神。表面看,他崇拜多神。然而,这诗的真正旨意,却在它的结句上面,这结句是:“我崇拜偶像破坏者,崇拜我,我又是个偶像破坏者哟!”可见,在他的崇拜一切偶像的背后,只崇拜一个那破坏一切偶像的“我”,这个我是觉醒了的人。他的崇拜偶像,目的在于破坏偶像。就是这样,泛神论也蒙上了郭沫若式的反叛的色彩。《女神》的确很夸大个人的作用和力量,最明显的是《天狗》。“我是一条天狗”,我要把日、月、星球,甚至全宇宙,都吞了,“我是全宇宙底 Energy 底总量”。我们从这无限夸大了的“我”的形象中,并没有发现欧洲资产阶级文学中那种极端个人主义者,我们看到的是获得了人的尊严的解放了个性的形象。这个“人”，从历史耻辱与迫害的泥淖中走出来，在香木焚烧的烈火中得到新生。他有巨大的力量，足以打破一切的禁锢与重压。请听“我”的狂歌：

我飞奔，
我狂叫，
我燃烧。
我如烈火一样地燃烧！
我如大海一样地狂叫！
我如电气一样地飞跑！
我飞跑，
我飞跑，
我飞跑，
……
我便是我呀！
我的我要爆了！
——《天狗》

不再是卑微的我，受屈辱受迫害的我，而是充满力量和信心的崭新的我，这样的我，能给人以振奋和激励。

当然，《女神》并非没有弱点和消极的因素。五四时代作者世界观上的弱点不能不在《女神》身上有所反映。例如，一方面是充满希望的慷慨高歌；另一方面，它甚至“披着件白孔雀的羽衣”，遥遥地翘首于“象牙舟上”，口里喊着“前进”，却只是“曳着带幻灭的美光”，“向着‘无穷’长殒”（《蜜桑索罗普之夜歌》）。《女神》的基调是昂扬的，向上的，健全的，但也掺杂着某些消沉的杂音，例如，作者能看到人间存在着阶级的不平等，但又找不到有效的办法弭平它，只好消极地颂扬黑夜（在歌唱“日出”，欢呼“晨安”的同时），他错误地认为唯有黑夜，“才是‘德谟克拉西'”,才是“贫富、贵贱、美恶、贤愚一切乱根苦蒂的大熔炉”(《夜》)。也许,作者不过是故作此等愤激之言,并不真的这样认为,但至少流露了他的某种惶惑。有时,这种惶惑甚至发展为失望,甚至哀叹:“嗳!要得真正的解脱吓,还是除非死!”(《死》)。这些,完全是可以理解的。作者那时虽然思想先进,但还不是马克思主义者,作为一个不够成熟的青年,他的思想还没定型,《女神》思想上的驳杂,正好表现了他当时所受的影响是多方面的,也正好说明了他吮吸新思潮的积极成分颇有些饥不择食的劲头。

朱自清说过:“和小诗运动差不多同时,一支异军突起于日本留学界中,这便是郭沫若氏。”[1]大家都在做小诗的时候,郭沫若做的是大喊大叫的“大诗”。这在当时诗坛,不啻是投下了一道强光。

《女神》出世后,立即引起了批评家的注意。钱杏邨认为郭沫若诗“除了少数的几首而外,情绪都是很狂暴的,很健全的,眼前的世界是很开阔的,他仿佛一片发了疯的火云,如醉了一般的狂呼飞驰”。[2] 郭沫若的这种诗风,如他自己所说,是一种“火山爆发式的内在情感”。[3] 而这种“内在情感”,正是五四时期狂飙突进的时代精神的体现。

《女神》时代的郭沫若,为了救国,求学国外。他当时很欣赏法国作家斯坦达尔的一句名言:“轮船要煤烧,我的脑筋中每天至少要三四立方尺的新诗潮。”郭沫若反问自己:“思想底花,可要几时才能开放呀!”他把进图书馆叫做“挖煤”,当然是“挖”新思潮的“煤”。这时支配着郭沫若整个心灵的是祖国和民族的命运,他的心为祖国为人民而燃烧。他把自己那种“眷念祖国的情

---

① 《中国新文学大系诗集·导言》。

② 《诗人郭沫若》。见现代书局版《郭沫若评论》。

③ 诗集《凤凰·序》。

绪”，写成了一首震撼人心的《炉中煤》，诗人自比为煤，自比为被埋葬在地下的本是栋梁的“黑奴”，认为只有这样被压在地层下的黑奴的胸中，才有火一样的心肠，他倾出全心的热血化为了如下感人的诗句：

我为我心爱的人儿
燃到了这般模样！

郭沫若把祖国当作自己的爱人，他说过：“五四以后的中国，在我的心目中就像一位很葱俊的有进取气象的姑娘，她简直就和我的爱人一样。”[①]他的最热烈的爱歌，是献给自己多灾多难的祖国的。由于这种眷念祖国的情绪，转而同情世界上弱小民族的斗争，他的眼前的世界，确是很开阔的。《胜利的死》这首诗，热情歌颂了为爱尔兰独立而坚持绝食斗争达七十三天终以身殉的马克司威尼，他自称这首诗是“数日间热泪的结晶体”。这诗的每节都首贯以苏格兰诗人康沫儿的《哀波兰》的诗句。这《哀波兰》，他认为堪与拜伦的《哀希腊》媲美，诗人热切地冀望拜伦、康沫儿的精神“请为自由之故而再生”。

郭沫若受过国内外前辈诗人的思想艺术熏陶。在外国诗人中，他受到海涅、歌德、雪莱、拜伦、泰戈尔等的影响。郭沫若说，他的诗创作先受泰戈尔诸人的影响而“力主冲淡”。后来，他接触到惠特曼。五四那年，他读了《草叶集》。《草叶集》在他面前展示“太平洋一样”的奔放雄浑，他回顾说：“个人的郁积，民族的郁积，在这时找到了喷火口，我也找出了喷火的方式，我在那时差不多是狂了”[②]。他还说：“惠特曼的那种把一切的旧套摆脱干净的诗风，和‘五四’时代暴风突进的精神十分合拍，我是彻底

① 《革命春秋》，第 69 页。
② 《沸羹集：序我的诗》。

地为他那雄浑豪放的宏朗调子所动荡了。”[1]惠特曼在郭沫若早期诗歌创作中的影响是极大的，可以说，由于《草叶集》的启示，郭沫若开始了“诗的创作爆发期”。从此，他给中国新诗带进了旧世界的叛逆者形象的同时，也带进了豪放雄浑的英雄调子，这种形象和调子，给中国新诗以空前的震动。这在《天狗》的狂喊中，在《晨安》的欢呼中，在“立在地球边上”的“放号”中，当然，更在凤凰和鸣的新生之颂中……总之，是在《女神》的几乎所有篇页间，都洋溢着这种惊天动地的英雄调子。这音响，在今天听来，仍然是那样地震撼人心，带着那么昂扬的时代的精神。

五四初期，当周围相当多的人在热心地写那些淡泊清远的小诗的时候（当然，这种小诗对于冲破旧诗词的羁绊，也不乏其积极的意义），郭沫若给中国新诗带来了暴风、烈火和狂涛。他的大喊大叫，淹没了胡适等人半文半白的“放大了的小脚”的呻吟，而使五四的狂飙，弥漫在古国的长空，这是郭沫若的《女神》的丰功。

《女神》的上述那种气质，是革命浪漫主义的体现。郭沫若后来说过：“中国的浪漫主义没有失掉革命性，而早就受到明确的理想。”[2]女神的创造，凤凰的再生，天狗的飞跑，晨安的欢呼，炉煤的燃烧，匪徒的颂歌，这些，无不体现了“明确的理想”。这种革命的浪漫主义，在我国始于郭沫若，始于《女神》，对于新诗，也完全是新的东西。

《女神》是在“五四”时期中国土壤上诞生的现实的儿子，但《女神》并不满足于对现实生活的表现，它着重于写反抗、叛逆、奋斗、创造的革命精神。在《光海》中，诗人借儿子阿和认为爹爹是“空中的一只飞鸟”，而发出罗曼蒂克的幻想：“我便是那只飞

---

① 《我的作诗经过》。

② 《浪漫主义和现实主义》，载《红旗》1958年第3期。

鸟！我便是那只飞鸟！我要同白云比飞，我要同明帆赛跑。”在《霁月》中，他甚至向那“云衣重裹”的明月，要求“请借件缟素的衣裳给我”。这就是郭沫若的奇想。又如《立在地球边上放号》，尽管它也写了白云的“怒涌”，眼前的“滚滚的波涛”，但强调的和极力渲染的却是“无限的太平洋提起他全身的力量要把地球推倒”的巨大无比的力，而并不热心于描绘生活的具体的情状。

正如“凤凰涅槃”的精神在他的创作中是贯串始终的一样，他的革命浪漫主义创作方法也是贯串始终的。不过，随着革命形势的发展，随着诗人成为共产主义者，随着毛主席关于革命的现实主义和革命的浪漫主义相结合的创作方法的倡导，郭沫若的“女神”精神也在发展。到后来，他的凤凰形象，就不再是那些较为抽象的神话传说中的凤凰，而变成了烈火中永生的国际主义战士：“火中不灭凤凰俦，国际英雄黄与邱。”在中国革命获得胜利之后，他的“女神”式的歌唱，不仅保持了那种高昂豪壮的气势，而且变得更加切实了。手头有一篇珍藏的剪报，我们认为是很能说明郭沫若“女神”精神的持续和发展的。这是作者解放后新诗创作中很有代表性的一篇作品。但新近出版的《沫若诗词选》不知为何略而不收。为了说明《女神》作者的革命浪漫主义精神的绵延至今，特将全诗引录如次，以供研究参考：

百花齐放，五彩缤纷。
毛主席的周围，六亿尧舜！
万鼓雷轰，万旗浪涌，万象云屯。
哦哦，红领巾，红领巾，红领巾，
像长江，黄河，黑龙江，珠江，……
在天安门前洪涛滚滚。
万只鸽子向空中飞腾，
万颗葡萄向空中飞腾，
万朵星火向空中飞腾。

哦哦，海海海，公社的海！
哦哦，海海海，学生的海！
哦哦，海海海，民兵的海！
葵花在捧日，孔雀在开屏，
乳牛在追火箭，麦穗在闪黄金，
一万朵红莲在吐放着香韵。
这不就是总路线的精神？
这不就是"大跃进"的象征？
这不就是人民公社的美满前程？
三面红旗在发出震天撼地的声音，
澄清了九天四海的迷雾，
"毛主席万岁"不断地不断地高飞入云。

——《国庆大游行速写》(一九六二年国庆当日作，次日《人民日报》发表。)

这是一首发扬了《女神》诗风的小诗。在这里，五四时代的狂想曲变成了天安门前的进行曲；《女神》时代的革命浪漫主义精神和中国大地上"日出"后的瑰丽现实和谐地结合在一起了。

"女神"在创造全新的宇宙，"女神"也在创造全新的新诗。《女神》是全新的艺术，这一点，被闻一多很早就觉察到了，他说："若讲新诗，郭沫若先生底诗才配称新诗呢，不独艺术上他的作品与旧诗词相去最远，最要紧的是他的精神完全是时代的精神——二十世纪底时代的精神。"[①]

单就艺术上的创新而言，《女神》也是推陈出新的范例。如前所述，郭沫若受到中外前辈诗人的艺术的熏陶，但他并不墨守成规，而是批判地继承，继承是为了创新。他曾对他心折的两位

---

① 《女神之时代精神》。

诗人说过这样的话:“海涅底诗丽而不雄。惠特曼底诗雄而不丽。两者我都喜欢。两者都还不足令我满足。”[①]又说,“雄丽的巨制我国古典文学中罕见”。而他的《女神》便是他在艺术上继承、追求、创新的结晶,郭沫若做到了雄而且丽。以《凤凰涅槃》为例,这是一首完全不落俗套的、完全不拘一格的、令人惊异的“新”诗,它的体制,是新的,它的旋律,也是新的。它雄壮,又很华美。整个说来,是激流澎湃的歌唱,有不整齐的参差跌宕的美感,但在不整齐中又包含着整齐。如下的诗句,便是精工的一例:“山右有枯槁了的梧桐,山左有消歇了的澧泉,山前有浩茫茫的大海,山后有阴莽莽的平原,山上是寒风凛冽的冰天。”在他的诗中,和谐华美的韵调与长江大河的纵横恣肆相映成趣。

郭沫若诗歌的雄浑博大,不仅表现在他所传达的时代精神上,也表现在他的诗歌艺术的题材,形象和形式的丰富多样上。郭沫若是我国现代杰出的诗人,它的诗对新诗发展有着重大的影响。

在诗的题材上,郭沫若的《女神》可谓古今中外,神话现实,无所不包。他的诗歌形象,也是极为丰富的,有历史人物屈原和聂政,有神话人物共工和颛顼,有现实人物列宁和托尔斯泰,有凤凰和女神,有哥白尼和达尔文,有当代科学发明的新事物:“二十世纪底亚坡罗”——摩托车的前灯;轮船烟筒上开着的“黑色的牡丹”;有 X 光线底光,电气,还有心脏和神经……这些,给新诗形象开拓了一个无比广阔的天宇。

前面提到,朱自清认为郭沫若是突起于新诗运动之中的“一支异军”。这支异军,不独有尖锐泼辣的思想力量,而且也有体制形式上的多样和丰富。他的一部《女神》,采取了通常同一诗人所难以同时运用的各种诗格。有三部堪称女神三部曲的诗剧。其

---

① 《三叶集》,第 144 页。

中,《女神之再生》是有韵诗体;《湘累》是散文诗体;《棠棣之花》是又说又唱的韵散合体,而且其中的韵文还是五言的。诗剧,在当前新诗创作中,是相当地被忽视、被冷落的一个品种。我们回顾“五四”时期《女神》作者的劳绩,应当把它继承而光大之。《女神》有《凤凰涅槃》那样长达二三百行的长歌,也有《鸣蝉》那样仅有三行的短吟;有《天狗》、《晨安》那样奔突豪放的呼喊,也有《春之胎动》、《日暮的婚筵》那样委婉细腻的抒怀;如《新生》,借火车行进,写一刹那飞动的印象,“地球大大地,呼吸着朝气”,很粗犷;又如《新月与白云》、《Venus》,则展示了一幅宁静安谧的意境。

郭沫若讲过,他是“最厌恶形式的人”,“主张绝端的自由,绝端的自主”,往往凭着感情的冲动,“乱跳乱舞”。这种爆发式的完全不受形式约束的诗,是《女神》的主要方式,但它也并非完全不要形式的整齐,韵调的匀称和谐,这里,有四行一节的《地球,我的母亲》,有五行一节的《炉中煤》,有两行一节的《春之胎动》。这就是说,郭沫若在实践诗体解放的同时,又多方面地试验着新诗的体式。

《女神》作者为五四时代彻底反帝反封建的革命理想所点燃的“心灯”,照见了在他头上飞航的雄壮的飞鹰,它的翼翅在阳照下金光闪闪——

> 他从光明中飞来,又向光明中飞往,
> 我想到我心里翱翔着的凤凰。
>
> ——《心灯》

是的,凤凰在香木火中埋葬了旧我,又在新生歌中迎来了新我,烈火使它永生。那凤凰直到今天还在诗人永远年轻的“心地里”,也在我们大家的“心地里”翱翔。

一九七七年十一月于北京

“谁言寸草心，报得三春晖”*

读了《教育战线的一场大论战》，我再一次经历了一九七六年金色的十月那样的激动。我又听到了毛主席对教育战线的成就和知识分子状况的精辟贴切的科学分析。毛主席的声音，终究是封锁不住的。它是春雷，驱散了“四人帮”散布在祖国天空的几片乌云。

“四人帮”在教育战线制造“两个估计”，在文艺战线制造“黑线专政”论，把党领导下的教育、文艺事业说得无比黑暗，把决心跟着党走的知识分子描绘得一无是处。他们的目的，绝不限于迫害广大的知识分子和文艺工作者。他们罪恶的矛头，首先是对着我们无产阶级专政的伟大祖国，对着指引我们从胜利走向胜利的毛主席革命路线的。

在社会主义社会里，主要的社会成员是工人、农民和知识分子。知识分子，和工人、农民一样，都是我们伟大国家的主人。可是，“四人帮”却把知识分子视为异己，当作敌人，对知识分子百般凌辱、肆意蹂躏。这只能说明，“四人帮”是包括知识分子在内的革命人民的死敌。他们在代表被推翻的阶级屠杀和镇压革命人民，代表一切反动派反革命的复仇情绪。

十七年教育战线和文艺战线的光辉成就不容诋毁！十七年的教育战线和文艺战线的毛主席革命路线的主导地位不容否定！广大的知识分子和文艺工作者早就不能容忍“四人帮”一伙

---

* 此文初刊1977年12月10日《诗刊》1977年12月号。据此编入。

的这种胡作非为。可是，在过去，我们只能把仇恨埋在心中，把眼泪吞在肚里。今天，以华主席为首的党中央为我们伸冤雪耻，我们对华主席、党中央真是感激，感激，说不尽的感激！“谁言寸草心，报得三春晖”！作为一名知识分子，一名文学工作者，我觉得，是华主席给了我第二次青春。在这艳阳似锦，百花迎春的大好季节，我愿为寸草小花，用自己辛勤的、但又是微弱的工作，来报答太阳的恩泽。

1978

诗歌在战斗中前进*

——一九七六到一九七七年诗歌漫笔

一九七六年，中国人民连续失去了三位革命伟人：伟大的导师毛主席和他的亲密战友、我们敬爱的周总理、朱委员长。我们从来没有遇到过这样巨大的不幸，也从来没有经历过这样深沉的哀伤。写过史诗般的《黄河大合唱》的老诗人光未然，用惊心动魄的诗句表达了我们大家的共同心情：

> 我们渡过了多少急流险滩，
> 这一回可真教人胆战心寒，
> 我们中国人从来不爱流泪，
> 这一年把几代人的眼泪流干！
> ——《伟大的人民勤务员》

祖国的天空浓云滚滚，人民为国家的兴亡而深深忧虑，罪大恶极的“四人帮”，加紧进行篡党窃国的阴谋活动。这一切，人民看得清楚，也激起了人民的愤怒。因此，一九七六年不仅有巨悲剧恸，而且还郁积着火山爆发式的深仇大恨！

历史能够创造奇迹。九月令人哀愁的秋风秋雨乍过，一夜之间，香山的枫叶全都红了。我们还没来得及擦干悲哀的泪水，我们又是喜泪纵横。“四人帮”被打倒了！华国锋同志接过毛主席手中的舵盘，高高地举起毛主席的旗帜，引导我们继续毛主席

---

* 此文初刊1978年3月10日《诗刊》1978年3月号，初收《湖岸诗评》。据《诗刊》编入。

开始的伟大长征。这是怎样的突如其来的欢乐，又是怎样难以言状的幸福啊！

诗产生在激情沸腾的年代。“哀乐之心感，而歌咏之声发”。[1] 巨大的悲哀，不可抑制的愤恨，祖国在危亡之际得救，而后是庆祝胜利的全国性的狂欢……“凡斯种种，感荡心灵，非陈诗何以展其义，非长歌何以骋其情？”[2]一九七六——一九七七年，我们的思想情感在斗争中经历了血与火的锻炼。经过九、十次路线斗争的严重考验，在十一次路线斗争的紧要关头，诗歌能够不失时机地为革命呼号。这一切，应当认为是一年多来诗歌繁荣发展的历史和现实的基础。

一九七六年初，人民失去了自己的好总理，甚至还失去了寄托自己哀思的自由。不平则鸣，人民感到需要以诗言志。在首都，也在全国各地，花圈的海洋中卷起了诗的狂澜。千万人动手写诗，更多的人在严寒中夜色里朗诵、传抄这些悲愤而激昂的诗篇。这些几乎全是不具名的群众诗人创作的诗，顷刻之间，飞遍千家万户，“洛阳纸贵”！在我国诗歌发展历史上，这种壮观的场面，可能还是空前的。

“千秋元月初八日，痛悼英灵万巷空”，“万众一心由衷曲，愿将百死换一生”，这是用血泪写成的诗。但它的基调却不是哀伤，而是愤激之中显示出无畏的斗争精神。大量的诗，在当时便如刺刀一般捅向“四人帮”一伙。“红心已结胜利果，碧血再开革命花，倘若魔怪喷毒火，自有擒妖打鬼人！”这诗句，如火团，在霜铺雪盖的天宇下，温暖着、鼓舞着充满哀伤而忧虑的人民的心！有的诗，可以称之为尖锐的讨贼檄文：“有意重研擒鬼法，无心轻信狗皮膏，留神拭泪认花招”；有的诗，可以称之为出师表和号召

---

① 班固：《汉书·艺文志》。

② 钟嵘：《诗品序》。

书:“好儿女,皆揩泪,总理灵前列成队。驱妖邪,莫慈悲,要以刀枪对!”诗作为革命者的精神刀枪,它的斗争目标是极其明确的,它使“四人帮”及其爪牙为之闻风丧胆!

这些群众的诗,“天然去雕饰”,是火的语言,是粗犷的呐喊。它应斗争的需要而诞生。它的作者们,不是无病呻吟,仅仅只是因为心中有悲哀,有愤怒,有热,有火,有血!鲁迅说,“记得有一位诗人说过这样的话:诗人要做诗,就如植物要开花,因为他非开不可的缘故。”[①]诗到了不吐不快、“非开不可”的地步,大体上,诗思是成熟了。当然,在“四害”为虐的时期,这些诗歌的作者,也经受了严酷的考验。

春雷响了,“四害”扫除了。群众性的诗歌活动,如澎湃的怒潮,汹涌而起。广大工农兵和干部、学生,纷纷作诗、诵诗,到处收集、抄录好诗,不少同诗歌很少接触的人,也突然成了诗歌的热情读者甚至作者。在十月明亮温暖的阳光下,诗歌获得了解放。其间的许多情景,至今思来,还是令人激动的。以《诗刊》编辑部举办的诗歌朗诵会为先声,全国迅速掀起诗歌朗诵的热潮,各行各业纷纷举行各种类型、专题的诗歌朗诵活动。在播送诗歌朗诵的收音机、电视机前,阖家老小,静听默想;在诗歌朗诵会场,台上台下,泪光莹莹;曾经被查抄的革命诗集陆续印行,每次总是供不应求,人们要得到它,为的是要保存那艰难日子里的一份珍贵纪念。

人民对诗歌表现了最大的爱护,也表现了最大的宽容。人民只要求诗喊出他们的心声,而并不在艺术上苛求。他们总是把政治标准放在第一位,而把艺术标准放在第二位。石祥的《怀念敬爱的周总理》,用语平易,但每次朗诵,听众总对其中“看今朝,凯旋归,周总理来参加咱们的庆祝会”报以热烈掌声。人民

---

① 鲁迅:《看书琐记(三)》,《鲁迅全集》第五卷,第443页。

感谢诗人,并不是因为他写出了惊人之句,而仅仅是,他及时地道出了他们发自内心的情感!当然,对比之下,柯岩的《周总理,你在哪里?》的艺术构思是更觉新颖精到了。但也基于同样的理由,听众对这首诗的反映之热烈,超出了预想之外。人民从她的诗句中,找到了自己的,当然也是阶级的理想、愿望和要求。这时期的诗歌创作给予我们的启示是丰富的。诗的生命在哪里?在于和人民、阶级、时代心心相印、息息相关。它必须传达人民的爱憎。诗要有真情,有了真情,才能感天动地,才能激励人民,才能震慑敌胆!"繁采寡情,味之必厌"[①],这在今天看来,也还是对的。

当然,这样说,并不是艺术性不重要了。诗歌的思想性是借助艺术性得以体现的;没有艺术,思想内容也失去了表现的形式,这是众所周知的。这一年多的诗歌之所以赢得了人民的喜爱,就在于它冲决了"帮八股"的戒律和禁令,扫荡了那些陈词滥调,在诗歌思想艺术的完美统一上开了新生面,使读者和听众的耳目为之一新。

欢庆胜利,人民和自己熟悉的诗人久别重逢。特别是,听到他们的声音还是那样充满青春活力,由衷地感到欣慰!郭老的《水调歌头》("粉碎'四人帮'")精约苍劲,赵朴初的《金缕曲》("周总理逝世周年感赋")婉转深情;《中国的十月》(贺敬之)有飞流直下的气势;《一月的哀思》(李瑛)回旋往复似哀感动人的交响乐章;"半旗悠悠,悲风漫吹",臧克家的《泪》,滴滴来自人民的心灵深处,滴滴都是动力与火焰;"高山之巅一只鹰,铁翼殷红似丹枫",田间用清新的《红鹰赞》来歌颂华主席号召的为农业机械化而作的斗争;阮章竞的《缅怀毛主席,长江万古流》,用的是他所擅长的糅古典与民歌于一体的形式;李季又唱起了我们喜

① 刘勰:《文心雕龙·情采》。

爱的“顺天游”……

我们的诗歌大军，尽管同样在“文艺黑线专政”论的桎梏下，遭受“四人帮”的残酷迫害，但是许多经历过战斗烽烟的老战士又在批判“四人帮”的前沿阵地欢聚了。我们听到了优秀诗人郭小川同志在艰难困苦中唱出的《秋歌》。他的乐观战斗精神鼓舞着我们投入粉碎“四人帮”的斗争。令人难过的是，他以抱病之身写出悼念他所热爱的毛主席的一首长诗，竟不及卒章，便握笔长逝了。郭小川同志把全部的生命与诗情，都献给了革命。我们将永远记住他的名字！

我们读者和听众喜爱这时期的诗歌，是因为诗人们坚决砸碎了“四人帮”的文艺枷锁，坚决地贯彻了毛主席的百花齐放方针。诗歌的主题更深刻、题材更广泛了。人们由假革命、真反革命的“四人帮”的丑恶形象、卑劣行迹，而深情地缅怀起艰苦斗争的岁月、忠贞奋斗的先烈和革命前辈。除了歌颂毛主席、周总理、朱委员长的诗篇，人们特别怀念与林彪、“四人帮”作坚决斗争、受尽迫害的陈毅、贺龙同志。出现了许多怀念他们的诗篇。梅岭诗情，洪湖激浪，唤起了人民的殷切深情。对比江青的卑污形象，人们更加怀念“一身洁白，万古流芳”的毛主席的亲密战友、学生和夫人杨开慧烈士，有不可胜数的歌颂骄杨的诗篇。对比狄克之流混迹十里洋场的无耻行径，人们由衷地唱起“吃草歌”，颂扬鲁迅甘为人民吃草的革命品质。贺敬之的《八一之歌》，不仅歌颂了由千千万万董存瑞和雷锋组成的“我们阶级大军的灿烂的太阳系”，而且歌颂了“青山夕照”胜似晨曦的老一辈革命家。读着这些充满激情的诗句，我们不仅又一次感受到这位诗人善于驾驭重大题材、把巨大的历史风云提炼而为激流澎湃的鸿篇巨制的艺术匠心，而且感受到鲜明的阶级爱憎，坚韧不挠的斗争精神。以烈火的赤热对革命，以冰雪的冷酷对“四人帮”。这个时期的诗歌之深得人心，其源盖出于此。柯岩的《我的爷爷》，也是这样的优秀之作。

一年多来抓纲治国已经初见成效。诗歌的蓬勃发展，和全国各条战线一样，其根本保证也在于华主席、党中央的英明领导。人民发自深心地歌颂从交城山间到洞庭湖滨、从唐山震区到西藏高原的金光闪闪的《华主席的足迹》(诗刊社编、北京出版社出版)。人民也由衷地歌颂传遍祖国大地的华主席鼓舞人民的声音。洪源的歌词《歌颂华主席》，是一首美好的诗。它从华主席是党和人民的领航人、掌舵人、举旗人、带路人、决策人、知心人，对华主席的历史性功绩作了精辟深切的概括，表达了我国各族人民的共同心声。

随着诗歌主题的深化，诗的形象更为新鲜丰富了，这，有力地增强了诗的艺术表现力。这时期政治抒情诗仍然是大量的，但诗的体裁开始多样化。叙事诗、讽刺诗、散文诗，都出现了佳作。旧体诗也有可喜的收获，除郭老、赵朴初堪称勤奋的歌者外，许多老诗人都写了旧体诗词。小诗剧《窑洞灯火照千家》(白峰溪)、寓言诗《兔子和乌龟的第二次赛跑》(罗丹)等，都清新可喜。值得提出的是长篇叙事诗的创作，应当如何发扬《王贵与李香香》、《漳河水》的传统，做到是诗的叙事，而不是小说的分行，能够为人们众口相传、百听不厌，则是一个薄弱环节，有待于进一步探索。

这一年多，群众创作空前活跃，诗歌创作的队伍在壮大。黄镇部长在《人民文学》编辑部召开的文学座谈会上说过，当前，"需要继续从政治上、思想上、组织上整顿和加强我们的文艺队伍，特别要注意培养新生力量，逐步壮大我们的文艺大军"。目前，我们诗歌创作队伍不算小，但是，能够显示出个人风格特点的，颇为寥寥。人们期待着老诗人的佳作，也特别寄厚望于青年作者，相信他们会奋发努力，相信学生会超过自己的先生。

我们的诗歌在十一次路线斗争中大踏步前进了。为革命讴歌，把歌声汇入时代的惊涛中去，让诗的炸弹，在顽敌丛中爆炸；诗的旗帜，鼓舞人民更加勇猛地向前。

今年年初，经华主席批准，发表了《毛主席给陈毅同志谈诗的一封信》。这是毛主席留给我们的一份极其珍贵的诗歌理论遗产。毛主席在信中说，新诗几十年来“迄无成功”。这不是对新诗成绩的否定，而是对新诗创作的鞭策，特别是在新诗形式的革新创造上，对我们寄予殷切的期望。新诗要前进，我们的作者就要遵循毛主席指引的方向，长期地、无条件地、全心全意地到工农兵群众中去，到火热的斗争中去，改造思想，汲取诗情，运用形象思维方法，创造出吸引广大读者的、具有中国作风和中国气派的新体诗歌来。这是毛主席交给我们诗歌工作者的艰巨而又光荣的任务，也是党和人民所希望于我们的。

壮歌长留天地间*

——读周恩来同志几首早期的诗

八亿人民衷心爱戴的周总理，把全部的才智都贡献给了革命，他以自己伟大的革命行动，写着壮丽的史诗。在他逝世以前，除了个别如为皖南事变而作的那首四言诗外，很多人并不知道他还真正是一位才华横溢的诗人。

周总理写诗不多，我们现在看到的只有不满二十首诗，而其中的大部分还是他青少年时期的作品。但他的诗，不论是四言、五言、七言，是律诗、绝句，是新诗，每一首都是革命激情的抒发，每一首都充满着无畏的战斗精神。“高山安可仰，徒此挹清芬”。今天展读他的光辉篇什，会给每一个敬仰着他的人民的意志以坚强的磨砺。周恩来同志的诗篇，是我们无产阶级诗歌的瑰宝。

遗留下来的周恩来同志的最早的诗篇，是写于一九一四年的《春日偶成》二首。写这二首诗时，周恩来同志正在天津南开学校读书，只有十六岁。“极目青郊外，烟霾布正浓。中原方逐鹿，博浪踵相踪。”春天，年轻的诗人漫步郊野，极目远望，首先投入眼帘的，并不是明媚的春光，而是烟霾密布的天宇。当时，窃国大盗袁世凯篡夺了辛亥革命成果，勾结帝国主义，使孙中山先生领导的讨袁斗争失败，中华民族又沉沦于灾难的血海中。但是，人民反帝反封建的斗争烈火是不会熄灭的。中学时代即献

* 此文初刊 1978 年 3 月 11 日《光明日报》，初收《湖岸诗评》。据《湖岸诗评》编入。

身爱国进步活动、建立并领导了南开“敬业乐群会”的周恩来同志，一方面看到祖国在危难中：“烟霾布正浓”，一方面又看到人民在斗争中“博浪踵相踪”，他拥有装得下熊熊斗争烈火的祖国大地的壮阔胸怀。他的忧患是深沉的，革命的信念却是坚强的。《春日偶成》次章，不同了：“樱花红陌上，柳叶绿池边。燕子声声里，相思又一年。”一扫阴霾，陡然还给我们一个红樱绿柳、燕语呢喃的明艳的春天。这首诗气氛明朗清丽，充分展示诗人的心中充满了乐观与希望。尽管国运艰危，他还是借此表示了对于祖国和人民的未来光明的又一度“相思”。

同期创作的还有《送蓬仙兄返里有感》(三首，一九一六年)和《次皞如夫子伤时事原韵》(一九一六年)。这些诗，均不可以一般的师友赠答视之。从中，我们可以看到伟大革命家不仅少怀大志，而且已经显示出他的雄伟的气度和胆略。“扪虱倾谈惊四座”，周恩来同志和他的青年友人当年是何等的神采飞扬，雄姿英发！他们倾谈的惊心之处，在于他们从那时起便立下了为祖国和民族的强盛而艰苦奋斗的雄心壮志：“险夷不变应尝胆，道义争担敢息肩。”国耻民仇，应以卧薪尝胆的坚韧苦斗的精神去洗雪，而不计及斗争路上会遇到怎样的艰危险阻！为国为民而“铁肩担道义”是一代青年不容推卸的重责，重担压肩，岂敢有须臾歇息之念！“同侪争疾走，君独著先鞭。作嫁怜侬拙，急流让尔贤。”周恩来同志称赞友人争著先鞭，急流勇进，既是称赞友人，又是勉励自己。此后漫长的革命生涯中，他一直都是以此种为革命尝胆励志，不折不挠，勤勉为国，奋勇向前的精神来要求自己，而且是数十年如一日地实践着的。《次皞如夫子伤时事原韵》：“茫茫大陆起风云，举国昏沉岂足云；最是伤心秋又到，虫声唧唧不堪闻。”前半，是对时局的分析和抨击：茫茫风云，这是何等严峻的时刻；举国昏沉，这又是何等痛心的情状！但是，年轻俊发的诗人以超凡的姿态蔑视这一切：别看张勋等辈复辟帝制的活动猖獗于一时，最有力量的是人民大众，而反动派的叫嚣不过是秋虫的哀鸣而已。

一九一七年九月，十九岁的周恩来同志出国赴日，他以雄豪的诗章为自己壮行：

大江歌罢掉头东，
邃密群科济世穷；
面壁十年图破壁，
难酬蹈海亦英雄。

这首绝句，集中地展现了诗人的才华。它以“大江东去”的情调提携全诗，点染出豪放的气势。第二句抒写决心求真理以济世穷的情怀。“面壁十年图破壁”，展现了他一贯的艰苦奋斗的精神，以及信心充沛地对于前景的寄望。“难酬蹈海亦英雄”，是极壮丽的结句。诗人认为，设若壮志不酬，以身蹈海而能唤醒民众抗击强暴也不失英雄本色。这首绝句，真是一曲革命的壮士歌。浩歌慷慨，满纸时代烟云，读之令人气壮。

从一九一九年开始，到一九二二年，周恩来同志留下了《雨中岚山——日本京都》、《雨后岚山》、《游日本京都园山公园》、《四次游园山公园》、《死人的享福》、《别李愚如并示述弟》、《生别死离》等七首新诗。这些新诗，以鲜明的形象、清新的语言，表现着“五四”时期强烈的反帝反封建的思想内容。

苍松夹岸，数株红樱，绿泉绕石，雨雾蒙浓之中，一线阳光破云而出。《雨中岚山——日本京都》一诗，就在这一奇妙的景致中，抒发了一个寻求救国真理的青年，当接触到马克思主义时的惊喜心境。这虽是“模糊中偶然见着一点光明”，但却是“真愈觉姣妍”的。山雨乍收，日暮云重，“万绿中拥出一丛樱”。《雨后岚山》通过上述景色的描画，色彩鲜明地抨击了剥削阶级的“宗教、礼法、旧文艺”那些“粉饰的东西”，并把攻击的锋芒指向岛国“渺茫黑暗的城市”，以及那些“元老、军阀、党阀、资本家”一类统治者。年轻的诗人，通过自己所认识的人力车夫的劳碌辛苦，强烈地批判了不同阶级“共同生活”的阶级调和论，而喊出对阶级压迫的控诉：“活人的劳动！死人的享福！”（《死人的享福》）

《生别死离》一诗，是诗人在德国为悼念被国民党杀害的黄爱烈士而作的。周恩来同志不被战友牺牲的悲哀所压倒，而以革命战士的大无畏精神在诗中抒写无产阶级的生死观。一种是苟且的生，一种是壮烈的死，与其毫无轻重地死，不如为革命换取个“感人的永别，永别的感人”。这就是诗中讲的“生死参透了”的道理。诗人宣告：革命者必须“努力为生，还要努力为死”。为革命生，并不轻松！为革命死，更其不易。活着就要拼命工作，牺牲临头，也要视死如归。周恩来同志正是这么实践的。不论是在雪山草地的艰苦长征中，不论是在龙潭虎穴的雾重庆，他总是威武不屈、临难不惧，他总是这样信誓旦旦，忠肝赤胆，用一步一步无畏的斗争，走完他光辉的一生，完成了他为革命而生、为革命而死的壮烈的抱负。

《别李愚如并示述弟》一诗作于狱中。一九二〇年，周恩来同志在天津领导群众进行爱国斗争被捕入狱。在狱中他团结战友，宣传革命真理，以昂扬的斗志展开对敌斗争。他得知战友李愚如即将赴法勤工俭学，欣然挥毫，迅成佳篇。这首诗，充分发挥了自由体诗歌的特点，无拘无束地尽情抒写，造成了“浪卷涛涌”、“奔腾浩瀚”的雄伟气势。它歌颂女性的独立解放，歌颂为无产阶级事业而献身奋斗的精神，这一切，通过朴素的语言得到表述，格调清新明快。它在自由奔放中，又娴熟地运用段落的排比对衬（如“述弟来信告诉我”，“你别时也同我说”两段的排偶），以及语句的复沓重迭（如“你能去了，你竟去了”），造成了自由而又规则、流动而富韵律的格调，铿锵作响，很有音乐感。如：

到那里，

举起工具，
　出你的劳动汗；
　造你的成绩灿烂。
磨炼你的才干；
保你天真烂熳。
他日归来，
　扯开自由旗；
　唱起独立歌。
　争女权，
求平等，
来到社会实验。
推翻旧伦理，
　全凭你这心头一念。

这诗开首，以抑止不住的喜悦满含战斗情谊地喊道："三个月没见你，进步的这般快了。"结束时又重复这句。前后呼应，富有诗趣。作者作此诗时，新诗还在幼年。幼年时期的新诗，便出现这样的佳作，实在是非常可贵的。我们过去只知道，敬爱的周总理青年时代便积极投身五四运动，我们并不了解，从一九一九年开始，他还创作新诗，他还是一位不仅在政治战线，而且也在文化战线冲锋陷阵的反帝反封建的英勇战士。周恩来同志的新诗创作，丰富了五四新诗运动的实绩。

周恩来同志的诗作将永志诗史。我们不仅百代永铭他的功绩，而且千载长诵他的雄篇。

火一样的歌*

——诗集《我们的队伍向太阳》读后

我贮存的是火，
我喷射的是火。
——王颖：《我愿意是火》

一

火一样的革命激情烘烤着我，火一样的沸腾生活激励着我。打开诗集，但见浩荡的铁流，隆隆地前进在祖国的陆地、天空和海洋。我们的队伍向太阳。我们的队伍也在太阳的光照下红光闪闪。

一个战士，当他守卫在昆仑山顶，星星亮在他的胸前，冰河流在他的脚下，他站得多高："踮起脚真怕那天碰头"，可是，"战士今天到韶山来，心里忽觉昆仑矮"（廖代谦）。因为韶山是太阳之乡，是幸福之源。一个战士，愤怒声讨他喻之为"身上的毒瘤米中的虫"的"四人帮"，尽情歌颂领导全党粉碎"四人帮"的英明领袖华主席，"决心跟着华主席再长征"（马士林）！我们的战士，就是这样，献给自己的领袖和人民以火一般的赤诚的爱，投给敌人以火一般的炽烈的恨。这诗篇也是红光闪闪的，这里边，"贮存的是火"，"喷射的是火"，而火种，正是从太阳那里来的。

---

* 此文初刊 1978 年 4 月 1 日《解放军文艺》1978 年 4 月号，初收《湖岸诗评》。据《解放军文艺》编入。

这本题为《我们的队伍向太阳》(上海文艺出版社出版)的诗集,收辑了《解放军文艺》一九七二年五月到一九七七年五月五年间的五十四个作者、一百二十一首诗作。这是近年来辑录较丰、规模较大的人民解放军诗选。它所反映的生活是广阔的,不仅写了主要的军、兵种,而且还反映了喷火兵、雷达标图员、舟桥兵以及军马牧工、边防民兵等各个岗位的战士的生活。它展现了我军作战、训练、学习、野营等丰富多彩的生活画面,这里有捕俘训练,有火线侦察,有战舰潜航,有月夜敷雷,有“不闻海鸥唱,但见渔火红”的《夜海伏击》,也有“耕云播雨染绿草原”的《飞吧,银色的鹰》。

这部诗选,体现着人民解放军这支英雄部队的战斗精神,战斗风格。《硬骨头六连诗抄》(谢鲁渤)写的是这种精神和风格的典型代表。当“四人帮”妄图把革命老干部打成“走资派”时,六连针锋相对,他们的行动是向“老连长,老战士,老模范,老英雄”写请贴,无畏地唱起“硬骨头”之歌:“让我们几代革命的硬骨头,齐心合力,一块儿和他们斗”! 这就是我们引为骄傲的祖国长城! 读了这样的诗,我们也像英雄战士那样,是战斗队的进行曲,是向着太阳歌唱的火一样的歌。

二

人民解放军全部宏丽的生活,在这本诗集中得到了凝炼概括而又鲜明生动的反映。这里的诗篇,几乎没有一首是罗列生活现象的,它们都注重诗对生活的典型化,注重在生活中选取那些最能揭示生活本质的部分或细节,来表现生活的全部和整体。个别就是一般。列宁说过:“一般只能在个别中存在,只能通过个别而存在”①。列宁所揭示的辩证唯物主义的这一原理,对于

① 列宁:《谈谈辩证法问题》,《列宁选集》第二卷,第七一三页。

诗歌创作是极其重要的。诗歌反映生活，较之其他艺术形式，特别地需要高度的概括和凝炼。它需要像凸透镜那样，把生活中的光和热集中到足以引起燃烧的焦点上来。诗最忌事无巨细的有闻必录，最忌对客观景物和情感的平铺直叙。它要求重点突出，要求通过那典型的、足以揭示事物本质的个别，来表现全体。例如军民关系和官兵关系，这是传统主题。究竟应当怎样才能表现得既精且新？熟知生活的作者，往往能从人们习以为常的生活中发现并选取那些不平凡的闪光的片断或部分，以凝聚地展现生活的光辉。王澍的《宿营》写行军夜宿，山村的房子不够住，指导员把房子全分给各班排，决定连部设在卡车上。“连长一听翘姆指，要我也是这样分”，只用一笔，就概括了我军干部的人同此心。接着，作者又从雪夜巡逻的哨兵眼里，展现一幅动人的画面：大雪掩埋了卡车轮，车上，文书、司号员靠里睡着，连长、指导员守着车门。又是简练的几笔，画出了干部爱兵的品质。看着看着，哨兵也进了画面：

哨兵脱下棉大衣，
轻轻挡住连部门。
冒雪巡逻不觉冷，
战士心里暖如春。

究竟是什么使我军干部、战士在大雪纷飞之夜，心里暖如春天？这就是我们通常讲的官爱兵、兵爱官。这通常讲的，也是随处可见的极其普遍的现象。又是什么力量使得这看来平常的生活和情感，变得这么不平常？回答是它从普遍的生活现象中，发现那动人的东西，它就通过这个特殊或个别，来表现我军官兵关系那普遍存在的一般。这就回答了越是典型的，就越有普遍性的道理。王澍的这首诗，通篇没有一句抽象的话，一切深刻的道理，都通过精心选择的画面和巧妙的构思来表达。

这类例子，如乔良的《告别》，马绪英的《开完批判会》，都是通过一个具有典型意义的特殊画面，来概括全部丰富多彩的生活。如《开完批判会》，写的是连队批判会后，正是皓月当空时节。连长到宿舍一看，战士全都不在，但见那操场上，“远瞧人影晃，脚下溅起雪浪飞；近看刀尖上，绽开朵朵红玫瑰”，连长也被这良辰美景感动了，拉住排长说：“今夜月色这般好，咱俩拼刺搭一对”。景中有情，但不特别地说出；情中有理，也不特别地说出。这首旨在写大批判激起巨大力量的诗，并不像有的诗那样去写批判会的内容，它只截取会后这一感人的片段，突出地表现批判会的效果。这就不仅精辟动人，而且新颖可喜。

略去枝节，突出主干；略去过程，突出实质；略去一般，突出特点。当然不应误解，以为“略去”就是“取消”。红花还得绿叶扶。映衬是需要的。但的确是：与其不加选择地去画每一片秋叶，不如用浓重的墨彩突出地渲染寒风中俊拔的几朵秋花。例如写英雄的汽车兵常年奔波在昆仑山上，懂得精炼的作者，并不有始有终地去正面描写那场面，小小的《车上日历》（郑南）可以成为集中表现汽车兵生活的一个依凭。日历飘飞，汽车在辛勤奔走；日历在减少，山山水水在车轮的奔驰下改变着面貌。它的感染力远远超过了呆板叙述的诗篇。同样，要是写运输兵顽强地用双肩搬运机械上山，也不一定要一一地去写那战士，那队列，完全可以这样写——

> “背！”一声喊，
> 红星闪闪飞上山！
>
> ——喻晓：《运输线》

似乎是红星在飞，而不是人在走，既精炼，又形象化。截取生活在某一断面、某一部分、某一细节以表现全体，这正是列宁讲的

“任何一般都是个别的(一部分,或一方面,或本质)”[1]和毛主席讲的“普遍性即存在于特殊性之中”[2]的光辉论述的具体运用。

诗对生活的“改造制作”的功夫,最为紧要的,是要把浩瀚无比的生活海洋的浪涛,凝聚到极其有限的篇幅中来。这是诗的精炼对生活的特殊要求。所谓的咫尺万里。咫尺与万里是矛盾的,但诗却要把它统一起来。诗要求“缩龙成寸”的精炼功夫。精炼,是毫无例外的,但达到精炼的途径,却是多样的,并不限于上述那些。例如穆静的《泉》,就不是“截取”。它展现了广阔的场面。高原行车,找水极难,但军民的深厚情谊可融冰化雪:道班工人、水文站工作人员、民兵、藏族小孩、兵站站长都在刨冰背水以供战士饮用。高原上,处处是“不冻的清泉”。作者用飞腾的想象,熔铸了下面的诗句:“几百个战斗集体,几百眼难忘的泉,两千里迢迢青藏红啊,穿着珍珠一串”。它是概括的,也是精炼的,但它的主要手段,是通过巧妙的联想来突出生活的本质特征。它把“几百个战斗集体”为战士提供用水的场面,凝聚到“几百眼难忘的泉”上,又把这些“泉”串成一串珍珠,使我们在珍珠闪光之中想象到“两千里迢迢青藏线”的壮阔感人的画面。把无数具体的东西,通过一个优美的想象集中起来,这也是用个别反映一般的一种。

三

把生活表现得精炼,只是诗对生活改造加工的初步,应当说,不仅要精炼,还应当新鲜。“池塘春草谢家春,万古千秋五字新”[3]。所谓新,就是要把那些“到处都存在着,人们也看得很平

---

① 列宁:《谈谈辩证法问题》,《列宁诗集》第二卷,第七一三页。

② 《矛盾论》。

③ 元好问:《论诗三十首》。

淡”的生活现象集中起来,有特点地揭示那些现象所代表的事物的本质。写战士的战风斗浪,我们在诗中见得多了,但华林的《战狂风》却非常新鲜。暴风起来了,似要把大海兜翻,但它翻不过来,因为有“咱们的钢钉小岛”,“把大海钉在地球上边”。在这样的背景下,出现了顶天立地的通信兵战士的形象,他——

> 双脚镇住摇晃的小岛,
> 双手把住倾斜的天线。

这首诗,是充分写实的,又是充分夸张的。它的新,并无诀窍,只是紧紧抓住生活的特点。集中地描写这些为作者所独到地“发现”的特点,并以恰当的艺术手段充分地表现它。例如,在暴风中“发现”小岛的“钉住”大海,“发现”战士双脚的“镇住摇晃的小岛”即是。诗的形象的新,关键在于要有丰富的想象力。想象是构成诗的形象的重要手段。想象来自现实,却能够更真实地表现现实。诗中出现的想象力丰富的形象,能够突出地强调那生活的本质和特点。当陈伟力写“你摔不倒他,他是雄峰,他扳不动你,你是山陲”(《捕俘训练》)时,人们当然不会怀疑作者真把战士当成山峰,而只会从这充分想象的形象中感受到这一对训练对手的坚强有力。这形象是夸张的,但却强调了战士那顽强而机智的本质。这个作者的另一首诗《夜练》,把安着香火的教练弹比做“银河又多了一颗星”,“夜空又飞过一道闪”,仍然是对事物特征的夸饰,有助于人们在想象中更准确地认识事物的真谛。这颗教练弹是那么美好,那么动人,在这背后,则是使用这教练弹的人的崇高。想象,是对事物本质的强化。

想象的基础,在生活的深入。没有生活基础的想象,当然不会成为成功的形象。想象不论多么神奇,总可以从扎实的生活土壤中找到它的根须。《昆仑哨所》(郑南)写:“巡逻踏出的道路,是大山的自卫剑,日夜飞飘的斗篷,是大山的遮雨伞”。飞动的想象，给这诗的形象加上一层瑰丽的光环。但这形象，却是饱吸了生活的水分开出的鲜花。路化成了剑，战士的斗篷化成了大山的伞，这形象，凝结了祖国保卫者的汗水和忠诚。王石祥的《奔腾的马蹄》有丰富的想象：在雪海里，是飞舟；在夜雾中，是火把；马群跑起来，是滚动的岩石；马群勒缰而立，是耸立的悬崖。每个形象，都气势非凡，每个形象，都来自生活而又非被动地描摹生活。它写出了生活的神采。他的《骆驼草》也如此。那些枝条如钢丝，根须似铁爪的骆驼草，一会儿是“沙海的浪花”，一会儿是“浪尖的海鸟”，我们从那些平凡、坚强、充满献身精神的小草上面，看到战斗在风沙中的保卫祖国的战士的英姿：

> 战士训练搞潜伏，
> 钻进草丛不见了！
> 军装和草色一样绿，
> 风吹草低见枪刀。
> 骆驼草像不像潜伏哨？
> 潜伏哨像不像骆驼草？

答案是：都像。骆驼草像潜伏哨，是从色泽上看，是形似；潜伏哨像骆驼草，是从素质上看，是神似。这样的想象很奇特，但总可以找到生活的根据。

由于想象的飞跃，诗的形象能够不为具体的事物所囿，而有了一双飞翔的翅膀，从而给诗歌形象开拓出无比广阔的天地。想象是人们在现实中“所遇，所见，所闻”的总和，想象也给现实以浩茫的空间，它可以“腾声飞实”（《文心雕龙 · 序志》），不仅能够突出现实，而且还可补充现实。时永福的《绳子歌》，从一根普通的井绳，不仅酣畅地写出生活的多彩多姿，而且写出改天换地的巨变。绳子使大地一片生机：“从沙地绿到蓝天”；绳子给人们带来喜悦：“从井台笑到棚圈”；绳子铺出闪光的路：“从马场的过去到草原的明天”。成功的想象是对生活的再创造,这种再创造,完全符合生活发展的客观规律。我们从这想象中,感受到那平时不易发现的生活中潜藏的美感。请看,那阵地前“闪出”的海防炮,是“只只雄狮跃山岗”;巴黎公社社员可以“扎好伤口,来和我们并肩作战”;而在石顺义的笔下,“刺刀染一身怒气,晃着我的肩请求出战”。奇丽的想象,连这些刀、枪、火炮都具有神采奕奕的姿态!

部队生活并不单调,部队生活同样到处有诗情。关键在于诗歌作者要熟知生活,要像战士那样热爱自己的战斗岗位,要有战士那样炽热的对党、对祖国的感情。这样,他就能从同样的穿着,同样的出操训练,同样的行军作战中,发现那些千差万别的丰富多彩的浓郁诗情。诗要新,并不是凭空“想”出来的,要付出辛勤的劳动,要流汗。金旭升写坦克修理工帮助社员《打镰刀》,他从习以为常的生活中,发现了真正的诗情:“五月社员迎芒种,夜来几家肯入梦!场院上,谁试新鞭声声脆?小溪边,多少人磨镰趁月明!”作者看到了不眠的农忙之夜的美景,他不满足,他肯精思。因为他有实感,有真情,因此,他能在那平常之中发现不平常。

帐篷搭起不夜城,
明月清辉照窗棂,
山风依窗听仔细,
军营处处有书声。

这是叶晓山的《夜读》,也是通常的主题,但却有不平常的表现。他不仅看到这座帐篷搭起的奇特的不夜之城——应当说,能看到这点并通过这点来写夜读,也是不简单的。但作者并不就此止步,而是对这一特定环境加以深入的观察体验。帐篷城,尽管有不夜的喧腾,但除了战士毕竟难得有外人,因而,只好“请”山风来听那军营处处的琅琅书声。换了一个角度，境界新了，这不是一般所谓的巧思，这实在是生活的启示。

四

饱满的战斗精神，鲜明的战斗风格，是这本诗集的基本特色。这一特色，并不影响诗集在题材上，在形式上，在艺术风格上的多样化。有的诗，质朴无华而深挚，有的诗，想象宏丽而遒劲，又都具有我们部队那种刚毅勇猛的内在气质。但也有不足，明显的感觉是，多数诗篇，都偏重于精巧，这固然象征着部队诗歌创作思想艺术上的日益成熟，然而，也说明着一种缺陷。那种如机枪扫射，如军号凌霄，以朴素粗犷为主要特点的用豪壮的语言直呼而出的枪杆诗、快板诗写得很少、入选得更少。在百花齐放这一共同前提之下，如何使部队的诗歌创作，更具有自己的鲜明特色，更能发挥战斗鼓动作用，的确是应予探索的课题。现在，部队的诗歌创作和地方的诗歌创作，除了题材上的差异，几乎是“融合”了。这种“融合”，当然并无不好。但是，要不仅在题材上，而且也在风格上，能够各有所长，各呈异采，以便相互竞争，相互促进，无疑的，这将更加有利于社会主义诗歌的繁荣发展。在战争年代，那行军道旁，那战斗壕堑之间的响亮而清脆的“竹板”，如柯原所写的“火药味，战士腔，激起胸中百尺浪”的“竹板”，是多么令人怀念啊！写到这里，我们不禁想起有志于此的毕革飞同志的劳绩，他那战斗的快板诗是令人难忘的。我们想，百花之中，这恐怕是应当倍加珍惜的一花吧！

谁夺走了她的名誉?[*]

——评《丧失了名誉的卡塔琳娜·勃鲁姆》[①]

“人们当然会问,这到底是怎么一回事呢、一个好端端的年轻妇女,几乎是高高兴兴地去参加一个很平常的跳舞会,四天以后她成了谋杀犯。”这是《丧失了名誉的卡塔琳娜·勃鲁姆》这部令人深思的中篇小说,在即将结束的时候提出的问题。小说对此没有直接的答案,答案由读者来剖示。

现在,让我们按照我们的习惯,从这部小说颠倒穿插得很厉害的叙述以及极其错综复杂的情节中理出一个头绪来。发生案情的四天以前,即一九七四年的二月二十日傍晚,小说的主人公卡塔琳娜·勃鲁姆去她的女友沃尔特斯海姆家,参加一个家庭舞会。那时,正是一年一度的狂欢节开始的时候。舞会上,她和一个过去并不认识的青年男子跳了一晚上的舞。在第二天她受审时才知道,这个叫做戈顿的人,是警方通缉的“匪徒”、“谋杀嫌疑犯”。他们的邂逅相遇,尽管没有谈论爱情,但却彼此倾心。卡塔琳娜知道戈顿无家可归,把他带到家里,并设法从一个特殊通道逃出警方的监视,同时给了他一串钥匙可以打开一座别墅使他躲藏起来。这串钥匙和这座别墅的主人是斯特劳布莱德。此

---

* 此文初刊1978年4月15日《世界文学》1978年第2期。据此编入。

① 亨利希·伯尔的《丧失了名誉的卡塔琳娜·勃鲁姆》一九七四年在西德《明镜》周刊首次发表,引起轰动,同年出版单行本,初版即发行十万册,至一九七六年三月止,再版了四次,计二十五万册。一九七七年人民文学出版社出版中译本,译者孙凤城、孙坤荣。

人在政治、经济、科学各界“几乎可以说是一个电影明星式的人物”。这个已经结了婚并有了四个孩子的斯特劳布莱德，为了引诱卡塔琳娜，曾经硬塞给她一只很贵重的红宝石戒指，并留给她一串他们拥有的别墅的钥匙。但是，卡塔琳娜厌恶这个有地位的绅士。

从舞会的那个夜晚起，不仅卡塔琳娜，而且她的女友沃尔特斯海姆的一切，都置于警方的严密监视之中：他们窃听电话，写匿名信，甚至用恐吓的和卑鄙下流的电话来折磨卡塔琳娜。他们一面审讯，一面把审讯的消息透露给新闻界。《日报》的记者托特格斯，是个十分卑鄙的家伙。他无孔不钻，歪曲事实，无耻捏造，利用报道恶毒地攻击和毁谤这个无依无靠的年轻妇女。在卡塔琳娜觉得名誉丧尽，生活毫无出路的情况下，于舞会后的第四天，在寓所开枪打死了这个托特格斯。小说就是从卡塔琳娜的自动投案开始的。

二十七岁的卡塔琳娜，出身于矿工家庭，六岁时死了父亲。她从小自食其力，后来依靠做家庭助理员，养活母亲，接济不安分的哥哥。她省吃俭用，赊账购置了一套公寓房子和一辆旧的大众牌小汽车。她是一个安分守己的劳动者。她蔑视金钱、权势和教会，她不受斯特劳布莱德的勾引，毅然地与那个市侩气十足而又善于“告密”的丈夫离婚而独立生活。在资本主义社会里，卡塔琳娜是个不肯随波逐流的正派妇女，她从不参加那些粗野的“唱片音乐会”以及诸如此类的活动，她的私生活是严肃的。人们认为她“没有幽默感”，给她起了个外号叫“尼姑”，甚至被骂为“共产主义妖妇”。就是这样一个人，因为舞会上认识了她所钟情的人，并掩护了他，她从此受到了极其残酷的折磨。《日报》公开称她为“强盗的情人”。警方传讯了她，审查了她的全部账目，甚至查抄了她的电话本、相片册以及所有的文字记载。但一切全都无可指责。他们还调查了全部有关人员，包括卡塔琳娜的邻居，邻居们对她反映良好。只有两个邻居反映说有时有绅士客人访她，有时是她带客人回家，而且二人所述的客人的年龄外表各不相同。审讯于是追究所谓“定期来访”的“绅士客人”问题。《日报》为此加油添醋地大肆渲染。刑事总监巴埃兹曼纳甚至无耻地用污辱性的语言告诉她，她“已经离婚了，用不着再有保持忠诚的义务”，并认为，“非强求性的温柔有时会带来物质上的收益，这并不是件坏事”。卡塔琳娜的清白名誉蒙受了耻辱。

小说开始的时候，作者对它的艺术构思作了个比喻，认为好比是小孩的玩积水坑游戏：挖小沟使积水彼此打通，再引积水逐渐地排到蓄水池。疏导，就是这部小说构思的特点。无数小沟的排引积水，这就是情节的发展；这些积水进入蓄水池，这就是故事的结局。故事进行在卡塔琳娜与沃尔特斯海姆的家和卡塔琳娜充当家庭助理员的工业法律顾问布洛纳的家这两条并行的线索上。通过这两条线索，把西德社会的各阶层人物联系在一起，组成了这个社会的阶级关系网，从而给卡塔琳娜悲剧的发生和发展提供了广阔的场景。作者的创作方法主要是批判现实主义的，对资本主义社会的揭示和批判有其不可低估的力量；但又明显地受到现代派表现手法的影响，使情节发展颠三倒四、迷离恍惚，显得晦涩而不晓畅。从案情发生到结束，前后不过五天，却被有意地描写得头绪纷紊，离奇莫测。这样做，固然有助于引人入胜，但却明显地给作品思想主题的表达带来危害。作者承认：“这篇小说情节太多；其情节之多简直令人苦恼，几乎对它们无法顺利处理，这是它的缺点”。情节之多是事实，但它的艺术构思有意地增强了这种情节复杂性，这也是事实。

由于小说作者亨利希·伯尔继承了批判现实主义的传统，他笔下的人物，不论其为统治阶级或被统治阶级，都在他们生活的环境里，它们揭露了那个道德正在崩溃、是非善恶完全颠倒的资本主义社会。可以说，洁身自好的卡塔琳娜被残酷地夺去她竭力以求的、艰难地竖立起来的名誉而沦为囚犯，这是资本主义社会的古老故事，如恩格斯说的，是“老而又老的故事”。但是，在小说锐利的批判的笔锋下，我们感到这个故事是新鲜的，读起来令人痛苦，令人忿怒，不能不激起对吃人的资本主义社会的仇恨。“平庸的作家会觉得需要用一大堆矫揉造作和修饰来掩盖这种他们认为是平凡的情节，然而他们终究还是逃不脱被人看穿的命运。您觉得您有把握叙述一个老故事，因为您只要如实地叙述，就能使它变成新故事”（恩格斯：《致玛·哈克奈斯》）。《丧失了名誉的卡塔琳娜·勃鲁姆》由于对那个社会持有鲜明的批判的观点，因而，它“只要如实地叙述”，就显示出巨大的思想力量。

这部小说写法新颖。作者始终用客观报道的方式，讲述卡塔琳娜的遭遇。他的文笔是不事雕饰的白描，他只是用平淡的、甚至是近似冷漠的调子，从容不迫地来叙述这场触目惊心的迫害事件。他基本上不对环境和人物的行动作什么形容，作品中也没有出现什么惊人之笔，更没有华丽的辞藻，整个风格是严肃的，甚至可以说是严峻的。作家表现出极大的克制，尽量不流露自己的情感（有时有例外）。在小说的进展中，作家几乎不加自己的判断，他总是把倾向隐藏在事件中，让事件本身来判别是非、曲直，从中自然地流露出作家的爱憎。以追查卡塔琳娜的汽油费这一细节为例，经过警方的计算，认为卡塔琳娜的汽油费大大超出她的可能使用数。对此，作者就是运用这种十分冷静的叙述，以展现资本主义社会人与人之间的关系，以及各阶层人物的精神状态。在刑事总监巴埃兹曼纳的追问下，卡塔琳娜对汽油费审问的回答是：

> 关于这问题我从来没有考虑过，也没有计算过汽油费，但是我经常开车出去兜风，纯粹是兜兜风，毫无目的，也就是说，开到哪里算哪里……然而并不是天天如此，我说不出

> 来间隔多久才出去一次。但是多半是在下雨天，或是空闲的夜晚，而且总是单独一个人。这里，我说得更确切点，每当下雨，我总是开车出外兜圈子。至于为什么要这样，我也说不清楚。

卡塔琳娜自己都“说不清楚”，当然更无法解除巴埃兹曼纳以及检查官们的怀疑。这时，作者写巴埃兹曼纳“以温柔的微笑听取了这个解释”(多么可怕，多么阴鸷的“微笑”!)：“他只是点了点头，又一次搓了搓手，他这样做，是因为卡塔琳娜·勃鲁姆的口供证实了他的理论”。同时，作者又以同样冷静的笔墨来写审讯的会场：“室内有片刻的沉寂，仿佛在场的人都感到吃惊或是有点尴尬”。淡淡数笔，写了巴埃兹曼纳的诡秘和他那踌躇满志的胜利者的神态；淡淡数笔，又写出了周围的人们对卡塔琳娜的不解——在他们看来，卡塔琳娜是有些狼狈的，很尴尬，他们认为，在她的这些难以自圆其说的话语背后，有不可告人的“难堪”!这就显示出平淡笔墨后面的深刻。

在混浊不堪的资本主义社会中，一个洁身自好的单身女子，在空闲的夜晚，在寂寞的雨天，不愿在电影院或咖啡馆消磨那些危险的时光，而宁愿单独无目的地驾车出游，正好说明了她对现实的一种态度。这与其说是消极地逃避，不如说是卡塔琳娜身上有着生活在那个社会的一般人们所缺乏的东西。这就是他们认为的“似乎勃鲁姆第一次从她的内心深处暴露了一些什么秘密”。巴埃兹曼纳以及和他一类的那个社会的蛀虫们怎么能理解这一切呢？刑事总监巴埃兹曼纳后来用刻毒的讽刺口吻来戕害她那善良的心灵：“允许我说句笑话，那么你就在雨中开车出去，跑上成千里去当别人的女客人，是这样吗?”善良被看成堕落，清白被当做邪恶，正直的人却蒙受凌辱，坐在审判席上的，恰恰是应当受审判的人。这就是资本主义社会，这就是资产阶级老爷们所津津乐道的资产阶级的民主和法律！巴埃兹曼纳之流所维护的正是这种沾满善良人们的鲜血和眼泪的法律。“资产者认为自己就是法律,正如他认为自己就是上帝一样,所以法律对他是神圣的,所以警察手中的棍子(其实就是他自己手中的棍子)在他的心目中具有极大的安抚力。但是在工人看来当然就不是这样。工人有足够的体验知道得十分清楚,法律对他说来是资产阶级给他准备的鞭子”(恩格斯:《英国工人阶级状况》)。小说的作者对这些是有批判,他有忿怒,但却是无言的忿怒,他自己并不特别地说出,却让你深切地感受到。

资产阶级老爷们就是这样,一方面利用警察局和法庭审判着无辜的卡塔琳娜以及同情卡塔琳娜的人们,一方面又通过他们控制的报纸包庇那些躲在背后的寡廉鲜耻的绅士,继续毁谤受害的弱者。《日报》记者托特格斯甚至闯到卡塔琳娜母亲的病床前,致使这个因癌症刚动手术的人受刺激而死。这个用笔杀人的托特格斯,反诬她是自己女儿的牺牲品,反诬是卡塔琳娜“断送了她的生命”。不仅如此,托特格斯甚至无耻造谣说:“几乎可以证明:并不是她接纳了什么绅士客人,而是她不经邀请自动地作了女客人,去到别墅进行访问”。由于这个托特格斯的一再毁谤,卡塔琳娜觉得能够支持她生存下去的名誉和力量都完了,她甚至厌恶她自己用血汗换来的公寓房子。在这被迫走投无路的情况下,她亲手杀死了她认为的仇人托特格斯。

卡塔琳娜的这一复仇行动,表明了她的抗议,表明了她对社会的批判,但是,也表明了她的局限。卡塔琳娜的局限,也就是作家的局限。在她看来,托特格斯是她不共戴天的仇人。她把一切罪恶,归于那些“毁坏无辜的人的名誉、声望和健康”的“报业人员”,归于“报纸的报道”。卡塔琳娜不知道,托特格斯只是微不足道的资本家豢养的一条狗,而在他的背后,却站着操纵一切的最荒淫无耻的资产阶级大人物,站着整个的资产阶级。卡塔琳娜也不知道,迫害并毁灭她的,不是一个托特格斯,而是整个的资本主义社会和资产阶级国家，从吕定、斯特劳布莱德，到巴埃兹曼纳、检查官哈赫和柯尔顿，直到化装成酋长的盯梢者“卡尔”、半夜里找电话说下流话的匿名者，以及那令人毛发悚然的无所不在的窃听网，整个社会就是一座黑暗的监狱。卡塔琳娜相当冷静地枪杀了托特格斯，这正如在此之前她同样相当冷静地从卧室、浴室、厨房，把一瓶瓶酒、化装品、调味品摔向洁白的墙壁一样。瓶子是粉碎了，而四壁却依然不动。卡塔琳娜因杀人而被判刑，而托特格斯的记者事业照样有了继承人，更不用说那一切站在幕后的人了。

这说明作者思想的局限。伯尔冷静的文字，对于他所认识的社会，确是一把锐利的解剖刀，但他却不能被称为好的医生。他给卡塔琳娜开的药方，并不能拯救生灵，反而断送了她。伯尔对社会有批判，但也有幻想。他批判新闻界的恶劣行径，也呼吁人们关心并制止那个极其庞大的“录音带队伍”。但不能原谅的是，他竟然让受尽折磨的卡塔琳娜在监狱中作她的和平幸福之梦。作者这样写道，卡塔琳娜想，她和戈顿八年至十年服刑期满之后，一个三十五岁，另一个三十六岁，他们将到某一个地方，“开一个高级饭馆”。可见，主人公卡塔琳娜和作家伯尔共同认为，卡塔琳娜的悲剧，只是偶然的不幸，并不是阶级压迫的不幸，并不是资本主义社会的必然悲剧。像她这样一个正直善良的弱女子，以清白无辜之身而横遭凌辱，身陷囹圄，这一切，却不能使她看破资本主义社会的“红尘”，这才是真正的悲剧！

诚然，亨利希·伯尔对他所生活的社会是有认识的，他在他力所能及的范围内，对此作了尖锐的批判与揭露。在他的作品中，我们显然地看到了批判现实主义的力量。但是，我们也看到了这一创作方法的局限与无力。给这个垂亡的社会开出有效的药方的任务，只能期待拥有无限生命力的无产阶级的作家来完成。

大江翻澜神曳烟*

——读李贺诗

在唐代诗歌的灿烂星群中，李贺是一颗明亮的星。李贺字长吉，生于公元七九〇年，死于公元八一六年。他的生命很短，只活了二十七岁。传说“贺年七岁，以长短之歌名动京师”（《太平广记》）。他留下的诗歌，有二百多首。

李贺是一个没落的皇室后裔，家境贫困，他只做过充当祭祀赞礼的小官奉礼郎。他父亲早逝，自己早年便辞家谋生。他的《开愁歌》，描写过自己的愁苦生活：“我当二十不得意，一心愁谢如枯兰。衣如飞鹑马如狗，临岐击剑生铜吼。旗亭下马解秋衣，请贳宜阳一壶酒”。破衣瘦马，赊酒浇愁，写尽困顿潦倒的情状。他的小弟远出谋食，他写诗相送，说自己“辞家三载今如此，索米王门一事无”（《勉爱行》），同样流露了他的凄苦心境。

个人处境的落漠，使他对生活在下层的劳动人民、特别是妇女，持同情的态度；对当时的社会现实，持批判的态度。他往往托古寓今，比物征事，对当时的黑暗现实发出不平的声音。他为那些替富人采玉而九死一生的老头，写下了充满感情的诗句：“夜雨冈头食蓁子，杜鹃口血老夫泪”（《老夫采玉歌》）；他用隐曲的笔触揭露当时帝王骄奢淫靡的生活：“花楼玉凤声娇狞，海绡红文香浅清，黄娥跌舞千年觥”（《秦王饮酒》）；他描写了塞外战场的悲凉气氛，歌颂那些保卫疆土的将士：“角声满天秋色里，塞

---

* 此文初刊 1978 年 7 月 25 日《北京日报》，初收《湖岸诗评》。据《湖岸诗评》编入。

上燕脂凝夜紫。半卷红旗临易水,霜重鼓寒声不起"(《雁门太守行》)。李贺的生活范围狭窄,他的诗直接表现人民生活的并不多。但他并非不关心国事,他的忧忿是深沉的。清代的姚文燮说:"贺之为诗,其命辞、命意、命题,皆深刺当世之弊,切中当世之隐","藏哀忿孤激之思于片章短什"(《昌谷集注序》)。这是对的。

诗歌发展到唐,达到了我国古代诗歌艺术的高峰。以律诗为代表的近体诗经过盛唐的发展,也达到高度成熟的程度。一种艺术形式的成熟是好事,但是随之而来的凝固停滞,却并不好。在李贺生活的时代,盛唐已过,这时近体诗特别是七律的创作逐渐趋于浅率轻滑。李贺对此是不满意的,他很有力挽颓风的雄心。他从楚辞和古乐府民歌中吸取精英,而专注于写格式较为自由,便于表达思想的乐府、古诗,而有意地冷淡当时应试取士的律诗。毛主席说的:"李贺除有很少几首五言律外,七言律他一首也不写。"正说出了李贺的这种并不随波逐流的战斗精神。

李贺是一个富于独创性的诗人。他以自己所独有的艺术风格加入唐诗的百花争艳。李贺不肯蹈常袭故。他的诗,在内容上喜欢采用神话传说,在形式上力反骈偶,敢于突破凝固的艺术格式,而充满了生气。他以奇幻的想象,冷艳的色彩,忿激的情感,构成了他特有的浓艳幽奥的诗的意境。李贺不喜欢套用别人用过的艺术形象,他总是用自己的方式歌唱。

但人们对李贺的创新所给予的评价并不公允,有人目之为"诗鬼"、"鬼仙"。其实,李贺诗中的"鬼"气,正是他在诗歌创作中抗世拒俗的一种创造精神的体现。

李贺总是在他力所能及的生活中认真观察,力求有他自己的发现,传说李贺每天骑弱马背锦囊外出,"遇所得,书投囊中"。日暮归来,把那些纸片加以整理,写成诗篇。这在今日看来,不免可笑。但在封建社会一般满足于酒酣吟哦的诗人丛中，却不啻是一股清新的空气。由于他能够认真地捕捉那些新鲜的感受，使他的诗能够清新独特而不落俗套。《雁门太守行》中的名句："黑云压城城欲摧，甲光向日金鳞开"就是典型一例。浓重的黑云，不是一般的迷漫或笼罩，而是"压"，向着危城压迫过去。四围浓云密布之中，突然云层开裂，射出一股日光。那日光照在战士的盔甲上，宛若金鳞。这是多么瑰丽而奇特的景色！诗人不去捕捉自然界那倏忽万变的一刹那，是提炼不出这样的形象来的。李贺可以把平常的题材写得很奇崛。他总是"人所易言，我寡言之，人所难言，我易言之"。如马，古代诗人是经常吟咏的，李贺能够把这平凡的题材，写得很不平凡。"腊月草根甜，天街雪似盐。未知口硬软，先拟蒺藜衔"(《马诗》其二)。冬天草黄，草根虽甜，但官道之上，雪铺霜压，其苦如盐，为了觅食，得准备忍受蒺藜的刺！生活的艰辛苦痛，表面上不着一字，却寓沉痛于新奇的形象之中。

李贺对生活有真正的感受能力，同时，他又拥有把这感受表现得极其奇妙的能力，充分表现了这位浪漫主义诗人的才华，李贺的想象力是丰富的，如他写箜篌的声音："昆山玉碎凤凰叫，芙蓉泣露香兰笑"，"女娲炼石补天处，石破天惊逗秋雨"(《李凭箜篌引》)。他借玉石碎、凤凰叫、芙蓉泣、香兰笑这些奇特的比喻来写箜篌的清、幽、扬、抑。这样写还嫌不够，还来个石破天惊、秋雨迸发，用这来形容箜篌的强劲急促，突如其来。这类例子，李贺诗集中比比皆是。比如："踏天磨刀割紫云"(《杨生青花紫石砚歌》)，写的是采紫石砚工人的劳动。不是登山，而是踏天，不是采石，而是割云，这正是从现实出发，又把现实描绘得极其奇幻的笔墨。他的笔力神奇到可以"酒酣喝月使倒行"(《秦王饮酒》)，也可以从天上俯瞰大地瀚海的微渺："遥望齐州九点烟，一泓海水杯中泻"(《梦天》)。前人评论说的"其文思体势，如崇岩峭壁，万仞崛起”(《旧唐书》)，正是就李贺诗作的浪漫主义特点而言的。

毛主席在他的光辉诗文中不止一次地引用李贺诗句，来为表现现实斗争服务。如在《文汇报的资产阶级方向应当批判》一文中引用了：“黑云压城城欲摧”，以形容资产阶级右派向党进攻的其势汹汹；在《浣溪沙·和柳亚子先生》中出现了“一唱雄鸡天下白”这样的诗句(李贺的《致酒行》一诗有“雄鸡一声天下白”句)，创造性地发展了李贺的诗意，用来概括我国人民的翻身解放，从此告别了漫漫长夜，开始了人民共和国的黎明；在《人民解放军占领南京》这首七律中，毛主席借用李贺《金铜仙人辞汉歌》中“天若有情天亦老”之句来写宇宙发展的不可抗拒的客观规律，用以歌颂中国大地天翻地覆的伟大变化。这就足以说明毛主席是很重视李贺的诗歌的。毛主席在给陈毅同志谈诗的信中，认为“李贺诗很值得一读”，再一次肯定了李贺在诗歌发展历史中的功绩。

李贺的作品有突出的优点，也有局限。他的奇崛有时流于险怪，他的浓丽有时失之轻靡，他的忧忿往往流露出悲观绝望的宿命论。李贺是没落的贵族，他的思想艺术带着封建阶级知识分子的明显的烙印。但他是一个才情横溢的诗人，他的诗风在唐代繁盛的诗创作中是独具一格的。他在《巫山高》中有句：“碧丛丛，高插天，大江翻澜神曳烟”。这正好可用来形容他的作品的神采气势。在勇于创新这一点上，李贺堪与唐代那些最优秀、最杰出的诗人并提而无愧色。

《我们爱韶山的红杜鹃》的写作特点*

《我们爱韶山的红杜鹃》是一篇抒情散文。作者毛岸青、邵华是毛主席的亲人。他们怀着深厚的无产阶级感情，通过自己的所闻所见，以亲切动人的笔墨，抒发了我国人民对伟大领袖毛主席的怀念之情。毛主席逝世后的第一个春天，作者回到了故乡湖南，沿着毛主席早年在湖南进行革命活动的光辉足迹，缅怀毛主席以及杨开慧等烈士的伟大战斗一生，触景生情，不能自已，写成了这篇文章。

抒情散文，是文学的一个品种。它的特点主要是通过抒发情感反映社会生活。人的感情的产生，是由客观存在即生活斗争的实际决定的。抒情而能动人，和其他文学品种一样，需要扎实的生活，以及对这生活的扎实的感受做基础。没有这个基础，抒情便难免抽象；抒情抽象而不具体，便不会动人。《我们爱韶山的红杜鹃》这篇文章，内容的扎实具体是一大特点。它能从大处进行概括，又能从细微处从容展开，用生动的细节来补充大的概括。它有提携全文的纲，又有使文章神采飞动的目，因而显得抒情具体而不空泛，主题鲜明突出而又内容丰富多彩。文章详略得当，疏密适度，如讲到爱杜鹃如烈火，由火引起抒情："从故乡山村最早的夜校灯火，到秋收起义的革命烈火，都是父亲和革命先辈们亲手点燃。革命斗争的烈火映红了长江，映红了安源，映红了井岗，映红了草地雪山，映红了陕北、华北、中原、江南。

---

* 此文初刊 1978 年 9 月《语言文学广播讲座》第 12 期。据此编入。

一个红彤彤的新中国屹立在世界的东方，全人类都以惊喜的目光注视着这辉煌的光焰。”这段文字，可以说是写了毛主席的一生，但却是用最少的文字作最精约的概括，并没有详细地展开来写。因为这是一篇以亲人间的回忆为特点的抒情散文，并不是全面铺开写毛主席一生光辉业绩的文章。文章采取上述写法是很精明的，它只是点到，并不展开；既不疏漏，又不详写。这对我们是有启发的：别人讲过的、读者熟知的，就略；别人没讲过的、个人又有深切体会的，就详。这能使文章保持新鲜引人，而避免落套。

作者把重点放在以个人见闻所及的细节来写伟大领袖的光辉。这种细节描写恰与高度概括互相补充、相映成趣。如他们来到故乡韶山，沿毛主席游泳过的池边小道，登毛主席幼年放牛砍柴的小山，谒毛主席给全家传播革命真理的灶屋，访毛主席童年学习的校园，往事历历，不能不激起澎湃的思涛。接着是如下一段文字：

> 岸青记起小时候打碎过一个瓷杯，父亲耐心地从杯子讲到瓷器的生产，讲了瓷土变成精细的瓷器，要经过多少工序，工人同志要流多少汗。从那时起，岸青爱惜每一件器皿，那些亲切而生动的话至今都牢记在心间。

这样的回忆，使文章立即生动起来，读者感到非常亲切。这虽是文章的一个细节，但是于细微处见精神，它成了揭示文章主题的重要笔墨。可以认为，作品的主题，正是由于许多这样的细节，从而得到生动的展现的。

这篇散文的主题在于歌颂毛主席以及杨开慧烈士等革命前辈。伟大的革命者不仅在为人民献身，以及革命斗争中运筹帷幄方面显出雄才大略，而且在日常生活、诸如对待子女的教育方面，也同样映射出伟大的光辉。从打破一只瓷杯，到教育子女不可抛洒饭粒，吟诵那首古老而通俗的诗篇："锄禾日当午，汗滴禾下土；谁知盘中餐，粒粒皆辛苦"；从教育孩子学习外语要有毅力，到送岸英上劳动大学、送邵华参加"四清"以及"四清"回来他老人家"详细地询问了江陵的一切，包括庄稼长势、群众愿望、年终分配和结算"。这一切，都使我们从若干侧面，看到敬爱的革命导师的形象的光辉；这一切，都使我们心目中的伟大领袖的不朽功勋更为生动、更为具体。

散文中有一处写道："浩瀚的海洋来自涓涓清泉"。正是这样，上述那些平凡生活的片片断断的情景，犹如一道道涓涓清泉，汇聚而为浩瀚澎湃的伟大的海洋。我们从这些平凡光辉的细节中，看到了伟大的领袖热爱劳动，珍惜劳动成果，热爱人民，与人民息息相关的光辉。空泛的抒情，达不到这样的效果。因为我们对于毛主席的深深怀念，都是产生于无数的客观事实的基础之上的，文章作者的这些扎实具体的叙述，同样地唤起了我们的深深怀念之情。怀念毛主席的笔墨如此，怀念杨开慧烈士的笔墨也如此。如文中关于板仓一个阴雨天的回忆便是。那时，岸英拉着弟弟，穿着爸爸的大鞋，踏着积水喊："我们敢在大海里航船"，以及爸爸妈妈看了高兴的叙述，都使我们具体地感受到伟大的革命者在教育子女等方面所体现出来的革命风度。

以上所述，是这篇散文写作的一个特点。但这还不是这篇散文最主要的特点。它的主要特点在于有一个新颖而精到的艺术构思。散文往往行文如流水行云，往往把抒情、叙事、议论很自由地穿插在一起，它的特点，是从表面漫不经心的叙述中，表述一个严谨的主题思想。散文的叙述应当是不刻板的、相当活泼自由的，而它的主题思想，和所有文体一样，都应当是鲜明的、突出的。要做到这一点，就要有一个完整而严谨的艺术构思来保证。表面上，要散；内里头，要不散。这种散与不散的对立统一，使得散文这种文体体现出有异于其他文学品种的独到的特点来。

《我们爱韶山的红杜鹃》的主题，已如上述，是通过毛主席逝世后的第一个春天，两位作者的回乡观感，通过一系列的亲身感受来歌颂毛主席，以及杨开慧烈士等革命前辈。它的这个主题，却不是直接地说出来的，它很好地发挥了抒情散文的特点，通过某种联想，曲折地、同时又是形象地表现了这一主题。这篇散文的构思特点，从它的题目中就可以看到，这就是“红杜鹃”的“发现”以及由此发出的一组联想。文章这样写道：

> 正是杜鹃花开遍三湘的季节，乡亲们怀着深情厚谊，送给我们一棵带着韶山泥土的红杜鹃。

杜鹃花开时节，在杜鹃开遍的故乡土地上，一棵乡亲赠送的红杜鹃。作者从这里发现了诗意，找到了他们所要宣示的对于伟大革命前辈的热烈情怀的契机。而后，他们就从杜鹃花的形象出发，连续运用三个联想，来完成作品的主题。这就是：“我们爱韶山的红杜鹃，韶山的杜鹃像烈火”，“我们爱韶山的红杜鹃，韶山的杜鹃像朝霞”，“我们爱韶山的红杜鹃，韶山的杜鹃像鲜血”。除了文章的开头和结尾，这三个联想，构成了全篇散文的三个主要部分。

毛主席逝世后的第一个春天，这个春天开放在故乡土地上的杜鹃花，这些杜鹃花又是连同韶山的土，由韶山人满含深情送的，因此，通过杜鹃花的形象以寄托对革命前辈的怀念之情，这是很自然的。杜鹃花是红色的，因此联想起烈火、朝霞和鲜血，这也是很自然的。作者利用这种联想，用烈火象征毛主席播下了革命火种，星星之火终成燎原的气势；杨开慧烈士，故乡的人们称她“霞姑”，她的生命如朝霞般灿烂，因此，由杜鹃花而想起朝霞，由朝霞而歌颂“霞姑”，这也是非常精到的；第三个比喻是鲜血，作者写道：“我们爱韶山的红杜鹃，韶山的杜鹃像鲜血，千千万万烈士的鲜血洒遍祖国的河山”。作者在鲜血的比喻中，通过毛主席一家在各个不同的革命阶段，先后有六位亲人为革命献出鲜血与生命，来歌颂千千万万血洒祖国大地的革命先烈。通篇散文，都被杜鹃花的鲜红色泽所映照；通篇散文，处处都使我们见到杜鹃花，处处都关照到杜鹃花的形象。假如说，这篇散文是一曲乐章的话，则杜鹃花的形象，就是这曲乐章中反复变换着出现的音乐主题。一篇歌颂革命前辈的文章，就这样在非常自由流畅的行文中，被“红杜鹃”的链环紧紧地衔接成为结构严密的抒情散文。要是没有这个“红杜鹃”的“发现”、开掘和引申，尽管写的是同一内容，但文章的特色却不存在了。作者的构思过程中不仅发现了这一形象的联想，而且紧紧地抓住这一点，在各个适当的时候强调地表现这一点，这也是重要的启示，这在“鲜血”的段落中有明显的体现。如写毛泽覃烈士的事迹：“当红军主力长征之后，泽覃叔叔率领赣南独立师转战在武夷山。由于叛徒出卖，陷入重围，为了掩护同志们突围，我们的小叔叔光荣牺牲了——那是一九三五年杜鹃花盛开的春天。”这里杜鹃花的形象是为了加强主题的悲壮气氛而有意的重现的。又如写毛岸英烈士那一段：“我们的岸英哥哥，爸爸的好儿子，岸青相依为命的兄长，受尽旧社会的欺凌和磨难，为保卫新生的人民共和国，为援助兄弟邻邦朝鲜，鲜血洒在鸭绿江的彼岸。朝鲜的金达莱啊，就是中国的红杜鹃。”金达莱，红杜鹃，短短的一句，就把中国革命者的伟大国际主义胸怀表现得生动而透彻。

文章的结束一段，作者用教育自己儿子的话来给全篇散文点睛：“我们一定要让我们的儿子新宇懂得：杜鹃花为什么像烈火，像朝霞，像鲜血，为什么这样红，这样鲜艳。无数先烈为人民的利益牺牲了生命，才换来无产阶级的红色江山。”全篇文章，正是这样，用红杜鹃的联想做线索，贯串了起来。一段之中，不断出现“红杜鹃”，用作照应；到了结束，又作总的概括性的照应。

这就使《我们爱韶山的红杜鹃》一文,成为一篇主题鲜明、构思精到、结构谨严的抒情散文。它的写作成功的关键,在于“红杜鹃”的联想,有了这个联想,细微的材料都串了起来。散落的珍珠,串成了莹光闪耀的珠串。

这篇散文,基本上是有韵的,用的是“锻炼”韵。当然,散文不一定要押韵。但这篇散文由于押韵,而增强了语言的音乐感。它基本上押韵,押不到的地方不硬押,不以辞害意,这也是很通达的。但这篇散文在语言上的成功,主要体现在语言优美而又准确、精炼而又生动上。如“今天,我们沐浴在金色的霞光里,注视着苍翠的群山;湘江北去,不舍昼夜,就像我们心底里的怀念。”霞光是金色的,青山是苍翠的,这是一幅色彩鲜艳夺目的画面。在眼前,湘江北去,不舍昼夜,这使我们想起毛主席光辉诗词中的意境,读此文字,味此意境,我们的心中真的是充满了深情的怀念。这一段文字,鲜明,生动,优美,饱含着浓郁的革命情思。再如开篇一段文字:

> 伟大领袖和导师毛主席——敬爱的父亲逝世后的第一个春天,我们回到了老家湖南。我们伫立桔子洲头,漫步湘江两岸;回清水塘,登岳麓山;徘徊板仓小径,依恋韶山故园……万千思绪,随山移水转。正是杜鹃花开遍三湘的季节,乡亲们怀着深情厚谊,送给我们一棵带着韶山泥土的红杜鹃。

这一段文字,是一篇文章的开始,由三个句子组成。第一句,讲什么时候回到湖南,这很重要,是毛主席逝世后的第一年,是春天。是第一年,怀念之情格外殷切;是春天,才有杜鹃花开。第二句,讲地点,回故乡都到了哪里?它写得很概括,很精炼:桔子洲,湘江岸,清水塘,岳麓山,板仓小径,韶山故园……像电影的叠印镜头似的,在我们眼前印出一幅幅伟大领袖早年从事革命活动的令人万分怀念的地方。湖山胜景,峥嵘岁月,山移水转，思绪万千，文字简约，内容丰满。特别是每一个地方之前用的动词都不一样，不仅文字多彩而不单调，各不相同的动词，又能描绘出作者当时的心境情状：时而伫立而望，时而漫步而行。在板仓小径，那是岸青度过难忘的童年的小径，那是开慧妈妈被捕离家永别了乡亲的小径，那是多么让人心情激动的小径啊！作者在这里用了“徘徊”这个词，低回缅怀的心情跃然而出。这段文字的第三句，讲杜鹃花开时节，乡亲们赠送带着故乡泥土的杜鹃花，前面已经提到，这是很关键的文字。作者用娴熟的文笔，立即通过杜鹃花的出现，在全文开始的第三句，便极其自然而又极其迅速地展开了主题。反复出现的“我们爱韶山的红杜鹃……”，便是由这句文字生发出来的，也可以说，全篇文章的构思，也是由这句文字生发出来的。正是由于它的出现，造成了一唱三叹，回环反复，思绪不绝如缕的情调，这是值得学习的精彩的笔墨。

迟到的第一名*

——评《从森林里来的孩子》[①]

一个孩子，沐浴着美好的阳光，从密林深处走向北京，在一场选拔人材的考试中，他迟到了，但是他得了第一名。不要以为小说《从森林里来的孩子》讲的就是这么一个简单的故事。它的简单中有着发人深思的不简单，它浸透了我们这一代以及比我们年青一代人的哀伤和欢乐的泪水。这故事，要是发生在平常的年月，也许是不平常的；但因为它发生在"四人帮"猖狂为虐以及他们可耻覆灭的不平常的年月，却显得很平常。我们大家都可以从这个迟到而又考取了第一名的孩子及其教师梁启明身上，回忆起一些什么来。这里所讲述的故事，对我们都不会陌生。一个音乐家，如同我国许多做出了成绩的知识分子一样，被无端地指控为"黑线人物"，送到东北某林区劳改。音乐家患有严重的癌病，他被告知，除非向"四人帮"认罪投降，他将不被准许回北京治疗。音乐家宁死而不出卖共产党员贞洁的灵魂，他终于被掩埋在森林中。他一生中所作的最后的也可以说是最辉煌的一件事，就是发现并培养了这个"从森林里来的孩子"孙长宁。他在音乐家严格训练下，由一个采蘑菇吃山果的野童，变成了精通长笛演奏的音乐少年。这就是我们这里讲的迟到的第一名。

---

* 此文初刊 1978 年 10 月 10 日《北京文艺》1978 年第 10 期。据此编入。

① 《从森林里来的孩子》，作者张洁，载《北京文艺》一九七八年七月号。

读者的感受也许是相同的。梁启明老师的故事，使我们心情沉重。他的遭遇，会使我们想起那些仿佛是遥远年代里发生过的悲剧。这些血泪凝成的篇页会使我们下意识地想到：这太悲哀了！然而，难道我们的生活里不曾发生过这样的悲剧么？一个毕生为人民服务的有才华的音乐家、一个坚贞不屈的共产党员，久病无医，默默地死在遥远的森林中，送他的只有一批善良淳朴的伐木工人，和他的学生、一个很小的孩子！"他就这样地去了。带着他的才华、带着他的冤屈、带着一个共产党员的坚贞、带着许许多多没有说完的话，没有做完的事！"这是多么沉重的现实，构成这现实的，又岂止是一个梁启明！要是我们都能在这些血淋淋的悲剧面前同声一哭就好，我们会永远记住历史的这段黑暗，我们会以无畏的战斗来保卫那驱除了黑暗的光明，并下定决心绝不让悲剧重演。要是这悲哀、这一哭能够唤起这样的力量，那就是有价值的。《从森林里来的孩子》的沉重，正有着这样的分量。反过来说，要是我们的社会主义文学，我们人民的作家艺术家，在这样的现实面前无动于衷、回避、粉饰，不去以此唤醒人们对"四人帮"的仇恨，那么，我们文学的党性原则究竟何在？我们将愧对我们的时代和人民！

应当说，这篇小说不是一曲哀歌，而是一曲战歌。悲哀是有的，但悲哀不曾压倒作者，也不会压倒读者。作者的笔底有着充沛的信心。这信心，我们从那些爱憎分明的伐木工人身上可以看到，更从梁启明身上可以看到。"四人帮"的淫威不能征服他那颗共产党员的心。他知道自己的生命不久了，但事业却要继续下去。疾病和"四人帮"可以消灭他的肉体，但他的精神却会永生。他忍着病痛，顽强地生活着，也顽强地工作着，他的心血，点点滴滴都倾注到孙长宁身上。梁启明弥留时刻说了如下的话："总有一天，春天会来，花会盛开，鸟会啼鸣。等到那一天，你到北京去。那里，一定会有人帮助你继续完成这个任务。"这是令人下泪的语言，这也是我们大家在艰难时刻、日日夜夜萦回心头的信念。这个共产党员，就是这样，对我们的党，我们的人民，对我们事业的未来，充满着这样坚强的信念。梁启明一生中的最后阶段所表现的一切，说明我们党是有希望的，我们的人民是不可屈服的。

“夏季的夜晚是短的，黎明早早地来临”。令人哀伤的黑暗是短的，代之而来的是大海般喧闹的无边无际的欢乐。梁启明的预言实现了，孩子遵照教师的嘱咐，穿着他那老山羊皮袄，带着教师送给他的长笛以及他所遗留的乐谱，来到了他和梁老师日夜思念的北京城。他在这个城市里的最初的遭遇，小说已有交待，这里不作重复。评论要着重阐明的是，这篇小说所唱的战歌的每一个音符，都充溢着我们党和毛主席教给人民的信心、力量和美好的感情。这些东西，诗一般地激励着我们。这篇小说的迷人之处，正是这些美好的诗情。孙长宁来到音乐学院遇见的第一个人，是招生委员会那位年青的女同志，她对孙长宁的遭遇表示了最初的同情；孙长宁闯进了正在进行复试的考场，严厉的主考教授在孩子和考生的请求下，终于同意破格考核孙长宁，他为发现人材而惊喜，为自己几乎轻慢了这位有才华的少年而歉疚，最后，他让举目无亲的孩子住进了自己的家；正在复试的七位考生，为孙长宁的坚强意志所感动，一齐请求老师准他演奏。作者写道——

> 这七个考生，他们难道不知道在七名复试的考生中，只录取三名吗？知道！他们难道不知道再增加一个人，就会变成八名里头录取三名吗？知道，当然知道！就是这七个人，已经是难分高低上下，让教师们一个也舍不得丢下啊！

招生委员会的女同志，主考教授，七个考生，全体在场的教师的心，不，应当说，我们党，我们人民的心，为了实现毛主席和周总理的遗愿，为了选拔人材尽快地建设我们的祖国，全都为孙长宁而热烈地跳动着！

孙长宁演奏完了，那七个考生热烈地喊起来："老师，这才是真正的第一名！"我们读到如下的文字时，眼睛湿润了："教师们看着那七双眼睛，这来自祖国四面八方的七双眼睛，突然变得那么相像，仿佛是七个孪生的兄弟姐妹：天真、诚挚、无私而年青。"这些笔墨，作者倾注了她的激情。他们感到了她通过孙长宁的遭遇所要着力描写的东西。这东西，正是我国人民美好的心灵，有这样诚挚而无私的心灵的民族，是崇高的，也是有希望的。孙长宁初进北京的时候，对这座人口这么多、地面这么大的城市感到陌生。后来，发现自己生活在温暖的亲人中间，他感动地想："不，这个城市并不陌生！"这也是饱含着激情写出的文字。的确，我们大家对这一切全不陌生，这是我们党数十年心血浇灌培育出来的美好的情操。《从森林里来的孩子》绝不是一个简单的故事，它描写的是很不简单的东西。

不是悲哀；而是欢乐，才是这篇小说的基调，开始我们说过，不是哀歌，而是战歌。现在，应该更进一步说，不仅是战歌，而且是颂歌、是经历了深刻的痛苦之后的欢乐颂。我们可以想象，要是没有一九七六年金色的十月一举粉碎"四人帮"的伟大胜利，梁启明的沉冤能够得以昭雪吗？伐木工人的孩子能够通过考试以优异成绩进入音乐学院吗？我们党史长期培育的高尚的共产主义道德情操能够回到人们中间吗？小说最后的那些文字，集中地表现了这一悲喜交集的乐章的欢乐的主题：孙长宁睡在教授的家中，朦胧中；有人问他："你觉得冷吗？"孙长宁仿佛被温暖溶化了，他答道："不，我觉得很温暖。"是的，不仅是孙长宁有这个感觉，我们大家都有这个感觉，打倒了"四人帮"，春天又回到了我们的祖国，我们大家都溶化在春天煦阳的温暖之中。的确，不仅是孙长宁，也不仅是和孙长宁一样做着甜梦的考生，而是整整的幸福的年青一代:“等待着他们的,是一个美丽而晴朗的早晨——一个让他们一生也不会忘记的早晨!”

《从森林里来的孩子》引导我们重温了我们刚刚消失的悲愤,重温了伟大的十月带给我们的无边的欢乐,重温了我们大家都经历过的我们时代的悲剧;我们看到了我们自己以及同辈人所受的磨难,我们看到了比我们年青一辈的人们所拥有的幸运,我们看到了展现在我们祖国上空的美丽的虹彩。我们的文学应当这样,它的脉搏中跳动着时代的脉搏,它的旋律中流动着时代的旋律,它再现我们时代真实的面容。要是我们的文学不仅能够唤起我们对那些社会主义伟大事业的蠹虫们的憎恨,唤起我们对于我们党我们祖国的热爱,从而对我们事业的前途满怀着信心,一句话,要是我们的文学能够始终不脱离我们的时代,它不仅能够成为旧时代的葬歌,而且能够成为新时代的颂歌,就应当认为,这文学是战斗的。

《从森林里来的孩子》便是这样因有时代气息而成为有战斗性的作品。说它具有时代气息,不仅在于它叙述的是我们时代真的故事,而且还在于它对这些故事的时代精神作了深刻的开掘。这种开掘,当然有赖于它那新鲜而独创的艺术构思。可以认为,这篇小说是把两个故事组合成为一个故事的。一个是梁启明受迫害至死不屈的故事,是对昨天的揭露;另一个是梁启明培养的孙长宁经受曲折而终于考取了音乐学院的故事,是对今天的颂赞。当前的许多作品都只把作品的主题确定在二者之一上,张洁不这样做,她把二者联系了起来,熔铸而为一个主题。她在讲梁启明森林中的遭遇时,处处都在讲孙长宁的成长;她在讲孙长宁的北京“奇遇”时,时时都让我们想起他的老师。我们时代曾经演出过令人愤恨的悲剧,我们时代又正在演奏着空前的欢乐颂,小说的作者,便这样巧妙地使二者结合在一起。这样一来,她就使本来各自独立而可能显得单薄的主题,变得扎实、浑厚、丰实起来。她向我们展示了一面不大的、然而又是真实的时代的镜子。

这是一篇战斗性很强的作品，尽管它的作者并没有在小说中激昂地呼喊什么口号。她并不用夸张的形容来表达自己的悲哀和愤怒，也不用外在的描绘来宣泄自己的幸福和欢乐，她只是用非常细腻的抒情的笔墨对这一切进行淡淡的然而又是色彩鲜明的涂抹。恰如森林的清晨，静谧，轻柔的雾气缭绕，待太阳升起，一切又都那么清新而明快。无疑，作者对“四人帮”的憎恨是强烈的，对受迫害同志的同情是深沉的，她有激情，但她并不轻浮地张扬它，而只是以她特有的方式来表达。我们深信，如下的一段话，只是作者借孙长宁之口来倾诉她自己的强烈而深沉的心声：

> 我多么愿意把他一同载走，向着太阳，向着晴空，为了这样一个美好的日子，他等待了许久，许久！可是，他早已化成大森林里的泥土，年年月月养育着绿色的小树。
>
> 啊，但愿死去的人可以复生，但愿他能够看见华主席重又给我们带来这光明、这温暖、这解放！

这也是我们大家强烈而深沉的心。而它的表达方式是独特的，思想是尖锐的，感情是强烈的，但艺术表现，却是清新（带着某种含蓄的清新）而细腻的。张洁写自然景色，有深入的观察，也有入微的描绘。你看林区曦微的晨光：“太阳没有升起来以前，森林一环一环的山峦，以及群山环绕着的一片片小小的平川，全都隐没在浓滞的雾色里。只有森林的顶端浮现在浓雾的上面。随着太阳的升起，越来越淡的雾色游移着、流动着、消失得无影无踪。沉思着的森林，平川上带似的小溪全都显现出来，远远近近，全是令人肃穆的、层次分明的、浓浓淡淡的、深深浅浅的绿色，绿色，还是绿色。”小说中充满了这种迷人的森林风光的描写。显然，作者的弱点是不善于在行动中描写人物，她不习惯对人物进行大起大落的描绘。但她却可以望见人物表情的细微的变化，并以这种变化显示内心。当孙长宁听说报名期已过、无法补救了，作者这样描写："这句无情的话，来得那么突然，以致那傻里傻气的微笑还没来得及退下，就凝固在脸上，使他那生动的脸变得那么难看。"灵敏的摄影师的镜头捕捉了那一霎那的表情，这孩子所蒙受的打击无需一字加以说明便得到生动的显示。对招生委员会那位未留姓名的女同志的同情心的描写，也只写一个细微的表情变化："仿佛是受了他的感染，那明媚的微笑，从她那年青的脸上退去了。"这些笔墨都是很有特色的。

音乐和诗，都活跃在《从森林里来的孩子》中。要是说，诗是这篇小说存在而不出现的因素，则音乐便是存在而又出现的因素。这出现在森林的朝朝暮暮，也出在舒展着笑脸的校园。张洁对音乐的描写，同样地表现她的独到而精微。当孙长宁还是林间的野童，他第一次对音乐的感受是："一种奇怪的声音"，"朦胧而含混，像一个新鲜、愉快而美丽的梦。"这是音乐对一个孩子的启蒙。而后，这种"含混"的感觉清晰些了。当梁老师的笛声引起他的共鸣，作者通过孩子眼睛的复杂变化反映出来："他的眼睛充满了复杂而古怪的神情："好像失去了什么，却又得到了什么。"孩子表达不出这种奇异的感觉："他苦恼了，皱着自己的眉头。"此后，小说又在不同的场合写孩子在陌生的听众面前初次演奏的羞涩，写吹奏者沉浸在音乐意境中的忘我的神情，写那些有经验的教师听到这孩子幼稚而充满了活力的吹奏时的感受，等等。这些描写各不相同，都颇为精当。

据说，张洁是第一次发表作品。第一次发表作品便显露了不可忽视的特色，这是很可喜的。评论已经不短了，作者不准备细述小说的艺术特色及其不足，这些，留待对它同样感到兴趣的作者去做。这里只想以一个感受来结束这篇文章：由于"四人帮”的摧残，我国文学队伍现在是严重的青黄不接。我们的社会主义文学大军，迫切地期望着新生力量来补充它、壮大它。我们对任何作者哪怕只是初露的某些成绩，都会感到巨大的欢喜。读了这篇小说，感到的正是这种欢喜，而且仿佛也是一种“迟到”的欢喜。尽管这“迟到”的不一定是、事实上也不会是“第一名”，因为优秀的考生，并不限于一个第一名。

来自炼油工人心中的诗*

——读组诗《塔林云烟》

工业要现代化，诗也要现代化。工业现代化的宏伟景象已经出现在地平线上了，多数诗人们笔却跟不上它。不少的诗，还在写小工业一人一机的图景：车如战马，加油如饮马，我骑着战马去冲杀。这种比喻当然是允许的，但毕竟是小工业的落后图景。尤为甚者，有的诗甚至还在那里唱着风炉煅打的手工作坊式的牧歌！这些诗人，也许压根没看过现代化的大工业，也许看了却很陌生，也许发现不了其中的诗情，也许他偏爱那旧日的情调。我相信《塔林云烟》①的作者是了解大工业的。他的诗，已经望到了现代化的远景（尽管还留有往日的痕迹），他的诗是新的（尽管还不很新）。但是，望到了远景与熟视无睹是不同的，已经显得新但还不很新与那时代前进了，生活变化了而还在往日的梦中浅吟低唱的诗是不同的。正是因此，读到这组诗时，很有些欲望要说说它。

《塔林云烟》让我们看到石油战线职工为建设十来个大庆所作的英勇斗争。《对厂赛》的场面就是新的、而且也是很壮观的。东北和江南两个炼油厂展开竞赛，“天南地北一声喊”，那喊声惊天动地。尽管诗中那些红旗招展、气笛喧腾、机泵飞转、油浪翻

---

* 此文初刊1978年12月《鸭绿江》1978年第12期，初收《湖岸诗评》。据《鸭绿江》编入。

① 《塔林云烟》，高照斌作，载《鸭绿江》，1978年第7期。

卷的笔墨还只停留在表面上，并不深切，但诗的主流，却值得充分肯定，它让我们看到了石油战线沸腾的生活，展现在我们面前的，是一幅幅真实、具体、生动的斗争的画面。“他那儿，一根根吊装钢绳绷直了弦；咱这儿，卷扬机一下把炼塔送上天”——由于它在扎实的生活基础上抒情，因此，当它发出豪壮的语言，人们不仅不觉其虚妄，反为它的气势非凡所激动：

你一天炼九万，
我大破十万关！
你倚天割紫云，
我一步跃蓝天！
——《对厂赛》

请别小看这气势，这里面集聚着时代的滚滚风烟。我们为实现四个现代化而突飞猛进的祖国，我们为建设十来个大庆而力争上游的炼油工人，那意志，那情感，真可称得上是“亮闪闪、沉甸甸”的。因为生活得扎实，所以表现这生活的诗句就显得沉重，有分量，不是轻飘飘的。《焊油罐》一诗，让我们真实地看到了劳动的情景：“烧横缝，浓眉一拧腿紧绷；焊仰脸，牙根一咬身子卧”。有了这样的描写还不够，它又助之以风风火火的非凡气势：

钢咬钢，吱吱叫，
电碰电，喷火舌，
烟缠烟，真扑脸，
火搅火，舐胳膊。

这一阵钢、电、烟、火，把电焊工的工作场景渲染成了名副其实的火场。无须惊人的形容词，足以传达出那艰苦卓绝来。

这种具体的生活场面，有的就是一幅我们时代崭新的画图。《轻些，再轻些……》就是这样把澎湃的激情凝聚在朴素的生活画面中的诗篇。它写一个电焊工看到焊口突裂，油浆外喷，他要抢修，又苦于高不可攀。迎面来了老书记，只见他，眼一扫，袄一甩，来了个“骑马蹲裆”的动作，喊了声“快上我肩膀！”电焊工被感动了，他“嗓子眼里一阵辣，心口窝里一阵烫”（这是多么辣、多么烫的诗句！）。他不忍踩在那“左肩嵌着横渡长江的弹皮”，“右膀留着上甘岭的枪伤”的好书记、好兄长身上，但为了抢险，还是踩了。诗中这样写：“我一百次提醒自己，轻些，再轻些……”读至此，我们感到了诗人的深情。这诗之所以可称之为时代的新画，在于它不停留在写冲天的干劲，忘我的劳动上，它更深沉，它写出了工人阶级的情怀，写出了干群间平等团结的阶级情谊。

《轻些，再轻些……》对抒情诗的写作是会有启发的，抒情的动人，不在豪言壮语的堆砌。真情来自实感，从实感出发来写真情，你会感人，别看这诗只是选取生活的小镜头，但小镜头却摄下了一个沸腾的感情的汪洋，尽管从画面看，它是平静的，但却传来了摇天撼地的大海的涛音。在我们的现实生活中，无时无地不有这样的小镜头，它往往为抒情诗提供可贵的资料。的确，写诗的人要看那些激动人心的大场面，但也不要轻视这些小镜头，一朵野花可以想象天国，一滴露珠可以反射太阳。

这些年，诗风也被“四人帮”搞坏了。空洞的口号，虚假的热情，夸夸其谈的豪言壮语，粗暴地挤压着植根于生活的真实的诗情。《塔林云烟》没有那毛病。它是来自生活的真实的诗，它的激情也让人感到真实可信。焊口突裂，书记抢险，音容动作，都真实生动。司泵听机壳、听轴承、听叶轮、听螺丁，他觉得，那是美妙的交响乐，而且他与机器的关系是心贴心、胸靠胸的亲弟兄，这又是何等的真挚。组诗并不满足于形似生活，它着意于通过生活的真实面貌去抒写工人阶级伟大的胸襟。“电话铃一响，多好的梦也留不住，通通奔油台”（《走上装油台》），尽管没有对这工人的行动加什么注脚，但工人的品质却是不言而喻的；“谁道焊罐是苦活？咱焊工就爱这嗤啦啦的热”(《焊油罐》),不仅写出了工人阶级的英雄盖世,而且连语言也传神。

生活的扎实、感情的深沉是《塔林云烟》的特点。它也有诗所不可或缺的想象,有的诗句,那想象甚至是很有创造性的,如司泵工对着机泵唱道：

我的心呀,
就是你的一颗小卫星,
情愿一辈子绕你运行!
——《听》

设想奇特,新颖感人,又符合实际。但整个说来,诗的形象还失之丰实,不够奇崛。作者脚踏实地有余,异想天开不足。有的诗句,可以看出他有想象,但却一般化,是人云亦云的。如《走上装油台》中关于“咱的心”“就是一个无边的大海”,以及回答油龙从何来,是“来自石油工人的胸怀”,都很陈旧,缺乏创造。

写诗要老实,又不要太老实。对待生活要持老实的态度,对待表现生活,又要持“不老实”的态度。上面的例句说明,当作者说司泵工的心是一颗小卫星时,就是“不老实”的。但是,这“不老实”却来自“老实”。机泵是转动的,司泵工的职责就在检查泵的运行是否正常,他的主要检查方式就是“听”。司泵工的心随着机泵转动,如卫星之绕行。这正是产生那想象的现实基础。读者欢迎这种来自“老实”的“不老实”,而且沉醉于这种“不老实”。在表现生活上,他们不喜欢“老实”的诗,在对待生活的态度上,他们却反对“不老实”的诗,看来,写诗主要的、首先的是要脚踏实地,但不能满足于此,诗要异想天开,而且鼓励这种异想天开。《塔林云烟》要有不足的话,我想,这该是一条。